ソーントン・ワイルダー

三月十五日　カエサルの最期

志内一興訳

みすず書房

THE IDES OF MARCH

by

Thornton Wilder

First published by Harper & Brothers, Publishers, 1948

目次

おもな登場人物と略歴

カエサル（ガイウス・ユリウス・）――前一〇〇年生まれ。前五八年からの遠征でガリア（現フランス付近）を征服すると、前四九年、ルビコン川を渡ってイタリア半島に軍をひきいて侵入。その後ポンペイウス[5]を中心とした元老院勢力との内乱を制し、ローマの支配権を一手に握って終身独裁官となった。だがカッシウスやブルートゥスらにより、前四四年三月十五日に暗殺される。

トゥリヌス（ルキウス・マミリウス・）――幼い頃よりの無二の親友として、本作ではカエサルからの[6]とても個人的な手紙の受取手とされている。ガリアにおける戦いでひどい傷を負い、カプリ島での隠遁生活を送る。（架空の人物）

クローディア――アッピア街道[7]の敷設者アッピウス・クラウディウスに連なる、名門貴族家系生まれの女性。クローディウスの姉。前五六年にキケロが「カエリウス弁護」演説で、アッピア街道沿いでの売春や、兄弟との近親相姦を含む様々な醜聞の噂を取り上げたことで、ローマでも特に悪名高い女性として知られる。本作では「クラウディッラ」との愛称で呼ばれることもある。

カトゥッルス（ガイウス・ワレリウス・）――前一世紀ローマの詩人。一一四篇の詩からなる『歌集』が伝わっている。特にレスビア（クローディアのことと推定されている）という女性に捧げられた恋愛詩や、カエサルらを鋭く批判する風刺詩で名高い。実際は前五〇年代半ば頃に死去。

キケロ（マルクス・トゥッリウス・）――前一世紀ローマを代表する政治家、弁論家、哲学者。特に執政官として、前六三年末にカティリーナ[8]による陰謀を阻止したことは、その終生の誇りとなった。カエサル暗殺後はアントニウスを厳しく非難し、それがもとで前四三年に死を迎える。

クローディウス（・プルケル）——特に前五〇年代のローマに一大旋風を巻き起こした扇動政治家。クローディアの弟。前六二年の「善き女神《ボナ・デア》秘儀冒瀆事件」[1]は大スキャンダルとなり、それが原因でキケロと激しく対立した。実際は前五二年に死去。

ユリア・マルキア——カエサルの叔母で、マリウス[3]に嫁いだ。実際は前六九年に亡くなっており、カエサルが生前の美徳をたたえる追悼演説をおこなったことが知られる。

ポンペイア——カエサルの二番目の妻。その祖父は、前一世紀前半にマリウスと激しく対立した将軍スッラ[9]。史実では、前六二年の「善き女神秘儀冒瀆事件」でクローディウスとの関係を疑われ、カエサルから離婚を言い渡されている。

アシニウス・ポッリオ——前七五年生まれの軍人、政治家、歴史家。カエサル、のちにはアントニウスに従って内乱を戦う。公的生活から隠退すると文筆活動を精力的におこない、数多くの文人を後援した。

コルネリウス・ネポス——著書『英雄伝』の伝わる、前一〇〇年頃生まれの歴史家。

クレオパトラ——プトレマイオス朝エジプト最後の女王。エジプト遠征中のカエサルとのあいだに、息子カエサリオンをもうける。カエサル暗殺後はアントニウスと結ぶが、前三一年のアクティウムの海戦で敗れると自殺してこの世を去る。

アントニウス（マルクス・）——カエサルのもとで内乱に従軍。カエサル暗殺後は「第二回三頭政治」を主導する。クレオパトラと結んで戦ったアクティウムの海戦で敗れ、前三〇年、自殺してこの世を去る。

オクタウィウス――カエサルの姪の子。カエサル暗殺後はその相続人として「第二回三頭政治」を展開。アクティウムの海戦で勝利し、対立するアントニウスとクレオパトラを自殺に追い込むと、ローマ初代皇帝アウグストゥスとなる。

ブルートゥス（マルクス・ユニウス・）――カエサルの暗殺者。その家系は、前五〇九年にローマから王を追放したブルートゥスの血を引くとされていた。カエサルの息子との噂は本作でも話題とされている。カエサル暗殺後はイタリア退去を余儀なくされ、前四二年にカッシウスと組んでギリシア北部のフィリッピで戦うも、アントニウスらに敗れて自害。

セルウィリア――ブルートゥスの母。カエサルの長年の愛人であったことから、ブルートゥスはカエサルの息子との噂が生まれた。

ポルキア――ブルートゥスの二番目の妻。カエサルと激しく対立したカトー[2]の娘。

カッシウス（ガイウス・）――カエサル暗殺の首謀者。暗殺後はイタリア半島を離れ、フィリッピの戦いで敗れると自害。

キュテリス――アントニウスと愛人関係にある女優。その所作の優雅さで、カエサルを始めとする多くの高位の人々に一目置かれている。

アブラ――カエサルの妻ポンペイアお付きの奴隷侍女。クローディアの密偵役を果たしている。

（訳者）

凡例

1　本書は、Thornton Wilder, *The Ides of March*, 1948 (Perennial edition, 2003) を底本とした翻訳である。邦訳に際し、巻頭に「おもな登場人物と略歴」を加え、原書にある著者紹介の文章は割愛した。

2　本文中の［　］は、原著者による補足説明である。

3　ローマ人の人名については、原則として、母音の音引きは省略した。ただし人口に膾炙したもの（ブルートゥス等）は、そちらの表記を優先した。

4　地名については、昔の地名のものと現代の地名のものとあるが、原著の表記にならい訳出している。

本書を
二人の友人に捧げる

ラウロ・デ・ボシス
ローマ出身の詩人。
ムッソリーニの独裁権力に抗する
レジスタンス運動を主導しつつこの世を去った。
彼の乗った飛行機は
ムッソリーニの飛行隊による追跡を受け
ティレニア海に墜落した。

そしてもう一人

エドワード・シェルドン
身体は不自由で盲目でもあったが
二十年以上にもわたり
膨大な数の人々に
知恵と勇気
それに陽気さをもたらしてくれた。

「戦慄というのは人間の最善の持ち前なんだ。
世の中はめったにこの感情を人に許さなくなったが……」

――ゲーテ『ファウスト』第二部

［註解］恐怖や畏怖を感じながら「不可知なるもの」の存在を認識する時、人は自分の心を最もよく探究できる――ただし、その認識が誤った方向へと導かれ、迷信や隷従、盲信へと化すことは多い。

序言

優れたアメリカ人作家で、同時に劇作家としても熟達した人物と言えば、誰を挙げられるだろう。アーネスト・ヘミングウェイは忘れよう。ユージン・オニールも除外だ。するとソーントン・ワイルダーしかいないのではないか？　五作目の小説となる本作が出版された時、大学町であるウィスコンシン州マディソン生まれの彼は五一歳だった。その後二七年を生きるが、本作の時点ですでに、一九三八年のピューリッツァー賞受賞作である傑作『わが町』を含め、四篇の長編戯曲を世に送り出していた。

私は二〇〇二年八月にこの文章を書いている。偶然にもここから真北にたった六マイルの夏期公演で、満員の観衆を前に『わが町』が上演されている。ソーントン・ワイルダーの名声にはリバイバルの必要がない。彼が一九七五年に亡くなった時、モーツァルトのように名もなく遺体袋にくるまれて穴に放り込まれ、石灰を振りかけられる文無しでは少なくともなかった。それどころか彼は素晴らしく裕福だった。それに、私の見解ではこのうえなく穏やかで、人に不快さを与えることもなく、非常に人間的で学識豊か、とても寛大で陽気で、まるで優しい叔父さんのような二十世紀アメリカの物語作家として、いまでも広く知られている。

彼の経歴は、ニュージャージー州の寄宿制高校《プレップ・スクール》の教師として始まった。イェール大学で文学学士号を取得し、ローマのアメリカン・アカデミーに留学した彼は、さらにプリンストン大学で文学修士号を取得。その後はシカゴ大学、ハーバード大学その他で文学を講じた。いったん教師になればいつでも教師。その言葉どおり、作品中の彼はいまなお教師のようだ。彼は読者や観衆を、生前の彼同様に知識や理性的思考のみなぎる人生を享受するようにと、まるで生徒に対するかのように優しく辛抱強く励ましているように思える。彼は今夜も、ここから真北に六マイルの場所でそれをしている。本作を読む皆さんにもそうするのだろう。

寄宿制高校で彼が教えていたのは、文学ではなくフランス語だった。するとその頃にはきっと、フランスの作家アルフォンス・カールが歴史について述べた、この有名な嘆きを知っていたはずだ――「変化続きの果てにたどり着くのは、やはり元と同じ場所」。いずれにせよ、この言葉をソーントン・ワイルダーは明らかに信じていた。なぜなら、教養があり博識で、無知や迷信とは無縁と描かれる本作でのユリウス・カエサルは、あらゆる面で近代的な人間だからだ。『三月十五日　カエサルの最期』の舞台は古代ローマだが、聡明でとても人間的な、現代世界の独裁者についての物語でもあり得る。またそうした人物の近くにいた男女にとり、それはどういった経験かについての物語ともなり得る。

本作、および一九四二年のピューリッツァー賞受賞作『危機一髪（ミスター人類）』でさらに説教臭く提示されるのが、人間の本性は、時代や状況がどうあれ変わらないとの教訓だ。

ソーントン・ワイルダーが生まれたのは、私の父と同じ一八九七年である。その前後十二年のうちに生まれた三人のアメリカ人作家が、ノーベル文学賞を手にしている。一八八五年生まれのシンクレア・ルイス、一八八八年に生まれたユージン・オニール、それに一八九九年生まれのアーネスト・ヘミングウェイだ。アメリカ合衆国にとってはあまりに出来すぎと思う向きもあるかもしれない。ソーントン・ワイルダー自身はノーベル賞を獲得していない。理由は多分、素早い展開や切迫した場面、驚きやサスペンスが、彼の作品すべてには欠けているからなのだろう。しかし彼も他の作家たちと同様、他人とは違うふうに書いたのだ。

魅惑的な独裁者ユリウス・カエサルについて、ヒトラーやスターリン、ムッソリーニという、恐るべきあらたなカエサルたちの時代に書くにあたり、ソーントン・ワイルダーはなんと穏健な文学的手法を選んだことだろう！　本作はいわゆる書簡体小説だ。人物間の直接の対話はなく、場面や舞台設定についての叙述もなく、それに生身の登場人物も排された小説と定義される。端的に言えば本物ないし想像上の文書の集成であり、読者はそこから自分で結論を引き出さねばならない！

もしその気があれば、こうしたほこりっぽい文書庫のような作品と、ウィリアム・シェイクスピアの『ジュリアス・シーザー』、あるいはバーナード・ショーの『カエサルとクレオパトラ』といった、騒々しいほどに壮麗な作品とを読み比べるといい。それでも書簡体小説という形式は、ソーントン・ワイルダーお気に入りの「おもちゃ」を描き出すのに、結局のところ完璧にぴったりだと分かる。そのおもちゃが初めて登場したのは、一九二七年に出版されてベストセラーとなり、ピューリッツァー賞を受賞した『サン・ルイス・レイの橋』のなかだった。つまり、全員ではなくともある種の人間には、避けられない運命があるという可能性だ。暗殺を予期し、気付くと自分がなっていた「誰か」や「何か」に、折に触れて驚かされるユリウス・カエサルという人物像を描き出すのに、想像上の私的日誌以上の良い手法がソーントン・ワイルダーにはあっただろうか？

そう、五作目となるこの小説を書いた時のソーントン・ワイルダー自身にも、ウィスコンシン州マディソンの新聞編集者の息子である自分が、なんという著名な人物（想像しうる限りで最も穏和な名士ではあるが）になったことかと、ときには恍惚感にひたる資格が確かにあったのだ。

もうピューリッツァー賞を三度も受賞だぜ！　いったい全体どうなってるんだい？

カリフォルニア州バークレーという、また別の大学町にあるパブリックスクールの生徒に過ぎなかった頃から、すでに彼はある「何か」になっていた。すなわち、ユリウス・カエサル、キケロ等々のラテン語作品を読める人間である。同い年の私の父もやはり、インディアナ州インディアナポリスのパブリックスクールで同様の人間になっていた。そしてアメリカ中のあの世代の数万もの人たちもそうだった。無用な体操を懸命にやれば、体格の向上につながる。それと同じように、役に立たないラテン語を学べば若者の頭脳は鍛えられると、広くあの頃のアメリカの教育者や親たちは信じていたのだ（いまはもう違う）。

こうして、いま手にしている本書がある。

父を育んだのと同じ高校に通った私自身は、まったくラテン語の勉強を義務づけられなかった。私の卒業は一九四〇年。父やソーントン・ワイルダーにはあった二千年前への時間旅行の機会がなかったことを、いまでは残念に感じている。わざわざ望まない限り、私にはラテン語学習が課されなかった。おそらくそれは、ヨーロッパでの暴力的なまでに実用本位、かつ科学的な独裁政権が突きつける脅威への、アメリカからの応答の一部だったのだろう。まだ開戦前だったが、わずかでも装飾的と見えるあらゆる要素――たとえば、ラテン語――をアメリカの教育から除去する潮時だと感じられていたのだ。

それでも私は、本当にひどい人間の訃報を聞いた父が、次のラテン語のフレーズをつぶやいたり唸ったりするのを耳にして、子供の頃から暗唱できるようになっていたのかもしれない——「死人の悪口を言ってはならぬ *De mortuis nil nisi bonum*」。これは文学作品からの引用ではなく、古代ローマ時代から伝承された金言だということだ。

時間旅行について書かれてある以上、あらゆる歴史小説はサイエンス・フィクションである。いま私の念頭には、マーク・トウェインが『アーサー王宮廷のコネチカット・ヤンキー』を書いた時に経験した時間旅行がある。キャメロットでアーサー王を取り囲む人間たちを、マーク・トウェインは自身の同時代人と比べて笑うほどに劣っていると感じたのだった。一方のソーントン・ワイルダーには、たとえ百万年前のことを書こうとも、そうした不快な比較はできなかっただろう。

そう、たとえ誰かが私に百万ドルを渡し、故ソーントン・ワイルダーについて何か悪く言わせようとしたとしても、いかなる言語にせよ、私の脳裏にはただの一語も浮かぶことはなかろう。「非政治的」というのは不面目な言葉ではないのだ。

——カート・ヴォネガット・Jr

サガポナック、ニューヨーク州

まえがき

この作品のおもな狙いは歴史の再現ではありません。本作は、共和政ローマ最後の日々の事件や人々を題材とした「幻想曲《ファンタジア》」と呼べるかもしれません。

いくつかの史実を自由に取り扱いましたが、なかでも大きな出来事が、紀元前六二年のクローディアとその弟による「善き女神《ボナ・デア》秘儀冒瀆《ぼうとく》事件[1]」です。この事件は、本作ではその十七年後、前四五年十二月十一日のことになっています。

登場人物の多くは、本作開始の時点、前四五年にはもうこの世を去っていたことでしょう。まずはクローディウス。彼は田舎道で暴徒に殺害されました。次に詩人カトゥッルス。ただし彼の死については、「三十歳で亡くなった」との聖ヒエロニムスの証言だけが伝わっています。カトー[2]は数ヶ月ほど前にアフリカで、カエサルの絶対的権力に反抗しながらの最期を迎えました。それにカエサルの叔母のユリア。マリウス[3]の未亡人である彼女は、前六二年より前にこの世を去りました。そしてカエサルの二人目の妻であるポンペイアは、前四五年のずっと以前に、三人目の妻カルプルニアにその座を譲っています。

一方、私の創作に違いなかろうと思われそうな要素の多くが、実際の出来事です。前四六年、ローマ市に到着したクレオパトラを、カエサルはテヴェレ川の対岸にあった自分の別邸に落ち着かせました。そこに滞在していたクレオパトラは、カエサルが暗殺されると祖国に逃げ帰っています。マルクス・ユニウス・ブルートゥスがカエサルの息子である可能性については、カエサルの私生活を詳細に考察した歴史家のほぼ全員が、検討のうえおおむね否定しています。それでも、カエサルがブルートゥスの母セルウィリアに、きわめて高価な真珠を贈ったのは事実です。一方でカエサルへの陰謀を呼びかけるチェーンレターの着想をくれたのは、現代の出来事でした。ファシスト党政権への反抗を呼びかけるチェーンレターが、バーナード・ショーの勧めに従ったというラウロ・デ・ボシスによって、イタリア中で回覧されていたのです。

読者の皆さんには、物語の材料の提示のされ方に注目してもらいたいと思います。

本作は四巻から構成されていて、文書がそれぞれの巻ごと、ほぼ書かれた日時順に並べられています。第一巻に収められているのは、前四五年九月に書かれた文書です。続く第二巻には、愛の本質についてのカエサルの考察に関わる文書が並び、九月初旬から十月いっぱいへと至ります。おもに宗教の話題が占める第三巻は、さらに早い時期に始まって秋を駆け抜けると、十二月の善き女神《ボナ・デア》の祭儀で締めくくられます。第四巻では、それまでのカエサルの考察のあらゆる面が再度取り扱われます。特に、みずからが「運命」の道具の役割を果たす可能性についての考察です。この第四巻は、時期的に最も早い文書に始まって、前四四年三月十五日、すなわちカエサル最期の日で結ばれます。

カトゥッルスの詩、それに本作末尾に引用されるスエトニウス[4]の『ローマ皇帝伝』の一節を除けば、収められた文書はすべて作者の想像の産物です。

キケロについての史料は豊富にあります。クレオパトラについてはごくわずかしかありません。カエサルに関する史料は、豊かですが謎めいていることが多く、そのうえ政治的な偏向でゆがめられてもいます。本作は、残された史料のこうしたばらつきに触発されて生まれた、想像にもとづく歴史の再現です。

ソーントン・ワイルダー

第一巻　クローディアの晩餐会

I　鳥占《アウグル》神官団長(10)から、大神祇官(11)にしてローマ市民の独裁官(12)たるガイウス・ユリウス・カエサルへ。

（この書簡の写しは、カピトリヌスの丘(13)にあるユピテル神殿の神官、ならびにウェスタの巫女団(14)の女性祭司長等にも届けられた。）

［前四五年九月一日］

いとも尊き大神祇官様に。

本日、六度目のご報告。

まず、正午に生けにえとして捧げられた動物について、その内臓の解釈(15)を報告いたします。

ガチョウについて。心臓および肝臓にまだら模様の部分があり、横隔膜にはヘルニアが見られました。

二羽目のガチョウならびに雄鶏について。特に異常はありません。

ハトについて。不吉な状態。腎臓が正常な位置になく、肝臓は肥大して黄色に変色していました。

胃の内容物にピンク色の石英が含まれていました。さらなる詳細な調査を指示いたしました。

二羽目のハトについて。特にありません。

次に、鳥の飛び方についての観察です。ワシが一羽、ソラクテ山の北方三マイルからティヴォリ方面へと飛び、視界の外に出ました。ローマ市に接近するにあたり、その鳥はやや方向感覚を失う様子を見せました。

次に、雷について。十二日前の報告以降、雷鳴は聞かれません。

大神祇官様に、健康と長命あれ。

I—A　カエサルによる極秘のメモ。宗教問題を担当する秘書官へ。

指令一　一日に十回も十五回も、報告書を提出する必要はないと神官団長に伝えよ。前日の観察についての概要報告書一通で十分だ。
指令二　ここ四日の報告のうちから、吉兆、および凶兆と解釈される前兆、それぞれ三例ずつを抜き出せ。今日の元老院で必要となる可能性がある。
指令三　以下の内容の布告文を作成し、周知させよ。
暦[16]があらたに制定されたことにともない、毎月十七日のローマ市建設記念月例祭は、市民にとって最重要の式典へと昇格する。

大神祇官たる私は、ローマにいれば必ず出席の予定である。

儀式全体は、以下の追加と修正をおこなったうえで挙行される。

二百人の兵士が参列し、軍営地での慣例にならって軍神マルスへの祈願がおこなわれること。

ウェスタの巫女たちにより、レア[17]に祈りが捧げられること。ウェスタの巫女団長みずからが、式典への参列、祈りの崇高さ、それに参列者の作法に責任を持つものとする。儀式に紛れ込んだ悪習はすみやかにただされること。儀式に参列するウェスタの巫女たちは、式典最後の行列行進まで人目に触れない場所に留まること。また音楽には特殊な音階を用いないこと。

ロムルス[18]の遺言書の朗唱は、貴族のために指定された座席の方を向いておこなわれること。

大神祇官と唱和する祭司たちは、一語一語を正確に発すること。どの箇所であれ、言い間違いをおかした者には三十日間の訓練が課されること。そのうえで、あらたにアフリカやブリタニアに建設された神殿に送られ、そこで勤務するものとする。

I―B　**カエサルの書簡日誌より。カプリ島のルキウス・マミリウス・トゥリヌスへ。**

［カエサルの「書簡日誌」については、文書IIIの冒頭に解説がある。］

書簡968　［宗教儀式について］
今週分の手紙の束に、六点ほどの書類がはさんである。大神祇官としての僕が鳥占《アウグル》神官[10]や卜占《ぼくせん》官、空の観察官、それに聖なる鶏の飼育官たちから受け取った、数え切れないほどの報告書のうちの一部だ。

ローマ市建設記念月例祭のための指令書も何通か同封してある。

どうすればいいと思う?

僕は、迷信やナンセンスからなるこうしたお荷物を受け継いだ。無数の人間を支配してはいてもこう認めざるを得ない。僕は鳥や雷鳴に支配されているんだ。


こうしたことの全部がしきりと国家運営の邪魔をする。おかげで元老院や法廷の入り口は、まとめて数日や数週間にもわたって閉ざされる。何千人もの人間が影響をこうむる。大神祇官たる僕も含め、この件に関わる人間はこぞって、私利をはかろうとそれを操作しようとする。

あれはある日の午後、ライン川沿いの谷間でのことだった。本陣にいた鳥占神官の連中が、敵との戦闘を禁ずると言うんだ。どうやら聖なる鶏の餌のついばみ方が気乗り薄だったらしい。鶏のご婦人方は脚を交差させて歩いていたそうだ。鶏たちは何度も空に目をやり背中越しに振り返るが、それは仕方がない。その谷間へと軍を進めた時、実を言うと僕も、そこがワシの縄張だと分かって落胆していたんだ。僕ら軍司令官は、どうしたって鶏になった気持ちで空を見やる必要に迫られる。僕にあった数少ない良い選択肢の一つが奇襲攻撃だったんだが、その時は丸一日連中の言うとおりにした。だが朝になっても同じように足止めされるかもしれない。そう恐れた僕はその晩、部下のアシニウス・ポッリオと森に出かけた。二人して虫の幼虫を十数匹も集めると、短剣で切り刻んで神聖な餌場の囲いにばらまいた。翌朝、全軍が緊張の面持ちで神々の意思を聞こうと待つ。運命を握る鶏たちが餌場に連れられて来る。すると、空を見上げた鶏がいっせいに警戒の声をあげた。もうそれで数千人の兵士の足止めには十分。だが次の瞬間鶏が餌に目をとめた。ヘラクレスに誓って言うが、鶏の目が飛び出たんだよ。それから空腹を示す歓喜の声とともに餌に飛びついた。こうして僕は、ケルンでの戦いに勝利するのを許されたわけだ。

しかしこうした伝統的儀式はたいてい、人間の心のうちにある生の気迫そのものも攻撃し、むしばんでしまう。確かに我々ローマ人は、街の掃除人から執政官に至るまで、自信のない場面でも漠然とした自信をこうした儀式から手に入れる。だが同時に、心には畏怖の念が広がってしまうんだ。この畏怖心は行動へと駆り立てたり独創性を呼び覚ましたりはせず、人を麻痺させてしまう感覚だ。伝統的儀式が人を、自分自身にとってのローマを刻一刻と心に作り上げねばならないという、絶え間ない責務から解放してくれるのは確かだ。先祖たちも用いたとのお墨付きとともにいまに伝わり、不安な子供心に安心を吹き込んでもくれる。だがその励ましは消極的で、慰めも不十分だ。

秩序にとって有害な要素は他にもあるが、そちらなら対処できる。クローディウスのような人間が引き起こす無計画な混乱や暴力。キケロやブルートゥスのような人間がぶつぶつ口にする不平不満。それは嫉妬心から生まれ、古いギリシア語文献の細かい理論から活力を得ている。それに属州総督などの役職に任命した連中の罪や貪欲さ。では、自分のうちにあるこの無力感をどうすればいいのだろう？　敬虔さという隠れみのに喜んでくるまろうとしたり、どうせどこかで見守っている神々がローマを救うだろうよ、と僕に語りかけてきたり、神々にも悪意がある以上、きっとローマもいつかは滅びるという事実にあきらめを感じたりしている、自分のうちのこの冷めた気持ちには？

僕はくよくよ悩む人間ではない。しかし知らずとこの件について考え込んでいることがよくある。どうすればいい？

時々、真夜中に、このすべてを廃止したら何が起こるか想像しようとする。もし独裁官にして大神祇官でもある僕が、吉日凶日の判断や内臓占い、鳥の飛び方や雷鳴、それに稲妻の観察を全部廃止したなら。もしユピテル神殿以外の神殿を全部閉じたなら。

ではユピテル神はどうする？

この件についてはまた聞いてもらうよ。

君の考えを用意して、僕を導いてくれ。

翌晩。

［以下はギリシア語で綴られている。］

また真夜中だ。我が親愛なる友よ、僕はいま窓辺に腰かけている。この窓が、テヴェレ川の向こう岸に広がる金持ちの庭園にではなく、眠りについた町の方に張り出していたら良かったのに。灯火のまわりで小さな虫たちが踊っている。星明かりは弱くて、川面にはかすかにしか映らない。彼方の岸辺の呑み屋では、何人かの酔っぱらいが議論を交わしている。何度も僕の名が風に運ばれて聞こえて来る。眠っている妻はそのままに、ルクレティウス(19)を読みふけりながら考えを落ち着かせようとしていたんだ。
日に日に、自分にかかる圧力が強まるのを感じる。いまある地位ゆえの圧力だ。それが何を成し遂げる力を与えてくれたのか、何をさせようとしているのか、ますます強く意識するようになってきた。

では僕は、いったい何を語りかけられているのだろう？　何を求められているのだろう？

僕は世界を平定した。数え切れないほどの男女にローマ法の恩恵をおよぼした。強い抵抗を受けながらも、多くの人にローマ市民権を与えている。暦[16]も改革したから、いまでは太陽と月の運行が機能的に組み合わさって、我々ローマ人の毎日を統制している。世界中に食べ物が均等に行き渡るよう工夫もしている。各地の収穫時期のずれと余剰作物を、法律と艦隊を使って人々の需要に合わせるんだ。来月には、拷問が刑法から取り除かれることになっている。

だが十分ではない。こんな仕事なら単なる将軍や行政官にでもできる。村で村長がすることを、僕が世界でしているに過ぎない。いまなら別の何かができるはずだ。ではそれは何だ？　僕にはまるでいま、そうまさにいま、自分が何かを始める準備が整ったように感じられる。市民皆の口ずさむ歌のなか、僕はこう呼ばれている。「父」と。

これほど確信が持てないなんて、政治の世界に入って初めてのことだ。いままでの僕の行動は、迷信とも呼べそうな原理に沿ったものだった。つまり「自分がするのは実験ではない」という原理だ。僕が行動を起こすのは、結果から学びたいからではない。戦争や政治の現場では、よほど明確な意図がないと事を起こしたりしない。邪魔が入ればすぐに新しい計画を立てる。それぞれにどんな結果が待ち受けるのか、僕の目には明らかだ。あのポンペイウス(5)ですら、それぞれの計画の少しの部分を運にまかせていた。それを知った瞬間に分かったんだ。自分が世界の主《あるじ》になるのだと。

しかし、いま脳裏にある計画には「自分は確信している」という確信が持てない要素が混じっている。実行に移すには、普通の人間が何を目的に人生を生きるかについて、人類にはどれほどの能力があるかについて、心で明確にしておく必要があるんだ。

人間――いったい人間とは何だ？　僕らは人間について何を知っているだろう？　人間にとって神々、自由、心、愛、運命、死とは――その意味は何だ？　おぼえているかい。君と僕が、まだ子供の頃にアテナイで、そのずっとあとにはガリアの幕舎の前で、とめどなくこうした問題を話し合った頃のことを。いまの僕はふたたび、哲学する青年だ。人を危険にまどわすプラトンはこう語っている。「この世で最高の哲学者は、あごひげが生え始めたばかりの少年である」。それならいまの僕はふたたび少年だ。

だがその一方で、国家の宗教という問題に関し何をしたか見てほしい。ローマ市建設月例祭を再生させて下支えにしたんだ。

そうすることで僕はおそらく、敬虔さの最後の痕跡を自分のうちに探り、あらん限り見つけ出したかったんだ。それに古くからの宗教的伝承について、いままでは自分が、ローマで最も詳しい人間だと知るのは気分がいい。かつて母上がそうだったようにね。正直に言うと、込み入った儀式で無様に祈禱を唱え、みっともなく動き回る連中を批判する時、僕の心を満たす感情は本物なんだ。けれどその感情は超自然的な世界となんら関わりがない。思い返すと僕がまだ十九歳、ユピテル神官についた頃、カピトリヌスの丘をのぼってユピテル神殿に参詣したことがある。隣にはコルネリア、[20]彼女の腹帯の下にはこれから産まれるユリア。あの瞬間に比肩するような経験を何か、あれから人生は提供してくれただろうか。

しっ。ちょうど入り口の衛兵の交替時間だ。歩哨が剣をぶつけながら合い言葉を交わしている。今晩の合い言葉は「カエサルが見ている」だ。

II　クローディアから、ローマ市にある自宅の家令へ、ナポリ湾岸のバイアエ[21]にある彼女の別荘にて。

［前四五年九月三日］

今月末日に弟と私は晩餐会をもよおします。今回、何か粗相があれば、お前をお払い箱にして売り払います。

招待状は独裁官、その奥方と叔母のユリア・マルキア、キケロ、アシニウス・ポッリオ、ガイウス・ワレリウス・カトゥッルスにすでに送付済みです。晩餐会全体は古式にのっとって進行します。つまり、女性は後半のみに参加して寝椅子に横になりません。

もし独裁官が招きに応じた場合、最も厳格な儀礼様式に従うことになります。それに向けて使用人たちのリハーサルを始めなさい。玄関前での出迎え、椅子の持ち運び、邸内の案内、そして見送りに注意を払いなさい。トランペット奏者を十二人雇う手配をしなさい。我が家の神殿にいる祭司たちに、大神祇官を迎えるにふさわしい儀式をとりおこなうことになると伝えなさい。

古い慣習にならい、お前ならびに我が弟が、独裁官に出された料理をその面前で口にします。食事の構成は贅沢禁止令の改定いかんによります。あらたな法令が晩餐会当日までに決定されていれば、出席者全員に出すメイン料理はおそらく一種類のみとなります。その場合、以前独裁官がお前に説明していた、海産物のエジプト風煮込みが良いでしょう。私はその料理について何も知りません。すぐにあの方の料理人を訪れ、調理法を探り出しなさい。調理法が確実に理解できたなら、最低でも三回作り、晩餐会のために申し分ないことを確かめておきなさい。

あらたな法令が決定されていなければ、数種類の料理を準備しなさい。

独裁官と我が弟、および私はその煮込み料理を食します。キケロは串に刺したギリシア風子羊肉を食べるでしょう。独裁官の奥方は、以前たいそう誉めていた、羊頭の焼きリンゴ詰めが良いでしょう。すでに奥方の求めに応じて調理法を知らせてしまったなら、仕込みを少し変えなさい。たとえばアルバニア酒に漬けた桃、三、四個を加えるのが良いでしょう。ユリア・マルキアとワレリウス・カトゥッルスには、これらのうちから好きな料理を選ばせて供しなさい。アシニウス・ポッリオは、おそらくいつもどおり何も食べません。ですが温かい山羊のミルクと、北イタリア風の粥を少々準備しなさい。ワインはお前にすべてまかせます。ワイン[22]に関する法令に注意しなさい。

牡蠣を二十から三十、網に入れて水中を引っ張り、オスティア港に運ばせています。うちいくつかを、晩餐会の当日にローマ市へと運び込めるはずです。

ただちにギリシア人俳優のエロスのところへ行き、晩餐会のために雇いなさい。おそらくあの者は、いつものように色々言い訳を並べ立てるでしょう。それに対しお前は、出席予定者の質の高さを匂わせると良いでしょう。交渉の終わり際に、通常料金に加えてクレオパトラの鏡を譲ると伝えるのも良いでしょう。エロスに伝えなさい。私が彼と彼の一座に演じてほしい演目は「アフロディテとヘファイストス」、それにヘロンダス[23]の「オシリスの行進」です。また彼一人に、サッフォー[24]の「花冠編みの輪」を演じてもらいたいと伝えなさい。

私は明日ナポリを発ちます。途中、カプアのクイントゥス・レントゥルス・スピンテル家に一週間ほど滞在します。弟がどう過ごしているかについて、その地でお前からの報告を待ちます。私のローマ市到着は十日頃と考えておけば良いでしょう。

公共の場所における、我が一族に関する落書きすべてを消去する件に関し、お前からの報告を求めます。徹底的な対応を望みます。

［最後の段でクローディアが述べていることの意味は、次のキケロの書簡の一節、ならびにいくつかの落書きがうまく説明してくれる。］

Ⅱ—A　キケロから、ギリシアのポンポニウス・アッティクス[25]へ、ローマ市にて。

［前四五年の春に書かれたもの。］

・・・・・・・・・・・・

我ら皆の主人たるカエサルにだけは及ばないが、それでもクローディアはいまや、ローマで最も話題とされる人間となった。彼女の際限ない淫乱さを詠んだ詩が、ローマ中の浴場、公衆トイレの壁、それに舗石にも殴り書きされている。ポンペイウス浴場の休憩ホールにも、彼女に捧げられた長大な風刺詩があるそうだ。作詩した詩人は十七人にのぼり、毎日のように書き足されているという。その詩はおおむね、彼女が歴代の執政官たちにとって未亡人であり、娘であり、姪であり、孫娘であり、曾孫娘でもあるという事実と関係しているらしい。また、ローマ初の街道を敷いたのが彼女の先祖アッピウスであり、アッピア街道[7]上でいまは彼女が、見返りは少なくとも慰めは得られるような交わりを求めていることにも向けられているようだ[26]。

聞くところでは、そうした賛辞はあのご婦人の耳にも入っているらしい。掃除夫が三人雇われ、夜な夜なこそこそと消して回っている。かなりの重労働のはずだ。どれだけ消してもきりがなかろうから。

一方で我らが大先生「カエサルのこと」には、誹謗中傷の落書きを消すのにわざわざ人を雇う必要はない。そこら中に下卑た詩句が書き付けられているが、あの男のところには中傷者一人につき三人の弁護人が控えている。そのうえ字消し用の海綿で武装した軍団退役兵たちもいる。

我らが都ではいま詩が大流行している。やはりクローディアに捧げられた、かの新進気鋭の詩人カトゥッルスの詩の数々が、かなり毛色は違うものの、同じようにローマの公共建築物に書き付けられているそうだ。シリア風パイの売り子すらもそらんじている。君はこうした状況をどう思う？一人の男の手に絶対権力があるという情勢下、我々の仕事は奪われるなり生気を失うなりしてしまう。我々はもはや市民ではなく奴隷に過ぎない。そして詩は、強いられた閑暇をやりすごすための暇つぶしだ。

Ⅱ—B　ローマ市の壁や舗石に書き付けられた落書き。

・・・・・・・・・・・・・

クローディウス・プルケルが　元老院でキケロに言う
姉さんはかたくな　脚も触らせてくれやしない　そう言う彼に
なるほど　とキケロは言う　我ら思うに　彼女はもっと大胆のはず
我ら思うに　膝より上なら触らせてくれるはず　と彼は言う

・・・・・・・・・・・・・

彼女のご先祖が　アッピア街道を敷いた
カエサルは　こっちのアッピア引き剝がし　別な風に組み敷いた
アッ　ハッ　ハッ(27)

・・・・・・・・・・・・・

はした金で春を売る彼女　実は大金持ち　でも貪欲過ぎて怠けちゃいられない
夜明けにいくらかを持ち帰る時　どんなに誇らしい気持ちでいることか

・・・・・・・・・・・・・

毎月毎月　カエサルが祝うのはローマの建国
毎時毎時　カエサルが祝うのは共和国(28)の死

・・・・・・・・・・・・・

［次の俗謡には色々なパターンがあり、世界中の公共施設に書き付けられて発見されている。］

世界はローマのもの　神々はローマをカエサルに与えた
カエサルは神々の末裔　そして神
不敗のカエサルは　兵士みんなの父なり
金持ちの顔面に　カエサルはかかと一撃食らわした
だけど貧乏人とは仲良し　慰めてくれる
だから分かるだろう　神々はローマを愛している

神々はローマをカエサルに与えた　自分たちの末裔　神なるカエサルに

・・・・・・・・・・・

［次のカトゥッルスの詩は、発表後たちまちのうちに大人気となったらしい。一年以内に、作者不明のことわざ的な警句として、ローマ支配域の最果ての地にまで伝わった。］

太陽は　沈んでもまた昇る
でも僕らは　短い光のひとたび沈むや
永遠《とわ》の一夜《ひとよ》を眠り続けねばならぬ

Ⅲ　カエサルの書簡日誌より。カプリ島のルキウス・マミリウス・トゥリヌスへ。

［おそらく、前四五年八月二〇日から九月四日にかけて書かれた。］

［この「書簡日誌」には、前五一年、手紙の受取人であるルキウス・マミリウス・トゥリヌスが戦いのさなか、敵のベルガエ人[29]の手に落ちて体をそこなわれた時から、独裁官の死までに書かれた手紙がまとめてとじられている。反古《ほご》や文書の裏面に書かれたもの、急いで書かれたもの、丹念に書かれたもの、カエサルの口述を秘書官が書き取ったもの

など、その形式は多種多様だ。通しで番号が振られているが、日付の記載はまれである。」

書簡958［「ロムルスの遺言書」に用いられる、三例の古風な語の語源に関する試論。］

書簡959―963［最近の政界の情勢について。］

書簡964［キケロが弁論に修辞的技巧として韻律を使ったことについて、あまり評価しないことを説明。］

書簡965―967［政治について。］

書簡968［ローマの宗教について。この書簡は、すでに本書の文書I―Bとして収録。］

書簡969［クローディア、および彼女の育ちについて。］クローディアとその弟から晩餐に招待された。あの二人の状況については君への手紙で十分論じたように思う。それでも、ローマに住む人間のご多分に漏れず、ふと気づくと僕もこの問題へと立ち戻っている。

僕はもう、難破した人生を背後に引きずる無数の人間の一人と出会っても、たちまち同情心に満たされたりはしない。ましてや、見たところ自分を許す言い訳をすでに見つくろい、それで免罪されて心の玉座に腰かけながら、自分をおとしめた不可解な「運命」に毒づく人間のためにも、自分を無垢な犠牲者と見せかける人間のためにも、わざわざ言い訳を見つけてやる気はない。クローディアはそうした人間の一人だ。

ただし彼女は多くの友人には違う顔をして見せる。皆の前では最高に幸せな女を気取るんだ。ここで言うのは、彼女自身の目に映る世界で、それに僕の目の前で彼女が演じている役柄についてだ。おそらくこの世で僕だけが、彼女がどういった出来事の犠牲者たり得るのか知っているのだから。

この二十五年以上、来る日も来る日も、自分は犠牲者です、という主張を更新するのに利用されてきた出来事のことを。

クローディアのために、それに彼女の同世代の女性のためにも、それ以外の言い訳を見つけてやれないことはない。あの世代の女性全体の心に生じた不調については、彼女らの関心を等しく引いているから。財産や特権に恵まれた家柄に生まれた彼女らは、いま僕らが「父祖の遺風」と呼ぶ、絶えず道徳的な圧力をかけてくる貴族的感性のなかで子供時代を過ごした。そんな少女らの母親は、たいていが偉大な女性だった。しかし母親たちは他人には伝えられない気質をそなえるようになっていた。母性愛、家柄への誇り、それに財産が組み合わさって偽善者となっていたんだ。こうしてその娘たちは、表面上は穏やかでも、本当は嘘と言い逃れで覆われた環境で育った。家庭での会話は、穏やかそうに見えても実は騒々しいものとなったんだが、いまはその問題を論じるのはよそう。だが成長するにつれ、特に知性的な娘たちがこうした状況に勘づき始めた。自分は嘘をつかれてきたと感じるようになった彼女らは、偽善からの解放を社会に印象づける行動にたちまち身を投じた。身体の拘束はつらい経験だが、心を鎖につながれるのはもっとひどい。自分はだまされていた、という事実に目覚めた娘たちの考え方や行動は、当人にとっては痛ましく、他の人々には危険なものだった。なかでもクローディアが最も知性的だったことは、いまのその行動がとりわけ目に余ることからも分かる。彼女らがこぞって手に入れたり、身に着けたりしたのは、下層の人間と一緒のところを見られたい、という情熱だった。こうして、品のなさを見せびらかす行為が政治的意味合いを持つに至ったんだ。そして僕はそれに対処しなければならない。平民の世界そのものなら改善してやれる。だが平民の貴族[30]などというものにどう対処したらいいのだろう？

　その行動に非の打ち所のない若い女性たち——たとえばクローディアの妹とか、僕の妻とか——でさえ、いまでは嘘に勘づいたかのように怒りをあらわにする。彼女らは、家庭的な美徳は自明で普遍的だと思うようしつけられてきた。彼女らは若い心を最も強く魅了する認識に飢えていたんだ。つまり「選択こそ人生最上の喜び」という認識だ。


　クローディアの行動にはまた、君と何度も、おそらく何度も何度も論じ合った事実が反映されているように思う——「この世を生きる我々は、縛られ、押し込められ、そして無力でもある受動的な存在だ」という信条を、言葉の用法や構造そのものが示し、教え込んでいるという事実だ。たとえば「しかじかの資質が誰かには生まれつきさずけられた」という表現がある。つまりどこかに偉大な「与え主」がいて、そのお方がクローディアには美貌、健康、富、それに生まれの高貴さや際立つ知性を、一方で他の人には隷属、病気、愚かさをさずけたことになる。クローディアは何度となく、自分には美貌が与えられ（与えたのは誰だろう？）、他の人は手厳しく呪われたと聞かされたことだろう——本当に神は呪ったのだろうか？　良き贈り物や悪しき贈り物を壺から出して与える、ホメロスが語るとおりの神がいると考えているのだとしても、自分の信じる神をののしる信心深い人々の姿には驚かされるよ。この世界が進行するうちには神意にそぐわない場面もあるだろうし、そうした場面を望んだのも、やはり神に違いないことをまるで分かっていないのだから。

　だがクローディアのことに戻ろう。彼女のように多くを与えられた女性は、どれだけ受け取ろうとも満足しない。自分にただ美貌、健康、富、家柄、知性のみを与え、その他の百万もの贈り物、すなわち毎日の一瞬一瞬に感じられる完璧な幸せを与え惜しんだ、けちな「与え主」への怒りに毒されているんだ。なんらかの「知性ある存在」が自分に長所をさずけたと感じている恵まれた人間の貪欲さには、どんな貪欲さも及ばない。反対に、自分だけが特に無視されたと感じている不遇な人間のつらさには、どんなつらさも及ばない。

なあ我が友よ、我が友よ。鳥は鳥の世界に帰してやる。雷は大気の現象に帰してやる。そして神々は空想的な記憶に帰してやる。それ以外のどんな良いことをローマのためにできるのだろう？伝えるまでもないと思うが、僕らはクローディアの晩餐会には行かないつもりだ。

Ⅳ　マリウスの未亡人であるユリア・マルキアから、ローマ市にいる甥のガイウス・ユリウス・カエサルへ、ローマ市近郊アルバの丘にある農園にて。

〔前四五年九月四日〕

クローディウス・プルケルとその姉から、今月末の晩餐会に招いてもらいました。私の愛しい子や。お前も出席すると聞きました。でも私、秘儀〔善き女神《ボナ・デア》の秘儀〕に関わるお役目を果たす十二月までは、ローマ市に出るつもりはなかったの。だからもちろん、お前とお前の愛する奥方も出席するというのでなければ、あの家に行こうなんて思いもよりません。お前も本当に出席するのかどうか、一言でいいから、この手紙を届けた使者に託してお返事をおくれ。

でも本当のことを言うと、しばらく田舎に引っ込んでいたものだから、パラティヌスの丘(31)の社交界がどんな様子か少なからず知りたくはあるの。お友達のセンプロニア・メテッラやセルウィリア、アエミリア・キンベルやフルウィア・マンソからは色んな不祥事についてのお便りをもらうけれど、あまり用をなしません。彼女たち、自分の良いところを念押しするのに忙しくて、世界の頂上での毎日の戦いが立派なことなのかつまらないことなのか、私にはてんで分からないのよ。

それともう一つ、クローディアと会いたい理由があります。たぶん近いうちに私、とても大切なお話を彼女としないといけなくなりそうなの——それは、私が若かった頃や壮年の頃の大切なお友達だった、彼女のお母上とお祖母様のためなのよ。私の言う意味、分かるわよね？〔以下に見るように、カエサルにその含意は伝わっていない。叔母のユリア・マルキアは、善き女神の秘儀の実行委員会関係者だった。秘儀への参列資格をクローディアから剝奪してもらいたい、との提案があった場合、決定はウェスタの巫女団の代表たちではなく、俗人からなる実行委員会の判断に大きく左右された。しかし最終的な権限は、大神祇官であるユリウス・カエサルの手に握られていた。〕

私たち田舎の野暮天は、お前の贅沢禁止令に喜んでそっくりそのまま従うつもりでいます。この小さな村ではみんながお前を愛しています。お前がこの偉大な国を導いてくれていることを、毎日神々に感謝しています。この農場には、お前の軍団の退役兵が六人いるのよ。あの者たちが私に示してくれる熱意や明るさ、それに忠誠心は、お前への心からの尊敬のあらわれであること、私にはよく分かっています。あの者たちをがっかりさせないよう心がけています。

ポンペイアにも愛していると伝えておくれ。

〔同じ便で届けられた、二通目の手紙〕

愛しい甥っ子や。次の朝になりました。

図々しくも世界のあるじの時間を奪うのを許しておくれ。もう一つ尋ねたいことがあるの。この手紙の使者にことづけておくれ。

ルキウス・マミリウス・トゥリヌスはまだお元気なの？　お便りを送ることはできるの？　宛先を教えてくれますか？

同じことを何人ものお友達に聞いたのよ。でもはっきり答えられそうな人が誰もいないの。私たちみんな、あの子がガリアでお前と並んで戦い、ひどい怪我を負ったことは知っています。いまは湖沼地方で、シチリア島で、あるいはクレタ島で、まるきり人付き合いを絶って暮らしていると言う人がいます。何年も前に亡くなったと言う人もいます。

せんだって、こんな夢を見たのよ（もう少し年寄りの話につき合っておくれ）。どうやら私は、タレントゥムにある別荘のプール脇に立っているようでした。そして隣には、あの勇敢な私の旦那様[3]。プールで泳いでいたのは二人の少年。そう、お前とルキウス。旦那様は水から上がったお前たちの肩に手を置くと、私の目をじっと覗き込み、笑いながらこう言ったの。「我らが偉大なローマのオークの木から伸びた若木たちよ！」

お前たち二人、足しげく我が家を訪ねてくれましたね。日がな一日狩りをしていたわね。それからどれだけ食べたことか。そうそう、おぼえているかしら。お前が十二の時、瞳を輝かせながら、いつも私にホメロスの詩を語って聞かせてくれていたことを。そのあとお前とルキウスは、連れ立って勉強のためにギリシアに旅立ってしまいました。哲学や詩について長い手紙を書いてくれましたね。母を亡くしていたルキウスは、お前の母親に手紙を書いていましたね。

ええ、昔のこと、昔のことよ、ガイウス。

夢から覚めた時、私は泣いていました。失われてしまった方々。旦那様、お前の母親、クローディアのご両親、そしてルキウスのために。

あらいけない、お前の時間を無駄にしたわね。

二点について回答を。クローディアの晩餐会の件。それにもしお元気なら、ルキウスの宛先の件。

Ⅳ—A　カエサルからの、叔母ユリア・マルキアへの返信。帰還する使者の手で届けられた。

［最初の二段落は秘書官の筆跡。］

愛する叔母様。クローディアの晩餐会におもむく予定はありません。もし何か、本当に叔母様のためになることがあると思えるなら、もちろん行って叔母様を喜ばせるところなのですが。代わりに当日の夜は我が家にいらしてください。妻も同意してくれていて、是非にと申しています。もしかするとクローディアは、厚かましくもキケロを招待しているかもしれません。またキケロは、気弱にも招きに応じたかもしれません。その場合は、彼をあちらの宴席から奪って叔母様に差し出します。もう一度彼に会いたいとお思いのことでしょう。キケロは以前にも増して機知に富み、パラティヌスの丘の上流社会についてなら何でも話して聞かせてくれるはずです。また、わざわざ叔母様のお宅の門を開ける必要はありません。我が家の中庭にある別棟を自由にお使いください。アル・ナラが喜んでお仕えします。愛する叔母様、そこに滞在のあいだ、夜警時に歩哨が武器をぶつけ合うのを控えさせます。合い言葉の交換も、ささやき声でおこなうよう命じておきます。

秘儀のご用事でローマ市にいらっしゃれば、クローディアについて十分お知りになれましょう。過ちをおかした者を思いやるようにとエピクロス[32]は命じています。しかし私には、彼女にみじんも同情心を感じられません。お手紙にあった大事な件については、当人とじかに話すのが良かろうと思います。そのうえで、どうしたら彼女を思いやれるのかを教えてください。かつて彼女とは種々のつながりで結ばれていました。それなのに、いまではどうして心がこれほどに冷淡なのか、自分でも怪訝《けげん》に感じているのです。

[カエサルは以下を自筆している。]

昔のことを語ってくれましたね。

長らく思いを馳せることがありませんでした。そのすべてが、そのすべてが、二度と見ることの叶わない美しい情景に思えます。あの方々、どうしたらあの方々のことを考えられるのでしょう。そのささやきを、その両の目を思い出すだけで、ペンが手から滑り落ちます。思い出して語りかけようとすると、その情景は石のように固まってしまうのです。ローマ、そしてローマに関わる業務は、もはや役人の仕事となりました。無味乾燥で退屈な仕事と化しました。死が解放してくれるまで、私は毎日忙殺されます。自分はこの点で一流なのでしょうか？　私には分かりません。他の人たちは過去の喜びを、現在の思考や未来の計画へと織りなせるのでしょうか？　それができるのは、おそらく詩人だけです。ただ詩人のみが、自分のうちにあるすべてを詩作の一瞬一瞬に利用できるのです。

いまそうした詩人が一人、我らがルクレティウスに取って代わるべく登場したものと思います。その詩人の詩を何篇か同封します。どう感じたか聞かせてほしいのです。叔母様は、世界の支配権を私のものとおっしゃいました。その支配権も、ラテン語の可能性を示すこれらの作品を知って以来、いっそう発揮し甲斐のあるものとなりました。同封した詩のうちには、私を題材とした風刺詩[33]は含まれていません。この詩人、カトゥッルスは、愛と同様憎しみにおいても雄弁なのです。

ローマ市にお越しの折、叔母様には贈り物があります。その責務とは、先ほど書いたとおり、過去への責務にいくばくかの影響を与えることになります。ただしそれに関わることで、私は現在の返礼の先に続いていくものなのです。［カエサルはローマ市建設記念月例祭の催しに、叔母の夫であったマリウスの霊に対する、ローマ市からの挨拶の言葉を付け加えていた。］

愛する叔母様。質問の二点目については、いまはお答えできる状況にありません。

ポンペイアがよろしくと申しています。叔母様がいらっしゃるのをとても楽しみにしています。

V　センプロニア・メテッラから、ローマ市近郊アルバの丘にある農園のユリア・マルキアへ、ローマ市にて。

〔前四五年九月六日〕

親愛なるユリア、今度ローマ市にいらっしゃると聞いてどんなに嬉しかったか、言葉にできません。わざわざ市内のおうちを開ける必要なんてないのよ。必ず私のところにいらしてね。あなたの歩く地面もあがめる、ゾシマが仕えてくれます。私にはロドペがいるから大丈夫。いまでは彼女は私の宝物です。

ねえ、くつろぎながら聞いてください。(34) 少し長いお喋りになりそうなの。

まず、この古い古い友達の言うことを聞くのよ。あの女の家に行ってはなりません。噂を信じるものではないとか、不在の人は中傷から身を守れないとかと、確かにずっと言われているわよ。でも詰まるところ、そんな噂の種をまくことそのものが罪ではないかしら？　彼女が旦那さんを毒殺したとか、兄弟と好ましくない関係を持ったとか、私だってそんなこと信じてませんよ。でも信じている人が何千人もいるのも確かなことなの。孫の話だと、あの女についての歌があらゆる軍営地や酒場で歌われているし、あの女についての詩があらゆる浴場の壁に書き付けられているそうよ。

付いたあだ名[26]をみんなが口にしているけれど、わざわざここに書いたりはしません。

それはそうと本当に分かっている最悪のことは、パラティヌスの丘という舞台のすみずみに及ぶ彼女の影響力の大きさなのよ。庶民みたいななりをして、町でも一番卑しい輩《やから》と付き合うようなことをしだしたのは確かにあの女なの。友達と連れ立って、剣闘士たちの酒場で一緒に夜どおし飲み明かしたり、彼らのために踊ったり。あとはご想像におまかせするわ。ねえユリア、あの女は遠征団を組んで町の外に繰り出して、酒場で羊飼いに交じったり軍団の駐屯地にも出かけていったり。これは事実なのよ。その結果の一つは誰もが知っているあのこと、つまり言葉が変わってしまったの。いまでは、まるで平民のように話すのがお洒落と思われるようになりました。その責任があの女に、あの女だけにあるのは間違いないわ。彼女の社会的地位、生まれ、富、美貌、それに誰もが認めざるを得ないあの魅力と知性が、この社会を泥まみれにしたの。

だけどついに怖くなった。だからあの女はあなたを晩餐会に誘った。そう、怖くなったのよ。

ねえ、聞いて。とても大変なことが起ころうとしています。その判断は、最後はあなた次第なの。


[続く箇所には数多くの隠語が使われている。「牛の目」(ギリシア語で書かれていた。以下も同様)はクローディアのこと。「イノシシ」は、その弟クローディウス・プルケル。「ウズラ」(結婚のずっと前に付けられたあだ名)は、カエサルの妻ポンペイア。「テッサリア魔女」は、マルクス・ユニウス・ブルートゥスの母セルウィリア。「刺繍教室」は、善き女神の秘儀および秘儀開催を監督する委員会を、それぞれ意味している。「嵐を呼ぶ

男」とはもちろんカエサルのこと。」

彼女は誰からも見放されていますけど、それでも少なくとも私、あの例の会から追い出すべきとまでは思ってないわ。でも彼女の除名が提案されようとしているのは確かなのよ。せんだって、あの女が南のバイアエへと出かけるすぐ前に開かれた実行委員会に、「ウズラ」と二人して顔を見せていました。議長——代わりにあなたの席にいたのは「テッサリア魔女」——に暇乞《いとま》いをした二人は、早々に場をあとにしたの。そのとたん、居合わせた皆さんがいっせいにあの女について話し始めたのよ。アエミリア・キンベルはこう言っていたわ。「もし「牛の目」が、「刺繍教室」の時に自分のそばにいたら、横っ面を張り飛ばしてやる」。フルウィア・マンソはこう。「儀式のさなかには引っぱたかないけど、終わったらすぐ大神祇官様に訴えます」。そして議長だから意見を言えない「テッサリア魔女」が、「まずは皆さんとウェスタの巫女団長に議題として提起すべきです」と言ったの。怒った調子の彼女の声、実を言えばちょっとおかしかったのよ。だって彼女、頑張って偉そうにしていたけれど、いつでもそんなに貫禄があるわけではないことを皆さん知っているから。

そこであなたの出番！　あなたやあなたの甥御さんが、彼女を除名させるなんて思っていないわよ。でも除名だなんて！　なんという不祥事！　ねえ、私だって、何がどう不祥事なのかについて、あの老女たちが他の人より分かっているとは思っていないわ。それに昨日の夜ふと、おぼえている限りだとこれまで除名されたのは三人だけで、その女性たちは一人残らず、ただちに自殺したことに気づいたのよ。

それでも、とっても美しくて気高い、あの素晴らしい「刺繍教室」に「牛の目」みたいな女がいると考えるのは、やっぱり恐ろしいのよ。ねえユリア、あなたの偉大な旦那様、マリウス様の言葉が忘れられません。「我らが女性たちの集うこの二十時間は、ローマを支える支柱のようだ」

私たちみんなには大きな謎なの。どうして「嵐を呼ぶ男」（ねえ、悪い意味はないのよ）は、「ウズラ」がしきりとあの女に会うのを許すのかしら？　とても不思議なの。だって「牛の目」と会えば当然「イノシシ」と会うことにもなる。節操のある女性なら「イノシシ」に会いたいと思うはずはないもの。

でも、話題を変えましょうか。

昨日さずかった素晴らしい栄誉について、どうしてもあなたにお伝えしたかったの。あの方がわざわざ私だけに話しかけたのよ。

もちろん私も行ったのよ、カトー[2]のところへ。ローマ中の人たちと一緒に、あの人の偉大なご先祖を記念する日に。何千もの人たちが、カトーの屋敷近くの通りを埋めつくしていたわ。トランペット奏者も、笛吹も、それに祭司もいました。屋敷には独裁官の席がしつらえられていて、そして当たり前よね、みんなジリジリしながら待っていたの。するとようやくカエサル様がやって来た。ご存じとは思うけれど、ほら、あの方の意外性って言ったら！　甥に言わせれば、「あの方は、形式張らないことを期待されれば形式張るし、形式張ることを期待されれば形式張らない」。あの方は中央広場《フォルム》を歩いて通り抜け、供回りを大勢引き連れる様子もなく、丘をのぼってやって来ました。マルクス・アントニウスとオクタウィウスだけを両側に連れて、ぶらぶらと。私、あの方のことを思って震えたのよ。だって本当に危ないじゃない。でもそこが、あの方が心から慕われる理由の一つなのよね。これこそ「古き良きローマ」。あなたの農場からでもその時の喚声が聞こえたはずよ！　そして微笑みながら頭を低くして屋敷に入ると、まっすぐカトーとそのご家族の前に進んだの。今度はアリの足音だって聞こえたはずよ。でもあなたには、自分の甥御さんが完璧だからって目新しくはないわよね。私たちにもあの方の一言一言が聞こえたわ。まずは重々しさと敬意。カトーでさえ涙を流して頭《こうべ》を垂れていました。それからカエサル様は、だんだんと肩肘張らない様子になっていったの。カトーの家族を交え、あの方はとても陽気に、とてもひょうきんになって、じきに広間全体が笑いに包まれました。

カトーは立派に、でもごく手短かに答えていたわ。苦々しい政治的いさかいはすべて昔のことになったみたいでした。回ってきたお菓子を一つ手に取ったカエサル様は、隣の人に、そしてまた隣にと声をかけ始めたの。独裁官の席につこうとはしなかったけれど、振る舞いの一つ一つに魅力があふれていて、カトーのお家を軽んじているようには見えなかったわ。ねえ、するとなんと、あの方が目ざとく私を見つけたの。従僕に椅子を持ってこさせると、私の隣に腰かけたのよ。その時の私がどんなだったか、あなたなら思い浮かべられるわよね？

あの方が昔あった事や名前を忘れるなんてあるのかしら？　二十年前、アンティウムの町で四日間、私たちと過ごしたこともおぼえてらしたの。その時にいた親類のことも、お客様のことも。またやんわりと、孫の政治的活動についても注意するのよ（だからって、ねえ、何ができるっていうのよ！）。それからあの方は、ローマ市建設記念月例祭について意見を求めたの。どうやら始めから私に気づいていたみたい。でも考えてもみてよ。半マイルも向こうで、あちこちと複雑に動き回って儀礼をこなしていたのに！　あの方はすべてがこのうえなく印象的で、話すどの一節も聞く人にとって長過ぎず、曖昧なこともなかったわ。そして話は宗教そのものとか、鳥占い、吉日や凶日のことへと移ったのよ。

ええ、あの方は世界で最も魅力的な殿方です。でも同時に——正直に言うわね——あの方って恐ろしくない？　人がなんとか伝えようとすることを、どんな些細なことでも漏らさず聞いてくれる。その大きな目を見ているととても嬉しくなる。嬉しくなるんだけど、でも恐ろしい。その目はまるでこう語っているみたい。「本当に誠実な人間なのは、この場では貴女と私だけだ。私たち二人だけが心のうちをそのままに語っている。私たち二人だけが真実を語っている」。いまは、自分がまったくの間抜けでなかったことを祈るだけよ。それにしても、誰かが前もって知らせてくれていたら良かったのに。大神祇官でもあるカエサル様から、私が宗教についてどのように、何を、どこで、いつ考えているか、お尋ねがあるだろうって。だって会話は結局そこへ行き着いたんですもの。それからあの方が暇《いとま》を告げてお開きとなりました。家に着くなり私、そのまま寝室に向かったわ。

ねえユリア、大きな声では言えないけれど、教えてほしいの。あの方の妻であるというのは、どうあることを義務づけられることなのかしら？

ルキウス・マミリウス・トゥリヌスについてお尋ねだったわね。

あなたと同じく、彼について何も知らないことに不意に気づきました。お亡くなりになったか、あるいは良くなって、どこか遠くの地方で何らかの地位についておられるか。でも、こうした情報を探るのに一番良いのは、年季の入った信じられる奉公人に聞くことのような気がしたの。あの人たち、ある種の裏社会を作っているでしょう。私たちのこと何でも知っているし、自分の知っていることすべてに誇りを感じてもいるし。そう考えて、長い付き合いの解放奴隷ルフス・テラに問い合わせてみたら、やっぱり、次の事実が聞けました。

カエサル様もあやうく捕虜になりかけた、ベルガエ人との二度目の戦闘の時、トゥリヌスは敵にとらわれました。彼がいないとカエサル様が気づいた時には、もう三十時間が過ぎていたそうよ。するとなんと、あなたの甥御さんは敵の陣営に連隊を突撃させたの。その連隊はほとんど全滅したけれど、でもどうにか、ひどい有様のトゥリヌスを取り返してきた。敵は彼から情報を聞き出そうと、手足を次々に切り落として気を失わせていたの。腕を切り、足を切ると、それからたぶん……。さらには目をえぐり、耳をそぎ、もうちょっとで鼓膜を裂かれるところだった。カエサル様は、彼ができる限りの治療を受けられるようにと手を尽くした。それ以来、トゥリヌスはみずから望んで、自分のことをできる限り秘密にさせたの。でもルフスはどうやら彼が、周りをぐるりと壁で囲われた、カプリ島の美しい別荘に住んでいることを知っているみたい。もちろんトゥリヌスはいまでも裕福で、秘書官や従僕といったおおぜいの家人にかしずかれているそうよ。

これは、このままで悲痛な物語ではない？　人生って、ただ単に恐ろしいのではないかしら？

彼のことはよくおぼえているわ。綺麗な顔立ちをした、裕福で、有能で、国家の高い地位につくよう明らかに定められているような方で、そのうえとっても魅力的。うちのアウルンクレイアとの縁談がまとまる寸前だったのよ。けれど彼のお父上やマミリウス家の方々は皆さん、私や、とりわけ夫にとっては保守的に過ぎたの。どうも彼、いまでもまだ政治や歴史、文学への興味をなくしてはいないそうよ。ローマ市には、彼のもとに色んな情報や本、それに噂話なんかを届ける人がいるそうだけど、それが誰かは分からないの。でもトゥリヌスは、数人の親しいお友達を除いて、あらゆる人から忘れ去られたいと願っているみたい。もちろんルフスには聞いたのよ、彼をいまでも訪れているのは誰なのかって。ルフスが言うには、彼はほとんど誰の訪問も受けないけれど、女優のキュテリス[35]が時折行って本を読んであげているそうよ。そして年に一度、春にカエサル様が訪れて数日間を過ごすらしいわ。でもどうやらあの方、その訪問について誰にも何も言わないようね。

純金みたいにかけがえのないルフスからは、あなた以外には決してこの話をしないよう念押しされました。アフリカ出身のとても素晴らしいあの老人は、傷を負ったトゥリヌスの願いのうち、忘れ去られたいという部分を大切に思っているようなの。私はその希望どおりにするつもりです。あなたもそうしてくれるわよね。この手紙、恐ろしいほど長くなってしまったわね。

なるたけ早く、我が家にいらしてくださいね。

Ⅵ　クローディアから、ローマ市にいる弟のプブリウス・クローディウス・プルケルへ、南イタリアのカプア市にて。

［前四五年九月八日］

［クイントゥス・レントゥルス・スピンテルとその妻カッシアの別荘から送られた。］

能なしさんに。

S. T. E. Q. V. M. E.［クローディアがここで皮肉っぽく使っている略語は、当時よく使われていた手紙冒頭の挨拶文「もし貴官と貴官の軍が健勝であれば、良し *Si tu exercitusque valetis, bene est*」をもじった表現で、「もしあなたとあなたの愚連隊が健勝なら、悪し（*male est*）」との意味である。］

また検閲が入りました。［カエサルの秘密公安部隊は、クローディアと弟のクローディウスが取り交わす手紙を検閲していた。しかし二人は、特に害のなさそうな手紙を、あたかも隠したい文書であるかのようによそおって使者に運ばせ、本当の手紙をより念入りに隠して発見されないよう工夫していた。］

あなたの手紙は馬鹿馬鹿しいナンセンス。こう書いてある。「奴らだってずっと生き続けるわけじゃない」。どうしてあなたに分かるの？　あの人にも、あなたにも、そして他の誰にも、あの人がどれだけ生きるか分かりはしない。だから計画を立てるなら、あの人が明日死ぬかさらに三十年生きるか、どちらの場合も考えておくべきでしょう。未来が分かるかのように語るのは、子供と弁論家と詩人だけ。幸せなことに、わたしたちには未来について何も分からない。こうも書いてある。「これまで毎週のように痙攣《けいれん》があった」。［カエサルには癲癇《てんかん》の持病があった。］教えてあげる。あなたは間違ってる。わたしの情報源が誰か知ってるはずよ。［カエサルの妻ポンペイアの侍女であるアブラ[36]のこと。クローディアの紹介でカエサル家に入ったアブラは、クローディアから給金をもらって家のことを逐一報告していた。］さらにはこうもある。「こんなキュクロプス[37]みたいな巨人のもとでは、できることは何もない」。よく聞きなさい。あなたはもう子供ではないの。四十歳なの。いつになれば機会をただ待ったりせず、いま手元にあるものをもとに、毎日の時間を使って自分の地歩を固めるやり方を学べるの？　まだ護民官より上の地位についていないのはなぜ？「だってあなたの計画は、いつでも来月に開始[38]」。今日と来月とのあいだにぽっかりあいた溝を、あなたはいつだって暴力と、あのヤクザな連中に頼って飛び越えようとする。「舳先《へさき》」［ギリシア語で記されている。カエサルのこと］が世界を支配している。その支配はあと一日かもしれないし三十年続くかもしれない。この事実を受け入れてそれに沿って行動できないなら、あなたに未来はない。あなたは無。はっきり言います。この事実に反することをしようとすれば、きっとあなたは破滅します。

　昔のような好意を取り戻すの。以前あなたがあの人の強力な支えだったことを思い出させてあげるの。あの人をひどく嫌っているのは知ってる。でもそんなこと問題にならない。好きとか嫌いとか、そんな思いが何かにつながることはないの。あの人にはそれがよく分かっている。あの人がポンペイウスを嫌っていたとして、それがあの人の行く末を左右したと思うの？

あの人を見るの、能なしさん。たくさんのことを学び取れるはず。

あなたはあの人の弱点を知ってる。あの無関心、あのうわの空な様子。でも人はそれを度量の大きさと呼んでる。賭けてもいいけど、あの人、本当はあなたを気に入ってる。自然で単純なのが好みだから。それにあの人はもう、あなたが馬鹿なトラブルメーカーだったことをほとんど忘れてる。それに、賭けてもいいわ、あなたがこの二十年ずっと、キケロをまるで野ネズミみたいに震え上がらせているのを見て、ひそかに楽しんでる。

あの人を見るのよ。たぶん勤勉さをまねることから始めるのがいい。あの人は、一日に七十通の手紙や文書を書くと言われているけど、わたしはそれを信じる。あの人の書いた文書は、毎日雪のようにイタリア中に降りそそぐ。いいえ、ブリタニアからシリアまで、世界中に降りそそいでいるのよ。元老院の議場でも、晩餐の席でも、背後にはいつも秘書官が控えている。手紙の文面がひらめいた瞬間に振り返り、それをささやいて書き取らせる。ある時は、ベルガエ地方の村に自分の名にちなむ村名を付けるのを認めると伝え、村の楽団に横笛を贈る。次の瞬間には、ユダヤの結婚に関する法とローマの慣習をうまく調和させる方法を考え出す。アフリカの町に水時計を贈り、アラブ風の魅惑的な手紙を書き上げる。とにかく働くのよ、プブリウス、働くの。

そして忘れないで。今年は従順に行動する一年になる。

あなたに願うのはただの一年。

わたしはローマで最も保守的な女性になる。来年の夏までにウェスタの名誉巫女と、善き女神《ボナ・デア》秘儀の監督役になるつもり。

そしてあなたには属州総督の地位。

いまから名前をクローディウスではなくクラウディウスとつづりましょう。お祖父様が選挙での票欲しさに平民風の綴りにしたけれど、もううんざり。[39]

わたしたちの晩餐会は失敗でした。「舳先」と「豆」［ここもギリシア語で記されている。カエサルの妻のこと］は断ってきました。ヘカベはまだ何も言ってきません。こうした状況を知れば、おそらくキケロも最後の最後には断ってくるでしょう。アシニウス・ポッリオは出席の予定です。卓には適当に並べておきます。

カトゥッルスについて。彼にはきちんと振る舞ってください。わたしは徐々にうまく振る舞えなくなっています。こっちはこっちなりにやるから放っておいて。信じられないでしょうね。だけどいま起きていることといったら！　わたしの自己評価はそこらの女と同じ程度に高いわ。それでもさすがに自分のことを、女神全部をひとまとめにした存在だとか、ペネロペイアと同等だなどと自惚れたことはない。ねえプブリウス、わたしに怖いものはない。でもあの恐ろしい詩だけは別。カトゥッルスがカエサルに浴びせかけている風刺詩[33]をご覧なさい。誰もがそれを繰り返し口にしてる。まるで身体に受けた傷のようにカエサルについてまわっている。どれもこれもまったく気に入らない。だからわたしはわたしなりに対処するから放っておいて。[40]

それで、晩餐会が失敗に終わったことは理解できたの？　頭にたたき込んでおいて。誰も家に来てくれない。来るのはせいぜい、あの口ひげを緑色に染めたあなたのお友達と、カティリーナ[8]の卵みたいな連中だけ。でも、どうしたってわたしたちはわたしたち。我が一族がこの町の舗石を敷いた。誰にもそれを忘れさせたりしない。

能なしさんに、もう一つ。

「豆」があなたになびくことはありません。わたしが禁じました。頭から追い払いなさい。わたしが禁じたのよ。わたしとあなたが、いつも巨大な誤りをおかしてきたのがこの点です。わたしが何を言いたいのかよく考えなさい。[クローディアがほのめかすのは、弟によるウェスタ巫女の誘惑、そしておそらく、クローディアが才気あふれるカエリウスを、不体裁にも法廷に訴えたことであろう。以前はクローディアの愛人だったカエリウスは、宝石を盗んだとしてクローディアから告訴された。カエリウスを弁護して勝訴させたのがキケロである。キケロはその弁論で、姉弟のそれまでの人生を洗いざらいあげつらい、ローマの民衆の前で二人を公然と笑い物にした。]

だから自分にこう言い続けるの。一年間だけ、お行儀良く。

わたし、あなたの「牛の目」は、あなたを尊敬しています。以上についてのあなたの考えを書いて、帰りの使者に託しなさい。わたしはここに四、五日ほど滞在するつもり。でも、到着したのは今日の午後だけれど、クイントゥスとカッシアを一目見たらローマ市に急いで戻りたい気分になったわ。それでも、とにかくあの人たちに満足を感じてもらいましょう。大丈夫。ウェルスとメラが一緒。明後日にはここにカトゥッルスが合流します。

使者に返信を託すのよ。

Ⅵ―A　クローディウスから、クローディアへ。

［返信として、使者は卑猥な言葉を入念に練習させられた。］

Ⅶ　クローディアから、ローマ市にいるカエサルの妻ポンペイアへ、カプアにて。

［前四五年九月八日］

愛する貴女。

貴女の夫君はとても偉大な殿方ですが、同時にとても無粋なところがあります。晩餐会にはいらっしゃれないと、ごく短い手紙でお知らせいただきました。でもわたし、あの方が晩餐会にいらしてくださるように、貴女なら説き伏せられることを知っています。三回、四回と拒まれても決してくじけないでくださいね。

アシニウス・ポッリオがいらっしゃいます。それにかの新進気鋭の詩人、ガイウス・ワレリウス・カトゥッルスも。独裁官様に思い出させてあげてください。この若き詩人の詩が書かれた紙片を、手元にある限り全部お渡ししてあることを。そして原本をまだお返しいただいていなくて、写しもお戻しいただいていないことを。

愛する貴女、イシスとオシリス[41]の祭儀についてどう思うかとお尋ねだったわよね。すべて次に会う時お話しするつもりよ。もちろん目にはあでやかですけど、全部が全部、本当にナンセンス。侍女や陶工にならぴったり。わたしたちみたいな人をあんな場所に連れて行こうとしだすなんて、どうかしていたわ。バイアエ[21]はとても退屈だから、エジプト伝来の祭儀におもむくのも無聊の慰め方の一つなの。もしわたしが貴女なら、あの方をうながしてあれに参列しようなんて思いません。あの方をいら立たせるだけですし、そうなれば二人ともが不愉快な思いをするでしょうから。

貴女に贈り物があります。最高の織工をソレントで見つけたの。その者の織りなす薄織はとても軽くて、布が積み上がったところをふーっと吹けば、天井にまで舞い上がるほど。ゆらゆらと漂い降りるのを待つあいだに、貴女はもうお婆さん。それに踊り子たちが身に着けている、あのきらきらした素材に似た魚のえらからできてはいないの。今度の晩餐会で、貴女とわたし、二人して着ましょう。そうすればまるで双子のようなよそおい！　もうデザインは決めてあります。ローマ市に戻り次第モプサが作業を始めます。

この使者に託してお返事をください。

それと、あの不躾なお方を必ず晩餐会に引っ張ってきてくださいね。

貴女の美しい両目の隅々に、心よりのキスを。でも双子だなんて！　貴女はわたしよりずっとお若いのに！

Ⅶ―A　カエサルの妻ポンペイアからクローディアへ。帰還する使者の手で届けられた。

最愛の子ネズミ様。

あなた様にお目にかかれる日が待ち遠しいです。私はみじめな女。私は、私として生きていけないのです。あなた様ならきっと良い助言をくださるはずです。あの人は、あなた様の晩餐会には行けないと言います。どんな頼み事をしても、すべてあの人は駄目と言います。だからバイアエにも行けない。劇場にも行けない。イシスとオシリスの神殿にも行けない。

あなた様とずっと、ずっとお喋りしていたい。どうすれば、もう少しの自由が手に入るのでしょう。毎朝、けんかをします。毎晩、あの人が謝ります。でもほんのわずかすら前に進めない。欲しいものは決して手に入らない。

もちろん、あの人を心から、心から愛しています。なぜって私の旦那様ですから。でも、ああお願い、わずかな時間でもいいから、もう少し人生を楽しむことができますように。いつも泣いているからたいそう醜くなりました。こんな私をお嫌いになることでしょう。

あなた様の晩餐会に行きましょうよと、もちろんこれからもあの人にお願いし続けるつもりです。

ああ、でも！　あの人のことはよく分かっています。薄織物、魅力的だわ。お急ぎください。

VIII　カエサルの書簡日誌より。ルキウス・マミリウス・トゥリヌスへ。

［おそらく前四五年九月四日から二〇日までのあいだ］

書簡970　［長子相続を定めた法と、ヘロドトスの一節について。］

書簡971　［カトゥッルスの詩について。］　メナンドロス[42]の六篇の喜劇を本当にありがとう。これまで読むことができないでいたんだ。写しを取らせているから、終わったら原本を返却する。たぶん近いうちに僕自身の註釈も送るつもりだ。

君のところの図書室は、さぞかし充実しているに違いない。埋めるのを手伝ってあげられそうな欠本などはあるかい？　僕はいま、アイスキュロス[43]の『リュクルゲイア』の正確なテキストを求めて、世界中をくまなく捜索させている。昨春に君に送った、アリストファネス[44]の『宴の人々』と『バビュロニア人』を手に入れるのにかかった時間は実に六年。ただし『バビュロニア人』は見てのとおりお粗末な写本だった。アレクサンドリアの税関事務所の役人が、積み荷目録書類の山のなかに埋もれさせていたんだ。

今週分の書類の束のなかに、詩の書かれた紙片を入れてある。古き傑作は消え去る。すると、アポロン神の加護のもとあらたな傑作が現れて取って代わる。それはガイウス・ワレリウス・カトゥッルスという若者による詩だ。ヴェローナの近郊に住む彼の父[45]は、僕の古くからの友人なんだ。［前五〇年に］北へと向かう途中でその人の家に宿を取ったことがある。その家の息子たちと娘のことをおぼえているよ。思い返すと、実はカトゥッルスの兄弟――その後に亡くなった――の方を、その時の僕は高く評価していたんだ！

知るときっと君も驚くだろう。その詩のなかレスビア[46]という名で呼びかけられている女性は、なんと他ならぬクローディア！　昔、僕と君の二人で詩を捧げたあのクローディアだよ。しかしクローディアとはね！　意味がどう奇妙に連鎖すればこうした事態が生じるのだろう？　自分への明確な意味づけを彼女はとうに失い、いまでは心のうちの混沌を、自分を取り囲むあらゆるものに押しつけるためだけに生きている。そんな彼女がいま一人の詩人の心に住み、その愛の対象となって燦然たる詩を引き出しているとは。大真面目に言うが、この世で最もうらやましく思うものの一つが、素晴らしい詩の湧き出る才能なんだ。僕が偉大な詩人に特有と考える才能とは、生の全体をしかと見据え、その内と外にあるものに調和をもたらす力だ。カトゥッルスはその才にあずかる一人かもしれない。するとそれほどの至高の存在でさえ、劣悪な人間性にはあざむかれるということなのだろうか？　カトゥッルスからの僕への憎悪[33]ではなく、彼のクローディアへの愛が僕を戸惑わせる。彼がただ彼女の美しさだけを見ているとは信じがたい。言葉と思考の整序にここまで成功した詩人を魅了するのに、外見の美しさだけで十分とも信じられない。カトゥッルスになら、僕らには隠された彼女の魅力を見通せるのだろうか？　それとも、いまローマ市じゅうで嫌悪と笑いをかき立てている、例の破滅をみずからに招き寄せる前の彼女には確かにあったあの偉大さを、カトゥッルスは見ているのだろうか？

僕にとってこの問いは、人が人生そのものに問う最初の問いと結び付いているんだ。もう少し自問を続けて、分かったことを君に伝えよう。

書簡972［政治と人事について。］
書簡973［善き女神《ボナ・デア》の秘儀に導入された、いくつかの改革について。文書XLII―Bを参照。］
書簡974［カエサルが贈り物として送った、数樽のギリシアワインについて。］
書簡975［エジプト女王クレオパトラが、ローマ滞在中に善き女神の秘儀に参加する許可を求めてきたことについて。文書XLIII―Aを参照。］
書簡976［使用人の推薦について。］

書簡977［カトー、ブルートゥス、およびカトゥッルスの、カエサルに対する敵意について。］カトー(2)のところを、彼の偉大なご先祖の貢献を記念する日に訪れた。

前にも言ったが、君に手紙を書くと僕には不思議なことが起こる。普段なら考えもしない問題について、気づくとなぜか考えにふけっているんだ。その瞬間の僕のペンに訪れて、放り投げそうになった考えがこれだ。

ローマには四人、僕がとても尊敬している男たちがいる。だがそのうち三人は僕を殺したいほど憎んでいる。マルクス・ユニウス・ブルートゥス、カトー、それにカトゥッルスだ。キケロも、僕がいなくなれば嬉しがるのだろう。これら全部に疑問の余地はない。僕が読むとは想定されていない手紙が、手元にたくさん届いているから。

憎まれることには慣れている。自分の行動の正しさを確認したくなった時、僕には他人からの良い評価がまるで必要ないことが、若い頃にすでに分かっていた。たとえ最良の人物からの評価だとしてもだ。思うに、軍隊の指揮官や、国家の指導者の孤独より深い孤独は一種類しかない。それは詩人の孤独だ――言葉の取捨選択を絶え間なく続ける詩人に、どれが詩の言葉なのか助言できる人などいるだろうか？　責任とは自由、というのはこの意味だよ。一人で決断するよう強いられる機会が多ければ、そのぶん選択の自由を感じる機会も多くなる。責任の重圧下にある時以外は、僕らは自分の心を分かっていると言えないと思う。それに、ブルートゥスのような人間にせよカトーのような人間にせよ、とにかく他の誰かに認めてもらうための努力が、自分の決断に反映されてしまうことこそが、僕の心にとっての最大の危機であるとも思うんだ。だから僕は、誰の批評にも屈していないかのように、誰からも見張られていないかのように、決断へと至らなければならない。

それでも僕は政治家だ。だから他人の意見に最高の敬意を払うという喜劇を演じなければならない。政治家とは、尊重されたい、という万人の渇望に服従していると見せかける存在なんだ。しかし演技を成功させるには、みずからはその渇望から自由でいる必要がある。これが政治の根本的な偽善だ。指導者が最終的に成功できるかの鍵は、畏怖の念にある。これは「自分たちからの承認にこの指導者は無関心なのではないか」とか、「無関心かつ偽善者でもあるのではないか」と疑ってはみるものの、決して確信できない時に人の心に呼び起こされる感情だ。そんな時、人はこう自問する。「なんだと？　どういうことだ？　この人のうちに、我々皆の心に巣くうあの毒蛇がいないなんてことがあり得るのか？　我々をひどく苦しめ、同時に喜びもくれる、称賛への渇望、自己正当化の必要性、自己主張、残酷さ、それに嫉妬心といったあの毒蛇が？」」。僕は日夜、こうした毒蛇のシューシュー言う声に囲まれて暮らしている。実際一度、体の中心で声が聞こえたほどだよ。その声をどうやって黙らせたか、実はよく分からないんだ。しかし、ソクラテスに出されたのと同じこの問いへの答えは、他のあらゆる問いよりはるかに興味深い。

マルクス・ブルートゥスやカトー、それに詩人のカトゥッルスから嫌悪される理由は、こうした毒蛇の巣とは関係がないと思う。僕が憎まれるのは、実は彼らの心持ちのゆえ、政府や自由についての考え方のゆえだ。たとえもし、彼らをいまの僕の地位まで引き上げて、そこでなら見える世界の広がりを見せられたとしても。たとえもし、僕の頭をかち割って、彼らの何百倍も人間や統治に寄り添って生きてきた、これまでの僕の人生の経験を見せられたとしても。たとえもし、彼らがかじり付く哲学者たちの著作や、彼らの引く先例の引用元となっている諸国の歴史書を、一緒に一行ずつ読めたとしても。それでも、彼らの目の曇りを晴らせるとは思えない。人生の最初にして最後の教師とは生きることそのものであり、みじんのためらいもなく、生きることに危険なほど身をゆだねることなんだ。これを理解している人になら、アリストテレスやプラトンといった哲学者は多くを語ってくれる。だが慎重をみずからに課し、思想の体系のなかで化石のように固まってしまった人は、著作のうちの師みずからによって誤りへと導かれるんだ。ブルートゥスやカトーは自由、自由と繰り返す。そして自分にすら与えたことのないほどの自由を、他の人に課すために生きている。あの厳格で喜びを知らぬ男たちは、周囲に向けてこう叫んでいる。「我々が楽しげなように楽しげであれ」「我々が自由であるように自由であれ」。

カトーはもう教育できない。ブルートゥスは属州総督としてガリアへ、つまり人生の学校へと送ったよ。オクタウィウスが僕のかたわらにいて、国家で行き交うすべてを見ている。じきに彼を政治の表舞台に送り出すつもりだ。

だがなぜカトゥッルスは僕を憎むのだろう？　偉大な詩人は、古い教本で得た感情からも憤りの念を生み出せるのだろうか？　偉大な詩人は詩作以外の面では愚かなのだろうか？　それとも「アエミリウス選抜隊と水泳クラブ」の宴席での会話からも、自分の考えをまとめられるのだろうか？

我が親愛なる友よ、実を言うと僕は、自分のうちに目覚めつつある弱さにすっかり驚いているんだ。熱に浮かされたようなこの弱さ。「ああ、カトゥッルスのような詩人に理解され、その手による、すぐには忘却されない詩で称賛されたい」。

書簡978　［銀行業務の原理について。］

書簡979　［イタリアでの、カエサル暗殺を扇動する陰謀活動について。文書LXIを参照。］

書簡980　おぼえているかな。僕たちがギリシアから戻ったあの夏、赤毛のスカエウォラがどこで狩りをしようと誘ってきたか。そこでの二回目の収穫は大したものになりそうだ。［ここでは経済的な情報が伝えられている。それぞれの秘書官の注意を引かないようにと、遠回しに表現されている。]

書簡981 [ギリシア語における、色を表現する形容詞の貧弱さについて。]

書簡982 [宗教的な儀式をすべて廃止できる可能性について。] 我が高貴なる友よ、昨晩僕は、もう何年もご無沙汰の行動を久しぶりにした。布告を起草し、読み返し、そして破り捨てたんだ。確信のなさのやりたい放題だ。

ここ数日、鳥の内臓の卜占官《ぼくせん》(15)や雷の観察官から、空前の馬鹿げた報告が上がってきていた。カピトリヌス(13)の丘から弓矢の届く範囲でワシが粗相をしたとの理由で、法廷と元老院が二日にわたって閉鎖されたりもした。堪忍袋の緒が切れた。凶兆を祓う儀式の主催を拒否した。かしこまって卑下する演技を拒絶したんだ。妻も、それに使用人たちでさえ、僕を非難がましい目で見ていた。キケロからは、民衆の迷信の要請には従うべきだなどと、有り難くも説教されたよ。

昨日の夜、椅子に腰かけて書いた布告文のなかで僕は、鳥占《アウグル》神官団(10)の解散を告げ、今後はどんな日も凶日とは見なされないと宣言した。筆を進めながら、この行動の理由をローマ市民たちに説明した。あれ以上に幸せな時間を過ごしたことがあっただろうか? 正直でいること以上の喜びなどあるのだろうか? さらに筆を走らせ続け、窓の外では星が位置を変えていた。僕はウェスタの巫女団(14)を解散させた。巫女となっていたローマ最高の家々の娘たちと僕は結婚し、彼女らはローマにたくさんの息子や娘をもうけた。カピトリウム神殿を除くあらゆる神殿の扉を閉じてやった。神々を、その故郷である無知や畏れの淵に突き落としてお帰り願った。慰めの嘘をでっち上げる空想力が幅をきかす、人をたぶらかす花街へと帰ってもらったんだ。そしてついにその瞬間がやってきた。これまでの自分の行動すべてを放棄し、こう宣言することで再出発への第一歩が踏み出された。ユピテル神が存在したことはない。世界に存在したのは人間だけで、聞こえるのは自分自身の声のみ。みずから思い込むのでなければ、世界は友好的でも非友好的でもあり得ない、と。

僕はここまで書くと、文章を読み返し、破り捨てた。

破り捨てたのは、別にキケロの説教に納得したからではない。国家宗教がなくなると迷信は人目を忍ぶ形態をとり、さらに低級な慣行へと堕落するからでもない（すでにそうなっているけれど）。あるいは、これほどに全面的な改革で社会秩序がずたずたになり、まるで吹雪のなかの羊のように、人々が絶望と混迷のうちに放り出されるからでもない。なぜなら、ゆるやかな変化の積み重ねとしての変革であっても、やり方次第では、劇的な全面的改革と同じほどの大混乱となるのだから。そう、違うんだ。自分の手や意志を縛りつけているのは、この行動がもたらし得る影響の大きさではない。僕のうちにある、自分自身に関わる何かだ。

自分のなかに、確信しているという確信がなかったんだ。

我々の存在の背後には「意思」など存在せず、宇宙のどこにも神秘はないと、僕は本当に確信しているだろうか？　自分では確信していると思っている。もし完璧に確信してそう宣言できるなら、この世界はどれほどの喜びに、どれほどの救いに満ちあふれていることだろう。もしそうなら永遠に生き続けたいとすら思えるよ。もし本当に人間が、外からの導きや慰めなしに、自身の奥底から自分の存在の意味をみずから創り出し、自分の人生のルールをみずから書き上げねばならない存在なら、人間はなんと恐るべき、なんと光栄ある役割を果たしていることになるのだろう。

はるか昔、君と一緒に、神はいないと結論した。おぼえているかい？　僕らはあの日、これで決着と同意して、この結論がもたらす結果を追求しようと決意した——クレタ島の崖に座り、海に小石を投げながらイルカを数えていたあの日。僕ら二人、この問題についてのどんな疑念も心に侵入させないと誓った。子供じみた気軽さで、魂は死に際し消滅すると結論づけた。［カエサルがラテン語で記すこの一文の真意を、別の言語で同じように表現することはできない。ここでリズミカルに表現されているのは、みずからの結論の否認および後悔にともなう痛みである。カエサルの念頭に、ポンペイウスに嫁いだ自分の娘ユリア[20]の死があることを、この手紙の受取人は理解していた。娘の喪失は、カエサルの人生でも特に大きな意味を持っていた。カエサルがマミリウス・トゥリヌスとともにブリタニア島の本陣にいた時、娘の死の知らせが届いたのだった。］

こうした主張を厳格に信じる立場からは、後退などしていないと思っていた。しかし自分の考えを知るには、信念を行動のなかで試し、責任の重圧にゆだねるしか方法はない。昨日の晩、布告の文章を書き、その先に待つ結果を予想していた僕は、自分を厳密に点検する必要に迫られた。どのような結果とも喜んで対峙するつもりだ。世界は、そしてその内部のあらゆるものは、最終的に真理によって強化されると僕は信じている。ただし自分は確信しているという確信があればの話だ。


最後にもう一つ、自分の手を止めるためらいがある。

「宇宙の内部や背後には、僕らの心に影響して行動を形作る、意思のようなものが存在する可能性がある」という認識が、自分の存在の片隅にすら、みじんも消え残っていないと確信できていなければならないんだ。もし神秘の可能性を一つでも認めれば、他のあらゆる神秘が戻ってきてしまう。つまり、神々は存在し、何が素晴らしいかを僕らに教え、人類を見守っている。魂は確かに存在し、誕生時に我々に吹き込まれ、死によって滅びたりしない。僕らのほんの些細な行動にさえ意味を与えるような恩寵や罰が存在する。こうした考えが全部、怒濤のように戻ってきてしまうんだ。ああそうだ、我が友よ、僕は優柔不断に慣れていない。だのにいまは優柔不断だ。僕がいかに自省に身をゆだねないかは君も知ってのとおりだ。どんな判断に達するにせよ、自分がどうしてその判断に至ったかは分からない。それは瞬時のことなんだ。僕は思索にふけるのが得意ではない。十六歳の時から哲学を、魅力的ではあるが非生産的な心の鍛錬、目の前にある生の責務からの逃走だと、もどかしい思いを感じつつ見なしてきた。

恐ろしいことだが、自分や自分の周りの人々の人生において、どうやら四つの領域にこの神秘が存在する可能性があるように思える。

まずは性愛。世界を満たす愛の炎にまつわるすべてを、あまりに簡単な説明で片付けてはこなかっただろうか？　もちろんルクレティウス[19]がやはり正しくて、間違っているのは僕らの滑稽な世界なのかもしれない。どうも僕は、自分の人生の全部が分かっていると考えてきたらしい。しかしすべての、すべての愛の源が一つだと認めるのを拒んだきたようだ。それに、こうしたことを問おうとの気持ちそのものを呼び起こし、持続させ、指示できるのも、やはり愛だけなんだ。

次に偉大な詩。実際これまで詩がおもな経路となって、人間を最も柔弱にさせるものが世界へと導き入れられてきた。詩は手軽な慰めや嘘であり、人を無知や怠惰と馴染ませる。最高の詩以外のあらゆる詩を憎むことにかけては人後に落ちない自信がある。しかし最高の詩とは単に、人間の能力による最上の業績なのだろうか？　それとも、人間を超える何かが発する声なのだろうか？

三番目に、例の病気にともなうあの瞬間を、またその際にもたらされる、広大無辺な知識や幸福の予感を、僕は性急にしりぞけることができない。［この一節は、カエサルがこの文通相手に対し、いかに無制限な信頼を感じているかを示している。他の人には、カエサルは自分の癲癇《てんかん》の発作への言及を決して許さなかった。］

そして最後に、自分を超越するなんらかの力が、僕の人生、それに僕のローマへの奉仕の進路を定めたのだと、時々自分が意識していることを否定できないんだ。もしかしたら僕は、我が友よ、ローマ史上最悪の災禍をもたらすことに長けた、最高に無責任な人間であってもおかしくはない。それでも高次の知性が僕を、その強さでなくその限界ゆえに道具として選び出したという事実が残る。僕は判断に時間をかけない。おそらくそうした判断力の瞬時の働きは、自分のうちに神霊《ダイモン》が宿る証拠なのだろう。そして神霊は僕の外なる者であり、神々がローマに寄せる愛でもある。それを我が兵士たちはあがめ、人々は朝に祈りを捧げる。

何日か前、君に書いた手紙での僕は傲慢だった。こう綴っていたんだ。自分は他人からの良い評価をありがたく思ったりしないから、誰の助言にも興味はないと。だが君の考えが聞きたい。ここまで書いたことをよく考えてほしい。そして次に会う四月に、君の考えを全部聞かせてほしい。

それまでに僕も、自分の外側と内側で起こることのすべて、とりわけ愛、詩、それに運命について精査してみる。いまやっと分かった。これまでの人生でずっと、僕はこの問いを問い続けてきたんだ。しかし人は挑戦を受けたり賭けに出る必要に迫られたりしない限り、自分が何を知っているのか、何を知りたいと望んでいるのか分からない。僕はいま挑戦を受けている。ローマに必要なのは、幾分か拡張した新しい僕だ。残された時間は少なくなっていく。

IX　クイントゥス・レントゥルス・スピンテルの妻カッシアから、クローディアの従姉妹で、ウェスタの巫女[14]であるドミティッラ・アッピアへ、南イタリアのカプア市の別荘にて。
[前四五年九月一〇日]

あなたとの昔からの友情を考えると、愛するドミティッラ、私の出した結論は、すぐにあなたに書き送らないといけないものなのだと感じます。私はクラウディッラ[39]［クローディアのこと］を、善き女神《ボナ・デア》の秘儀から追放するよう求めることにしました。

どんなに重大なことをしようとしているのか、自分でよく分かっているつもりよ。

クラウディッラは、バイアエ[21]からローマ市に戻る途中で、我が家に三日間滞在しました。その時のことについて、あなたに詳しく伝える必要があると感じています。

我が家に着いた彼女は、私たちに親愛の情を示しました。彼女はいつでも私や夫の、それに子供たちを愛している振りをします。また、私たちが彼女を愛していると決めてかかります。でも私、ずいぶん前から分かっているの。彼女はこれまで、どんな女性のことも、自分の母親さえも、そしてどんな男性をも愛したりしなかったことを。

知っていると思うけれど、クラウディッラをお客様として迎えるのは、まるで任地からお戻りの属州総督をお迎えするようなものなの。彼女は三人の友人、十人の従者、それに十数人の先駆けをともなってやって来ます。

あなたの従姉妹さんには、幸せそうな人の姿が気にいらないのよ。夫と私は、もうずいぶん前からそれに気づいていました。彼女の前では、了解の意味で視線を交わすのも許されない。子供たちをなでるのも許されない。別荘をどう直すか話し合うのも許されない。夫の集めた美術品を楽しむのも許されない。ですが、むっとしたり不満の表情を浮かべたりするよう、もてなしの掟でさえ命じるような場面でも、私たちは不死の神々のおかげで大きな幸せを感じられましたし、気持ちをごまかすほどどずる賢くもありませんでした。

クラウディッラも、いつも初めのうちはうまくやるの。最初の日の彼女は、みんなに愛想良く接していました。私の夫でさえ、彼女の話しぶりが素晴らしいと認めていたのよ。夕食のあと、私たちは「物まね」遊びをしました。彼女がしてみせた独裁官様の物まねは、考えられる限りで最もうまかったと夫は言っていました。

これから伝えることは、あなたには私が感じるほど重大に思えないかもしれません。いくつかは取るに足らないとすら思えるかもしれないわね。

二日目の彼女は、自分の周りを大混乱させようと決めていたのよ。私への侮辱についてはとやかく言いません。だけど夫を嫌な気にさせたことを思い出すと、いまこの瞬間も怒りがこみあげてきます。夫は家系学にとても強い興味をいだいていて、レントゥルス・スピンテル家のご先祖様たちの功績を本当に誇りにしています。彼女はそれをからかい始めたのよ。「あらあら、クイントゥスったら、あなたは本当は全然、等々……エトルリア[47]の田舎に何人かの首長が……でもその人たちのことをアンクス・マルティウスが知っていたなんて、実際に信じている人がいるのかしら……もちろん、由緒正しき家系よ、クイントゥス」。話の内容は私にはよく分からないの。もちろん、彼女は従兄弟みんなの名前をトロイア戦争[48]までさかのぼらせました。でも彼女は自分が嘘を言っていると知っていた。ただ夫に毒を盛ることができれば良かった。そして彼女はそうしたのよ。

我が家で合流しようと、彼女は私たちに内緒で詩人のガイウス・ワレリウス・カトゥッルスを誘っていました。彼に会えたのは嬉しかったわ。とりわけ子供たちが喜んでいました。でも会えたのが彼とだけなら良かったのに。彼女が近くにいる時のカトゥッルスは、どうやら天にも昇る気分になるか、地獄に突き落とされるかのどちらかのようでした。そして今回は地獄の方。まもなく私たちみんながそうなりました。

ねえドミティッラ、お客様同士が互いの部屋を訪ね合うのを見張るために、私わざわざ夜遅くまで起きていたりはしません。ですけど残酷なはずかしめを加える舞台として、特に我が家が選ばれたと感じていたくはないのよ。と言うのも、我が家で合流しようとカトゥッルスを誘ったのはあなたの従姉妹さんでしょ。だから私てっきり、彼の美しい詩で十分に広く知れ渡ったあの愛[46]を、彼女は嬉しく思っているんだとばかりに思っていたの。でもどうやら違ったみたい。わざわざ我が家を舞台に選んだ彼女は、扉を閉ざして彼を締め出した。そして別の男、あのみじめなで平凡な詩人のウェルスと部屋に閉じこもったのよ。夫は馬小屋での物音でまったく寝付けませんでした。そこには、馬を借り出して一刻も早くローマに帰ろうとしていたカトゥッルスがいたのです。彼は怒りで我を忘れていました。私たちに謝ろうとして口ごもり、さめざめと泣きました。結局夫が通りをはさんだ古い離れに案内して、朝まで一緒にいてあげました。親愛なるドミティッラ、あなたはウェスタの巫女ですが、それでも分かるでしょう。彼女の行為が、私たち女性にとってどれほど恥ずべきことで、どれほど名誉を傷つけることなのか。それにしても、なんて見下げ果てた振る舞いでしょう。翌朝そう伝えると、冷ややかな目で彼女はこう言ったの。「とても簡単なことよ、カッシア。私はどんな男にも、決してどんな男にも、私について何か権利があると考えるのを許さない。私はまったく自由な女なの。私について権利があるとカトゥッルスは言い張る。だからすぐに教えてあげないといけなかったの、私はそんな権利を一切認めないと。ただそれだけのこと」

すぐには返す言葉が見つかりませんでした。でもそれから千回は思い出しています。やっぱり気持ちに素直に従って、ただちに我が家から出て行くようにと言うべきだった。

その日の夕食をとり終えた時のこと、祭壇で日没のお祈りをするために、子供たちが家庭教師と一緒に中庭へとやって来ました。夫を始め、我が家のみんながどれほど信心深いかは知っているわよね。でもクラウディッラは、みんなに聞こえるような声で塩によるお清めと献酒をけなし始めたの。ここが我慢の限界でした。立ち上がった私は、みんなに中庭を離れるよう言いました。二人きりになるのを待って、一行を連れて出て行くよう彼女に言い渡しました。街道を四マイル進んだところに宿屋があります、と。そして、秘儀からの追放を申し入れるつもりだと伝えたの。

彼女は無言のまま、しばらく私を見つめていました。

「自分の何が人を不快にさせたのかすら、あなたにはもうお分かりにならないようね。どうぞ、お望みなら明日の朝に出て行ってくださって結構」。そう言い放つと、私は背を向けて立ち去りました。

明くる朝の彼女の行動は、このうえなく正しいものでした。不適切と感じられる言い方をしたかもしれないと、夫に謝りさえしました。でも私の気持ちは変わりません。

X　ローマ市に向かう途上のクローディアから、カエサルへ。

［ローマ市の南、二十番目の里程標石のところにある宿屋から。］

［前四五年九月一〇日］

［ギリシア語で書かれている。］

ロムルスの息子、アフロディテ女神[49]の末裔たるお方。

先ほど、あなたの軽蔑の念と、弟の晩餐会に出席できないことを深く残念に思う気持ちの表された手紙を受け取りました。その日の午後は、スペインからの使節団とのお約束がおありだとか。でもこのわたしにそんなことを言うなんて。カエサルは望んだままに行動し、その望みは、スペインの使節団だろうと震え上がる総督たちだろうと文句なく受け入れられる。それを知っている――誰がわたし以上に知っているというの？――このわたしに対して。

ずっと前からあなたははっきりさせています。わたしがあなたと二人きりで会うことはもうないと。あなたのお宅に足を踏み入れるのを許されることはもうないと。

あなたはわたしを軽蔑している。

それを理解しました。

でもあなたには責任がある。こんなわたしにしたのはあなた。わたしはあなたによって作られた。あなたという怪物がわたしを怪物にした。

わたしが言うことは、愛とはなんの関わりもありません。愛を越えたところで、愛をはるかに越えたところで、わたしはあなたによって作られた。愛と呼ばれるものをあなたにうるさくせがまないようにと、これまでわたしは行動してきた。そして自分をひどく傷つけた。すべてが分かっているあなたは、（いくら無表情に気高さを気取ろうと）それを理解している。それとも、人前で自分を愚かな人間に見せかけていたら、何を知っているのか分からなくなった？

あなたは虎よ！　怪物よ！　ヒュルカニア[50]の狂暴な虎よ！

あなたにはわたしへの責任がある。

あなたにはわたしへの責任がある。

わたしの知っている全部を教えてくれたのはあなた。でもいきなり何も教えてくれなくなった。一番大事なことは言わずに。世界には「意思」なんてないと教えてくれたのはあなた。「人生は恐ろしい」とわたしが言った時――あなたがその話題を思いついたからそう言ったの――、「違う」とあなたは言った。「人生は恐ろしくも美しくもない。生きること自体にまったく特徴はないし、意味もない」。それにこうも言った。「宇宙は、そのなかに人間が生きていることを知りはしない」でもあなたはそれを信じていない。あなたにはもう一つ、わたしに教えるべき何かがあるのが分かる、分かるの。あなたがまるで、理由や意味のある何かが自分にはあるかのように振る舞っているのは誰にだって分かる。でもそれは何なの？

　あなたもまた哀れだと知れば、わたしもこの生を耐えられるように思う。でも分かってる。あなたは違う。するとその意味は、あなたにはもう一つ、わたしに教える何かがあるということ。絶対に教えるべきことが。

　あなたが生きるのはなぜ？　あなたが仕事をするのはなぜ？　あなたが微笑むのはなぜ？　ある友人が――わたしに友人があると言えるなら――カトーの家でのあなたの振る舞いを聞かせてくれました。周りの人たちを優雅に魅了し、笑わせ、そのうえ――信じられないことに――センプロニア・メテッラと長々と話し込んでいたそうね。あなたが虚栄に生きるなんてあり得ること？　いまのローマ市の人々が、そして――ローマ市を越えて――あなたを題材にする未来の伝記作家が、自分のことを度量が大きく魅力的と評価すると聞けば満足？　以前のあなたの人生は、鏡の前での気取ったポーズの連続ではなかったでしょう。

　ガイウス、ねえガイウス、どうすればいいか教えて。何を知るべきか教えて。一度でいいから話をさせて。あなたの話を聞かせて。

少し時間がたちました。

ええ、あなたがわたしを不当に扱おうとも、わたしはあなたを不当に扱うつもりはありません。こんなわたしにしたのは、あなただけではない。完成させたのはあなたですけれど。人生がしたのは、あの怪物的なこと。この世の人で、あなただけがわたしの物語を知っている――それが責任。人生はあなたにも、別の似たようなことをしたはず。

X―A　カエサルから、クローディアへ。

［帰還する使者には託されず、四日ほど後に、別の使者により届けられた］

我が妻と叔母君、そして私は、君の晩餐会にうかがう。招待受け入れの正式な文書が届くまで、この件について口外せぬよう。

手紙には、私がかつて語ったことについて書かれてあった。だが君が自分を偽っているか、私を偽っているか、あるいは君の記憶に不備があるかのいずれかである。聞くところによると、晩餐会にはキケロやカトゥッルスも招待されているとのこと。彼らとの会話の流れで、君がかつて知りながら、その後忘れてしまったことなどにも話が及ぶよう希望している。

以前の君に感じていた私の憧憬の大きさを、君も知っていよう。それを取り戻せるかは、他の多くのことと同様、君の一存にかかっている。自分自身を軽蔑したりとがめたりする人間に寛大でいることに、私はいつでも困難を感じている。

XI カエサルから、妻のポンペイアへ。

［前四五年九月十三日。執務室にて、朝の八時に］

愛する妻よ、今朝の私に対する非難の不当さについて、考え直してくれていれば良いのだが。今朝、君の最後の質問に答えず家をあとにしたことを許してほしい。

何であれ君からの願いを拒むと、非常に悲しくなる。同じ願いを何度も何度も拒むと、二重に悲しい気持ちになる。「分かりました」と同意して受け入れてくれた時に、すでに君に伝えたのと同じ理由を、ふたたび口にしなければならないからだ。この繰り返しがいま私の忍耐の限度を試し、君の知性を不当におとしめもしているので、一部をここに書きとめさせてほしい。

まず、君の従兄弟にしてやれることは何もない。コルシカ島での彼の残虐さや汚職の記録は、日ごとに広く知れ渡るばかりだ。大きな不祥事に発展する可能性もある。政敵たちは最後には私の責任を問おうとするだろう。そうなれば、他の件に向けるべき多くの時間を無駄にしかねない。ただし、すでに伝えたとおり、軍での地位なら理屈をつけられる。だがいかなる行政職にも、向こう五年は彼を任命するつもりはない。

繰り返すが、セラピス神殿[51]での儀式に参列することは、君にはまったく似つかわしくない。説明困難な珍しいことが多くおこなわれているのは承知している。エジプトの儀式のせいで感情が強くかき立てられ、信徒たちの心は、彼らや君が「とってもハッピー」とか「マシな」などと呼ぶ状態になることも知っている。愛する妻よ、信じてくれないか。私とて詳しく研究したことがあるのだ。こうしたエジプトの宗教は、とりわけ我々ローマ人の気風に大きな危険をおよぼす。と言うのも、我々はいまを生きているからだ。我々ローマ人は、日々のほんの小さな決断にすら道徳的な重要さがあると信じている。自分と神々との関係は、みずからの行動に大きく左右されると信じている。君と同様の地位にあるエジプト人女性たちを私は知っている。彼女らは折に触れて神殿を訪れ、死後にも続く永遠の生へと魂を準備させようとする。床を転がり回っては奇声を発する。長い旅路の途中にいると想像しながら「魂の浄化」をおこない、神的存在への階段を一段ずつのぼる。だが次の日に帰宅するや、彼女らはふたたび召使いには残酷に振る舞い、夫をだまし、強欲で、騒々しくけんか腰で自分勝手、自国の民の大多数が暮らす悲惨さには目もくれようとしない状態に戻るのだ。一方で我々ローマ人は、自分の魂がいまのこの生と関わることを知っている。もし本当に魂があるのなら、義務、友情、苦悩こそが魂の旅路であり、魂の浄化でもあると知っているのだ。

　クローディアの晩餐会については判断をゆだねてほしい。他のどんなことでも喜んで議論するつもりだし、もちろんこの件でもそうだが、この手紙はすでに長文となった。それに、あの姉弟の来し方を振り返るなど私たちには無益だ。あの二人は、民衆の笑いぐさとなったり愛国者を困惑させたりするのではなく、彼女らの先祖がそうあったように、ローマ的な徳の傑出した友となっていても不思議はなかった。それは自分たちでもよく分かっているはずだ。二人は、私たちが招待を受け入れるとは期待していない。

君の言うには、私が公職に任命した人間たちがあらゆる場面で国家を食い物にし、私腹を肥やしているのだという。そう口にした今朝の君には驚いた。愛するポンペイア、世間話から寄せ集めた噂をもとに、無能だとか不届きなほど怠慢だとかと夫をなじるのが、妻の仕事とは思えない。妻がすべきは、夫の名誉のみならず自分の名誉も傷つけかねない非難についての説明を、夫に要求することだ。君の言うとおりに利がむさぼられた実例を示してくれるなら、私もしっかり答えたいと思う。だが答えは短くなり得ない。まずは君の目を開かねばならないからだ。世界を治める困難さに向けて、有能な人間の強欲さとどれほど妥協せねばならないかに向けて、常に部下たちのあいだにある反目に向けて、あらたな征服地と長くローマ国家の一部である地域との相違点に向けて、そして無鉄砲な人間を破滅へと後押しする方法に向けて、君の目を開かねばならないのだ。

君はしきりと、私が君を愛していないと非難する。その非難に何度も答えたりすれば、私たち二人をおとしめることになってしまう。もし私の愛を、二人の生活の一瞬一瞬に感じ取れないのなら、どれだけ抗議を重ねても私の愛を確信できようはずもない。私は日々、仕事を終えて君のもとに、このうえない愛情をこめた期待をいだいて戻ってくる。公務に捧げない時間をすべて君と過ごしている。こうして君の願いを拒むこと自体が、君の尊厳とさらなる幸福への思いやりの証《あかし》だ。

最後に、愛するポンペイア、君はこう聞く。「私たちは人生を楽しんではいけないの？」。そうした質問を軽々としないでほしい。妻たる者は、夫の状況とも必然的に婚姻関係を結ぶものなのだ。

私の状況には、多くの人にはある余暇や自由の余地がない。一方で君の地位は多くの女性の垂涎《すいぜん》の的だ。より多彩な気晴らしを、できる限り君に用意するつもりではいる。しかし状況を変えるのは容易ではない。

XII 歴史家コルネリウス・ネポスの備忘録

［偉大な歴史家にして伝記作家であるコルネリウス・ネポスは、どうやら著作の資料にするために、同時代の出来事を非常に多彩な情報源から集めて記録していたようだ。］

ガイウス・オッピウス(52)の妹が我が妻に語ったところによると、カエサルは夕食の席上、バルブス、(53)ヒルティウス、(54)およびオッピウスと、政府をビュザンティウム(55)かトロイに移す可能性について議論。ローマ市――不十分な外港、(22)テヴェレ川の洪水、極端な気候、もはや制御不能な人口過多に起因する疫病。インド遠征の可能性も？

「アエミリウス選抜隊と水泳クラブ」のクラブハウスにて、カトゥッルスを交えてメンバーとのふたたびの会食。とても愉快な連中、若き貴族たち、ローマで最も高名な家柄の代表者たち。彼らの先祖について尋ねたが失望する――先祖に関する無知と、付け加えざるを得ない無関心。

彼らはクラブの名誉事務局長にカトゥッルスを選出した。彼の困窮を見かねた友人らの粋なはからいと思われる。これにより彼には、テヴェレ川に突き出た魅力的な部屋が提供される。

カトゥッルスは彼らの助言者であり、心を許せる友人でもあるようだ。皆が彼に、父親や情婦、また金貸しとの揉め事についての相談を持ちかける。会食中に三度、部屋の扉がいきなり開き、慌てふためいたメンバーが「シルミオはどこだ？」と叫びながら飛び込んできた（カトゥッルスが夏に滞在する小屋が、ガルダ湖[56]畔のシルミオネにあることにちなむあだ名らしい）。すると二人は部屋の隅に引っ込んでささやき声で相談していた。しかし彼の人望は、皆への優しさゆえではなさそうだ。彼には父親のような厳しさがあり、話しぶりはとても気ままながらも、日々の生活ではほぼ一貫して厳格で、「古き良きローマ」について説き聞かせもする。興味深い。

彼はあまり教養の高くない連中、もしくは彼が面と向かって口にする言葉では「野蛮人」のうちから、親友たちを選び出したように見える。メンバーの一人によると、酔った時以外は文学を語らないとのこと。

カトゥッルスは見た目より強健で、同時に虚弱でもある。酒席のお開き前に自然と始まる力比べやバランス取り競争では、彼はクラブのほぼ全員を負かすことができる。たとえば天井の垂木から垂木へ雲梯《うんてい》して進んだり、あるいはギャーギャー騒ぐネコを片手にかかえて、濡らさずテヴェレ川を泳いでみたり。自分の同好会に捧げた詩に堂々と登場させた、あの黄金のイルカ像を、「ティブルティーナ漕艇クラブ」のクラブハウスの屋根から盗んだのもカトゥッルスだ。一方で彼が虚弱なのも間違いない。脾臓ないし腸が弱く、そこから病を得ているらしい。

クローディアとの情事。皆にとっての驚き。さらに調査を進める。

我が家の副料理人の妹マリナは、独裁官カエサルの屋敷で侍女をしている。彼女は私に何でも話す。ここしばらく「聖なる病気」の発作はないそうだ。独裁官は毎晩家で細君と過ごす。よく真夜中に起き出し、崖に突き出た書斎で執務する。その部屋に用意された軍用の藁《わら》布団を使い、たびたび屋外で眠りにつく。

マリナは彼の感情の激発を否定する。「皆さん、あの方は怒りっぽいとかおっしゃるけど、旦那様、それはきっと元老院や法廷でのことです。あの方がお怒りになるのを見たのは、この五年でたったの三回だけです。どんなに大きな失敗でも使用人にはお怒りにならないんですから。奥方様はたびたびかんしゃくを起こされて、あたしらを鞭打つようにとおっしゃるけど、あの方はただお笑いになるだけ。それでもあたしらみんな、あの方の前では震えてます。でも旦那様、それがどうしてなのか分からないんです。だってあの方は、世界で一番お優しいご主人様なんですから。あたし思うんです。それはあの方がいつもあたしらを見てる、それもほんとに見てるからじゃないかって。たいていあの方の目はお笑いですけど、でもそれはまるで、使用人の暮らしとはどんなもので、台所でどんなことを喋ってるか、自分はすべて知ってるぞって言わんばかりなんです。あの料理人のことならあたしらみんなよく知ってますよ。コンロが火に包まれた日に自殺した料理人のことです。あの日は大切なお客様がお見えの日だったんです。使用人の頭《かしら》は、コンロのことを自分の口から独裁官様にお伝えするのがいやで、その料理人をやって伝えさせたんです。お部屋に入り、料理が台無しになったと言う料理人に、独裁官様はただお笑いになって「ナツメヤシやサラダならあるだろう?」とおっしゃいました。そして料理人は下がると、中庭で果物ナイフを使って自殺したんです。あ、そうだ、あの方がお怒りになったことがありました。あれはほんとに怖かった。一番のお気入りで、長く仕えた書記のフィレモンが、あの方に毒を盛ろうとしたと分かった時のことです。でもあれはお怒りっていうより、圧迫みたいでした。旦那様、そう、圧迫です。旦那様もおぼえてらっしゃるでしょう。あの方はフィレモンを拷問にかけず、すぐ処刑するようお命じになったんです。警備係の頭はとっても怒ってましたよ。拷問にかけて、裏に誰がいるか問い詰めたかったんですから。でもあたし、あの方がなさったのは拷問よりひどかったと思うんです。あの方は、あたしらみんな、全部で三十人くらいを部屋に呼び集めました。そしてじいっと、フィレモンを見つめ続けたんです。その時なら、たぶんアリの足音も聞こえたはずです。それからおもむろにお話を始められた。どうすればあたしらみんなが世界で一緒に暮らせるのか、どうすればみんなのあいだに、夫と妻のあいだに、将軍と兵士のあいだに、そして主人と使用人とのあいだに信頼の芽が育つのか。あれは世界で一番きついお叱りだったと思います。お叱りの最中に女の子が二人倒れたんですよ。あれはなんていうか、神様がお部屋にいるようでした。最後には奥方様も、胃のなかのものをお戻しになりました。

オクタウィウス様が、アポロニア(57)の学校からお戻りになりました。とっても物静かな方で、誰ともお話しなさいません。

じきにエジプトの女王がローマに来るかもしれないって、クレタ島出身の秘書がリミニ出身の秘書に話してたそうです。あの魔女のクレオパトラですよ。

　奥方様はあの方にやりたい放題です。奥方様がお泣きになるたび、あの方は我を失ったみたいになります。でもあたしらよく分からないんです。だって、正しいのはいつもあの方で、間違ってるのは奥方様なんですから」

・・・・・・・・・・

　キケロが食事に訪れる。媚びを売るようなみっともない態度。彼の人生は終わっている。市民が恩知らずであることについて、等々。カエサルについて。「カエサルは哲学的な人間じゃあないよな。奴はこれまで、熟考を遠ざけながら人生を過ごしてきた。全体として自分の思想が貧困だってことを、なんとか他人に悟らせないだけの知恵は回るようだけどな。奴は、会話が哲学的原理の方に向かうのを絶対に許さない。奴みたいなタイプの人間は、あらゆる熟慮をひどく恐れるから、そのぶん即断即決を得意がる。自分は優柔不断とは無縁と信じているんだ。だが本当のところは、自分の行動がもたらす結果すべてをじっくり考えないだけだ。そうすれば、自分は決して誤らなかったという幻想のなかで嬉々としていられる。行動が次から次と素早く続くから過去を心に再現できないし、もっと良い決断が他にあり得たなどとも言えないからな。自分のあらゆる行動は、急を要する状況下に余儀なく実行されたとか、あらゆる決断は必然から生み出されたとかと、うそぶいていられるわけだ。これは軍事指揮官たちに特有の悪癖だ。あいつらにとってあらゆる敗北は大勝利だし、あらゆる大勝利はほとんどが敗北なんだ。

「カエサルはこれまで、やることとなすことの全部にこの即時性を求めてきた。衝動と実行とのあいだの中間段階をすべて排除しようとしてきたんだ。どこへ行くにも奴は秘書を連れて歩く。そして思いついた瞬間、手紙、布告、法律を口述して書き取らせる。自然の衝動にも、奴は同じようにそれを感じた瞬間に従う。腹が減ったら食べ、眠くなったら寝る。重要な会議の場で、また奴と相談しにはるばる世界を旅してやって来た執政官や属州総督を前にして、奴はこれまでに何度も、すまなそうに微笑みながら席を外すと、隣の部屋にしばらく引っ込むことがあった。だがどんな自然の欲求なのか、俺たちにはまるで分からん。おそらく寝るためか、煮込みを食べるためか、あるいはいつも近くにいる三人の幼女の一人を抱きしめるためか。名誉のために言っておくが、奴はこうした自由を自分だけじゃなく他の人間にも許すんだ。ある会合の場で、使節が夕食を食べそこねて腹ぺこだってことを知った時の、奴のあの狼狽の表情を俺はきっと忘れない。それなのに――あの男の話は尽きんな――デュラキウム[58]の町を包囲攻撃している時、奴は指揮官用に確保されていた糧食を拒んで兵士と一緒に飢えに苦しんでいたんだ。だから攻囲が終わった時に見せた、あのらしくない残忍さは、単に飢えへのいら立ちの延長線上にあったんだと思う。奴はこの経験をなんと法則にまで高めて、「人が動物であるのを否定することは、みずからを半人間へとおとしめることだ」と公言しているよ」

　キケロは、カエサルについて一度に長く語るのを好まない。しかしカエサルを語りながら材料を見つけ、それを用いて自分についての描写に手を加えるのは嫌いではない。私は再度、キケロをカエサルの話に連れ戻すことに成功した。

「誰にでも必ず、自分を見てくれる観客が必要だ。俺たちのご先祖は神々が自分を見ていると感じていた。俺たちの父親は人間から称讃されたいと思って生きていた。だがカエサルに神はいない。同輩からの評価にも興味がない。奴が生きるのは未来で評価されるためだ。奴の観客は、コルネリウス、君ら伝記作家なんだよ。君らこそ奴の人生の主たる動機なんだ。カエサルは偉大な書物に生きようとしている。だが奴には、実際の人生と、作文された文章とが相互に対応することはあり得ないと見抜けるだけの、芸術家としての素養が十分にはそなわっておらんのだけどな」。ここでキケロは体を震わせて笑い始めた。「それでも奴はついに、芸術とは切っても切れない例のあの行動を、自分の人生に取り入れるところまではたどり着いたらしい。つまり消去だよ。若い頃のことを消去したんだ。ああそうだ、そうしたんだ。奴の若い頃の様子については、奴自身も、それに誰もがあのとおりだと思い込んでいる。だがあれは純粋に後年の創作に過ぎん。そして奴はいまや、ガリアでの戦いやその後の内戦も消去し始めている。『ガリア戦記』(59)の五頁分を、俺は以前弟のクイントゥスとじっくり読んだことがある。書かれてある出来事が実際に起こっていた時、弟はカエサルのすぐそばにいたんだ。偽りが書かれていないのは確かだ。書かれてはおらんのだが、十行ほど読み進めると「真実の女神」が金切り声をあげ始める。取り乱した女神は髪をぼさぼさにしながら、自分の神殿の廊下を駆け回る。そして最後には我を忘れてこう叫ぶんだ。「単なる嘘なら我慢もできよう。だがこんな息の詰まるような、見せかけの真実のなかで生きてはおられぬ！」」。

［続く箇所でキケロは、マルクス・ユニウス・ブルートゥスがカエサルの息子である可能性について論じている。その文章はLVII―Bとして収められている。］

・・・・・・・・・・・・・

「……一つ忘れてはならんことがある。人生のうちで一番きわどかった二十年間を、カエサルが文無しで過ごしたってことだ。カエサルと金だよ！　カエサルと金！　いったい誰ならその物語を書けるだろう？　ギリシア神話の全部からどれだけ空想的なのを持ってきたって、奴の物語に比肩するものを見つけられやしない。収入もないのに浪費家で、他人の金を使って気前よく振る舞うなんて。いまは詳しく語る時間はないが、短くまとめるとこうなる。カエサルは休んでいる金を金とは認識できなかった。奴には決して、金を将来へのそなえとか、ひけらかすためとか、地位、権力、影響力の証とは考えられなかったんだ。カエサルにとって金が金なのは、それが何かをなしている時だけだ。カエサルの感覚だと、金とは、それで何をするか知ってる人間のためのものなんだ。まあ、巨万の富を持つ連中が、自分の金で何をするか分かってないのは見てのとおりだ。せいぜい抱きしめたり見せびらかしたりするのが関の山だろ。一方でカエサルには金への関心がない。もちろん金持ち連中は、その態度に強い衝撃を受けて困惑し、さらには恐怖すら感じる。そんなカエサルがいつだって、金を使ってすることをたんまり思いつく。奴はいつだって、他人の金に活躍の場を見つけてやれる。友人の金庫から、金を踊り出させてやれたんだ。

「だが奴の態度は、単なる無関心以上のものになってやしないだろうか？　だとすると、奴は恐れていないことになるんだろうか？　俺たちを取り囲む世界を恐れない、未来を恐れない、苦境におちいる可能性も恐れない。多くがその影におびえながら生きてるってのにな。するとかつての恐怖や困窮の記憶は、奴の恐れの大きな部分を占めてはおらんのか？　自分の保護者が稲光や雷鳴を怖がる姿を見たことのない子供は、それが怖いだなんて思いもよらない。カエサルの母親と叔母さんはたいそう素晴らしい女性だった。稲光や雷鳴より恐ろしい体験ですら、あの二人の素晴らしさをそこなうことはなかった。想像してみろよ。公権剥奪公示《プロスクリプティオ》[60]や粛清のさなか、彼女たちは火の放たれた田舎を夜通し逃げまどい、洞窟に身をひそめていた。そんなあらゆる恐怖のなかで、二人が成長途上の少年に見せた自分たちの内面は、ただ自信に満ちた落ち着きだけだったんだ。だが本当にそうなのか？　それとも、他にもっと深い何かが経験されたのか？　奴は本当に自分が神だと信じているのか？　ウェヌス女神[49]の血を引くユリウス氏族の子孫だと？　だから自分は、地上にあふれる不幸の手の届かないところにいると？　この世でのさずかり物から得られる充足感からも、自分は手の届かないところにいると？

「とにかく、奴はあの年月を自分の金なしに暮らした。汗水たらして働く連中が住まう地区にあるちっぽけな家で、奥さんのコルネリア[20]と、小さな娘と一緒に。それでもあらゆる貴族のなかの貴族として、大金持ちのルクッルス[61]と同じ幅広の縞をあしらったトガを着て、クラッスス[62]と反目し、そして俺とも対決した。ああまったく、奴の話は尽きんな！

「それなのに――ここがちょっと微妙なところなんだ――カエサルは他人を喜んで富ませてやっている。いま政敵が奴にぶつける批判で一番大きいのが、取り巻き連中が法外な蓄財に励むのを許している、ってことだ。取り巻き連中と言ったって、大半はただのごろつきだけどな。だがそうするとそれは、彼らへの軽蔑のあらわれなんじゃないか？　なぜなら金を所有して貯め込むことを、奴は弱さというか——なんて言うんだろうな——おびえだと考えているのだから」

アシニウス・ポッリオが食事に訪れる。カトゥッルスについて、またあの詩人の手になる、独裁官に向けられた辛辣な風刺詩[33]について語った。「まったくもって奇妙です。会話中でのあの詩人は、クラブの他のメンバーから次々投げかけられる侮辱の言葉に抗してカエサル殿を弁護する。ですが詩では、カエサル殿に対して際限なく毒を吐く。言うなれば、カトゥッルスは詩作中ではこのうえなく自由奔放ですが、自身の人生において、それに他人の人生を評することにおいては驚くほどに厳格です。どうも彼は、自分とクローディアとの関係を、純粋かつ崇高な愛と見なしているらしいのです。ただし彼が会話でその関係に触れることは決してありません。自分の愛を、友人らが絶えず入れあげるような、うたかたの愛とは同一視され得ないものと考えているようです。独裁官殿への風刺詩は一見すると政治的ですが、一様にみだらな言葉で表現されています。カエサル殿への彼の敵意はどうやら二つのことに起因している。一つは、独裁官殿の悪名高い不品行への不服。もう一つが、独裁官殿みずからがご自身の周りに置き、公費で私腹を肥やすのを許してやっている連中への非難です。ですがもう一つ、カトゥッルスが独裁官殿のことを、クローディアの愛をめぐるライバルとして恐れている可能性、ないしは、いわば過去にさかのぼってあの方に嫉妬している可能性もあるように思うのです」

XIII　カトゥッルスから、クローディアへ。

［前四五年九月十四日］

［九月十一日と十三日、カトゥッルスはここに収めた手紙の下書きとして、計二通を書き上げている。その二通はクローディアに送られることはなかったが、そのどちらをもカエサルは読んでいる。彼の秘密公安部隊がカトゥッルスの部屋で発見し、独裁官のために書き写した書類に含まれていたからだ。それら二通の下書きは、本書第二巻に文書XXVIIIとして収められている。］

この世は夜と恐怖の地。そう知ることから、僕は逃れようとは思わない。君がカプアで僕に閉ざした扉が、おのずとそう物語っていた。君と君のカエサルは、それぞれ僕にこう告げるためこの世にやって来た。君は「愛、そして姿形の美しさは幻想」と。彼は「心を突き詰めれば、そこにあるのは自身の欲望のみ」と。ずっと知っていた。君が溺れていることを。君が僕にそう言ったんだ。君の腕は、君の顔は、まだ水面《みなも》でもがいている。君と溺れるわけにはいかない。君が僕に閉ざしたあの扉こそ最後の声。残酷さは、君に残された唯一の叫び。

君と溺れるわけにはいかない。すべきことがまだ一つあるから。僕らを蔑《さげす》むこの世界を、まだ蔑んでやれる。美しいものを作り出すことで蔑んでやれるんだ。僕はそれをきっとやる。そうすれば、ずっと磔《はりつけ》にされてきた心の苦しみに終止符が打てる。

クラウディッラ、クラウディッラ。君はいまも溺れている。ああ、耳が聞こえなければ良かったのに。ああ、ここにいてそのもがきを知り、叫び声を聞かなければ良かったのに。

XIII―A　クローディアから、カトゥッルスへ。

［同じ日に、帰還する使者に託された。］

［ギリシア語で書かれている。］

子鹿ちゃん――そう、全部そうよ――あなたに残酷にする以外に何ができると言うの？――耐えるの、苦しむの、でもわたしのもとを去っては駄目。

みんな話すわ――わたしの奥底にある最後のもの――覚悟して。とても恐ろしいこと。叔父に、十二の時に、凌辱された。何に、誰に、わたしはあのことの復讐をすればいいの？　あのこと？　あ、い、、果樹園で、真昼に。焼け付く太陽のもと。さあこれでおしまい。

わたしを救えるものなんてない。助けなんていらない。望むのはただ、憎しみ合いながら人と交わることだけ。あなたの憎しみは、まだぜ、ん、ぜ、ん、足りてない。そんなあなたに我慢ならない。

わたしのところに来て。来て、小鹿ちゃん。
でも、言うべきことが何かあるの？
来て。

XIII—B　カトゥッルス

Odi et amo. Quare id faciam fortasse requiris.
Nescio, sed fieri sentio et excrucior.

憎みつつも愛す僕を　たぶん不思議に思う君
自分でも分からず　勝手に感情が湧いてきて　僕は磔にされている(63)

XIV　アシニウス・ポッリオから、ローマ市のカエサルへ、ナポリにて。
［前四五年九月十八日］
［アシニウス・ポッリオは、カエサルの密命を受けての旅行中、カエサルから彼に回付さ

れてきた二十の質問に回答している。］

［ここから数千語にわたり、ナポリ市の大きな銀行家業者の用いる、高度なテクニックを要する手続きについての内容が続く。また同じほどの長さにわたり、アフリカのマウレタニアでの、若干の行政的問題についての回答も続く。引き続き、ローマでの祝祭に引き出されるべく、アフリカから海路輸送されている野獣に関しても、若干の情報が伝えられる。］

我が将軍閣下。

第二十番目のご質問――独裁官殿へのガイウス・ワレリウス・カトゥッルスの悪意の理由、ならびに同詩人の、クローディアとの情事についてのご報告。

我が将軍閣下。あの詩人から、閣下への敵意の言質を取ろうと何度も試みました。将軍閣下にはご承知いただきたいのですが、ワレリウス・カトゥッルスは、たいそう複雑で矛盾した性格の持ち主です。彼はたいていは思慮深く、辛抱強くて冷静な人間であります。我々の［アエミリウス選抜隊と水泳］クラブの構成員の大半よりわずかな年長に過ぎませんが、長らく顧問や仲裁者としての立場を保ち続けてきました。我々からは「議長」と呼ばれております。ですがこと三テーマに関しては、みずから議論する、ないし議論を聞いたりしますと、彼は必ず怒りに駆られます。顔色は真っ赤となります。声色が変わり、目が鋭く光ります。震えている彼の姿を私《わたくし》は何度も目にしたことがあります。それら三テーマとは、つたない詩人、女性のみだらな振る舞い、および閣下ならびに閣下の協力者についてであります。我が将軍閣下にはすでに別の折、かのクラブ構成員の大半が共和政支持を気取っている旨、ご報告いたしました。こうした状況は、若い貴族のみから構成される他の二クラブ、「ティブルティナ漕艇クラブ」および「赤い帆クラブ」においていっそう明確です。他方「四十歩クラブ」に関しては事情が異なり、こちらは我が将軍閣下の設立になるという事実を、変わらず非常な誇りとしております。しかしながら、上記三クラブでの共和政支持論は、宴席の雑談の域を超えてはおりません。若者たちは国事についての情報に非常にうとく、このテーマに関する長い議論を、十分な興味を示して聞くことはありません。ワレリウス・カトゥッルスもやはり同様であります。彼の不平の標的は次々と変化します。ある時は公職者の個人的資質を痛烈に批判しますが、次の瞬間には政治理論上の原則について語り出します。さらに次の瞬間には、郊外で発生したことが伝えられる強盗事件に関し、閣下に責任ありと言い立てます。

上記三テーマについての合理性を欠く短気さは、クローディアとのよろしからざる状況の反映と感じざるを得ません。ローマの全女性のうちから特に彼女に恋心をいだいたことは、彼にとって実に不運でありました。彼が八年前に初めてローマ市に移って来た頃、クローディアの夫君[64]はまだお元気だったにもかかわらず、すでに彼女は我々の笑いぐさとなっておりました。理由は恋人の人数ではなく、彼女との恋路が常に同じ道をたどることでした。確かに彼女は男性を魅了します。しかしそれは相手の弱さを読み取り、ひいてはその男を最大限可能な限り徹底的に、かつ的確に侮辱したいがためなのです。ただし彼女にとっては不幸なことに、そのやり方はあまりに拙劣です。たちまち恋人を傷つける段階に達するので、その魅力はすみやかに霧消してしまうのです。クラブ成員の何人かが、少なくとも六ヶ月は魅了されようと心に誓い彼女に接近しました。しかし初日の夜半、外套も忘れてクラブに舞い戻る有様でした。

ワレリウス・カトゥッルスがここまで激しく、これほど長くあの女性を愛するという事態は、彼を知るあらゆる人間を驚かせました。この詩人とは私以上に近しい友人である我が弟は、彼女のことを話すカトゥッルスを見ると、まるで我々の知らない誰かについて話しているようだと述べております。もっともクローディアに関しては、一般にこう認められているのは確かであります。ローマの貴族女性のうち、ウォルムニアに次いで最もうるわしい女性であり、また文句なく、最も機転がきき最も聡明な女性でもあり、さらに彼女が主催する遊戯、郊外でのパーティーや晩餐が、ローマ市では他の追随を許さないものであることとです。しかしワレリウス・カトゥッルスが我が弟に語るのは、彼女の知恵、不運な人への親切心、きめの細かい同情心、魂の気高さなどだといいます。しかし私も彼女のことなら長年存じております。時間をともにするのを楽しんだこともあります。しかしながら私は、彼女が自分の吸う空気を、また自分の周りのあらゆる物や人間を憎んでいるのを見逃すことはありません。ただ一般に、例外が一人いると考えられております。彼女の弟、プブリウス・クローディウスです。コルネリウス・ネポス殿が披露してくれた私見によれば、彼女の男性への復讐作戦はおそらく、弟と持たれたであろう近親相姦関係(26)の結果であるとのことです。その可能性はありますが、私はそうは考えておりません。彼女は弟に対し、ひどくいらつきながら比較的無関心な母親のような態度をとるのです。激情、あるいは激情からの反動により、彼女の態度はよりいらついたものとなり、支配欲がさらに強く示されるのでありましょう。

あの詩人への我が敬愛の念――実のところ、愛情とさえ言えます――は非常に大きなものであります。のぼせ上がり、みずからをひどく傷つけるいまの状態を彼が脱し、我が将軍閣下に対していだく、子供じみて支離滅裂な思い込みを捨て去るのを目にできましたなら、私にはそれ以上の喜びなどございません。

私はクローディアの晩餐会に招待されておりますが、彼女からは、我が将軍閣下ならびにあの詩人も招待されたと聞き及んでおります。当初はその情景は愉快とは思われませんでした。ですが考え直しますに、カトゥッルスの誤解を解くまたとない良い機会と思うようになりました。我が将軍閣下が出席を希望なさらないであろうことは想像に難くありません。その場合は、また後日、カトゥッルスとの会合の席を用意するお許しをいただければと存じます。

XIV―A　歴史家コルネリウス・ネポスの備忘録

浴場でアシニウス・ポッリオに遭遇。蒸気室に腰かけながら、我らが主人へのカトゥッルスの憎悪の理由について議論。

ポッリオが述べた。「それについては疑う余地はありませんね。クローディアと関係していますよ。でも私の知る限り、カエサル殿が彼女に興味を示されたことはない。何かご存じですか？」

何も知らないし、知り得たとも思わないと返答。

「何もなかったと思うなあ。あの方が女性から女性へと飛び回っていた頃、彼女はまだほんの子供でした。二人のあいだに何かがあったとはとうてい考えられません。しかし何らかの理由から、カトゥッルスの心であの二人が結び付いた（私も確かにそのとおりと思う）。独裁官殿に向けられた風刺詩(33)は激しく荒々しいですが、ほとんど的を射ていない。それらがすべて、例外なくみだらな言葉で表現されているのはお気づきですか？　不品行や、高官たちを富ませてやってることについてカエサル殿を糾弾するのは、ええ本当に、吹き付ける強風に向かって砂を投げるみたいです。なにか子供じみています。でも一つ子供じみていないところがある。あの詩句は忘れ難いんです」

ここでポッリオは私の耳元に顔を寄せた。「我らがご主人への、私の心酔ぶりはご存じですよね。けれどあなたには打ち明けます。あの方への、もっと辛辣で歯切れの良い批判を考え出せないなら、その人はまだまだ考え足らずなんですよ……いや、でも、これは間違いないと思うな。カトゥッルスは、性的に嫉妬するための根拠みたいなものを、心のうちにこしらえてしまったんだ」

ここでポッリオは、両手をひらひらさせた。「カトゥッルスは大人であり子供でもある。これは信ずるに足る見方のはずです。初めてカトゥッルスの恋愛詩を読んだキケロが、何と言ったかご存じですよね？　え、ご存じない？　「カトゥッルスはローマで唯一、情熱を本気にする男だ。そしておそらくその最後の男となる」」

XV　カトゥッルスから、クローディアへ。

［前四五年九月二〇日］

僕の魂である君よ、僕の魂なる魂よ、僕の命なる命よ、僕は一日中眠っていた。ああ、〔金曜日〕まで眠っていられたら。目覚めて、君のそばにいられないのは拷問。眠っていて、君のそばにいられないのは飢餓。夜ふけに僕はアッティウスと出かけた。ただ君のことだけを考えているのに、君のことを話せないのもやはり拷問だ。いまは真夜中。僕は手紙を書いた、また書いた、そして書いたものを破り捨てた。ああ、愛の甘美さ、猛々《たけだけ》しさ。どうしたらそれを言葉にできるだろう？　どうして僕はそうせずにいられないのだろう？　どうして僕は、それを語ろうとする魔に捕らわれるべく生まれついたのだろう？

忘れよう。ああ、忘れようよ。言いあった鋭利な言葉を。僕らの喜びである情熱は、同時に荒れ狂う敵でもある。僕らが永遠に一つに、完全な一つになれないのは、神々からの復讐だ。体が存在するのは魂が激怒しているせい。魂が存在するのは体が激怒しているせい。ああ、でも、成功した人は少ないけれど、僕らはうまくやろう。僕ら二人、燃えて一つになろう。そして、ああ、愛するクラウディッラ、過去に何があったとしても、すべて消し去ろう。すべてぬぐい去ろう。本当だよ、それはもうない。誇りに思えばいい。思い出すのを拒めばいい。君ならやり過ごせる。クラウディッラは毎朝あらたに生まれ変わる。そう心に決めればいい。

僕の目を見られないように、君にキスをしよう。君を抱きしめよう。君にキスを。(65)君にキスを。

君にキスを。

XVI　カエサルの妻ポンペイアから、クローディアへ。

［前四五年九月二一日］

同封したのが、あなた様宛てのあの人の手紙です。まったく恐ろしい手紙。こんなものをあなた様にお送りしないといけないなんて、恥ずかしい思いがします。

けれども！　ほら、これでお伺いできます。でも私にお礼など不要ですよ。どうして最初から、あの詩人も来るとあの人にお伝えにならなかったのですか？　時々、夫の頭には詩のことしかないように思えます。毎晩のようにあの人はベッドで、大きな声で詩を聞かせてくれます。昨日の夜はルクレティウス(19)の詩でした。ぜんぶがぜんぶ、原子《アトム》、原子、原子。あの人は読み上げたりしません。おぼえているのです。ああ、愛しいあなた様、あの人はこんなにも変わった人です。一週間を、私はただあの人を慕って暮らしています。でもあの人はこんなにも変わった人なんです。愛するクローディア様。私、キケロがあの人につけたあだ名を耳にしました。それってただただ、死ぬほど笑えると思いませんか？　生まれてからあんなに笑ったことはありませんでした。［キケロがカエサルにつけたあだ名のどれが、独裁官の奥方を痙攣するほど笑わせたのかは知り難い。それはもしかしたら単に「大先生」だったかもしれない。あるいはギリシア語をいくつか複雑に組み合わせたもの、たとえば「アウトフェイディアス」、つまり「みずからを記念する墓石を作りながらのように生きる男」だったのかもしれない。または「情け深き絞殺者」。ここには、敵をことごとく許し、彼らへの怒りをみじんも見せないというカエサルの不可思議な行動への、同時代人の困惑が反映されている。あるいは「煙は立てども姿は見えぬ」だろうか。これはアリストファネスの喜劇『蜂』の一節から引かれている。子供たちにより家に監禁されたある男が、煙突から逃げようとして見つかった時に漏らした言葉である。］

　衣裳を試してみました。素晴らしいです。頭にはエトルリア風[47]のティアラをかぶって、衣裳の裾には金のビーズを縫い込ませようと思います。裾の先ではビーズをたっぷり、それが上にいくにつれてだんだん少なくなって、腰のあたりで無くなるように。贅沢禁止令で許されるかは分かりません。でも尋ねるつもりもありません。

　建国記念祭でみんながまるで演舞みたいに動き回っていた時、あなた様に合図を送ったの、お分かりになりましたか？　右の耳たぶを引っ張ったのが、あなた様へのメッセージだったんです。もちろん、きょろきょろ見回したりはできませんでした。あの人がいたのは二マイルもの彼方です。よく分からないことを叫びながら、あちらへ進んだりこちらへ進んだり。それでも私には感じられたんです。私に貼りつくあの人の視線が。

　ご存じのあの件［善き女神《ボナ・デア》の秘儀のこと］で、私に割り当てられた台詞の稽古をしています。愛しいあなた様、私には単に記憶力がないようです。それにしてもなんて古くさい言葉なんでしょう。でもあの人が助けてくれているんです。秘儀の実行委員長様のおっしゃるには、あの人は大神祇官だから、秘儀のうちの一部なら知るのを許されているそうです。もちろん畏れ多い箇所ではありませんよ。自分の夫とあのことについて話す妻なんて、思い浮かべられますか？　私には無理です。ユリア叔母様もあなた様の晩餐会にいらっしゃるそうですね。叔母様は私たちのところにお泊まりの予定です。ついては、今度こそ話していただこうと思っています。内乱[60]の時代、ヘビやカエルを食べるしかなかった時の叔母様たちのことについて、それに、男たちをたくさん殺した時の叔母様や私のお祖母様のことについて。男の人を殺すって、きっと変な気分でしょうね！

抱擁を。

XVI—A　〔同封の書簡〕カエサルから、クローディアへ。

独裁官が、いとも高貴なるご婦人にご挨拶。独裁官は、出席の妨げとなる会談予定を延期せり。よって、いとも高貴なるプブリウス・クラウディウス・プルケル、ならびにいとも高貴なるご婦人よりの招待を受諾す。加うるに、スペインよりの使節、および十二地区の代表者も、晩餐後に同邸に招待することが許可されるよう、独裁官は要請す。

いとも高貴なるご婦人の招待客の面前にて、ギリシア人黙劇俳優エロスが演技する旨、独裁官は承知。当該俳優による演技には、高度な芸術性ありとのこと。しかれども、相当程度の猥褻性がともなわれりと聞く。特に『アフロディテとヘファイストス』と題されし演目にては、その程度甚だしとのこと。軍司令官、ならびにスペインおよび共和国僻遠の地よりの行政官が任地に戻りし折、首都ローマでの遊戯がかくなる性格を有すとの印象を持ち帰ること、好ましからざるなり。ゆえに、独裁官はいとも高貴なるご婦人に要請す。独裁官の本所見に注意する旨、件《くだん》の俳優に伝えられんことを。

独裁官は、いとも高貴なるご婦人に感謝を捧ぐ。晩餐の冒頭、独裁官出席時の遵守が慣例となりし儀礼に関しては、その省略を要請す。

XVIII キケロから、ギリシアのポンポニウス・アッティクスへ、トゥスクルムの別荘にて。

〔前四五年九月二六日〕

我がポンポニウスよ、我々の大切なものはすべて失われ、慰めはただミューズ女神(66)のみとなった。我々は奴隷となり果てた。だが奴隷にも歌うことならできる。そこで私はオデュッセウス(67)の逆を行くことにした。自分と仲間を破滅から救い出そうと、彼はセイレン(68)の歌が聞こえないよう耳をふさいだのに対し、私は注意をすべてミューズ女神に集中させることにしたのだ。共和国(28)の断末魔の叫び声と、死にゆく自由のうめき声をかき消すために。

この全体的な息苦しさは、ただ一人のせいと君は言う。しかしその意見には同意できない。医者を呼び込んだのは、死の淵にある患者自身なのだ。その医者は患者のあらゆる身体機能を回復させたが、意思だけは回復させなかった。そしてすみやかに、患者を奴隷にしてみずからに縛りつけた。私は当初、医者は患者の回復を喜び、完全に自律的な行動を許すのではと期待して見ていた。だがその期待もすでについえた。

ならば思索を深めようではないか。そうする自由なら誰も奪えはしない。

医者自身は、監獄と化した世界から立ちのぼる調べに興を覚えているようだ。あの男は私に、君も言っていた例のカトゥッルスの詩を送りつけてきた。この若者のことはしばらく前から知っている。ある一篇の詩には私への呼びかけ(69)があるほどだ。その詩を知ったのは一年も前だが、神にかけて、それが私への称賛なのか嘲笑なのかいまだに分からない。カトゥッルスが私をポン引きとかスリとか呼ばないことには十分に感謝している。彼の友人たちのほとんどが、ふざけてそう呼んでいるのだから。

カエサルがあの詩人に感じている際限なき熱狂を、私は共有できない。何篇かの詩から私が感じるのは、感嘆の念というより弱さなのだ。ギリシアの詩を模範にした何篇かに関しては、我々ローマ人がこれまで目にした最も素晴らしい翻訳と呼べるだろう。だが作品がギリシアのお手本から離れる時、我々は奇妙な事態に直面する。

それらは確かにラテン語で書かれてはいるが、ローマ的ではないのだ。カトゥッルスは境界線の向こうからやって来て、我々の言葉や思考法が粗悪となるのに慣れさせようとしている。我々はそのことに圧倒されずにはいられない。クローディアに捧げられたあれらの詩、とりわけ彼女のスズメ[70]の死を詠んだ詩句はとても優雅だが、何やら滑稽なところもある。聞くところでは多くの浴場の壁に書き付けられているらしい。シリア風肉詰めの売り子ですら一人残らず暗唱できるそうだ。しかしそのスズメたるや！　スズメはたびたびクローディアの胸にとまるのだという――彼女の胸は色々な人のところを旅するから、鳥たちはごくたまにしかとまらせてもらえない。ではこの鳥についての、アナクレオン[71]風の哀歌を味わってみるとしよう。何回だか分からないほどのキスを、と熱烈に訴えている詩だ[65]。すると何が見つかると思う？　めまぐるしく主題が移り変わる。いやむしろ、まったく移り変わらないとも言える。そしていつの間にか我々は死について語っている。ヘラクレスにかけて、そこにずらりと豪華に並ぶのは、ストア哲学[72]の決まり文句なのだ。

太陽は　沈んでもまた昇る
でも僕らは　短い光のひとたび沈むや
永遠《とわ》の一夜《ひとよ》を眠り続けねばならぬ

なんと激しく悲しげな歌だろう。私はこれを、西向きの柱廊の壁に刻み込ませている。ところでスズメはどうしたのだ？　キスはどこだ？　これらの詩句の冒頭と末尾は、弁解の余地なく不釣り合いな表現でつなげられている。これはギリシア的とかローマ的とかの問題ではない。一連の秘密の思考、そう、表面にある詩句の裏で結び合う様々な観念が、この詩人の心で作用している。クローディアの死、彼自身の死。それがスズメの死のうちに描かれているのだ。

我が親愛なるポンポニウスよ、隠れた思考の連続にもとづく詩を聞かされる、という罰が、我々には科されるのだろうか。するとじきに、理解不能さが我々を思うままにあやつり、それが高級な感性としてまかり通るようになる。確かに我々の心は、様々な物でごった返す市場のようなものだ。そこでは奴隷と賢者がぶつかりそうに歩く。あるいは、手入れの行き届かない庭園のようだとも言える。そこでは雑草がバラのかたわらで伸びている。突然心に些細な思考がわいて、高尚な思考と結び付くかもしれない。続いてそうした思考が、今度は実にありふれた日々の出来事によって、説明されたり邪魔されたりするかもしれない。心とは支離滅裂な場所だ。それは我々皆のうちにある野蛮さであり、ホメロスや、彼以来六百年の他の偉大な作家たちは、そこから我々を解放しようと努力を重ねてきたのだ。

数日のうちに、私はクローディアの晩餐会の席でこの詩人と会うことになっている。カエサルも同席することだろう。こうした真実が皆に明白となるよう、会話を導きたいと考えている。文学のみならず国家が健全であるためには、分類《カテゴリー》が維持されねばならないのだ。

XⅧ　独裁官カエサルの秘密公安部隊よりの報告書。ガイウス・ワレリウス・カトゥッルスについて。

［前四五年九月二二日］

［カエサルのもとには、こうした報告書が毎日提出されていた。内容は、押収された書簡、実際に交わされたり盗み聞きされたりした会話、そしてある人物やその人物の行状についての報告である。調査対象とする人物については、たいてい独裁官から公安部隊に前もって申し送られていた。］

・・・・・・・・・・・・・・

調査対象第六四二号――ガイウス・ワレリウス・カトゥッルス、ガイウスの息子、ティトゥスの孫。ヴェローナ地方出身の男性。年齢、二九歳。「アエミリウス選抜隊と水泳クラブ」のクラブハウスに居住。頻繁に訪れる友人は、フィキニウス・メラ、ポッリオ兄弟、コルネリウス・ネポス、ルキウス・カルコ、マミリウス・トルクアトゥス、ホルバティウス・キンナ、クローディア様。

本調査対象者の室内の書類等は、すでに検査いたしました。内容は、家族との書簡ならびに個人的な書簡です。その他の大半が詩作の素材でした。

政治的な関心は、本調査対象者からは看取されません。よって彼への尋問は差し控えるのが適切と考えます。

［カエサルの追記――「調査対象第六四二号についての報告は継続せよ。調査対象の居室内で発見の書類の写しを、極力すみやかに私のもとへ回送するように」。この指示に従い、次の三通の書類が独裁官の執務机に並んだ。］

XⅧ―A　カトゥッルスの母親から、カトゥッルスへ。

お父様が町でたくさんの公職をあらたにお引き受けになりました。朝から晩までお忙しそうです。収穫は思ったほどではありませんでした。いくども嵐に見舞われたせいです。イプシタがひどい風邪をひきましたが、いまは良くなりました。犬たちは元気よ。でもウィクトルはずいぶん年をとりました。あの犬は、ひがな一日暖炉のそばで寝ていて、いまは私の足もとにいます。

ケキンニウスさんの家の人に聞きましたが、加減が良くないそうね。手紙には一言も書いてくれないんですから。お父様もご心配になっています。こちらにはどんなに素晴らしいお医者様がいて、どのような治療をしてくださるのかよく知っているでしょう。こちらに帰っていらっしゃい。

ヴェローナの人はみんな、お前の詩をそらんじています。どうして私たちには一度も送ってくれないの？　ケキンニウスさんの奥さんが、二十篇ばかりをよこしてくれました。おかしいでしょう、愛する兄弟の死についてのお前の詩を、お隣さんからもらわないといけないなんて。お父様は、どこへ行くにもお前の詩を持ち歩いています。どう言っていいか分からないけれど、とても美しい詩ですね。

毎日、不死の神々がお前をお守りくださるようにと祈っています。私は元気ですよ。時間があったら手紙を書くのですよ。八月十二日。

XVIII—B　クローディアから、カトゥッルスへ。

［昨春］

ヒステリックなお子様に付き合うのは本当にうんざり。

二度とわたしに会おうとしたりしないで。

あんなふうに話しかけられるなんて、もうたくさん。わたしは約束を破ったことなどない。約束したことなどないから。

わたしは好きなように生きるの。

XVIII—C　アッリウスから、カトゥッルスへ。

ほら、鍵だ。これで誰も君を邪魔しない。時々僕の叔父がこの部屋を使うが、いまはラヴェンナにいる。「おお、愛よ、神々と人間の支配者よ！」

XIX　匿名の手紙［筆者の正体はクローディウス・プルケルだが、女性の筆跡で書かれている］。カエサルの妻ポンペイアへ。

偉大にして高貴なる奥方様、私《わたくし》のもとに入った知らせによりますと、クローディウス・プルケル家での、明日の夜の晩餐会への招待をお受けになったそうですね。他ではお耳に入らない情報をお伝えできるのでなければ、あれほどの気品とともに、かくも高き地位におありの方のお時間を、こうして奪おうなどとは思いもよりません。

この手紙は警告の手紙です。必ずや感謝いただけるものと思います。たいそう悲しくも、あなたへのクローディウス・プルケルの想いは、どうやらずいぶん前に単なる敬慕の域を超えてしまっていたようです。これまでの彼は、愛するとは何なのかまったく知りませんでした。これまであの男が私たち女性にもたらしてきたのは――ああ、本当に！――喜びではなくむしろ苦しみでした。そんな彼もついに、誰をも見逃さない神の力に屈したのです。ですが、彼がその想いをあなたにお伝えするとは思えません。あなたの不滅の夫君への敬意が彼を押しとどめるでしょうし、そうでなくてはなりませんから。それでも彼の想いが、義務や名誉の縛りを破らないとも言い切れません。私が誰か、突き止めようとはお思いになりませぬよう。それでも、お手紙をこうしてあなたに書く理由の一つを隠したいとは思えません。それは嫉妬です。「私はこの人に愛されている」。かつてそう感じられた人の心でいま、あなたが揺るぎない力をお持ちなことへの嫉妬。この手紙を書き終えたら、すでに意味を失った存在にただちに終止符を打つつもりです。最期に警告させてください。いかなあなたの高貴な天性でも、金色に輝く約束を無思慮な混乱のうちに散らした人間を、ふたたび立て直すなどできはしないでしょう。いかなあなたでも、あの比類なく邪悪な女、彼の姉の影響下からその男を呼び戻すなどできはしません。いかなあなたでも、私たち女性に対しその男がしてきた悪に復讐などできません。その男は、きっとあなたが自分を徳義の道に、公的に有能さを発揮する道に引き戻してくれると信じていたのです。しかし期待は裏切られました。偉大なるお方よ、いかなあなたでも無理だったのです。

XX　カエサルの妻ポンペイアの侍女であるアブラから、クローディアへ。

こちらのご一行は、晩餐会のために三時におたちになります。奥方様と老婦人様はお輿《こし》で、あの方ご自身は徒歩で向かわれます。

あの方ご自身はごきげんでです。奥方様はお泣きでです。羽織の金のビーズをぜんぶ、あの方に言われて私が取ってしまったからです。ぜいたく禁止令だそうです。

だいじなお話を盗み聞きしました。ああ、お許しください。老婦人様が、奥方様にずっと話しかけておられました。おっしゃるには、おそらくあなた様が、秘儀から締め出される［この文字の下には、なかば消えかかってこうある――追放される］だろうと。奥方様はたいへんなお怒りようで、あの方ご自身がお許しになるはずがない、と叫びました。老婦人様は、そうかもしれないし、そうじゃないかもしれないとおっしゃいました。奥方様はお泣きでです。そんなことをさせないでと、老婦人様にお願いされています。奥方様はあの方ご自身のもとに行って、そんなことにならないようにとお願いされています。あの方ご自身は落ち着いて、またごきげんで、それについては何も知らない、心配にはおよばないとおっしゃっています。

そろそろ奥方様の髪のしたくをしないと。たっぷり一時間はかかります。

奥方様が、あなた様の弟君様についてお聞きです。

私の女主人様に、敬意と忠誠をこめて。

XX―A　**カエサルの妻ポンペイアから、クローディアへ。**

オソロシイコトガ、オコリマシタ。アナタサマノバンサンカイニ、ムカウミチスガラ、オトコガサンニン、カベゴシニトビカカッテキテ、ワタシノオットヲ、コロソウトシタノデス。ドレホドノケガカハ、ワカリマセン。ミンナデスグニ、イエニカエッタノデス。ドウスレバイイノデショウ。アナタサマノバンサンカイニイケナクテ、ザンネンデナリマセン。ホウヨウヲ。

XX―B　**公的公安部隊の長から、秘密公安部隊の長へ。**

襲撃現場付近にいた者、二二四名を拘束。すでに尋問を開始。うち、非常に怪しい者、六名。すでに拷問を開始。尋問を前に一名が自殺。

プブリウス・クローディウス・プルケル邸の前に群衆が参集。独裁官閣下は同邸での晩餐会に向かう途中だったとの噂が広がっており、暗殺未遂の下手人はクローディウスの手の者と見られている。群衆は同邸への投石を開始。火を放つ相談がなされている模様。

多くの使用人が、トリウルキア通り沿いの門からの脱出を試みるも、群衆により殴打。

追記

同邸前の群衆が徐々に激高。

同邸内にはマルクス・トゥッリウス・キケロ殿が滞在。執政官経験者であることを示す標章を着用。武装部隊の警護でご帰宅。群衆からは唾、何個かの投石。

現在邸内にはクローディア、ガイウス・ワレリウス・カトゥッルスと名乗る青年、および使用人一名が滞在。

招待客としてアシニウス・ポッリオ殿も。事件の報でただちに同邸を離れ、独裁官閣下邸へと向かう。軍装をしていたため、群衆から通行を許され、喝采も浴びせられる。

プブリウス・クローディウス・プルケルは、身柄拘束前に逃亡。

追記

独裁官閣下が突如、同邸の前に到着。アシニウス・ポッリオ殿、および六名の護衛も同道。大きな喝采をお受けになる。群衆に向かい演説。帰宅し、ご自身の無事を神々に感謝するようご命令。ご自身の命を狙う陰謀に、同邸の住人が加担したと疑うべき証拠はないと、群衆に向け断言。

上記すべての報告をお聞きになった閣下は、ご自身で接見して尋問するまで、容疑者への拷問を中止するよう指示。

また、クローディウス・プルケルの身柄確保に全力を尽くすよう指示。ただし、敬意を持って接するようにとのこと。

XXI　アシニウス・ポッリオから、ウェルギリウスとホラティウス[73]へ。
[右の出来事から十五年以上たって書かれた書簡。]

　我が友人たちよ、安眠にとっての大敵となるのが痛風、それに自責の念だ。この二つのせいで、昨晩の私はなかなか寝付かれなかった。

　十日ほど前、我らが主人［アウグストゥス帝のこと］との会食の席で、私は突然あの出来事について語るよううながされた。神君カエサル生前最後の年、クローディアが詩人のカトゥッルス、キケロ、そして神君カエサルのために準備していたものの邪魔の入った、ある宴席にまつわる奇妙な出来事についてだ。その時は私にとって幸運にも、話を始めるとすぐ、皇帝陛下は別の席へと呼ばれてお移りになった。だから語ったのはほんの一部に過ぎなかったが、もし君たちがあの場にいたらきっと、私がしどろもどろなことに気づいたであろう。我らが陛下は心の広いお方だ。しかし世界の支配者であり、神であり、神君の甥でもある。その神なる叔父が常々おっしゃっていたように、支配者たる者、真実を知らねばならないが、それを聞かされることに甘んじてもならないのだ。用意のなかった私は、その時は陛下の耳にあうようにと急いでかいつまみながら語ってしまった。だが君たち二人には真実を知ってもらいたい。今宵私は、あの物語を口述して書き取らせようと思う。そうすれば眠りを妨げる二つのことを忘れ、和らげられるのではと願っている。

あの日私たちは、独裁官殿とそのご一行が到着するのをしばらく邸内で待っていた。クローディアの用意した祭司や楽士たちが、屋敷の外の通りにはずらりと並んでいた。通り過ぎるあの方を見ようと人々も大勢集まっていた。あの方の命を狙う襲撃があったと知ったのは、結果として私たちが最後だった。ローマの人々は当初から（そしていまでも）、クローディウス・プルケルの雇い入れた乱暴者たちが、宴席に招待されたあの方を暗殺しようとしたと信じている。私たちが待っていると、中庭に石が投げ込まれ始めた。さらには壁越しに火のついた藁《わら》の束が投げ込まれて足もとに落ちた。恐れをなした召使い数人が、ようやく事件について知らせてくれた。私はクローディアから許しを得ると、ただちにカエサル殿の屋敷へと向かった。さいわい軍装だったから、問題なく群衆のあいだを通り抜けられた。あとで知ったことだが、キケロは屋敷の扉越しに群衆に呼びかけたそうだ。ローマ国家への自分の功績を思い起こさせ、家に帰るよう命じたのだという。しかし群衆はまるで心を動かされず、無礼な態度すら見せたので、キケロは家へ急ごうと命からがら逃げ出したそうだ。庭の裏門から外に出ようとした多くの使用人たちは、こん棒で死ぬほど殴られたということだ。

点々と続く、カエサル殿の流した血の痕を横目に、私はパラティヌスの丘を横切った。屋敷に着いた私の目に入ってきたのは、中庭で腰かけ、傷の手当てを受けておられるあの方の姿だった。使用人たちの顔面は蒼白、奥方様もすっかり取り乱していたなかで、あの方と叔母君だけが落ち着いておられた。暗殺者たちの剣は、あの方の右半身に二箇所、喉から腰へと至る深傷《ふかで》を負わせていた。医者が傷口を洗い、海藻から作った糸を使って縫い合わせていた。腰をおろしたカエサル殿は気ぜわしく冗談を口にされていた。近づいた私があの方の目に見たのは、戦闘のさなか、非常な危険にさらされた時にしか見せなかった表情、幸福を心待ちにしている人の表情だった。あの方は私を呼び寄せると、ささやき声でクローディア宅の状況をお尋ねになる。私は報告さしあげた。

「名医よ、急げ、急げ、急げ」。あの方はおっしゃった。

秘密公安部隊の隊員が次から次と入ってきて、襲撃者の捜索についての情報を届ける。

すると、医者が一歩後ろに下がって言った。「閣下、私はいま、治療の残りを自然にゆだねました。自然は閣下に安静と睡眠を要請しております。独裁官閣下、かたじけなくも、この鎮静剤をお飲みいただけますでしょうか」

カエサル殿は立ち上がると、しばらく中庭を歩き回る。自分の状態を確かめていたのだ。笑みを浮かべながら視線をずっと私に向けていた。「さすがは名医だ」。そうおっしゃったあの方は、最後にこう付け加えられた。「二時間後にはお前の指示のとおりにしよう。だがまずは野暮用を片付けねばならぬ」

「閣下！　閣下！」。医者は絶叫していたよ。

奥方様が飛んできて膝にすがりつく。悲劇作品での女優キュテリス[35]のようにむせび泣いておられた。奥方様を助け起こしてしっかり抱擁したあの方は、門の方へ、と私に鋭く手招きされた。護衛を何人か呼び集め、輿《こし》を自分について来させるようにとお命じになる。それから私たちはパラティヌスの丘を急ぎ通り抜けた。途中、痛みのせいか体が弱っていたせいか、あの方は一度立ち止まってしまった。じっと壁にもたれかかっておられた。私には身振りで何も言うなと告げていた。しばらく繰り返される深呼吸。それから私たちはふたたび移動を始めた。クローディアの屋敷に近づくと、群衆を追い散らそうと難儀する公安部隊の姿が私たちの視界に入ってきた。ローマ全体がこの丘に向けて叫び声をあげていた。群衆が独裁官殿の姿に気づくと大きな歓声があがり、通り抜けられるようにと道があけられた。そこをあの方が悠然と進んで行く。右に左に笑顔を向けながら、そばの人の肩を軽く叩きながら。屋敷の前まで来たあの方はくるりと振り返り、手を上に差し伸べて皆が静まるのを待った。

「ローマ市民諸君。神々からの恵みがローマに、そしてローマを愛するあらゆる人にもたらされんことを。神々がローマを、そしてローマを愛するあらゆる人を守りたまわんことを。先刻、諸君等の敵が私の命を奪おうと試みた……」

こう語ったあの方が服の前を開き、脇腹の縫合のあとを見せると、人々は恐怖に打たれて静まりかえる。そして続く、悲しみと怒りの入り交じったどよめき。あの方は穏やかに話を続けた。

「……だが私は、こうして諸君等とともにいる。諸君等の福祉に奉仕するための能力も、熱意もそのままだ。私を襲撃した者たちはすでに捕縛してある。くまなく調べ終えたあかつきには、事件の全貌を諸君等に報告しよう。だから家路につくがよい。妻や子をまわりに呼び寄せ、神々に感謝するがよい。そしてぐっすり眠るがよい。家族それぞれには小麦が配られることになろう。この幸運な出来事についての喜びを、諸君と諸君の愛する者たちが、私と私の愛する者たちと分かち合えるように。静かに家路につくがよい、我が友人たちよ、ぐずぐずせずに。喜ぶ子供は騒がしいが、喜ぶ男は、静かで落ち着いているものなのだから」

あの方はしばらくその場に立ち、多くの人が近づいて来て、額をあの方の手に押し当てていた。

それから私たちは邸内へと進んだ。中庭では、本来ならクローディウスがいるはずの場所に、あの方を迎えようとクローディアが立っていた。彼女の数歩後ろには、腕組みをしたカトゥッルスの姿もあった。直立不動で不機嫌そうにしていた。カエサル殿はあらたまった挨拶をすると、奥方様と叔母君の不在について詫びた。クローディアも弟の不在を小声で詫びる。

「さあ、中庭の祭壇をめぐろう」。あの方はそうおっしゃると、すがすがしさと重々しさを実にみごとに兼ねそなえた態度を示しながら、あらゆる儀礼をお済ませになった。カトゥッルスを見やってにっこり微笑むと、ポー川の北の家庭で唱える習わしとなっている、「沈みゆく太陽のための祈り」を付け加える。するとあの方は一転、並はずれて快活な調子へと切り替わった。祭壇の背後にうずくまる使用人を見つけると、彼女の片方の耳をふざけてつまんで調理場へと連れていく。「駄目になっていない料理がきっとまだあるだろう。一皿ずつ用意してくれ。それを待つあいだに飲み始めることにしよう。アシニウス、皆のカップを満たしてくれ。クローディア、どうやら君は、ギリシア風の晩餐を準備してくれたらしいな。それなら今日は対話の宴を張ろうではないか。出席者は厳選されているし、議論の話題に事欠くこともないから」。こう語ったあの方は頭に花冠をのせると、「今日は私を「宴《うたげ》の王様」［ギリシア語で語られた］とさせてくれ。私が議題を決め、思慮ある発言をした者には褒美をとらせよう。愚かな発言をした者には罰を科そう」とおっしゃった。

　私はどうにかあの方と調子を合わせようとしていた。だがクローディアはうまく言葉が出ないらしく、しばらく青ざめながら体を震わせていた。寝椅子に横になっていたカトゥッルスは伏し目がちで、それからワインを数杯重ねていた。そんななかカエサル殿だけが陽気に話し続けていた。クローディアには贅沢禁止令について、カトゥッルスにはポー川の治水について意見を求めておられた。食卓が片付けられるとカエサル殿は立ち上がり、献酒をすると、私たちの饗宴の議題をこう告げた。偉大な詩は、人間の心のみの産物なのだろうか、それとも多くが言うとおり、神々から吹き込まれたものなのだろうか。「本題に入る前にまず、直面している問題について、我々がしかと認識できるような詩句を朗唱しようではないか」。あの方はそうおっしゃると、私の方を見てうなずかれた。私の唱えた詩句は「おお、愛よ、神々と人間の支配者よ！」〔エウリピデス[74]作の失われてしまった悲劇『アンドロメダ』の一節〕。クローディアはサッフォー[24]作の『明けの明星への祈り』〔やはり失われてしまった〕からの一節。カトゥッルスは、ルクレティウス[19]の詩の冒頭を非常にゆっくりと語った。すると場はかなり長い静寂に包まれた。次はカエサル殿の番だったから、私たちは発言を待っていた。だが私には、あの方が涙と戦っておられるのが分かっていた。涙があの方を圧倒する場面を、私は幾度となく目にしたことがあったからだ。それからカップをぐっとあおると、投げやりともとれる調子でアナクレオン[71]の詩句を朗唱された。

　発言の一番手は私だった。君たちも知ってのとおり、私はああした文芸の場よりも、執務室や軍議の場を居心地良く感じる人間だ。あの時には、かつての教師の教えを思い出せて助かった。学校で習った決まり文句を繰り返したのだよ。愛と同様、詩は神々に由来する。両者には憑依《ひょうい》の状態がともなわれるが、それは人間的な状態を超えたものとあまねく認められている。偉大な詩は不朽である、という事実そのものが、詩が人間以上の何かに由来する証拠である。なぜなら、人類のあらゆる作品が時間に圧倒されて壊れゆくのに、ホメロスの詩は、そこに歌われた建物より長く生き続けているではないか。その事実は、詩を吹き込んだ神々が永遠であるのと似ている。それにしても愚かしいことをたくさん語ったものだ。だがそのすべては、これまで何千回と語られてきたことではある。

私の発言が終わると、続いてクローディアが立ち上がった。羽織のひだを整えると、「宴の王様」と挨拶する。クローディアへの私の評価は、他のローマ人の大半がくだす評価ほどには厳しいものではなかった。彼女とは旧知の仲だったが、キケロがかつて語った「ごく近しい友となった者のみが、彼女を本当にひどく嫌う立場に立つことになる」という人間の一人になることもなかった。だがあの晩は、彼女のことを称賛したいと思えるまたとない機会となった。家は大混乱。弟はすでに殺されたと信ずべき理由も多くある。また独裁官閣下の暗殺を計画した、ないしあらかじめ知っていたとの嫌疑が、自分にかけられていると考えていたとしても不思議はなかった。その時点までのカエサル殿の振る舞いも、彼女には理解しがたいものと映っていたはずだ。だから顔色は悪かったが、それでも冷静だったのだ。くぐり抜けた危機のおかげで、世に名高い美しさもさらに増したかに見えた。それに発言は実に理路整然として説得力もあり、彼女が語り終えた時に私は、その見解になかば傾いていた。「『王様』の罰がどのようなものであれ、私はそれを受け入れるつもりです」。彼女は発言の前にまず言った。「と言うのも、これから自分が語らなければならないことを、おそらく皆さんは好意的に受け取らないと分かっているからです」

そして彼女は語り始めた。「ああ、宴の王様、もしも本当に、神々から吹き込まれたおかげで私たちのもとに詩があるのなら、私たちはみじめさを二度味わうことになります。一度目は、私たちが人間であるゆえに。二度目は、私たちを無知な子供としてや、あざむかれた奴隷としてとどめ置こうと願う、神々の本心を知ることになるゆえに。なぜなら、詩によって人生は、現実よりずっと素晴らしいものと見えてしまうからです。つまり詩は、このうえなく魅惑的な嘘であり、このうえなく信用ならない助言者でもあるのです。

「太陽も、人の境遇も、どちらもじっと見詰めることはできません。[75] 太陽は宝石で透かし見る必要がある。人の境遇を見るには詩がいる。詩がなかったなら、男はただ戦争に行き、花嫁は結婚し、妻は母親となり、人々は死者を埋葬し、そしてみずからも死にます。しかし詩に酔いしれるのなら、想像できないほど限りない期待を胸に、男も女もそうした場面に飛び込んでいくのです。兵士は栄光を手にし、花嫁はみずからをペネロペイア[40]と呼び、母親は国のために英雄を産み、死者は自分を生んだ母なる大地の腕のなかへと沈みこんでいく。そして永遠に、残された人々の記憶に生き続けるのです。また人は詩人から、自分たちが黄金の時代[76]に向かって歩んでいると言い聞かされます。もっと幸せな時代がいつか訪れ、子孫を喜ばせてあげられるという希望をいだきながら、人は苦難の経験を耐え抜くのです。けれども、はっきりしています。黄金の時代なんてやって来ない。人を幸せにするものを、あらゆる人間に与える政府なんて決してあり得ない。なぜなら、世界の核心には不和があり、世界の随所にも不和が存在しているからです。あらゆる人が、自分の上位にある人間を憎んでいるのは間違いありません。人にその所有物を放棄させるのが、ライオンの歯のあいだから獲物をもぎ取るのと同じほど難しいのも確かです。それに、達成したいと望むすべてのことを、人は必ずこの世で成し遂げなければならないのも明らかです。なぜなら別の世などないのですから。だから愛とはつまり――詩人たちがどれほど美しく飾り立てて表現しようとも――愛されたいという願いのことであり、人生という不毛の荒野で、確固たる存在として他人からの注目の中心にいたいという必要性に他ならないのは確かです。すると正義の果たす役割とは明らかに、互いにぶつかり合う欲望をおさえることなのです。それなのに、こうしたことをあえて口にする人はいません。実際に国を支配しているのが詩の言葉だからです。政治家たちは内輪の席では、市民のことを指して危険な獣だとか多頭の怪物だとか適切に言い表します。しかし、武装した護衛にがっちり囲まれながらおこなわれる選挙演説で、彼らは不穏な投票者たちを前にどのような言葉で語りかけるでしょうか？　もしその言葉どおりなら、投票者たちは本当に「共和国を愛する者たち」であり、「高貴な先祖の名に恥じぬ子孫たち」なのではないですか？　ローマでは、公職を賄賂で手に入れることもあれば、脅迫で手に入れることもある。でも口から発せられるのは、エンニウス[77]の美しい詩の言葉なのです。

「このように言う人も多くいることでしょう。詩は人間を教化し、そう生きられたらとあこがれる人生の模範を示してくれる。それに神々は、詩の形で地上の子たちに法律を伝えてくれている。

これこそ詩の持つ偉大な価値なのだ、と。ですが決してそうでないことはきわめて明白なのです。なぜなら詩は、あらゆる種類のお世辞と同じ影響を人におよぼすからです。行動への意欲は眠らされてしまいます。称賛にふさわしい人間になりたいとの思いも、奪い去られてしまうのです。一見すると、詩は単なる子供だましであり、弱さに差し伸べられる手であり、悲惨さへの慰めでもあるように見えます。しかし違います！ それは邪悪なものなのです。弱さをさらに弱め、悲惨さをさらに倍にしてしまうものなのです。

「では詩人とは誰なのでしょう？ 人間は永久に不満を感じるものなのに、そこにさらに不満の種を付け加えた詩人とは？ 彼らは、世代ごとにあらたに入れ替わる、小さな集団から構成されています。一般的な観察をもとに、ずっと昔から詩人は次のように描き出されてきました。あらゆる現実的なことに不向きで、うわの空な様子のせいで滑稽に見えることもしばしば。落ち着きがなくすぐに激高し、あらゆる種類の激しい感情に身をゆだねる人。ソフォクレス[78]のことを、ペリクレス[79]が「町の支配者」と呼んで皮肉ったという逸話は、気づかず片足だけ裸足のまま市場を通り抜けてしまった、メナンドロス[42]の逸話と表裏一体であるに過ぎません。誰もが知るそうした特徴を指して、詩人の頭が、うわべの奥底に隠れた真理で占められている証拠と解釈する人もいます。また真理をめぐる詩人の思索を、狂気、ないしは神からさずかった知恵と考える人もいます。しかし私は別の説明があると思います。私の信じるところでは、詩人は誰しも、子供の頃に深い傷やはずかしめのようなものを受け、そうした人生のせいで、人間存在の置かれた状況全般を常に恐れるようになったのです。そして彼らの憎しみや不信の念が、想像のうちに別の世界を作らせようと強く働きかけている。つまり詩人の歌う世界とは、より深い洞察によって作り上げられた世界ではなく、もっと切実なあこがれの世界なのです。詩とは、言語のうちに用意された特殊な言葉です。それが作り出されたのは、かつて実現されたことはなく、これからも実現されることのない存在を表現するためです。その描写があまりに魅力的であるがゆえに、つい誰もが自分のものにして、現実とは違う自分を見たいと思わされてしまうのです。次の事実がそれを証明していると思います。生への軽蔑を吐露する詩を書いた詩人が、そこであらゆる明白な愚かしさを挙げている時でさえ、読者の心は高揚してしまうのです。なぜなら、生を非難する詩人の言葉の裏には、私たちを評価するものさしであり、また到達可能と彼らが考える、より崇高でより美しい秩序が始めから思い描かれているからです。

「これが、神々の代弁者と呼ばれることもある人々の姿です。そこで私はこう言いたいのです。もし神々がいるのなら、私に想像できる神々とは、人間に対して残酷、あるいは無関心、不可解、あるいは注意を払わなかったり、慈悲深かったり。ですが私にはどうしても、人が自分の状況を勘違いするよう仕向ける子供じみたゲームに、詩を道具としながら興じる神々の姿など想像できないのです。詩人は私たちと同じく、ただの人間です。けれども彼らは病んで苦しんでいるのです。彼らは慰めとして、熱に浮かされたような自分の夢を手にしているのです。しかし私たちは、夢見る生からではなく、目覚めている生から、目覚めているこの世界で生きることを学ばなければならないのです」

話し終えたクローディアは、ふたたび「宴の王様」と挨拶すると、花冠をカトゥッルスに手渡して腰をおろした。カエサル殿はたいそうな言葉を使って彼女の演説を称賛されたが、そこには、かつてソクラテスが同様の状況で用いた皮肉はこめられていなかった。あの方がこの場に感じていた喜びは増していたようだった。もう一度カップを満たすよう私にお命じになり、皆が口を付ける。それからあの方はカトゥッルスを指名した。クローディアの演説の前半、あの詩人は相変わらず伏し目がちにしていた。だが次第に表情は変わり、立ち上がって花冠を頭にのせた時には、深い精神の集中が誰の目にも明らかだった。あれは怒りのせいだったのか、それとも議題への興味のせいだったのか。

［これからカトゥッルスが語るいわゆる『アルケスティス物語』については、複数の記録が残されている。アシニウス・ポッリオの記述は簡潔なため、ここではカエサルによる、ルキウス・マミリウス・トゥッリヌス宛て「書簡日誌」に996番としてとじられた文書の記述で代用する。］

宴の王よ。ギリシアはテッサリアの王アドメトスの妻、アルケスティスが妻の鑑《かがみ》たる女性であったことは、子供でも知らぬ者はいない。だが少女の頃の彼女は、結婚をまるで望んでいなかった。やはり彼女も、我々がいまここで直面しているのと同じ疑問に悩み苦しんでいたのだ。彼女の願いは、問われ得る最も重要な問いへの確かな答えを、人生が終わるまでに手に入れることだった。神々は存在し、自分に注意を払ってくれていると、そして自分の心の衝動は神々によって導かれたものであり、自分に降りかかる良いことも悪いことも神々は全部ご存じで、いわば神々みずからの目的に沿って計画されていると、彼女は完璧に確信したいと思っていたのだ。彼女は周囲を見回し、自分が女王として、誰かの妻として、また母として生きることになったらどうなるだろうと考えた。想像できたのは、知りたいことを学ぶ自分とは似ても似つかない姿だった。こうして心はただ一つのこと、すなわちデルフォイ[80]でアポロン神の女神官になりたいとの熱望で満たされる。と言うのも彼女はこう耳にしていたのだ。そこでなら常に神の存在を感じながら暮らせる。そこでなら毎日のように神からのお告げが届く。それにそこでなら確信が得られると。また妻や母となった女性について、彼女が語った言葉も伝わっている。曰く、そうした女性ならたくさんいる。曰く、彼女らにとって大切なのは夫からの好意ないし悪意だけだ。曰く、太陽が昇るのは狂おしい愛情でつながれた子供のためだけであり、その愛情は、母トラが自分の子に感じる気持ちとなんら違わない。曰く、彼女らの年月は、家の秩序を守ろうとの数限りない責務に満たされながら過ぎ去り、同時にその心は、財産を失うことへの恐れ、また財産への自尊心や喜びに満たされる。そして曰く、彼女らの人生は結局、自分がなぜ生きて苦しんだのか、その理由を丘に暮らす動物以上に知ることなく終わる。アルケスティスは、そのふるう力の道具となる以上に人生からは得られるものがあり、デルフォイに行けばきっと、さらに多くが得られると感じていたのだ。だがデルフォイの女神官になるには、アポロン神からの召命が必要だった。そして懸命の祈りも、神に奉納した犠牲もむなしく彼女に召命は来ない。彼女の毎日は、神からのお告げを待つことや、しるしや前兆のなかに神の意思を読む努力についやされた。

さてアルケスティスは、ペリアス王の子供のうち最も賢く、最も見目うるわしい王女であった。彼女との結婚をギリシア中の英雄が望んでいた。だがペリアス王は、いつまでも彼女を自分のそばに置きたいと望み、成就のほぼ不可能な難題を求婚者に課す。ライオンとイノシシを一緒につないで手綱をつけ、町の城壁のまわりを一周できた者に、アルケスティスを嫁がせると宣言したのだ。何年たっても、次から次といどんだ求婚者はことごとく失敗する。アキレウスの父となるペレウスも、また知恵あるネストルも失敗。オデュッセウスの父ラエルテスも、アルゴー船の冒険を力強くひきいたイアソン[81]もやはり失敗した。ライオンとイノシシは互いに猛然と襲いかかり、馭者となった求婚者は生きて挑戦を終えるのがやっとという有様。それを笑いながら眺めるペリアス王が大満足の一方、アルケスティスは、彼らの失敗をアポロン神からのしるしと考えていた。やはり自分は乙女のまま、デルフォイで神に仕える運命《さだめ》にあるのだと。

そしてついに、よく知られているとおり、テッサリア王アドメトスが山をおりてやって来る。彼はライオンとイノシシをおとなしい雄牛のようにあやつって町を周り、アルケスティスとの結婚を勝ち取ったのだ。こうしてアドメトスは、愛情と喜びに満たされながら、フェライにある王宮へと彼女を連れ帰る。結婚式に向けて準備万端が整えられていった。

けれども肝心のアルケスティスにはまだ、妻や母となる心の準備ができていなかった。恐怖にも似た気持ちとともに、彼女は自分が、日ごと強くアドメトスを慕うようになっていくのを感じていた。それでもアポロン神からの召命を待ち続けていた彼女は、次々と言い訳を繰り出して結婚の日取りを遅らせていた。

アドメトスもしばらくは待たされるのを我慢していたものの、ついに熱情をおさえきれなくなる。そして結婚に気乗りしない理由を話すようアルケスティスに求めたのだ。それに答えて、彼女は心中を洗いざらい打ち明ける。アドメトスは敬虔で信心深い人物だったが、自分以外に目を向けて、神々からの助けや慰めを得ようとするのをかなり以前からやめていた。それでも彼には一度、神々が自分の運命に寄り添っていると感じた経験があった。彼はこの時、それをアルケスティスに熱心に話して聞かせたのだ。

「アルケスティスよ。自分の結婚についての、アポロン神からのしるしを探すのはもうよすがよい。すでにしるしの示されたことは明白なのだから。お前をここに連れて来られたのは、他でもない神のみだったのだ。予の話を聞けばお前にも分かろう。

「あの課題に挑戦しようと、ペリアス王のいるイオルコスにおもむこうとした予は、具合が悪くなって倒れた。それもそのはず、お前への大きな愛と、ライオンとイノシシをつなげないのではとの絶望感が、胸のうちでせめぎ合っていたのだから。予は死の淵を三日三晩さまよっていた。看病してくれたのがアグライアだ。予の乳母で、かつては父上の乳母もつとめていた。彼女が言うには、寝込んでから三日目の夜、予のうわごとを耳にした彼女は、予の心にアポロン神がいて、ライオンとイノシシのつなぎ方を指導していると分かったのだという。そら、これがアグライアだ。聞いてみるがよい」

「アドメトス様」。アルケスティスは言った。「若い殿方のうわごとに現れる神々についてや、老乳母についての伝えならふんだんにございます。ですがそうした物語こそが、人の世の混乱を大きくするもとなのです。駄目なのです! アドメトス様、どうか私《わたくし》をデルフォイにやってくださいませ。私はまだ神官には選ばれておりませんが、お仕えすることならできます。神様に仕えておられる方々に仕え、神殿の階段や参道を掃き清めて差し上げられるのです」

アドメトスには彼女の悩みが理解できなかった。しかし悲しげにデルフォイに向かう許しを与えようとしたところで、二人の会話は中断された。王宮に訪問者ありとの言づてが入ったのだ。盲目で年老いたその客人は、デルフォイのアポロン神の神官、テイレシアスであることが分かった。驚いたアドメトスとアルケスティスは、彼を出迎えるために中庭へと向かう。二人が近づくと、テイレシアスは大声で呼ばわった。

「我はテッサリア王アドメトスの王宮に伝言に参った。急ぎそれを伝え、ただちに戻らねばならぬ。アポロン様は、一年のあいだ一介の人間として地上でお暮らしになる。これはゼウス様のご意思である。アポロン様は、この地でアドメトスの羊飼いとなることを選ばれた。以上、伝言である」

一歩前に進み出たアドメトスが尋ねる。「高貴なるテイレシアスよ、貴公が言うのはまさか、アポロン様がこのフェライにお住まいになるということなのか？　毎日、毎日……？」

「市門の外に五人の羊飼いがおる。うち一人がアポロン様である。いずれがアポロン様なのか詮索してはならぬ。彼ら五人に仕事を割り当てよ。公平に。これ以上の質問は無用。我とて答えを知らぬのだ」

テイレシアスはこれだけ言うと、王宮に入るよう五人をぞんざいに呼び付けて立ち去った。ゆっくりと中庭に入って来た五人には、普通の羊飼いと違うところは特にない。長旅のせいで薄汚れていた彼らは、まじまじと見つめられておおいにまごついていた。アドメトス王には言葉もなかった。

ようやく歓迎の言葉を発した王は、寝る場所と食事を与えるようにと指示を出す。それからの一日、フェライ全体を沈黙が包んでいた。市民たちにも、これが故国にとって何か大きな名誉であるとは理解できた。しかし困惑しながら喜ぶのは難しかったのだ。

そろそろ日も沈んで空に星が見え始めた頃、王宮を抜け出したアルケスティスは、たき火を囲んで座る羊飼いたちのもとに向かった。火の明かりがようやく届くところに立つと、彼女は祈り始める。「アポロン様、私に直接お声をおかけください。仮の姿のうちから本当の姿をお見せください。そして私の人生そのものである問いへの答えをお示しください」。祈りはえんえんと続いた。羊飼いたちはその姿に困惑していたものの、始めはうやうやしく静かにしていた。しかしそのうち、ぶつぶつ言いながらワインの入った革袋を回し飲みし始める。一人は眠っていびきをかき始める。やがて、一番背の低い男が手の甲で口をぬぐうと、彼女に語りかけた。

「王女様、ここに神様がいるんだとしても、あっしにゃあ誰が神様かまるで分からんのです。この三十日間、あっしらは五人でギリシア中を歩き回りました。一個の革袋からみんなで酒を飲み、おんなじ皿に手をつけ、一つのたき火にあたって眠りました。もしあっしらのうちに神様が混ざってるんなら、分からないと思いますか？　ですがね、お嬢さん、これだけは言っとかねえと。こいつらはただの羊飼いじゃありません。たとえばあいつ、寝てる奴。奴に治せない病気はねえんです。ヘビに嚙まれても、骨が折れても何でもござれだ。五日前のことでさあ。あっしは石切場で下に落っこちちまって、普通だったら絶対死ぬとこだったんでさあ。でも奴があっしの上にかがんで、呪文をアブラカタブラとかなんとか。そしたらほら、見てのとおりだ。ですがね、王女様、あっしにゃはっきり分かります。こいつは神様じゃねえ。なんでかって、王女様、ある町でのことでさあ。のどに物が詰まっちまって息のできない女の子がいたんでさあ。顔はもう真っ青。あれを見たら、王女様だってひどくこたえたはずでさあ。なのにこいつ、眠いって言いやがって、その子の様子を見ようと通りを渡ることすらしやがらねえ。こんな神様いますか？　それから、そいつ、その隣の奴。おい、王女様がおめえを見てる時ぐれえ、飲むのやめられねえのか。こいつ、絶対に道に迷わねえんです。月明かりもない真っ暗闇でも、どっちが北でどっちが南か分かってやがる。ですがね、あっしにゃよく分かる。こいつもアポロン神のはずがねえ。そいでまたあの赤毛の奴、これがまた普通の羊飼いじゃねえ。奴はいろいろ不思議な手品ができるんだ。自然の道理をひっくり返しちまう。創造者でさあ」

羊飼いはそう言うと赤毛の男のところに行き、蹴飛ばして起こそうとし始めた。「起きろ、起きやがれ。王女様に、不思議なのを見せてやるんだ」。眠っていたところを起こされたその男は、うなり声を上げげた。すると空の上の方から、そして遠くの山の方から、「アルケスティスよ！　アルケスティスよ！」と呼ぶ声が聞こえた。それから男はくるっと背を向けて眠ってしまった。だがふたたび蹴られて目を覚ます。「もっとやりやがれ。木の上から水がしたたり落ちるやつとか、火の球とか」。それに答えて男が口汚くののしりの言葉を発すると、火の球がそこら中で追いかけっこを開始する。滑るように木を上へとのぼってから破裂する。仲間の頭の上にのる。火の球は、ふざけ合う動物のように楽しげにしていた。しばらくたって、彼らのいる空き地は真っ暗に戻った。

「いまみてえなの、できる奴なんてほんとに誰もいやしません。けど誓って言います、王女様、こいつも神様じゃねえ。理由はいくつもあるんだけど、とにかく、奴の奇跡にゃまるで意味がねえんです。最初はびっくりさせられるんだけど、そのあとでがっかりしちまう。一緒に旅を始めた当初は、もっとやれもっとやれと、あっしらも頼んだもんでさあ。気晴らしになりますから。でもしばらくすると飽きちまって。というかほんとのこと言うと、あっしらは恥ずかしくなったんでさあ。それにそいつも、自分のやってることを恥ずかしく思ってたんでさあ。なんでって、そいつのやる手品は、それ以外のこととまるで関係がねえんです。神様が、自分の奇跡を恥ずかしく思ったりしますか？　その奇跡の意味を自問したりしますか？

「だから、もう分かったでしょ、王女様！」。羊飼いは、祈りへの答えはもう終わりだとばかりに両手を広げた。しかしアルケティスはそう簡単に引き下がろうとしない。彼女は四人目の羊飼いを指さした。

「あの男？　あいつもやっぱり普通の羊飼いじゃねえです。奴は歌を歌うんだ。信じられねえかもしれねえけど、奴が竪琴をひきながら歌うと、飛び跳ねてるライオンがその場でぴたりと止まるんだ。正直言うと、あっしも何度か「絶対この男が神様だ」って思ったことがあります。奴はあっしらの心を、喜びとか悲しみとかでいっぱいにできます。喜んだり悲しんだりする理由があるかどうかなんて関係ねえ。奴は昔の色恋の思い出を、実際よりもずっと甘ったるくできます。あっしらのうちには病気を治す奴、真っ暗闇でも歩ける奴、手品みてえなことをやる奴といろいろいますが、なかでも奴の奇跡は一番すげえ。だけど、王女様、見てて分かったことがあります。奴の奇跡は、あっしらには効くけど、あいつ自身にはほとんど効かねえ。曲を作るがすぐに放り投げちまう。あっしらは何度でもその曲にうっとりするけど、あいつにそんなことはねえ。自分で作ったものへの興味をなくして、すぐに次のを作り始めやがるんだ。それを見れば十分でした。あいつは神じゃねえ。神様のお告げを伝えているのでもねえ。どうしてって、神様が自分で作ったものを軽蔑するなんて、考えられないでしょう。

「え、あっし？　あっしに何ができるかって？　いましていることです。あっしは、神様たちの本性を探るのが好きなんです。神様はほんとにいなさるんだろうか。どうすれば神様を見つけられるんだろうか。思い浮かべてみてくだ……」

［この時点でカトゥッルスによる物語(82)は中断された。ふたたび、アシニウス・ポッリオによる記述に戻る。］

その時、独裁官閣下が立ち上がってかすれ声でおっしゃられた。「続けてくれ、我が友よ」。そして部屋を横切って歩き始めた。カトゥッルスがもう一度「思い浮かべて……」と語り始めた時、カエサル殿があの聖なる病の発作で床に昏倒されたのだ。もだえながら脇腹の包帯を引き裂くと、床にはすぐに、血で何条もの線が描かれた。私は以前にも発作の場面に居合わせたことがあった。衣服の裾を丸めると、私は上下の歯のあいだにそれをかませた。カトゥッルスには体を真っ直ぐにするのを手伝ってもらい、クローディアには、体を温めるためにできる限り多くの衣服を持って来てもらった。まもなくうわごとはやみ、あの方は深い眠りに入られた。そばでしばらく見守ってからあの方を輿にのせ、カトゥッルスと私がついて家まで送り届けた。

以上が、二度にわたり中断された、クローディアの晩餐会の一部始終だ。そこに出席した私の友人二人は、どちらもそれから一年たたないうちに亡くなった。突然の錯乱により偉大さがおとしめられるのを目撃した詩人は、あの方への刺すような風刺詩をもう二度と書くことはなかった。また、我が主人が自分の病気に触れることも一度もなかった。ただ時折、クローディアとカトゥッルスとの晩餐会について、「あの幸せな時間」と私に話すことはあったよ。

手紙の文面を口述させていたら、もう朝になっていた。痛みのことも忘れていたし、幾分やわらいだ気もする。友人たちへの負い目からも、これでようやく解放されたようだ。

第二巻　女王クレオパトラのレセプション・パーティー

各巻は、その直前の巻の文書よりも早い時期に書かれた文書から始まり、すでに扱われた時期を通り抜け、さらにあとの時期の文書へと続いていくことを、読者諸氏は承知おいてほしい。

XXII　匿名の手紙［筆者の正体は、マルクス・ユニウス・ブルートゥスの母、セルウィリア］。カエサルの妻ポンペイアへ。

［前四五年八月十七日］

奥様[83]、独裁官様はまだ貴女様にお伝えになっていないようですが、エジプト女王がまもなくローマ市に着いてしばらく滞在します。この事実の確証をお望みなら、とにかくヤニクルムの丘[84]の貴女様の別邸へと足をお運びください。丘の向こう側の斜面で、作業員たちがエジプト式神殿を建設し、オベリスクを引き上げようとしているのをご覧になれましょう。

いま大事なのは、女王のローマ訪問およびその政治的な危険性に、貴女様の注意が向けられることなのです。と申すのも、いまお占めの高位に貴女様がまるでふさわしくないことや、ローマの政治的状況を子供同然に理解していないことが、世界中で物笑いの種となっているのですから。

クレオパトラは、奥様、貴女様の夫君とのあいだに息子をもうけています。少年の名はカエサリオンです。女王は廷臣たちの目からカエサリオンを隠し続けています。ですが一方で、その子は神なる知性を持つとても美しい少年だ、との噂をしきりと広めています。しかし確かな筋によれば、少年は実のところ暗愚で、すでに三回目の誕生日を迎えたにもかかわらず、口をきくのはおろか歩くのもままならないそうです。

女王のローマ来訪の目的はただ一つ、自分の息子を認知させ、世界の支配者の後継者として確立することです。これは途方もないたくらみですが、クレオパトラの野心には限りがありません。彼女の陰謀をたくらむ能力や残忍さは、叔父の、そして夫でもある弟の暗殺[85]だけでは飽き足らなかったのです。それに貴女様の夫君の欲情におよぼす大きな力も持っていて、自分では世界を支配できないにせよ、彼女のこうした本性は世界を混乱させるのに十分なのです。

夫君による人目をはばからない不倫により、貴女様が公然とはずかしめられるのはこれが初めてではありません。すっかりのぼせ上がっている夫君には、あの女が公共の秩序にとってどれほど危険なのか、きっと見えなくなっているのでしょう。そしてその状況は、あの方の政権に見え始めている「老い」を示す証拠の一つにすぎません。

国家を救おうとお思いにせよ、ご自身の地位の尊厳を守ろうとお思いにせよ、奥様、貴女様にできることはほとんどありません。しかしお知りおきいただくべきことがあります。ローマの貴族女性たちは、エジプトのあの犯罪者の面前に立つのを拒み、彼女の宮廷に顔を出すことはないであろうということです。もし同様の決意をお示しになるなら、それはご自身へのこの都からの尊敬を取り戻す、始めの一歩となりましょう。すでに貴女様は、友人の選び方や無思慮な話し方――非常にお若いことは、そうした無思慮の言い訳とはなり得ません――のせいで、尊敬を失っているのですから。

XXIII　カエサルの書簡日誌より。カプリ島のルキウス・マミリウス・トゥリヌスへ。

［前四五年八月十八日］

書簡942　［クレオパトラ、および彼女のローマ市来訪について。］エジプト女王が、ローマ市を訪れる許可が欲しいと言い出したのは去年のことだ。結局僕は許可を出して、彼女の滞在のために、テヴェレ川の向こう岸の別邸を提供することにした。イタリアには少なくとも一年は滞在する予定だ。全部まだ秘密にしてあるが、到着の直前になったらローマ市向けに発表するつもりだ。彼女はいまカルタゴに向かっていて、一ヶ月以内にここに来ることになっている。

正直に言うと、僕はこの訪問がとても楽しみで心待ちにしている。理由は、最初に念頭に浮かぶことだけではない。彼女は驚くべき少女だったんだ。この前会った時はまだ二十歳だったが、ナイル川の岸辺にあるおもな波止場すべてについて、それぞれの積み込み限度量を把握していた。またエチオピアからの使節を接見して、あらゆる要望を拒絶したのに、使節にはそれを恩恵だと思わせることができた。象牙にかける税についての議論の席で、大臣のあまりの愚かさに発した彼女の叫び声を耳にしたこともある。彼女の論が正しかっただけではない。そのもとに集められた、詳細で統制のとれた情報の面でも正確だったんだ。実際彼女は、僕の知る限り、国家運営の才を持つ数少ない人間の一人だ。いまではさらにもっと素晴らしい女性へと成長していることだろう。そして会話。彼女との会話もふたたび楽しいものとなるだろう。僕が何を成し遂げたのか、理解できる人がほとんど誰もいないこの世界で、彼女は僕の自尊心をくすぐってくれる。理解したうえで自尊心をくすぐってくれるんだ。それにしても彼女が聞いてくる質問と言ったら！　老いた身にはいまさら学ぶのが面倒な知識を、貪欲な学習者に伝えるのと比肩する楽しみなどほとんどない。会話はふたたび楽しいものとなるだろう。ああ、ああ、ああ、座る僕の膝に、あのネコのようないい女をのせて抱きしめる。彼女の足の、褐色の十本の指をとんとんと叩く。あの柔らかな声が肩越しに僕に問いかける。産業活動への市民の意欲を、銀行家がそがないようにするにはどうしたら良いですか？　町の知事と比較して、公安組織の長への給金はいくらが適切ですか？　我がルキウスよ、僕らが住むこの世界では、君とクレオパトラ、あのカトゥッルス、そして僕自身を除けば全員が、全員の心が怠け者だ。

それでも彼女は嘘つきで、陰謀をめぐらし、抑制は効かず、自国の民の衣食住には無関心、そのうえ気軽に殺人を実行する。僕のもとには、彼女は殺人者だと警告する匿名の手紙が何通も届いている。毒薬のしまわれた素晴らしい作りの戸棚が、彼女の手の届くところにあるのは確かだと思う。だが僕には、彼女とともにする食卓に毒味係の必要がないことも分かっている。彼女のあらゆる思考の、第一の対象はエジプトだ。そして僕こそが、エジプトの一番の安全保障。万一僕の身に何かあれば、彼女の国は僕の後継者たちのえじきとなる。現実的な判断力を欠いた愛国者や、想像力を欠いた行政官といった連中のえじきとなるんだ。彼女にもそれはよく分かっている。エジプトがかつての偉大さを取り戻すことはもうないのだろう。だがエジプトは現状、僕によって生き延びている。いまはまだ、クレオパトラより僕の方がエジプトをうまく統治できる。それでもきっと彼女はたくさんのことを学ぶ。ローマ市滞在のあいだ、エジプトの支配者が誰も認識しなかったことが見えるように、僕が彼女の目を開かせてやるんだ。

・・・・・・・・・・

書簡946［ふたたびクレオパトラおよび彼女のローマ市来訪について。］クレオパトラの行動は、いつも決まってものものしくなってしまう。廷臣二百名、宮廷要員千名、それに王の警護大隊を随行させる許可を彼女が求めてきたんだ。そこで僕は、廷臣は三十名に、随行員は二百名に削減させ、彼女自身と随行者の安全は、ローマ共和国が責任を持って守ると伝えた。加えて、彼女の宮殿となる僕の別邸――すでに「アメンホテプ宮殿」と名前を付け直してある――の敷地外での行動についても指示した。カピトリウム神殿[13]での公式の歓迎式典、および帰国時の公式式典という二つの機会を除き、彼女には敷地外で王としての標章を身に着けることが許されない、と。

また彼女は僕に、ローマ最高の良家の女性二十人からなる、僕の妻と叔母君を長とする名誉婦人団を設立して、ローマでの自分の宮廷の評判を高めてほしいと伝えてきた。それに答えて僕は、ローマの女性はみずから望むのであれば、何であれこうした取り組みにすすんで参加するのだと伝えた。そして女性たちへの招待状のひな型を送ったんだ。

だが気に入らなかったらしい。彼女からの返信には、イタリアの六倍以上に達する自国の広大さや、自分の神なる家系——非常な詳しさで二千年をさかのぼり、最後は「太陽」にまで達していた——について書かれてあった。だから自分にはそうした宮廷をいとなむ資格があり、レセプション・パーティーや夜会のために訪れるよう、ローマのご婦人方にお願いするなど不相応だと言うんだ。いま問題はここで止まっている。

ここまで要求がふくらんだ責任の一端は僕にもある。初めて会った時、彼女は誇らしげに、自分の体にエジプト人の血は一滴たりとも流れていないと語っていた。だがこれは明らかな誤りだ。彼女の属する王朝の血筋は、他の家系の人間で置き換えられたり、養子縁組がおこなわれたりすることで常に混ぜ合わされてきた。それに、王家での近親婚[85]の影響を幸運にも目立たなくさせているのは、歴代の王の性的不能と歴代女王の貪欲さ、さらにはエジプト人女性が、マケドニア[86]の山賊の子孫たちよりはるかに美しいという事実なのだから。かつてのクレオパトラは、伝統的な役割をごく限られた数だけ果たす以外は、自分の支配する古き国家の慣習に興味を持とうとの意志がなかった。だから彼女はピラミッドを見たことがなかったし、ナイル川沿いの神殿を見たこともなかった。アレクサンドリアにある宮殿からの午後の軽い散策の目的地としては、それらの場所はあまりに遠かったから。そこで僕が、彼女の母方の祖母[87]はエジプト人であったばかりか、歴代ファラオの真の継承者でもあったという事実を公表するよう勧めたんだ。そしてエジプト風の衣裳を少なくとも一日の半分は着るようにと言って、彼女を旅行に連れ出した。マケドニア人の先祖たちがかつて住んだ、

（ヘラクレスよお許しを）布の掘っ立て小屋とは比べものにもならない、文明世界の記念碑を一緒に見に行ったんだ。結果、僕の指導は成功したわけだが、予想以上だった。いまでは彼女は真のファラオであり、イシス女神(41)の生ける顕現だ。宮廷でのあらゆる書類は聖刻文字《ヒエログリフ》で書かれ、そこに彼女が、申し訳のようにギリシア語とラテン語の翻訳を添えさせている。

全部こうなるべきだったんだ。人々からの支持は、単に彼らの利益を最高にしようと統治しても得られない。僕ら支配者は、自分の時間の大半を、皆の想像力をとらえるために使わなければならない。人の心のうちでは、常に監視の目を光らせる「運命」が、魔法をかけながらいつも悪意を振りまいている。その力の働きに対抗するには、僕ら支配者は賢明であるのみならず、超自然的でもある必要がある。魔術を前にした時、皆の目に人間としての賢明さは無力と映ってしまうからだ。だから僕ら指導者は、悪しき人間たちから守ってくれた、彼らの記憶のなかの父親になる一方で、悪しき精霊たちから彼らを守った祭司にもなる必要があるんだ。

君にこれを伝えるのも忘れていたようだ。自身の子供にせよ随行員のにせよ、とにかく五歳以下の子供を同行させないようにと彼女に指示しておいた。

XXIV　**クレオパトラから、ローマ市にいる大使へ、アレクサンドリアにて。**

［前四五年八月二〇日］

クレオパトラ、不滅なるイシス女神、太陽の子、プタハ神に選ばれし者、エジプト、キュレナイカおよびアラビアの女王、上下《かみしも》エジプトの統治者、エチオピアの女王、等々が、忠実なる大臣に。

祝福と恵みあれ

女王は、明朝、アレクサンドリアを出発してカルタゴに向かう。

今般の旅にては、パラストニオン、ならびにキュレネにおいて、女王は臣民の前に姿を現す。カルタゴで停泊し、ローマ到着に最もふさわしき時期について、そなたからの報告を待つ。

そなたに命ず。下記に関する情報を、カルタゴ滞在中の女王に報告すべし。

善き女神《ボナ・デア》の秘儀の、俗人理事の名簿、およびヘスタの巫女の名簿。両名簿とも、被記載者の家族関係、ならびに結婚歴等を付記すべし。

独裁官の私的な協力者の名簿。男女の別は問わず、特に、公的な理由以外で独裁官が訪問した相手先、ないし独裁官宅を訪問した者の名前。

独裁官宅における、腹心の下僕の名簿。それぞれの奉仕期間、前職、私生活に関する、調査可能な限りの詳細等についても付記すべし。なお本調査は、今後ともそなたの責任のもと続行すべし。

イタリア到着時、女王はさらなる報告を望んでいる。

生死を問わず、これまで独裁官を父とするとされたことのある子供たちの名簿、およびその母親の名前、およびあらゆる関連情報。

これまでローマ市を訪問した女王、全員についての報告。エチケット、儀礼式典、公式歓迎会、贈り物などについての先例を付記すべきこと。

なお女王は、ローマでの自邸が十分に暖められているよう取りはからうことに、そなたが注意を怠らないものと信じている。

XXV ポンペイアから、バイアエ(21)にいるクローディアへ。
［前四五年八月二四日］

最愛の子ネズミ様。

たったいま、晩餐会への招待状が届きました。夜に旦那様が戻るまで、手元に置いておくつもりです。あなた様のもとに戻る使者に渡そうと、私はこのお便りを大急ぎでしたためています。あなた様にお伝えしなければならないことがあります。それはとても、とっても内緒なことです。読み終えたらすぐに破り捨ててください。

秘密とはこのことです。ナイル川のほとり出身のある人が、この都にしばらく滞在するそうです。その人が訪れることにはいくつか意味がありますが、それについて私は、ここでわざわざ考えたり論じたりするつもりはありません。とりわけ、政治的なことは個人的なことよりずっと大事でずっと危険だからです。私のいまの地位は世界の状況ときつく結び付いていますが、だからといって私、世界全体のことを考え過ぎるあまり、自分の個人的人生にはほとんど意味を感じていない、みたいなことを言われるのはいやです。その人に息子があることを、あなた様がご存じなのかはっきりとは分かりません。彼女はその子について、たいそう高貴なローマ人の血を引くと言い張っています。その主張を彼女は、自分の国をこれから栄えさせたいとの望みや、自分の野心のよりどころにしようとしています。でももちろん、そんなのは馬鹿げたことです。

「あるお方」は、わけあってこうしたあやうさにまったく気づいていません。だから私は二人分、この危機に敏感にならないといけないのです。おそらく二回の公式な場面で、エジプトから来るこの犯罪者が自分の前に現れるのを許さないといけなくなるでしょう。そこで私は態度で、彼女の存在そのものを無礼と考えていることを示します。人前で恥をかかせる機会がないか目を光らせます。そしてできれば、エジプトに追い返せるチャンスを見つけます。もちろん彼女に貸し出した屋敷に足を踏み入れるのを拒むつもりです。

　この件についてどうお考えか、必ず私に伝えてください。あなた様がこのお便りを受け取るすぐあとに、私のいとこがナポリからこちらに戻るそうです。彼に手紙をあずけてください。

追伸。彼女が自分の叔父、それに自分の夫を殺したことを、誰もが知っています。さらにその夫[85]というのは、彼女自身の弟でもあるということです。それがエジプトの習わしなのです。私たちにこれから何が起こるか、よく分かる例の一つですよね。

XXV―A　クローディアから、ポンペイアへ。
［カプアより、前四五年九月八日］

秘密を明かしてくれて、本当にありがとう、わたしの大切な、大切なお友達である貴女。とても貴女らしいお手紙でした。すべての側面からものごとを見て、あらかじめ予想される結果の裏にひそむすべての危険を察知するなんて、貴女はなんと思慮ある方なのでしょう。それに、他の女性の多くが普通そうするように、いきなり感情的に怒ろうとしないなんて、なんと公正でなんと気高い方なのでしょう。

でも、ちょっとした提案をいいかしら？　伝えようと思ったのは他でもない貴女だから。できるのは貴女だけなの。おそらくあのやっかいな訪問者に、いつもとは違う態度で接しようと考えたのですよね。そこでわたし、思ったの。もし貴女が、なるべくその品位にふさわしい優雅な態度で振る舞うなら、彼女どれほど驚くでしょう！　そうすれば貴女は、あの訪問者の取り巻きの一人としてもぐり込むことができる。何が起こっているのか、目を光らせることもできる。この件に関わるもう一人の「あのお方」が、完全に我を忘れるのを邪魔することもできるのよ。

貴女以外には、わたしはこんなやり方を勧めたりしません。相当うまくやらないと駄目だから。でも貴女ならできるはず。少し考えてみてください。

こうしたことを貴女と会って語り合えたらいいのに――その機会はまもなくやって来ます。でもそれまでは、貴女への称賛と愛情を、そしてこのシチリア産香水の瓶を送ります。

XXVI クローディアから、ローマ市のカトゥッルスへ、バイアエにて。

［前四五年八月二五日］

妹が、あなたに手紙を書けと言う。他にもたくさんの人たちが、勝手にあなたの代弁者になって、手紙を書くべきだと言いに来る。

ほら、だからこの手紙。でもあなたとわたし、ずいぶん前から、手紙なんて無意味だってことに同意している。あなたからの手紙に書かれてあるのは、わたしがもう知っていること、あるいはたやすく想像できること。手紙にはもっぱら事実のみが書かれるべき、というわたしたちの決めごとに、あなたの手紙はしきりと違反する。

以下がわたしの事実。

このところずっと、これ以上ない天気。海でも陸でも、次から次とたくさんのパーティー。そのうちで会話しかすることがなくて、参加者を楽しませる計画を主催者がまるで立てていない集まりは全部パス。バイアエという環境での会話は、いつも以上に耐えがたいのは言うまでもないこと。

ソシゲネス(88)と一緒に天について学んだわ。今後のわたしは、この星々のもと、自分の馬鹿げた感傷についてくどくど語る詩人を敵と見なします。エジプト語の勉強を始めたの。でも音の響きは幼児言葉のようだし、文法も音声と同程度と分かったから放り投げました。多くの時間をギリシア語とラテン語の素人劇についやした。女優のキュテリス[35]と何日も稽古したのよ。彼女は謝礼をまったく受け取らず、贈り物も送り返してくる。感謝のしるしを何か受け取ってと強くうながすと、彼女が求めたのはあなた自筆のあなたの詩。だから『ペレウスとテティスの結婚[89]』をあげたの。どんな劇への出演も拒む彼女だったけれど、あの詩を朗唱した時はこのうえなくみごとだった。わたしとの稽古の合間には、たびたび悲劇作品の一部を演じてくれました。彼女の演技とわたしの演技はまるで違うけど、彼女は自分の流儀についての完璧な達人よ。稽古が終わりに差しかかる頃、何度かマルクス・アントニウスが来て加わったわ。彼には一つだけ楽しいところがある。笑い声です。あの人はいつも笑っているけど、それでいてまるで退屈ではない。キュテリスは、自分の芸について話す時以外は退屈な女。幸福な女によく見られる冷淡さがあります。一つ分かったことがあるの。人づてに聞いただけですけど、彼女、カプリ島にルキウス・マミリウス・トゥリヌスを訪問するのを許された、ごく数人の一人です。〔クローディアもやはり、彼を訪れる許可を求めて手紙を送っていたものの、丁重にことわられていた。〕不具で盲目なら強く愛せそうな男だったらたくさん知ってる。詩についてウェルスが書いた新しい本を、本人と一緒に何度も読み返しました。

あらたな敵を何人も作りました。知ってるでしょう。わたしは嘘をつかない。目の前で誰かが嘘をつくのも許さない。数多くの場面でわたしは、あなたの言い方をなぞれば「あなたに対して不実」だった。夜は眠れないから、時々その時間のためのお付き合いを手配しました。

これが、この夏の私の人生の事実。そしてこれが、あなたからのひどく単調な手紙にあった質問への答え。手紙を読み返していたら、あなたがほとんど事実を伝えていないのに気づきました。あなたの手紙はわたしではなく、あなたの頭にいる想像上のわたしに宛てられている。わたしはそんなものと対決する気はない。あなたについての事実を、妹から、それにあなたの代弁者たちからも聞いたわ。あなたはわたしの妹や、マニリウスとリウィア〔トルクアトゥス家のこと〕のところを訪れたそうね。あなたはあの二人の子供たちに泳ぎ方や帆の張り方を教えた。あの二人の子供たちに犬のしつけ方を教えた。子供たちのためにたくさんの詩句を作り、結婚式の詩を書いてあげた。前にも言ったわよね。そんなふうに無駄づかいしているとあなたの詩の才能は失われる。そんな詩はただ汚点を増やす役にしか立たないの。俗語や地方で使われる表現に頼るあなたの作品は、すでにそうした汚点でひどくそこなわれているのに。あなたがローマの詩人であることすら、否定している人がすでに多くいるのよ。あなたにはそなわる、詩人としての基本的才能がウェルスにないことは、あなたとのあいだで意見が一致しています。けれども彼には、様式と詩句の両方で筋のとおった優雅さと趣味が見られる。その一方であなたは、いつまでも「北方的な」粗野さを大事にし過ぎている。

この手紙は、他のすべての手紙と同じくまったくの無駄。それでもあと二つ、伝えなければならないことがあります。九月の最終日、弟とわたしの主催で晩餐会を開きますから、あなたも出席してくれるものと期待しています。独裁官と彼の奥さんを招待しました。(ところで、また何篇かの風刺詩[33]を吐き出したと聞きました。自分が政治について何も知らず、気にもかけていないことを、どうして認められないの？　あの偉大な男の影で品のない小さな雑音を立てたところで、どんな満足が得られるの？）それに彼の叔母、キケロ、そしてアシニウス・ポッリオも招待しました。

九月八日にここをたってローマに向かいます。メラと詩人のウェルス、それにたくさんの友人と連れ立って行きます。途中、カプアにあるクイントゥス・レントゥルス・スピンテルとカッシアの家に、しばらく滞在する予定です。九日にあなたもそこで合流してはどう？　その数日後に一緒にローマに戻ればいいでしょう。

ただし、カプアに来ようと決めるにせよ、お願いだから、眠れない夜をわたしとともにしたいなんていう希望をいだかないで。友情とは何かについて考えるの。その利点を学ぶの。その範囲内にとどまるの。同じことをもう十回も頼んだでしょう。友情は何かを要求したりしない。相手が自分の所有物になったりもしない。他の人と競う必要もない。これからの一年、わたしには、今後の人生のための計画があります。わたしの人生は、これまでの年月とはまるで違ったものになる。どのようなものになるか、招待した晩餐会に来ればだいたい分かるはずです。

XXVI—A　カトゥッルス

哀れカトゥッルス　馬鹿はもうよせ
失われたのを見ただろう　失われたと知るんだ

かつてお前には　輝く日々が降りそそいでいた
いくたびもお前は　あの娘《こ》の招く先に急いだ
彼女は僕らの愛に　またとないほどに包まれて
あの頃あそこにあった　数え切れない悦び
お前の思いは　やはりあの娘の思い
本当にお前には　輝く日々が降りそそいでいた
でも彼女は心変わり　なすすべのないお前も　もう望むのはよせ
去る者を追うなどよせ　哀れに生きるのはやめろ
けれど心を強くして　耐えるんだ　しっかりしろ
・・・・・・・・・・
汝　カトゥッルスよ　もう決まったことだ　しっかりしろ[90]

XXVI—B　歴史家コルネリウス・ネポスの備忘録

［少しあとの記録］

私は尋ねた。「こうした詩が人づてに広まるのをカトゥッルスが許すなんて、奇妙だと思わないかね？　これほど率直な告白の例がかつてあったか、私には思い出せない」

「あの詩人については全部が全部奇妙だよ」。キケロはそう答えた。眉をひそめて小声で語る彼は、まるで盗み聞きを恐れているかのようだ。「あいつがいつも、自分自身と会話していることには気づいているか？　しきりとあいつに呼びかける、もう一人の声の主とは誰なんだろう？　その声はあいつに、「耐えるんだ」だの「しっかりしろ」だのと励ましている。あいつの守護霊なのか？もう一人の自分か何かなのか？　ああ、我が友よ、俺はできるだけ長くあの詩に抵抗したいんだ。あそこにはなにか無様なところがある。まだ十分に詩になりきっていない、人生の生《なま》の経験みたいなものか、それともあらたな感受性か何かなのか。聞くところによると、あいつの祖母は北の方の出なんだそうだ。おそらくアルプス山脈からローマの文学界に吹き下ろしてきた最初の風だな。全然ローマ的じゃない。あの詩を前にすると、ローマ人なら目が泳いでしまう。ローマ人なら顔を赤らめてしまう。かといってギリシア的でもない。確かにこれまでの詩人たちも自分の苦悩について語っていた。ただし彼らの苦悩はもう、歌うことでなかば癒やされていた。だのにあの詩はどうだ！　どこにも救いがない。あの男は、自分が苦しんでいると認めるのを恐れていない。おそらくその苦悩をあいつが、会話しながら自分の守護霊と共有しているからなんだろう。それにしても、この「もう一人の自分」とは何なんだ？　君にはいるのか？　俺にもいるのか？」

XXVII　カエサルから、カルタゴ滞在中のクレオパトラへ、ローマ市にて。

［独裁官自筆のこの手紙は、ローマへと向かう女王への公式の挨拶文書に添付されていた。］

［前四五年九月三日］

尊厳ある女王よ、心からの歓迎のメッセージに以下の指示を付け足すが、決して本意ではない。だが今回のローマ市訪問を計画する際に同意してくれた条件が、私にとって非常に重要であることを、どうしても君に思い出してもらわねばならないのだ。私が言うのは、随行員の人数、王の標章を身に着けることへの制限、および五歳以下の子供を同行しないとの条件についてだ。万一君がこれらの合意を破ったりすれば、私も君も残念な思いをすることになる。なぜなら私は、君の尊厳にも、君への尊敬の念にもそぐわない措置を講じざるを得なくなるからだ。君の一行にいま、一人でも子供が含まれているなら、カルタゴに残すなりエジプトに送り返すなりしてくれるように。

しかし私の表現が厳しいからといって、君には決して誤解してもらいたくない。君がローマ市に滞在する日を、私は非常な満足を感じながら心待ちにしている。いまここにあるローマの姿を、そして私が計画している将来のローマの姿を、もうすぐエジプト女王に見せてあげられる。そう思う時、ローマに寄せる私の関心は非常な高まりを見せるのだ。世界には支配者は数人しかいない。そのうちわずかだけが、国運を導くことの意味をいくらかは理解できている。なかでもエジプト女王は、地位においても才能においても偉大だ。

指導者の地位にあるという状況のせいで、人が普段感じる基本的な孤独にさらなる孤独が加わる。

命令をくだすたびに、我々の孤独の度合いは増す。人から敬意を払われるたびに、我々は同僚たちから切り離されていくのだ。生き、そして仕事をしながら感じているこの孤独を、もうすぐ和らげてもらえる。そう自分に言い聞かせながら私は、女王の来訪を心待ちにしている。
今朝私は、女王のために準備されている宮殿に足を運んだ。女王が快適に過ごせるように、作業はすべて抜かりなく進められている。

XXⅧ―A　**先の書簡への第一の返信。クレオパトラから、カエサルへ。**

[聖刻文字《ヒエログリフ》で書かれている。この文章の前段には、女王の称号、血統等々が、膨大な量のパピルス紙にまたがって記されている。またこの文章に続いて、ラテン語翻訳が添えられている。ローマの駅逓制度を利用して、女王の移動に先だって届けられた。]

[前四五年九月二日]

エジプト女王は、この卑しい侍従に、独裁官よりの書簡および贈り物を、確かに受け取ったと伝えるよう命じた。
エジプト女王は、受け取った贈り物について、独裁官に感謝している。

XXVII—B　第二の返信。クレオパトラから、カエサルへ。［オスティア港[22]に到着したエジプト王家の船から送付された。前四五年十月一日］

独裁官からエジプト女王に送られた書簡には、君主であることの困難さが書かれてありました。ですが困難なら他にもあります。

偉大なカエサル、女王は同時に母であるかもしれないのです。母親は誰でも、子を愛おしく思うあの強い気持ちを感じます。さらに女王という地位にあると、女はより弱くではなくより強く、その気持ちに従うよう強いられてしまうのです。子供が病弱で、また愛情深い性格をしている場合にはなおさらです。あなたは自分を、私的な時間を過ごす時には愛情あふれる父親だと言いました。私はあなたを信じました。それは、国家の論理が命じるままに自分の娘を無情に扱った、と非難する私への言い訳だったのですね。［カエサルの娘ユリア[20]が、婚約を解消してポンペイウスと結婚したのは、明らかに父であるカエサルにそうするよう言われたからだった。ユリアは、カエサルとポンペイウスとのあいだに内戦が勃発する前に亡くなった。ただし二人の結婚生活は非常に幸せなものだった。］

あなたは私を無情に扱いました。のみならず、世界で最も偉大な男の息子である、特別な子供をも無情に扱いました。あの子はすでにエジプトに戻りました。

あなたは私に、支配者の孤独についても語ってくれました。寄って来る人間のほとんどに、支配者は私欲の追求という目的を感じ取って当然であると。けれども、そうした動機のみを他人の心に感じて孤独を深めるのは、支配者には危険なことではありませんか？　目に浮かぶのは、同輩をそうした目で見て心を固く閉ざし、自分に近づく全員の心も固く閉ざしてしまう支配者の姿です。ローマ市に向かうにあたり、その主人に一言申し述べたいと思います。私はエジプトの女王でもあり僕《しもべ》でもあります。自国の命運が脳裏から離れることは片時もありません。ですが自分が母でもあり女でもあることを忘れたりしたら、みずからを女王にふさわしいとは思えなくなるでしょう。

ここであなたにご自身の言葉を返します。「しかし私の表現が厳しいからといって、あなたには決して誤解してもらいたくありません。ローマ市に滞在する日を、私は非常な満足を感じながら心待ちにしています」

実際あなたは、全世界の支配者にとってすら度の過ぎた孤独を、自分のために作り上げてしまった。あなたの行動に品が欠けていたのは、そのせいなのだと思います。あなたはこうも言いました。私なら、その重荷を軽くできるかもしれない、と。

XXVIII

カトゥッルスから、クローディアへ、ローマ市にて。

［続く二通の書簡が書かれたのは、おそらく前四五年九月十一日、ないし十二日のことだ。だが実際に送付されることはなかった。これらは本書の文書XIIIの下書きである。カトゥッルスはこの文章をすぐに廃棄せず、書かれてから二週間後、カエサルの秘密公安部隊

によりカトゥッルスの居宅で発見され、その写しが独裁官へと回送された。」

すぐに僕を殺せ。それが君の望みだから。自分ではできない。まるで僕の目がなにかの劇に釘付けされているみたいだ。まるで固唾を飲んで見つめているみたいだ――君があらたに、どのような恐怖を作り出すのか見届けるために。自分ではできない。君が何者なのか、最後にあばかれる恐ろしい光景を目にするまでは――君は何者？――殺人者――拷問吏――山ほどの嘘――笑い――仮面――裏切り者――僕ら人類全員への裏切り者。

永遠に君を見続けながら、僕はこの十字架にかけられ、死ねないままでいなければならない？誰に救いを求めればいい？　誰の胸で泣けばいい？　神々は存在している？　君は空から、神々に向けて金切り声をあげた？

ああ不死の神々よ、この怪物を地上に送り込み、僕らに何を教えたいのですか？　外見の美しさは、邪悪さの詰まった袋に過ぎないと？　愛とは姿を変えた憎しみだと？

違う――違う――そんなことを教わるつもりはない――真実はその逆だ。きっと僕は愛について知らないままだったろう。だが君のおかげで、愛が存在すると知った。

君がこの世界へと――怪物として、暗殺者として――やって来たのは、人を愛する人間たちを殺すため。君は裏切りの罠を仕掛けた。笑い声やわめき声とともに君は、生きて誰かを愛する、僕のうちなる部分を殺そうと斧を振りあげた――不死の神々が僕を、この恐怖から解放してくれるだろう。君は人を愛せる振りをして、愛を吹き込みそれを殺す機会を待ちながら、男たちのあいだをさまよっている——その暗殺のために君が選び出したのがこの僕だ——生きるための命も一つ、愛するための愛も一つしか持たない、二度と誰かを愛することのないこの僕だ。
だが——地獄から沸きあがった者よ——知るんだ。人に捧げるべく僕にあった一つの愛なら、もう君に殺された。それでもまだ、愛を信じる気持ちは殺されていない。この気持ちがあれば、僕は君をありのままの君として知ることができる。
君をののしっても仕方がない——殺人者が、犠牲者より長生きする理由はただ一つ。本当に片付けたかったのは自分自身だと知るため。憎むとはみずからを憎むこと。果てしない嫌悪感のなかに、クローディアはクローディアと閉じ込められている。

XXVIII——A　カトゥッルスから、クローディアへ。

分かってる。分かっているさ。これからもずっと、なんて君が約束しないことは。

君はいったい何度——心の嘘をこれ見よがしの誠実さで隠しながら——どんな関係からも自由だとはっきりさせるために、キスを途中でさえぎっただろう。僕を愛してる。そう誓った君は笑い出し、永遠に愛し続けることはないと告げた。

君の声は聞こえなかった。君が語ったのは、僕には分からない言葉だった。決して、決して、その終わりを見通せるような愛を、僕は愛とは見なさない。愛とは、それ自体が永遠なんだ。愛は、あらゆる瞬間にそこにそのままある。いついかなる時にも。「永遠」のうちで、僕らがそのほんの一瞬をかいま見ることを許された、唯一の姿が愛なんだ。だから僕には君の声が聞こえなかった。君の言葉は無意味だった。君が笑い、僕も笑った。僕らは二人して、永遠に愛し合うことなんてない振りをしていた。愛する振りをしている幾百万の人間すべてを、そんな自分たちの愛には終わりがあると分かっている人間すべてを、僕らは二人してあざ笑っていたんだ。

僕の心から君を永久に追い出す前に、君のことをもう一度思う。

君はどうなる？

僕が君に捧げたような愛に包まれて歩く女性が、他のどこにいる？

君はどうかしている。自分が何を捨て去ったか分からない？

愛の神が、僕の目を通して君を見ていたあいだ、時間は君の美しさに手を触れられなかった。僕たちが君に話しかけていたあいだ、君の耳には世間の声が入らなかった。妬みも、陰口も、この人間の国に満ちる、悪意ある空気のうちに吹き渡る風のようなあらゆる声も、君には聞こえなかった。僕たちが君を愛していたあいだ、君は魂の孤独には気づかなかった——それは君にとって無意味なこと？　君はどうかしている。自分が何を捨て去ったか分からない？

だがそれだけではない。君の状況はなお千倍もひどい。いま君という人間が明かされた。君の秘密がさらされた。僕がそれを知っているから、もう君は自分自身に知らない振りができない。君は生と愛を永遠に殺し続ける暗殺者。けれども君は、自分が失敗したと知ってしまった。それは君にはひどく恐ろしいことに違いない。なぜなら君は、自分の敵の、つまり愛という敵の偉大さと荘厳さを明らかにしてしまったのだから。

すべては、プラトンの語ったすべて[91]は真実だ。

君を愛したのは僕ではない。僕のなかにいる僕ではなかった。君を見た時、愛の神エロスが僕におりてきた。僕は僕以上の存在だった。神がうちに住んで、僕の目を通して見、僕の口を通して語った。僕は僕以上の存在だった。すると君の魂が、僕のなかに神がいて、君を見つめていることに気づいた。しばらくのあいだ、君もやはり神に満たされた。君はそう言わなかったかい？ あの時間、あのささやきのなかで君は、確かにそう言ったよね。

だが神の存在に君は長くは我慢できなかった。なぜなら、君が怪物として、暗殺者としてこの世界に来たのは、生き、そして愛するすべてを殺すためだから。君は愛せる振りをしている。君は裏切りの罠を次から次と用意するためだけに生きている。笑い声や金切り声とともに、斧で人生や愛の約束を斬殺できる瞬間のためにだけ、君はいま生きている。

僕はもう、恐怖で息が詰まることはない。震えるのもやめた。驚きとともに思いめぐらすこともできる。僕は自分に問いかける。人生へのこれほど情熱的な憎悪を、君はどこで手に入れたのだろう？ 神々はなぜ、世界に対するこの敵が、我々のあいだをさまようのを許すのだろう？ 君に哀れみを感じることはもうない。この恐怖に哀れみの余地はない。世界の教化をもくろんだ偉大な意思が、君のうちで激しく動き、その源のところで毒を盛られた。

君を愛していた。きっと同じ気持ちには二度とならない。でも君の状況と比べて僕のはどうだ？

XXⅧ—B　カトゥッルス

ああ不死の神々よ　もし哀れみを感じられるなら　またかつて死の床に
　最期の手を差し伸べたことがあったなら
哀れな私をご覧ください　もし私の人生が　けがれなきものであったなら
　心のうちのこの病　この悪疫をすべてお取り去りください
それは痺《しび》れのように　四肢の深くへと忍び込み
　幸福はすべて　胸のうちより追い払われました
彼女も私を愛するようになど　もう求めはいたしません
　また無理なことゆえ　彼女が貞淑を望むなどとも
健全となりたい　このひどい病を追い出したい　そう願うばかりです
　ああ不死の神々よ　私からの献身に免じ　願いをお聞き届けください(92)

XXIX　カエサルから、歴史家コルネリウス・ネポスへ。

［前四五年九月二三日］

この手紙のことは内密にしてもらいたい。

貴殿は詩人ガイウス・ワレリウス・カトゥッルスの友人であると聞いている。かの詩人が病に苦しんでいる、もしくはひどい精神的苦悩の状態にあるという情報が、かなり間接的に私のもとに届いている。

彼の父親とは長年懇意にしている。かの詩人本人にまみえる機会はほとんどなかったものの、私は非常に大きな興味と称賛の念をいだきつつ、彼の仕事を常に気にかけている。そこでお願いなのだが、彼を訪れ、状態を私に伝えてはくれまいか。加えて、彼が病に倒れたり、何かに苦しんでいるようであれば、いついかなる時でもかまわないので知らせてほしい。必ずや私は貴殿に多大な感謝を感じることだろう。

貴殿、ならびに貴殿の作品に、私は敬意をいだいている。それゆえなんらかの不運が貴殿自身、ないし家族に降りかかったら（不死の神々よ、守りたまえ）必ず知らせてほしい。それを怠るなら、私は貴殿や貴殿の家族を不親切と感じることになろう。若い時分に私は、真の詩人および真の歴史家は、国の最高の誉《ほま》れだと信じていた。時がたつにつれ、その確信はただ強まるばかりだ。

XXIX―A　歴史家コルネリウス・ネポスから、カエサルへ。

小生はいま満足感をおぼえております。と申すのも、ローマ人の偉大な指導者たるお方が、我が友人にして同郷人であるカトゥッルスの健康を気にかけ、また小生や家族にも、親しく語りかけてくれたことを知ったのですから。

十日ほど前の真夜中、実際に次のような出来事が起こりました。かの詩人に居宅を提供している「アエミリウス選抜隊と水泳クラブ」のメンバーが小生を訪れ、カトゥッルスの状態を友人たちがひどく憂慮していると告げたのです。そこで部屋へと急ぎ向かうと、彼が痛みに苦しみながらうわごとを発していました。ギリシア人医師のソステネスもいて、胃の中身を吐かせ、鎮静剤を与えていました。その時のカトゥッルスには小生が誰か分からなかったようです。皆で一晩中、彼に付き添いました。朝には具合はかなり良くなっていました。彼は懸命に元気そうに振る舞いながら、皆の介抱について礼を述べました。そして病気は治ったと請け合うと、一人にしてくれるよう頼んだのです。午後に小生が戻った時、カトゥッルスはぐっすり眠っていました。しかしまもなく、不作法な使者が彼を起こしてしまったのです。使者は例のあの女性からの手紙をたずさえていました。その女性が、皆の眼前の事態にとても大きな役割を果たしていることを、彼のうわごとは教えてくれていました。カトゥッルスは小生の前で手紙を読むと、しばらく押し黙って考えに沈んでいました。何が書かれてあったのか、口にすることはありませんでした。そして誰からの説得にも耳を貸さず、よそ行きの衣服をまとうと部屋をあとにしたのです。

独裁官閣下みずからが判断なさるものと思い、こうした詳細についてお伝えする次第です。

XXX　カエサルの書簡日誌より。カプリ島のルキウス・マミリウス・トゥリヌスへ。

書簡991 ［クレオパトラ、および彼女のローマ市来訪について。］

エジプト女王が近づいてきている。あのナイルワニちゃんは風を帆に受け海峡を渡っている。女王陛下との書簡の交換は、期待にたがわず才気あふれるものとなっているよ。彼女のラテン語はおぼつかないが、正確さが必要な時にはなんとかうまくやっているのが分かる。

ローマ滞在中の彼女を縛る決まりをいくつか課しはしたけれど、彼女がそのとおり守るなんて期待していない。どんな指示にせよ、どだい正確に従って行動するなどあの女王には不可能だ。自分では完全に従っているつもりの時でさえ、彼女はどうにか脱線の一つや二つをしようとしている。きっと僕はそう期待しているんだ。正直に言うと、僕は彼女の変幻自在ぶりに魅了されている。それでも、これまでのところは厳しい顔をして見せる必要があった。彼女をああした行動に駆り立てるのは、底の見えないほどに深い自尊心や、どんな些細な不服従でさえ、死をもって罰することに慣れた女性の独立心だ。

彼女からの手紙を僕は、ある場合には黙して語られない部分まで楽しんで読んでいる。彼女はいまではもう大人の女性で、最も女王らしい女性でもある。時折、気づくと夢想にふけっている。そこでは女王というより女として振る舞う彼女が、有無を言わさず僕の心をとらえるんだ。

クレオパトラとはエジプトだ。その口から出る言葉も、さずける愛撫も、すべてが政治的意味を持っている。交わす会話のそれぞれが条約、交わすキスのそれぞれが協定だ。彼女との関係が、こんなにも絶え間ない緊張を要しないものなら良かったのに。もっと奔放に、技巧をあまり交えずに身を許してくれたらいいのに。


しかし気づいてからもう何年にも、何年にもなる。君と叔母君、それに我が兵士たちを除くと、人から寄せられる友情に僕自身への関心がまるで感じられないんだ。自分の家にいる時でさえ、どうやら僕はずっと盤上でゲームをしているらしい。僕は「兵士」のコマを失う。側面からおびやかされる。僕は打って出るために味方を集める。敵の「騎兵」を一人とらえる。我が良き妻はこの小競り合いを少しは楽しめるようだが、ゲームの進行には必ず涙がともなわれる。

いや、それればかりではない。人から向けられる憎しみに、僕への関心がまるでないと感じられるようになってからも、もう何年にもなるんだ。僕は日々、強い期待をいだいて政敵たちを観察している。「僕その人のために」、あるいはせめて「ローマのために」でもいいから、僕を憎悪する人間はいないものかと探しているんだ。向けられる批判のうちで特に激しいのが、僕の与えた地位を使って蓄財に励む、恥知らずで無鉄砲な連中を周囲に集めているという批判だ。ああそうだ、時々こう思うよ。自分は、あの連中が正直に貪欲さを示すのを見て楽しんでいるのだと。彼らは僕のことを、僕その人のために愛するという素振りすら見せない。こうも言ってしまおう。彼らの口からふと、僕への軽蔑の言葉が漏れる時、心に喜びの感情がかき立てられることすらあると——自分がいま生きて動き回っている、このへつらいの大海のなかで。

我が親愛なるルキウスよ、他人が信じるとおりの人間になることから逃れるのは難しい。奴隷は二度、奴隷化される。まずは鎖をかけられる時に。次いで一瞥《いちべつ》されて「おい、そこの奴隷」と呼ばれる時に。独裁官というのは一般に、けちけちしながら恩恵を与え、いつ不機嫌になるかも分からず、有能な人間に嫉妬し、お世辞に飢えている人間だと信じられている。日に十回、いや二十回も僕は、自分がこうした性格へと転げ落ちそうなことにはっと気づき、急いで踏みとどまらねばならない。そして日に十回、エジプト女王の到着を待ちながらぼんやり夢見ている。大人になった彼女なら分かってくれるのではないかと。彼女に、彼女の故国に、あげられるものがあれば何でも、僕は即座に与えるということを。それを手に入れるのに、彼女が策をめぐらす必要などないことを。手のうちの策をすべて弄したところで、彼女が手にするにふさわしくないものは得られないことを。これらを理解してくれたなら、僕たちはたぶん、あの世界へと……。しかしいつの間にか可能性の外に出ていたようだ。

XXXI キケロから、ギリシアのポンポニウス・アッティクスへ、ローマ市にて。

[これは、古代および中世の時代、笑いや嘲笑をおおいに巻き起こした書簡である。おそらく偽書であろう。分かっていることは、まずキケロが、友人のアッティクス宛てに結婚に関する手紙を書き送ったこと。次いでそれに続く二通の書簡で、キケロがアッティクスに手紙を破棄してくれるよう懇願したことだ。確かにアッティクスはそのとおりに行動したようだ。にもかかわらず我々の手には、件《くだん》のものと見て良さそうな書簡、十種類ほどが伝わっている。それらは互いに内容が大きく異なっており、ふざけた語句がたっぷり挿入されてもいる。ここでは、伝わる各文書の大半に共通する文章を選び集めた。事態の推移については、おおよそ次のように推測される。おそらくアッティクスの秘書が、破棄される前に手紙の写しを作っており、この写しが秘密裏に、ローマ世界全体へと流通し始めたのだろう。

[キケロ自身の結婚について、次のことは頭に入れておくべきである。彼は、広く敬われていた妻テレンティアと結婚していたものの、徐々に口論が絶えなくなった末に離婚している。その後、みずからが後見人をしていた若くて富裕なプブリリアと結婚するも、ただちに離婚する。一方、キケロの弟であるクイントゥスは、アッティクスの娘ポンポニアと結婚したものの、夫婦間の争いは絶えずに離婚していた。またキケロの最愛の娘トゥッリアの結婚も、やはり幸福なものではなかった。カエサルの友人である、野心的

で自堕落なドラベッラを娘の夫に選んだのは、他ならぬキケロであった。」

我が友よ、百組の結婚のうち、幸せなのは一組しかない。このことは、誰もが知っていながら、口にする者のいない事実の一つだ。例外的な結婚が広くもてはやされるのも驚くには当たらない。話題とされるのは例外的な出来事のみだからだ。しかし例外を標準に昇格させたいという不変の誘惑は、人類の愚かさの一部である。我々は例外的な出来事に目を奪われるものなのだ。と言うのも、誰もが自分を例外的だと、そして例外となる運命にあると考えるのだから。こうして若き男女は、九九組が幸せになり、不幸になるのは一組だけだと、あるいは自分たちは例外的な幸せを運命づけられていると思い込みながら、結婚へと進みゆく。

だが女の性質、および男と女を引き合わせる情熱の本質にかんがみる時、シジフォスとタンタロス(93)のを合わせた苦しみより幸せになる可能性が、結婚にはどれほどあるというのだろうか？

我々男は、結婚すると家の管理を女にゆだねる。すると女はその権限を、ただちにできる限りにまで拡張し、我々男のあらゆる物事へとそれをおよぼして関与する。子供を育てるのは女であるから、成長した子供たちの身の処し方についても、彼女らは一定の役割を果たすようになる。これらすべてで女は、男が思い描くのとは正反対の目的を追求する。彼女らが望むのはただ、炉に入った火のぬくもり、それに屋根で守られていることのみだ。女は破滅を恐れながら暮らしており、彼女らにはどんな安全も十分に安全ではなく、その目に未来は未知で破滅的と映っているのだ。未知の災禍を防ぐためなら、女はどのようなごまかしにも頼るし、どれほどの強欲さでも発揮する。またどんな満足感や啓蒙的精神とでも戦う。もし文明が女の手にゆだねられていたなら、我々の住まいはいまだに山腹のほら穴であったろうし、男の持つ工夫の才も、炉の火の暖かさに飼いならされて消え失せていただろう。ほら穴について、自分を守ってくれること以外に女が求めるのは、お隣の夫人のより見栄えが良いことでしかない。また、子供の幸せについて女が望むのは、自分のと似たほら穴で安全に暮らしてくれることでしかない。

結婚を機に我々男は、さらにとめどない妻の会話に巻き込まれざるを得なくなる。さて、夫婦間での会話――ここで言うのはあの別の苦しい試練、つまり社交の場での女の世間話ではない――を、ずる賢さや矛盾を覆い隠しつつ交わす裏で、実は女はただ二つの主題しか扱っていない。すなわち現状維持、および見栄だ。

この特徴は奴隷たちの会話とも共通している。論理的には当然である。と言うのも、この世界での女性の地位には、奴隷の地位との共通点が多々あるからだ。これは悲しむべきことかもしれないが、どうやら私は、その改善に身を捧げたいと思う人間ではないらしい。奴隷、および女の会話を方向づけているのは策略である。ずる賢さと暴力が、持たざる者たちの頼みの綱だ。ただし奴隷が暴力に頼るには、同じく不運な境遇にある奴隷たちとの密な結束が必要となる。こうした結束に対しては、適切にも国家がいつも目を光らせているから、奴隷は目的達成のためにずる賢さに頼る他はない。暴力に頼る道は、やはり女にも閉ざされている。なぜなら彼女らは結束できないからだ。女はまるでギリシア人たちのように互いに不信の目を向け合うが、それも仕方がない。だから女たちも策略に活路を見出す。自分の別荘におもむき、現場の責任者や労働者たちとの一日中の協議を終えて夜に床につく時、私は何度となく次のような経験をした。自由を奪われて強奪されやしないかと、体と心を常に緊張させていたらしく、一人ずつと本当に格闘したかのように疲れ切っているのである。奴隷はあらゆる方向から、またあらゆる遠回しの言い方を用いながら、心にいだく願いを私の前に持ち出す。譲歩を引き出すためであれば、会話にどんな罠でもしかけるし、どんなお世辞でも口にする。どんな見せかけの論理でも語るし、それに恐怖心や強欲さに強く訴えかけもする。ではそうまでして何を求めるのかと言えば、あずまやの建設作業から外してくれだの、仕事のできない奴を追い出してくれだの、自分の小屋を広くしてくれだの、新しい上着をよこせだのといった程度だ。

同じことが女の会話にも当てはまる。だが奴隷と比べ、女の願いはなんと多様であることか。攻撃のためになんと多様な方策に頼ることか。また目的達成への情熱は、心のなんと奥底に根ざしていることか。

奴隷の場合、望むのはたいてい安楽だけだ。一方で女の望みには、彼女らにとってまさに人生の本質そのものである色々な強い思いがひそんでいる。すなわち財産の維持。また軽蔑しつつも恐れている、知り合いのご婦人方からの敬意。さらには、自分同様に娘も家に閉じ込められ、無知のまま喜びを感じることなく無情に扱われてほしいと願うことなどだ。思いがこれほど深くに根ざしていることから、女は自明の真理を知り、揺るがぬ知恵を持つかのような態度を身につける。だから女が自分のと反する見解に出会った時、感じるのはただ軽蔑の念のみである。こうした性質を持つ人にとって、理性など無用の長物なのである。女には始めから聞く耳などないのだ。男であれば祖国を救うこともあろうし、世界を導くこともあろう。その知恵で不朽の名声を得ることもあるだろう。だがその妻にとって彼は、しょせん分別のない愚か者なのだ。

［ここから性的関係について論じる文章が続く。しかし書き写して伝承した人々が、はしゃいで記述をでっち上げて内容をゆがめたため、本来の文面が推測できない。］

・・・・・・・・・・・

以上が言葉にされることはさほど多くはないが、ときに詩人たちが明かすこともある。ただし当の詩人たちこそ、結婚とは天国との幻想をいだかせ、我々をあざむいて「危険な例外」を求めさせる張本人でもあるのだ。エウリピデス(74)は悲劇『メデイア』のなかで、余さず以上のことを語り尽くしている。だから真実を語った彼を、アテナイ人が呪詛しながら追放したのも驚くには当たらない。その時に群衆をひきいていたのはアリストファネス(44)だった。彼は彼で、どうやらこうしたことを分かっていたようだが、正直に語ろうとはしなかった。自分の認識にふたをして、より偉大な詩人を町から追い出そうとしたのである。そしてソフォクレス(78)！　オイディプス(94)の母にして妻でもあるイオカステが、悲惨な状況にも澄まし顔で嘘に嘘を重ねる場面を見て、苦笑せずにいられる既婚男性がどこにいよう？　これこそ、いわゆる夫婦愛の典型例だ。うわべの満足を維持するためなら、どんな事実も夫には隠されるのである。また、夫と息子をうまく区別できないという妻の心持ちが、大胆に描写されてもいる。

ああ、親愛なる友よ、だから哲学に慰めを見出そうではないか。そこには、女が決して足を踏み入れない世界がある。実際これまで、女は哲学につゆほどの興味すら示したことはなかった。それに、女たちに抱擁されたいとの欲望から解放してくれる老齢を、歓迎しようではないか。その抱擁のために我々男は、生きているあいだあらゆる種類の対価を支払わねばならず、心の平穏もあらかた失ってしまうのだから。

XXXII ポンペイアの侍女であるアブラから、クローディアへ。

［前四五年十月一日］

高貴な奥様、あなた様やあなた様のお家のこと、それとお命を狙われた私らのご主人様のことを、とても心配しています。奥様、こっちではぜんぶがとてもどたばたしています。お屋敷にはいつも、たくさんの方々や公安部隊の人たちが来てごった返しています。奥方様はぼんやりしてらっしゃいます。あの方ご自身は、ああ不死の神様たちをたたえましょう、お昼に起きてこられましたが、見たところ相変わらずです。それどころかとても浮かれていて、そのご様子に奥方様はたいそうお怒りでした。あの方はおなかをとてもへらしていて、食べて、また食べて、お医者様がお止めになって、そして奥方様が膝をついて、もう食べないでとお願いされました。でもあの方が冗談を飛ばされたので、私らみんな吹き出さないように頑張りました。

奥様、あなた様のお宅での晩餐会以上に楽しめた晩餐会はなかったと、あの方が周りに立つ方たちにおっしゃるのを聞きました。わけをお聞きになったマルクス・アントニウス将軍には、同席者がとても素晴らしかったからだとおっしゃっていました。そして、お許しください、マルクス・アントニウス様が、クラウディッラ[39]のことを言っているのですか、とおっしゃいました。するとあの方ご自身は、クラウディッラは並はずれた女性だ、とおっしゃいました。奥様にこれで正しくお伝えできていればいいのですが。

それから、奥様にお伝えしなければいけません。あの方が、今日いらした皆さんに、エジプト女王のクレオパトラ様が明日かあさってに着くとお知らせになっていました。

[前四五年十月六日]

昨日の夜、ご主人様はご帰宅なさいませんでした。長くここにいますが初めてのことです。みんなそれぞれに勘ぐっています。

女王様から奥方様に、いくつかとても素晴らしい贈り物が届きました。そのうちの一つは、見たこともない素晴らしい贈り物です。昨日、職人さんたちがとても人目を気にしながらやって来て、それを据えつけて動き出させました。奥様、それは膝の高さほどのエジプトの王宮なんです。前に立つ板を取りのけると、なかにたくさんの人がいるのが見えます。納屋のあるお庭も、王家の人たちの行列も見えます。みんなとても美しい服を着て、色とりどりです。でもそれだけじゃないんです。そこに水を流すと、どうお話しすればいいのか、奥様、小さな人形がみんな動き出すんです。女王と、そして廷臣がみんな歩いて家の中に入り、そう、階段をのぼるんです。それから家のあちこちを歩きます。動物たちも、ナイル川の水を飲みに行きます。ワニが水の流れにさからって泳ぎます。女たちが織物をして、漁師は魚をとります。それから、ああ不死の神様、どんな感じなのか、ぜんぶはお話しできません。ずっと見ていてもあきないほどです。奥方様はとてもお喜びで、明かりを持って来させました。私ら、奥方様はもう寝室にお入りにならないかと思ったくらいです。みんな口々に、女王様はなんて賢いんだと言ってます。この王宮を見ている時、奥方様は他のぜんぶを忘れてしまったんですから。旦那様が家にいないことも忘れてしまったんですから。

［前四五年十月八日］

昨日、女王様が奥方様を訪ねておみえでした。私ら、女王様ってもっときれいな服をお召しかと思ってました。でも着ていたのは青い色のドレスだけで、宝石は一つもありませんでした。きっと服装などの決まりをご存じだったのでしょう。髪もぜんぜんよそおわれていなくて、奥様、ぞんざいでした。奥方様の髪には二時間もかかったのに。奥方様が、おもちゃの宮殿についてお礼を言われて、それからはその話でもちきりでした。女王様には飾り気がぜんぜんありませんでした。私の名前も知ってらして、色んなことを教えてくれました。でも、奥方様の秘書が私にこう言いました。ご覧、女王はいつだって頭を働かせてるだろう、と。お帰りになったご主人様が、楽しんでいるか、とお聞きになりました。すると奥方様は、すごく取り澄まして、ええ、とても、とおっしゃいました。どうお思いになりますか？　ああ、奥様、ここ数日のご主人様をご覧になるといいです。お屋敷に十人の男の子がいるみたいです。いつも奥方様をからかったり、つねったりしているんです。

XXXIII　歴史家コルネリウス・ネポスの備忘録。
［前四五年十月三日］

エジプト女王が到着。オスティア港[22]で、ローマ市からの使節および元老院の出迎えを受けたものの、女王は上陸を拒否した。理由は、出迎えた部隊のかかげる軍旗のうちに、独裁官の標章がなかったからだという。カエサルは報告を受けると急いでアシニウス・ポッリオをオスティアに派遣し、みずからの戦勝記念旗をかかげさせた。すると女王は、夜に移動してローマ市にやって来た。

・・・・・・・・・・・・

女王は誰からの訪問も受け付けず、体調がすぐれないとのことだ。それでも彼女は、名士三十人ほどに豪勢な贈り物を届けさせた。

・・・・・・・・・・・・

［前四五年十月五日］

女王は今日、カピトリウム神殿(13)での出迎えを受けた。女王一行の豪勢さは、ローマ市始まって以来のものだった。遠目から見て彼女は非常に美しかった。アリナ［コルネリウス・ネポスの妻］のいた場所からはもっとはっきり見えたようだ［彼女はおそらく、ウェスタの巫女たちに交じって座っていた］。女の目から見て、女王は簡素できりっとしていたが、とてもふっくらした頬は「二重あご」と酷評されていたそうだ。噂では、衣服について独裁官と激しい言い争いがあったらしい。儀式用の衣裳に身を包む時、エジプト女王はどうやら自分をイシス女神と同一視して、腰帯から上には何も身に着けないことになっている。そこでカエサルが、ローマの慣習に従い胸を覆うようにと強く迫ったようだ。女王はそのとおりにしていたが、軽く覆う程度だった。女王は、まずはたどたどしいラテン語で短く、次いでエジプト語で長く演説をした。それに答えて独裁官が、エジプト語とラテン語で演説した。そして生け贄が捧げられて吉凶が占われたが、結果はきわめて良好だった。

XXXIII—A　キケロから、弟のクイントゥスへ、ローマ市にて。

［前四五年十月八日］

「エジプト女王」という言葉は、我が弟よ、強い呪文のような力を持つが、私には効き目がない。私はあの女王と長年手紙のやり取りをしている。彼女の大使のために、数え切れないほどの手助けもしてやった。私の関心や性格、それにローマ共和国への貢献について、彼女は知っていると考えても良かろう。ローマ市に着いてから、彼女は政府の裏方の一人一人に贈り物を配っている。与えることが王家の人間のみに許されているような、そんなみごとな贈り物だ。彼女は私にも、そうした贈り物を送ってよこした。シチリア島の全島民が、それで一年食べていけるほどの価値を持つ贈り物だ。しかし、宝玉のはまった頭飾りやエメラルドのネコが、私と何の関係があるというのか。不死の神々にかけて、だからあのうすら馬鹿な侍従ハンモニオスに、私は酔いどれの俳優ではないし、値段よりもふさわしさで贈り物を評価する人間であることを思い知らせてやった。「アレクサンドリアの図書館(95)には、一冊の書籍もないのかね?」と彼に尋ねたのだ。

あの女王が唱える呪文の力は、近くで彼女を眺めると大きく弱まる。鉄の削りくずが北を指して並ぶように、我々にはそれぞれ、そこを向いて指す年齢があるとの理論を私は否定できない。マルクス・アントニウスは永遠の十六歳だ。その歳と実年齢との差は、彼の姿を年ごとに哀れなものへと変えている。我が良き友であるブルートゥスは、十二歳の頃からずっと、思慮深く分別もそなわる五十歳だ。カエサルは四十歳——扉の神ヤヌスのごとくに、老いと若さの両方に顔の向いたどっち付かずのなりをしている。この原則に従うと、クレオパトラは年齢こそ若いものの四五歳の女性だ。だから彼女の若さの魅力は、なにか気恥ずかしく感じられる。彼女のふくよかさ加減は、八人の子持ち女性のそれなのだ。彼女の歩き方、あるいは立ち居振る舞いはおおいに称賛されているものの、私はそうした気になれない。彼女はいま二四歳だ。しかしその歩き方は、自分は二四歳です、という印象を振りまこうとしている女性の歩き方でしかない。

だがこうしたことを認識するには心しておく必要がある。彼女の地位にともなう威信、衣裳の豪華さ、それに彼女の二つの目立った特徴——つまりあの澄んだ目と声の美しさ——がおよぼす効果に、不注意な人間は圧倒されてしまうのだから。

XXXIV　書簡、および質問状。クレオパトラから、カエサルへ。

[前四五年十月九日]

わたしのあだた《ディージャ》、あだた、あだた(96)——あだたのナイルワニ《クロコディージャ》はとっても不幸せ・幸せ、とっても幸せ・不幸せ。幸せなのは、あだたに十二日の夜に会うことになっているから。十二日の夜ずっと。不幸せなのは、十二日の夜が千年も先のようだから。わたしのあだたと一緒にいないとき、わたしはすわって泣いてる。羽織をめちゃめちゃに引きさいてる。わたしはなんでここにいるの？　なんでエジプトにいないの？　わたしはローマで何をしてるの？　みんなわたしをひどく嫌ってる。送られてくる手紙には、死ねばいいと書いてある。わたしのあだたは、十二日より前には来れないの？　ああ、あだた、人生は短いわ。愛はすぐ冷めるわ。わたしたち、なんで会えないの？　他の人たちは、昼でも夜でも、わたしのあだたに会ってる。他の人たちは、わたしよりもっと、その人のことを愛しているの？　その人は、わたしのことよりも、他の人たちのことを愛しているの？

いいえ、いいえ、この世界に、わたしのあだた以上にわたしが愛するものなんて何もない。わたしの腕に抱かれた、わたしのあだた以上に。幸せなわたしのあだた、幸せ、わたしの腕に抱かれて幸せ。離れてるのはむごいこと、離れてるのはむだ、離れてるのは意味のないこと。

でも、わたしのあだたがそう望むなら、わたしは泣きます。理解はしないけど、泣きながら十二日を待ちます。でも毎日、手紙を書かないと。だから、ああ、わたしのあだた、毎日わたしに手紙を書いて。あなたからの本物の手紙が来ない日は、夜が来てもわたしは眠れません。毎日、五つの単語が書かれたあなたの手紙をプレゼントとして受け取る。わたしはそこにキスをする。それをずっと抱きしめる。でも受け取るのが、五語のプレゼント付きの本物の手紙でないなら、わたしはそれを愛せない。

わたしは毎日手紙を書かないと。わたしのあだたに、わたしはその人だけを愛していると、その人だけを想っていると伝えるために。でもいくつか、ささいで面倒なことをその人に聞かないといけません。その人が守るにふさわしい、品位ある客になるために、わたしが知らないといけないことなのです。あだたのナイルワニが、こんなささいで面倒なことを聞くのを許してください。

1　わたしのパーティーや夜会で、わたしは玉座を立って一番下の壇までおり、わたしのあだた《ディージャ》の奥様を迎えます。わたしのあだたの叔母様を迎える時にも、同じように一番下までおりるのですか？　執政官や、執政官の奥さんを迎える時にはどうするのですか？

［カエサルからの回答――これまで女王たちは全員、一番下までおりていた。僕はこ

れを全面的に変更する。今後、妻と叔母君は僕のそばにいることになる。そして君は僕たちを、玄関アーチのところで出迎える。また君の玉座を据える演壇は、以前のように八段ではなく一段のみになる。他の来客全員を、君は玉座の前に立って迎える。するとと八段の演壇の威厳が君から奪われたように思えるかもしれない。だが八段の演壇は、そこを必ずおりる人間に威厳を与えたりはしない。それに君は、現職の執政官や執政官経験者を迎えるためにも、そこをおりる必要があったのだから。少し考えてほしい。そうすれば君のあだた《ディージャ》の正しさが分かるはずだ。」

2 セルウィリアがまだ、招待への返事をよこしません。ねえあだた、あなたなら、わたしがこうしたことを我慢できないのが分かるでしょう。出席を強制するやり方なら知っています。わたしはそれをしなければなりません。

［カエサルからの回答――君の言いたいことは分からないな。セルウィリアはパーティーに出席することだろう。］

3 当日の夜が寒いと、わたしは火鉢から少しも離れられなくなります。さもないと死んでしまいます。でも、水上の舞踊のときのお客さんに十分な数の火鉢は、どこで手に入りますか？

［カエサルからの回答――火鉢は、君の廷臣のうちのご婦人方に支給するといい。我々イタリア人は寒さに慣れているから、暖かくなるように着込むんだ。］

4 エジプトでは、王族は踊り手や演劇関係者を接見しません。でも、女優のキュテリス(35)を招くべきだと言う人がいます。貴族の多くが彼女と親しくしていて、あなたの甥御さんだか従兄弟さんだかのマルクス・アントニウス[97]は、どこへ行くにも彼女と一緒だそうです。彼女を招待しないといけませんか？　それに、本当にあの男を招待しないといけませんか？　あの男は毎日のように顔を出します。とても厚かましい目でわたしを見ます。わたしは笑いかけられることに慣れていません。

「カエサルからの回答――そうだ。招待にとどまらず、彼女をよく知るようにするんだ。彼女の生家は荷馬車屋だ。しかし品とは、魅力とは、それに所作とは何かについて、高貴な家柄の女性は誰でも、彼女から多くを学べるはずだ。

　僕がこれほどまで彼女を称賛する理由は、すべて君にもすぐに分かるだろう。それに彼女には個人的にも感謝しているんだ。親戚のマルクス・アントニウスと長く付き合ってくれたことで、彼という友人を僕に与えてくれたからだ。僕ら男性の人格の大部分は、君ら女性が作ったとおりに出来上がっている――それは女性も同様だ。と言うのも、みずから選んで不出来となった女性を作り変えることは、僕ら男性にはできないのだから。マルクス・アントニウスはかつて、そしてこれからもずっと、属州という人生の学校における最強にして最も人気のあるスポーツ選手だ。十年前であれば、ほんの少しの生真面目な話が彼をへとへとに疲れさせていた。ついにはしびれを切らし、あごに机を三台のせ、バランスをとって遊んでいたことだろう。一方で戦争は、彼の考えなしの精力をほんのわずかしか消費しなかった。ローマは彼の悪ふざけの脅威にさらされていた。彼はローマ市の全地区に火をつけて回り、川岸の舟のもやい綱を全部ほどき、また元老院から議員たちの衣服を盗んでいた。悪意があったのではなく、判断力がなかったんだ。そしてすべてを、キュテリスが作り変えた。何かを取り去ったりはせず、彼のなかの要素を違う順番に並べ替えたんだ。自分を取り囲む改革者たちを、僕はひどく嫌悪している。彼らはキュテリスとは違い、人々をおさえこむ法律で秩序を保ち、喜びや積極性をすっかり枯らすことしかできない連中だ。カトーやブルートゥスといった人間は、黙って働くネズミから構成される国を思い描いている。そして乏しい想像力をそのままに、僕にも同じことを課そうとする。僕自身についてこんな姿を想像できたら幸せだろうな。キュテリスがやるように、まだ人に馴れていない馬を、瞳のうちの炎を消すことなく、速く走る喜びを奪うこともなく調教する。キュテリスは相当な報酬に値すると思わないか？　だから彼は彼女なしでどこへも行かないだろうが、それも無理はない。もっと素晴らしい連れなど、他に見つかりはしないんだから。

さて、このあたりで終わりにしないと。僕の残酷さと不正に抗議しようと、はるばるルシタニアからやってきた使節が、この半時ばかりずっと待っているんだ。侍女のカルミアン(98)に、今晩一人の訪問者があるから、準備万端を整えるよう伝えてくれ。その男は、夜警のような身なりをして、アレクサンドリア港を通ってやって来るはずだ。カルミアンには、日没よりも日の出近くの時間になると伝えてくれ。思慮分別とせめぎ合う熱情が、勝利をおさめ次第すぐだ。偉大なるエジプト女王よ、女性たちから生まれし不死鳥よ、眠るがいい。そしてとても丁重な手で目覚めさせられることになるだろう。ああ、そのとおりだ。人生は短い。離れているなんて正気ではない。」

XXXIV―A　女優のキュテリスから、トゥスクルム近郊の別荘にいるキケロへ、バイアエにて。

［この手紙が書かれたのは前年のことである。ここに付け加えることで、右の質問4で語られたテーマについて、さらに明確にしておきたい。］

世界が目にしたうちで最も偉大な弁護人にして弁論家であり、またローマ共和国の救い主(8)であるお方に、キュテリスが衷心よりの敬意を表します。

ご存じのとおり、栄光ある旦那様、貴方様による警句を集めた書の公刊に向けて準備を進めるよう、独裁官様が指示をお出しになりました。伺ったところによりますと、その書には、マルクス・アントニウス様が三年ほど前、貴方様をたたえて催した宴席での会話も含まれているとのこと。そしてそこには、いまとなりましては独裁官様への不敬と感じられる、私《わたくし》めの発言が含まれるとも伺いました。

これまでいくどとなく、もったいなくも私めにおかけくださった寛大なお言葉にすがり、貴方様に切にお願い申しあげます。その節の、私めのものとされるかもしれない言葉を、書からすべてお取り除きいただけないでしょうか。

あの内乱の折、独裁官様に対し、私めが異心をいだいていたことは事実でございます。私めの二人の兄弟、および夫は、あのお方に対抗して武器をとり、夫は命を落としました。しかしながら、独裁官様は私めの兄弟を、あの名高い寛容の心をもってお許しくださいました。そのうえ二人に土地をお与えくださり、また難儀している祖国のためには、いくつもの改革をなしてくださいました。あのお方は、私どもの心と忠誠を勝ち取られたのです。

来年、私めは舞台からしりぞくつもりでおります。みずからの軽はずみな発言が世間に流布していると考えるだけで、私めの引退後の生活と老年は哀れなものと化してしまいます。貴方様の輝かしいお名前の冠された作品は、広く流通することを運命づけられているのですから。

この不幸から私めを救えるお方は、貴方様をおいて他にはおられません。私めからの感謝、ならびに称賛のしるしとして、同封いたしました書をどうぞお納めください。メナンドロス(42)が彼の『難破船の少女』のために書いた序文です。メナンドロスの自筆でございます。

XXXV

カエサルから、クローディアへ。

［前四五年十月一〇日］

残念なことに、尊きローマ人女性すべてが集う会から君を追放するようにとの訴えが、私に提出されると聞いた。追放もやむなしと思わせるような報告は、まだ私のもとには届いていない。

だが君に告げねばならぬことが他にもある。私は数多くの手紙を読んだ。本来なら私の目に触れるはずのなかった手紙だ。送り主も、受取人も、私がその内容を知っていることに気づいていない。自分に愛を捧げた相手を愛せないという女性に、非難されるいわれなどはない。しかしそのような時に、どうすれば求愛者の心の傷を広げる、ないし和らげられるのか、女性ならよく分かるはずだ。私は詩人のカトゥッルスについて言っている。ローマへの彼の貢献は、歴代のローマの支配者の貢献に比しても遜色はない。それに私は、彼の心の平静を自分の責任と感じているのだ。

権力を握る人間にとり、脅迫はいとも簡単に手にできる武器の一つだ。私はそれをめったには用いない。だが理性に訴えかけても、慈悲の心に働きかけても、それでも子供や悪人の間違った行動をただせないという状況に、権威を持つ人間が直面する場面はどうしてもある。そして脅しも用をなさないなら、引き続いて処罰をせねばならなくなる。

君なら判断できよう。正しい行動として、ローマ市からのしばしの退去が求められている。

XXXV―A　クローディアから、カエサルへ。

クローディアは、独裁官からの書簡を受け取りました。驚きを禁じ得ませんでした。クローディアは、独裁官のお許しを願います。エジプト女王クレオパトラのレセプション・パーティーの翌日まで、ローマ市に留まらせてください。そのあと郊外の別荘へと退去し、十二月まで戻りません。

XXXVI

カエサルから、クレオパトラへ——日々の手紙より。

[前四五年十月後半]

・・・・・・・・・・・・

[エジプト語で書かれている。この手紙には、いまではとうに知られなくなった言葉が数多く使われている。ここではその意味を推測して補った。それらの言葉は、アレクサンドリアの波止場に軒を連ねる居酒屋で使われていた隠語かもしれない。カエサルがそれを知ったのは、数年前にその町に滞在していた彼が、歓楽街に派手に繰り出した時なのだろう。]

その箱を慎重に開けるよう、カルミアンに伝えてくれ。

僕はそれを盗んできた。盗みなんて九歳の頃以来だ。強盗やスリが味わう気持ちをすべて味わっている。僕はどうやら、苦しい言い逃れをする男への道を歩み始めているようだ。犯罪者の役を演じて遊んでもいるようだ。[語られているのは、カエサルが妻の化粧台から、香水のボトルを盗み出したことなのかもしれない。]

だが偉大なエジプト女王のためなら何だってやる。僕は泥棒になった。愚か者にもなった。考えられるのは彼女のことだけだ。仕事でへまをする。人の名前を忘れる。書類をなくす。秘書官たちが仰天する。彼らが後ろでささやく声が聞こえる。来客を待たせる。やるべきことを先延ばしにする――それでも、不滅のイシスと、女神と、僕の心を盗み去った魔女と、長く語らうことが許されますように。夜にささやき合った言葉を思い返す時の、あの酔ったような感覚は、他では決して味わえない。偉大なエジプト女王と比べられるものなど世界には何もない。

・・・・・・・・・・

［ラテン語で書かれている。］

僕の賢いあだた《ディージャ》はどこへ行った？　僕の素晴らしいあだたはどこへ行った？　僕の最高に聡明なあだたはどこへ行った？――彼女はどうして、あれほどに愚かで、あれほどに強情で、みずからにも僕にもあれほどに残酷なんだ？

僕の真珠よ、僕を夢見心地にする蓮よ、僕らローマ人の小麦粉粥が体に合わないなら、「どうして食べようなんて思ったんだ？」

あれは東方出身者の誰にも合わない。君の父上にも合わなかった。アネスタ女王にも合わなかった。僕らローマ人は野蛮だから、何でも食べられる。心からのお願いだ、頼むから賢く行動してほしい。君がもう苦しんでいないことを祈っている。でも僕は、僕は苦しい。君について、なんでもいいからカルミアンが報告してくれるまで、僕の送った使者を待たせておく。ああ、星よ、不死鳥よ、体を十分大事にしてくれ。そして賢く行動してほしい。

僕が送った医者を、君は門前払いさせた。彼と会ってやることはできなかったのかい？　ほんの一瞬でさえ、彼と話すことはできなかったのかい？　君はこう言うのだろう。エジプトの医術には一万年の歴史がある。それと比べれば、僕らローマ人なんて子供だと。そうだ、そのとおりだ。でも――少し厳しく言わねばならない――エジプトの医者は一万年もナンセンスのうちに過ごしてきたんだ。考えてごらん。医術について少し考えてごらん。たいていの医者は詐欺師だ。年を重ねて敬われるようになった医者は、そのぶん何でも知っているかのように振る舞わねばならなくなる。医者は時につれ腕がにぶる。だからいつでも、最高の医者たちからうとまれている医者《ディージャ》がいないか探すんだ。ナンセンスに毒される前の、若くて優秀な医者を探し出すんだよ。僕のあだよ、僕の送ったソステネスという医者に会うと言ってくれ。

僕は無力だ。体を大事にしてくれ。愛しているよ。

・・・・・・・・・・・・

ああ、そのとおり。僕はエジプト女王に従う。彼女の言うことなら何だってする。

僕の頭のてっぺんは、今日一日ずっと紫色をしていた。

訪れる人、訪れる人が、恐怖の入り交じった目で僕を見る。だがどうしたのかと聞く人間は一人もいない。これが独裁官であるということだ。僕という人間その人については、誰も質問を発しないんだ。ここからジャンプ一回でオスティアに飛び、そして戻って来られたとしても、誰もそのことを口にしない——僕その人に向かっては。

そしてついに、掃除婦が床をきれいにしようとやって来た。彼女がこう口にしたんだ。「あれ、神なるカエサル様、頭をどうされたかね？」

「なあ小母《おば》さん、世界で一番偉大で、世界で一番美しく、世界で一番賢い女性がこう言ったんだ。ハチミツ、ビャクシン、ベリー、それにニガヨモギから作った軟膏を頭に塗り込めば、薄毛は治ると。試してみろと彼女が言うし、私は彼女の言いつけにはすべて従っているんだ」

「神なるカエサル様。あたしゃ偉大でも美しくも賢くもねえ。けどこんだけは知ってる。男は、髪の毛か頭のどっちかなら持てる。でも両方持つことはできねえんだ。旦那様、あんたさんはそのまんまで十分、とってもお美しいですよ。不死の神さんたちは、あんたさんに良い頭をくれた。てことは神さんたち、ふさふさした髪の毛をあげるつもりがねえんだろうと思いますよ」

この女性を元老院議員にしようかと思案中だ。

・・・・・・・・・・

ここまで自分の無力さを感じたことはない。偉大な女王よ、それと引き換えに、僕の持つあらゆる権力を手放してもいいくらいだが、しかし僕にはできない。僕には天気を自由にできないんだ。この冷たい雨には怒り心頭だ。もう何年もこれほど怒ったことはない。まるで農夫にでもなったみたいだ。秘書官たちが、目を丸くしながら目配せし合っている。彼らの見ている前で僕は、ひっきりなしにドアのところに行って空の様子を確かめる。夜にも起き出してバルコニーへと向かう。風の具合を見る。星を探す。この手紙と一緒に、毛布をもう一枚送るよ。しっかりくるまるといい。聞くところでは、この残酷な雨はあと二日ばかり続くそうだ。冬になると、太陽が顔を出す日はたまにしかなくなる。僕の友人が南のサレルノに別荘を持っている。あそこは北風から守られている場所だ。一月に君はその別荘に行くといい。僕も合流しよう。辛抱強く待ってくれ。何かに気持ちを集中させるんだ。僕に何かことづけてくれ。

XXXVII

カトゥッルスから、クローディアへ。

［前四五年十月二〇日］

我が魂の魂よ、今朝君の言葉が届けられた時、僕は泣いた。

君は僕らを許してくれた。クラウディッラ、君を怒らせるつもりが僕らにはなかったことを、まったくなかったことを君は分かってくれた。そして自問している。君をあれほど怒らせたのは、僕が口にしたどの言葉だったのかと。でも僕らはもう考えるのをやめる。君は僕らを許してくれた。そして、もう忘れた。

しかし、ああ偉大なるクラウディッラ、比類なきクラウディッラ、もう一度僕らを許すつもりでいてほしい。いつまた君をうっかり怒らせそうになるか、僕らには分からないから。安心して。いまも、これからもずっと、僕らは絶対に、そうゼッタイニ、君を苦しめたりしない。この宣言をいつまでも有効にしよう。君がそこにどんな意味を見出そうとも、どんな悪意を感じ取ろうとも——けれどほら！　もう忘れられた。

でもクラウディッラ、これを付け加えないと。君だって、僕を傷つけぬよう気をつけないといけない。あの人の前で君はこう言った。「ワレリウス・カトゥッルスはまだ、ずっと評価され続ける詩をまるで作れていません」。クラウディッラ、それがまさに、詩人の恐怖そのものだと分からない？　すんなり出てくる詩句などわずかしかない。残りは必死に作り出す必要があるんだ。なんだって？　僕がまだ完全な詩を作っていないだって？　それもあの人の前でそんなことを！

女王のレセプション・パーティーについては、もちろん君の言うとおりにする。特に行きたいとは思わないけれど。僕たちのクラブのメンバーの多くは、大挙して繰り出すことだろう。彼らからは、そのために詩の一篇でも作るようにとうながされている。試しに一節を作ってみた。けれどうまくできたとは言い難いから、喜んで放り投げるつもりでいる。女王についての噂を総合すると、どうやら我慢ならない女性らしいね——とりわけ、あの衣裳の不謹慎さ。

いや、僕はもう病人ではない。

少し時間がたった。

この手紙を使者に託そうとした時、たまたま僕は耳にした。「君が数ヶ月のあいだ田舎に行く」。どうして？　ドウシテ？　本当かい？　不死の神々よ、本当であるはずがない。話してほしかった。ドウシテ？　冬にローマ市を離れるなんて一度もなかった。それはどういうこと？　どう考えればいいか分からない。冬にローマ市を離れるなんて、これまで一度としてなかったのに。もし本当なら、クラウディッラ、クラウディッラ、僕もそこに呼んでほしい。僕ら二人、本を読もう。僕ら二人、海辺を歩こう。君が僕を見て星を指さす。君が星々について、誰もしたことのない話し方で話す。僕はいつでも君を崇拝している。でも、すると君のすべては女神。そうだ、田舎に向かうといい、僕のひときわ明るく輝く星よ、僕の宝物よ、僕も一緒にそこにいさせてよ。

しかしそのことを考えれば考えるほど、僕は不幸になる。

それはどういうこと？

聞いても無駄と分かっている。抗議も許されていない。だが僕のいだくような愛は語り出さずにいられない。少し叫び出さずにはいられない。偉大で恐ろしいクラウディア[39]、今度ばかりは聞く耳を持ってよ。田舎に足を踏み入れては駄目だ——僕が言いたいのは、どうしても足を踏み入れるなら、ヒトリキリデイクンダ。僕も一緒に、なんて頼んだりしない。でも、とにかく、一人きりで。

そうだ、こう言おうと思う。これまで僕は病人だった。愛が初めて人類のもとに姿を現した時、白い目で見られた恋人たちは自分を病気と偽った。だがそれはただの偽りではなかったんだ。君は僕を殺したい？　それが君の望み？　僕は死にたくない。君に誓って言う。最期の息を引き取るまで、僕はあらがい続ける。どれだけ耐えられるか分からない。自分より強い何かが僕を待ち伏せている。それは夜どおし部屋の隅にいて、眠る僕を見つめている。不意に目を覚ますと、ベッドにいるのが感じられるようだ。

さあ、言うよ。もし君があの人と田舎に向かうのなら、僕は必ず死ぬ。僕を弱虫と呼ぶ？　いや、僕は違う。僕なら、君のあの友達を一時間ほどかかえ上げて、壁に投げつけて、それでもまったく疲れないでいられる。僕が弱虫ではないと、僕を殺すにはとても強い力がいると、君だって知っているはずだ。

この手紙の文面から、怒っていると思われたくはない。君が本当に別荘に向かうと言うなら、一人で行くと約束してほしい。そして僕が一緒に行くことを望んでいないなら、君から何度も言われたことをする。君がローマ市に戻るまで、北の故郷に帰るよ。

このことについて書き送ってほしい。そしてああ、クラウディア、クラウディッラ、何か僕に命じてよ——僕にできる何かを。君を忘れろとか、無関心でいろとかは駄目だ。君がどう過ごしているか興味を持つなというのも駄目だ。離れてしまうなら、日々君とのつながりを感じられるような務めを課してくれ。偉大なる女王よ、あらゆるエジプト女王より偉大なる者よ、賢明にして善良、学識にあふれ優雅なる人よ、君のただの一言で、僕の気分は晴れる。そっと微笑んでくれれば、君は僕を、僕らを、不死の神々から称賛された詩人のうちで、一番に幸せな詩人にしてくれる。

XXXVII―A　クローディアから、カトゥッルスへ。

［帰還する使者の手で届けられた。］

そう、本当よ、親愛なるガイウス。わたしは田舎に向かうの。一人きりで。完全に一人きりで。

つまり、同行するのは星々の研究をしているソシゲネス[88]だけ。街での暮らしが退屈になったの。あなたにたくさん手紙を書きます。愛情をこめて、あなたのことを想います。あなたが以前は病人だったと聞いて、寂しく思っています。あなたは故郷に帰るのが賢明だと思う。お母様やご姉妹への贈り物を、あなたに送ります。

あなたはわたしに、なにか務めを課すようにと言う。でも、あなたの精霊がまだあなたの耳にささやきかけていない、どんな務めを課せるというの？　あなたの詩について言ったことは全部忘れてください。そしてこれだけおぼえていて。ローマをあらたなギリシアにしてくれたのは、ただあなたとルクレティウス[19]だけ。以前、悲劇作品を書くのは自分の仕事ではないと言っていたわね。また別の時、『トロイアのヘレネ』なら書けるかもしれないと言っていたわね。どんな詩でも、あなたの書くものはわたしを幸せにする。もし『トロイアのヘレネ』を書くなら、わたしが田舎から戻ったら二人で演じましょう。女王のレセプション・パーティーの翌朝、私はローマ市をたちます。祭儀［善き女神《ボナ・デア》の秘儀のこと］の数日前には戻ると思います。

体には十分気をつけて。あなたの「牛の目」を忘れないでいて。

XXXVIII　カエサルの書簡日誌より。カプリ島のルキウス・マミリウス・トゥリヌスへ。

書簡1008　［カプリ島産ワインに寄せる、クレオパトラの称賛について。］

書簡1009　［荷物送付が遅れたことへの謝辞。］

書簡1010　［恋愛詩について。］誰しも、田舎者たちの歌や、市《いち》に集まる人たちの歌にはお手上げだと感じる。庭の壁越しに聞こえてくる歌や、たき火を囲む我が兵士たちの歌に、何日間も苦しめられ続けたことが何度もある。「駄目なんて、駄目なんて、駄目なんて言わないで、可愛いベルガエ人さん」とか「ねえ教えて、お月様、クロエはいまどこ？」とかいった歌だよ。しかし卓越した詩人による詩の場合は苦痛ではない。それどころか――ああヘラクレスよ！――僕はのびのびする。歩幅も、そして背丈も倍になったように感じる。

今日の僕は、来訪者全員の前で、詩をうっかり口走るのをおさえる自信がない。だがギリシアの詩を引用する必要はないんだ。と言うのも、不死の神々にかけて、我々ローマ人はいま、自前の歌をここローマで作り出したのだから。

あの人は私には　神にも等しく思えます
あの人は　こう言って良いのなら　神々にも優ります
君の真向かいに腰をかけ　その人は君に目をやり
耳にするは　君の甘い笑い声……(99)

カトゥッルスの詩だ。どうやら、彼にとって比較的幸福な時期に書かれたらしい。だがいまは最高に不幸せでいる可能性が高い。自分の一番明るい時間を、彼は詩に封じ込めた。いまは僕が真昼の明るさのなかにいる。その炎を燃え上がらせたのは彼なんだ。

XXXIX

クローディアからの、マルクス・アントニウス宛てメモ書き。
〔前四五年十月末にかけての時期〕

今日のエジプト女王の宮廷は、たいそうな見ものでした。ローマへの侵入者を前に、防壁の一番古い部分が続々と倒壊しました。つまりセルウィリア、フルウィア・マンソ、それにセンプロニア・メテッラのことです。

貴男がいないのは目に付きました。女王陛下は、お優しくも貴男について上品に触れていました。しかし彼女のことならもうお見通しです。心中の苦しさを示す表情が、口元には浮かんでいました。わたしの愛する比類なき人〔女優キュテリスのこと〕に、女王からのお尋ねがあったと伝えてください。女王が言うには、独裁官が、比類なき彼女をたいそう誉めていたそうです。

・・・・・・・・・・・・・・

貴男が退出したあとで、あのナイル川さんの激情はおさえきれずに決壊してあふれ出しました。彼女はわたしに聞こえるように、エジプトにこんな格言があるとつぶやきました。「自慢屋の傷は、必ず背中にある」。反論するわたしを、彼女は私室に招き入れてお菓子をご馳走してくれました。わたしはあのファルサロスの戦い[100]での貴男の武勇を語りました。それにアリストブロス[101]との戦いでの勇敢さについても。もちろんスペインでも貴男は勇敢だったに違いありません。ですが詳しく知らないので、コルドバの城壁を前に貴男が成し遂げた、抜きん出た戦功の話を作って物語りました。その話はもう歴史の一部になりました。彼女はそこで突然、本当に突然に話をそらしたのです。

・・・・・・・・・・

［前四五年十月二八日］

準備完了です。

わたしの言うとおりにすれば、エジプトは確実に貴男のものです。ただし順序とタイミングを間違えないでください。すべてはそれ次第なのですから。

レセプション・パーティーには必ず早めに到着し、彼女の方をあまり見ないでください。

この城市のご主人はきっと、妻や叔母と早めに帰宅するでしょう。

わたしは遅れて到着します。そうしたら、「これまでローマで披露されたうちで最も素晴らしい大胆な芸当をします」と、貴男が彼女に提案するつもりでいることを伝えましょう。そして決して、決してそれを見ることに同意しないようにと、彼女に忠告します。でも同意しないはずはないでしょう？　――これまでローマで披露されたうちで最も素晴らしい大胆な芸当ですよ？

ただし約束を忘れないで。貴男は絶対に彼女に恋したりしない。その危険が少しでもあるなら、貴男に手を貸すのを拒否します。貴男に賭けるのをやめます。

必ずこのメモ書きを破棄してください。あるいはわたしが破棄しますので、その使者に渡してください。

XL

ユリア・マルキアから、カプリ島のルキウス・マミリウス・トゥリヌスへ。

［前四五年十月二八日］

お前からお手紙をいただいて、私の愛しい子や、そしてお前に手紙を書けることが分かって、どれだけ嬉しかったことか。それにお前を訪ねてもいいなんて。年があらたまったらすぐ、そこを訪ねさせておくれ。私はいま、あの儀式［善き女神《ボナ・デア》の秘儀のこと］で頭がいっぱいなの。そのあと農場に戻って、一年間の会計をきちんとして、そして私たちの山村でのサトゥルナリア祭[102]を取り仕切らないといけない。それが全部済んだら南へ行かれると思うの。なんて楽しみなのでしょう！

長い手紙でも読む時間があるとお言いよね。私の方は、普段は手紙を書く暇がたんとあります。この手紙はたぶんそう長くはならないはずよ。一言だけ、お前からのお手紙へのお礼と、それに昨日の晩の出来事について書きます。その出来事をお前も面白いと感じると思うのよ。ローマで何が起こっているか、たいていのことを知る手立てはお持ちとお言いだったわよね。ですから私は、自分の目で見たことときり書いて、他の人からお前に伝わっていそうなことは書きません。

昨晩、レセプション・パーティーがありました。エジプト女王が、ローマの人たちに宮廷を開放したの。きっと他の人からも聞かされると思いますけど、調度品が素晴らしくて、湖もあって、見世物が準備されていて、競技がおこなわれて、ものすごい喧噪で、お食事も、それに音楽も用意されていました。

その時に私、女王と新しくお友達になったのよ。まさかなれるなんて思ってもみなかったわ。あんなに時間をかけてまで女王が私に取り入ったのには、おそらく何かわけがあるはずです。でも私、まんまとだまされてはいないと思うの。お互い示しあった関心も、関心のある振りではなかったと言えると思うのよ。それぞれ、とても違う相手を、自分の好奇心の向く先として見ていたの。まったく違う二人が出会う時、心にあるほんの少しの不信感が、軽蔑やあざけりに変わることもあるでしょう。でもほんの少しの好意が、喜ばしい友情に変わることもあるのよ。

私は甥っ子とその奥さんと一緒に、舟で到着しました。女王は私たち三人を門のところで出迎えてくれました。ナイル川にあるフィラエ島の神殿を模した門なのよ。テヴェレ川はすっかりエジプト風になっていて、初めて目にする美しさでした。そして女王もまた同じように美しかった。そんなことはないと言う人がいるのは確かよ。でもその人の目は、きっと先入観でゆがんでいるのです。女王の肌は、最上等のギリシア産大理石みたいな色をして、同じようにすべすべ。とび色の大きな瞳はこのうえなく生き生きしていました。幸福、豊かさ、楽しみ、知性、それに自信。そうしたメッセージが、彼女のあの見た目と、そして低いけれどいつも調子の変わる声から発せられていました。ローマの美人たちもたくさんいましたよ。ウォルムニア、リウィア・ドラベッラ、それにクローディア。だけど彼女たちの美しさは硬くて、余裕がなくて、なんて言うのかしら、いまにも怒り出しそうな感じが付きまとっていることに気づいてしまったの。

教えてもらったのですけど、女王はイシス女神のよそおいをしていたそうよ。身に着けていた宝石と、羽織の刺繡の色は青や緑でした。彼女はまず、私たちをお庭に案内してくれて、そのあいだもっぱらポンペイアに話しかけていたわ。でもポンペイアは、こう言うのもなんですけど、恐ろしさに縮み上がってうまく答えられなかったみたい。女王の作法はあくまで飾り気がなくて、彼女に話しかける人は皆さん、気兼ねを感じたりしなかったはずよ。だから私も気兼ねせずに済んだの。それから玉座のところに連れて行ってくれて、彼女の廷臣のうちの高貴な方々やご婦人方を紹介してくれました。そのあとで振り向いた彼女は、ずらりと並んだ他のお客さんたちに挨拶していました。あの人たち、彼女の注意が独裁官に向いていたあいだ、ずっと待たされていたのね。

本当は私、早くに帰って床につくつもりだったの。でも結局長居してしまって。同年代のお友達と一緒に面白いものを数え切れないほど見たり、とってもおいしいものを召し上がったり（でもセンプロニア・メテッラはとっても怖がっていたのよ。あの子私に、きっと毒入りよ、なんて言うんだもの）。すると不意に、腕がなでられたことに気づいたの。それは女王の手で、一緒に腰をかけませんか、って。そして火鉢で暖められたあずまやのようなところに案内してくれました。長椅子があって、となりに座った彼女は微笑みながら、しばらく私のことを黙って見つめていました。

「高貴な奥様」、彼女そう話し始めたわ。「女性が、もう一人の女性と出会う時、私の国の習慣では、いくつか質問することになっているのですが……」

「偉大な女王様、エジプトにいるような気持ちになって、かの国の習慣にならうのは、とても嬉しいことですわ」

「エジプトでは、このように質問し合います。子供を何人生みましたか？　お産は重かったですか？」

これを聞いて、私たち二人、噴き出してしまったのよ。「ローマにはそういう習慣はありませんわ」。そう言いながら私、センプロニア・メテッラのことを思い浮かべていたの。「ですが、それはとても理にかなっているように思います」。そう言うと私は、母親としてのこれまでを話して聞かせました。続いて彼女も、自分について同じように聞かせてくれました。すると彼女、横にあった棚の引き出しを開けると、二人の子供の描かれた素晴らしい絵を取り出して見せてくれたの。そしてささやくようにこう言いました。「他のものはすべて、エジプトの砂漠の蜃気楼のようなもの。私《わたくし》は子供たちが大好き。百人でも望めばいいのに。そう思っています。あの子たちの愛おしい顔、あのかぐわしく愛おしい顔に並ぶようなものが、この世に他にあるでしょうか？　けれども私は女王でもあるのです」。涙を浮かべて私を見やりながら、彼女は言いました。「私は巡幸に行かねばなりません。他の数百もの仕事に忙しくしなければなりません。あなたにお孫さんはおありですか？」

「いいえ、一人も」

「私の言いたいこと、分かってもらえますか？」

「ええ、女王陛下、分かりますよ」

それから私たち、黙って座っていました。私の愛しい子や、あのナイルの魔女とこんな会話を交わすなんて思ってもみませんでしたよ。

するとそこへ私の甥っ子がやって来て会話は中断されたの。マルクス・アントニウスと、女優のキュテリスも一緒でした。こちらの様子を見た三人は、本当に面食らった顔をしていたわ。だって私たち二人、楽団の奏でる大きな音と明るいたいまつのしたで、座って涙を流していたのですから。「私たち、生と死について話していました」。そう言うと女王は立ち上がり、手で頬を軽くぬぐったの。「今日のパーティーは、おかげでいっそう楽しいものとなっています」

見たところ彼女、私の又甥のマルクス・アントニウスは無視していたようね。でもキュテリスには話しかけていたわ。「優雅なるお方。並々ならぬ判断力をお持ちの方から、ラテン語にせよギリシア語にせよ、貴女ほどに美しく語れる人はいないと聞きました」

この手紙、すっかり長くなってしまったわね。お前にお目にかかる前に、もう一度手紙を書こうと思います。手紙のおしまいにあったお願い事については、きちんとそのとおりにします。お前からお手紙もいただけて、そしてもうすぐお前を訪ねられると思うと、私は嬉しくてなりません。

XLI　女優のキュテリスから、カプリ島のルキウス・マミリウス・トゥリヌスへ。［前四五年十月二八日］

わたしの愛しいお友達。十二月にあなたを訪れる日を、幸せな期待感に包まれながらずっと心待ちにしています。お話ししましょう。一緒に本を読みましょう。わたしはまた、島の高いところ全部に登って全部の入り江におりるわ。寒くたって、嵐が来たって、へっちゃらよ。

昨晩、ある出来事が起こったの。そのせいで、今回の旅は二重にありがたいものになりました。わたしの人生での、長く大切な交際が終わりを告げたの。終幕の鐘が鳴り、音楽がやみました。この件について、わたしが語るのを聞くのはあなたただ一人。これまでの経緯について、あなたにはたくさん聞いてもらいましたね。いまからその結末を聞いてください。十五年間、わたしはマルクス・アントニウスと人生をともにしてきました。それがついに終わりを迎えたのです。

エジプト女王が到着するずいぶん前からだったわ。マルクス・アントニウスが、女王の魅力や抜け目なさについての評判を、躍起になってけなすようになったのは。「クレオパトラは、心根がしっかりしていない人間にはまやかしの魅力をおよぼすらしいが、自分は大丈夫」。みずからをそう表現して独裁官をいら立たせても平気だったって、わたしには自慢げに話していたのよ。でもあの人のそんな無分別を、いつも独裁官様が、どれほど信じられないような辛抱強さで許してきたことか。それを観察するのに、わたしほど適した位置にいた人は他にいませんでした。辛抱強さがきっかけで、いま語るのより重大な結果が生じることもあったのは確かよ――でも今回のような激発はめったになかったの。

女王が到着すると、マルクス・アントニウスは頻繁に彼女の宮廷に出入りするようになりました。すると、皮肉じみた慇懃《いんぎん》無礼さで、あの人が女王を困らせているという噂が聞こえてきました。自分の優位を冗談めかしてそれとなく伝えれば、女王もあの人の無礼に対処できたはずだけど、どうやらそうはしなかったようね。それでも女王は何度か、多くの前で怒りを隠すことなく彼をはねつけたそうよ。こうしてローマ中に噂が広がり始めました。

昨日の晩、わたしたちは一緒に、女王の盛大なレセプション・パーティーに向かいました。あの人はこのうえなく上機嫌だった。その道すがら、わたしやっと気づいたの。彼女のことを話す彼の言葉からは、心よりの感嘆や驚きへの喜びのような気持ちがにじみ出ていることを。自分ではまだ気づかないようだったけど、わたしにはもう分かった。あの人は情熱のとりこになっていたの。

女王の宮廷や、パーティーでの娯楽の豪華さについては、今度会う時に話しますね。アレクサンドリアでのパーティーが、どんな様子なのかは知りません。でも人の多く集まる場で、ローマ人がどんなにひどく振る舞うかを見て、女王も驚いたのではと心配しています。

いつものとおり、女性は窮屈なグループに分かれて集まり、自分たちだけで立っていたり座っていたり。別のところには、ひどく酔っ払って騒々しくしている年若い男性たち。やはり彼らもいつもどおり、大胆さと強さを競おうと、どこでも必ず見られる競技に熱中していました。それだけが彼らの気晴らしなのですね。先頭に立って参加していたマルクス・アントニウスの姿、あなたなら想像できるわよね。あの人たち、次から次とたき火を燃やして、ずらりと並べて、それを飛び越えながら庭中を競走していました。わたしも馴れたもので、くるりと背を向けて、あんな危険なものを見なくて済むようにしていたわ。それでもしばらくすると、あの人が木に登って、枝から屋根へと飛び移って、その後ろを他の人たちが追いかけて競っているのだと分かったの。いくつか事故も起こっていて、頭や手足に傷を負っている人もいました。でも酔ったあの人は騒々しく歌をがなり立てながら、ただもっと高いところへとのぼっていたの。女王が素晴らしく壮麗な見世物を用意してくれていたけれど、見ていたのは数人の女性やお爺さんだけだった。

真夜中頃になってようやく、そうした遊びに男性たちも飽き始めたのね。酔って草むらで寝入る人も多く見られました。たき火も下火になっていたわ。色とりどりのたいまつに囲まれて、湖の中央の島では舞踊が披露されていました。その人工の湖も泳いでいる少女でいっぱいでした。

それを眺めていると独裁官様がいらして、並んで腰かける栄誉を与えてくださいました。奥様は、その夜をあまり楽しんでおられなかったようね。帰りましょうよ、と独裁官様にせっついていたわ。いまなら自信を持って言えます。そのあと起こった出来事をたくらんだのは、間違いなくクローディアだったのよ。でも彼女がしたのは、すでに仕込みを終えた材料を扱うだけだったろうけど。マルクス・アントニウスと同じように、クローディアもほとんど毎日女王の宮廷に顔を出していたそうよ。正しいのか誤解だったのか、とにかく彼女は次第に、自分を女王からローマで一番信頼されている親友と見なすようになっていた。たまたまわたし、クローディアがパーティーに到着したところを見ました。弟さん、それに「アエミリウス選抜隊と水泳クラブ」の色男さん数人と連れ立って、遅れてやって来ていたわ。女王は玉座前の定位置を長らく留守にして、来客に交じって談笑していました。一方の独裁官様は、その晩のほとんどを奥様のかたわらで過ごして、女王には型どおりの敬意のみ払っておいでだったわ。でもある瞬間、お二人が肩を並べて並木道の方へお進みになっていた。野生動物を囲う柵のなかでの、ライオンと虎の戦いの観戦からお戻りだったようね。その時のクローディアが目の当たりにしたのは、自分には決して加わることの叶わない情景。片や、嫉妬の対象が世界にただの一人もいない女性。片や、二十歳は若返ったような独裁官様。二人の笑い声に自然とにじむ幸福感には、他の誰かへの悪意がまるでなかった。クローディアとはずいぶん長い付き合いになります。その光景が彼女にどんな痛みを与えたか、わたしには分かってあげられるように思う。

水上での舞踊が終わると、カエサル様の一行は席を立ったわ。それからお暇《いとま》の挨拶をしようと、みんなで連れ立って女王を探しに行きました。彼女の姿は湖のあたりには見えませんでした。宮殿にも見当たりませんでした。並木道の左側には、舞台がしつらえてありました。まだ宵の口の頃、そこではエジプトの歴史を題材にした音楽劇が上演されていたの。でもその時間には閑散としていて、近くに立つ宮殿から漏れるたいまつの薄明かりが、ゆらゆらと照らしているだけでした。わたしたちがどうして舞台へと足を向けることになったのか、いまとなっては思い出せません。舞台には、ナイル川の岸辺沿いの湿地帯が作り出されていました。ヤシの木立に低木の茂み、それに群生するパピルス。そしてわたしたち、とにかくただ驚いたのよ。そこに女王がいて、ひどく酔って熱くなっていたマルクス・アントニウスに抱きしめられ、もがきながら文句を言っていたのですから。文句を言っていたのは確かよ。でも言うにしても、文句の真剣さにはいくつかの段階があります。逃れるのは難しくなかったのに、しばらく文句を言い続けていただけと推測できそうにも思えたのよ。わたしたちは薄闇のなか、何を見ているのかよく理解できずにいました。

その時、体面を保つ助け船が出されたの。舞台の後ろから突然、女王の侍女であるカルミアンが、手に火鉢をたずさえて現れたのよ。それがないとクレオパトラには耐えられないほど、ここは寒かったというわけ。女王は、マルクス・アントニウスの粗野な振る舞いを厳しくなじった。独裁官様も、飲み過ぎだと言ってあの人を厳しく叱った。はたからは、その瞬間は笑い声のうちに過ぎたように見えたことでしょう。でも二人が、なぜそんな人目をはばかる場所にいることになったか説明はなかった。マルクス・アントニウスは、わたしに隠し事をできない人です。だからわたしには分かったの。あの人はいま、十五年前のわたしに対して感じ、その後の余所《よそ》でのおふざけでは経験することのなかった気持ちを感じているのだと。それが女王にとってどんな意味があるかは分かりかねました。でも、わたしのかたわらに立つ偉大な男の心にどう映っていたかは別。カエサル様は並ぶ者のない名優です。そしてあの時、役者をなりわいとする人間だけにはうかがい知ることができた。あの方は、心からショックを受けていたのよ。そのことに他の人が気づくのは無理だと思う。

ポンペイア様は、わたしたちの後ろ、小道の方にずっと立ち止まっていました。

それからわたしたちはお暇の挨拶をしました。輿のなか、マルクス・アントニウスはわたしの耳に額を押し当てて、わたしの名を百篇も繰り返しながらすすり泣いていたわ。これ以上はっきりしたお別れの合図はなかった。

遅かれ早かれ、こんな日が来ると分かっていました。恋人だった人が息子に変わってしまった。別に気にしてない、なんてうそぶくつもりはないの。まるでそうじゃないから。だけど知らずと、なかばあきらめへと変わった心の痛みを大げさに言うつもりもないの。あなたのいるカプリ島に行くと、友情とは何かがよりくっきり分かるようになります――そうした友情を、わたしはマルクス・アントニウスとは決して感じられなかった。なぜって、友情は似たもの同士の心から花開くものだから。友情の力は素晴らしいわ。でもわたしは女なの。知恵と寛容さが無限にあるあなたになら、最後に一度だけこう叫び声をあげられる。友情は――あなたとの友情でさえ――わたしがいま失った愛より重要ではないし、必ずそうあるべきなの。愛はわたしの日々を輝きで満たしていた。愛はわたしの夜をたまらないほどの優しさで満たしていた。この十五年のわたしには、人はなぜ生きるの、人はなぜ苦しむの、という問いに悩む理由はありませんでした。いまのわたしは、夢のような日々を送らせてくれた、あの瞳からの愛のこもった眼差しなしで生きることに慣れないと。

XLI―A　クレオパトラから、カエサルへ。

［前四五年十月二七日、深夜］

あだた《ディージャ》、あだた、わたしのこと信じて、わたしのこと信じて、わたしどうしたらいいの？　あの人がわたしをあそこに連れて行ったの。あの人とあの人の仲間が、これまでローマで披露されたうちで最も素晴らしい力の芸当を見せると嘘をついたの。あの人は酔っ払っていて、とても卑怯だった。頭がこんがらがってる。なんであんなことが起こったか分からない。クローディアという人間が、間違いなくどこかに関わってる。彼女があの人をそそのかしたか、けしかけたかしたんです。彼女があの人に計画を持ちかけたんです。きっとそうよ。

あだた、わたしは悪くないの。すべて分かってるって、わたしのこと信じてるって、わたしのこと愛してるって伝える言葉を送ってくれるまで、わたし眠りません。怖くて悲しくて、頭がおかしくなりそう。

お願いだから、この使者にことづけて。

XLI—B　カエサルから、クレオパトラへ。

［歴史家コルネリウス・ネポスの家から送られた。カエサルがそこにいることを、クレオパトラの送り出した使者は突き止めた。使者がそこに見たカエサルは、ガイウス・ワレリウス・カトゥッルスの病床のかたわらに腰をおろしていた。］

お眠り、よくお眠り。
疑っているのは君の方だよ。僕は彼をよく知っている。何があったかすぐに分かった。君の
あだたの理解力《ディージャ》を疑わないように。
よくお眠り、偉大なる女王様。

第三巻　善き女神《ボナ・デア》秘儀冒瀆事件

XLII　大神祇官のカエサルから、ウェスタ巫女団[14]の長たるご婦人へ。

［前四五年八月九日］

いとも尊き乙女よ。

私はこの書簡を、そなただけに目を通してもらおうとしたためている。

昨春、会話の途中でそなたがふと漏らした素晴らしい言葉を、私はユリア・マルキアから繰り返し聞かされた。そなたの言葉が私にとってどれほど重要な意味を持つか、彼女は気づいていない。そなた宛てのこの書簡についても、彼女は何も承知していない。

彼女の記憶によるとそなたは、我々ローマ人の宗教の崇高な儀式に、ときに粗野な要素の混じるのが残念と語っていたそうだ。その言葉は私に、我が母アウレリア・ユリアが口にしていた同様の表現を思い起こさせたのだ。記憶にあろうかと思うが、かつて私が大神祇官に選ばれた年［前六一年］、善き女神《ボナ・デア》の秘儀は我が屋敷でおこなわれた。母がその年の俗人実行委員長を務めていた。彼女は皆の模範となる敬虔さをそなえた、ローマの宗教的伝統に深く精通する女性だった。私も大神祇官として、その年の秘儀のためにできる限りの手助けをした。ただし儀式の内容については、高位にある男性が知るにふさわしい以上のことを、その期間中に聞くことはなかったので安心してほしい。それでも母は私に、ひどく嘆かわしいことがあると語っていた。秘儀には古来よりの粗野で野蛮な言葉づかいがいくつも組み入れられていて、母によればそうした箇所は、儀式から生み出される行動の偉大さには不可欠でないというのだ。そなたもおぼえているかと思うが、母はその年、みずからの責任において、生きた蛇の代わりに人形の蛇を用いることにした（私が知るのを許されたのはこれだけだ）。その変更はさしたる反対もなく受け入れられ、私の勘違いでなければいまもそのままのはずだ。

　尊き乙女よ、私の観察によれば、ウェスタ巫女団は真夜中に、つまり締めくくりの儀式の前に、秘儀の会場をあとにする習いとなっている。するとそののち何か象徴的な行為がおこなわれるが、それは敬虔で貞淑な女性に、嫌悪を感じさせかねない行為だと結論して誤りではないと思う。そうした嫌悪感が我が家の女性の態度に反映されているのを、私はこれまでの人生を通じいつも目にしてきた。だがさらに強く感じてきたのは、秘儀に寄せる女性たちの喜び、それに秘儀に捧げられる深い敬神の念だ。こうした点について、あの偉大なマリウス[3]はこう語っていた。「秘儀とは、ローマを支える支柱のようだ」。願わくは、ピンダロス[103]がエレウシスの秘儀[104]について語ったことが、やはりローマにおける秘儀にも、また我々ローマ人の宗教儀式全体にも当てはまらんことを。「混沌へと落ち込まぬよう、それは世界をしっかりつなぎ止めている」

　そこで、高貴な乙女よ、そなたの注意を喚起しようとここに示した問題について、じっくり考えてくれと強くうながすのを許してほしい。そなたの判断で、ユリア・マルキアにこの書簡を回送するのも良い。二人が手をたずさえ合えば、我々に多くをもたらす画期的な貢献がなされるものと思う。これほど古くて神聖な行事の言葉や動作を一つでも変えようとすれば、どうしても畏怖を感じずにはいられない。だが私の考えでは、あらゆるものは成長し、そして変化するのが生の運命《さだめ》だ。元の姿を覆う殻は脱ぎ捨てられ、より素晴らしく気高い姿へと変わっていく。そのように不死の神々が定めているのだ。

XLII—A　カエサルから、アルバの丘にある農園のユリア・マルキアへ。

［前四五年八月十一日］

先日ウェスタ巫女団長宛てに書いた手紙の写しを、この手紙に同封しました。叔母様の念頭にあるお考えが、正しく表現できていると良いのですが。

この種の問題では、どのような変革であれ大きな抵抗が予想されます。女性は良かれ悪しかれ熱烈な保守派です。男性はあまり洗練されない要素を、様々な宗教的儀式——たとえばアルウァル兄弟団の儀式など——からずいぶん前に排除しました。おそらくこう言えるものと思います。男性は、そうした要素を権威ある地位からおろして脇にしりぞけたのだと。つまり儀式にとって重要ではない残滓《ざんし》として、ないしは主要な儀式の前後におこなわれる無害な道化芝居として残したのです。

この必要な仕事を叔母様の力となって手助けしてくれそうな、良識ある女性を探してローマ最上層の家々を見回しましたが、ただ落胆しただけでした。前の世代であれば難なく大勢の名を挙げられたでしょう。いまや目に入るのは、叔母様の邪魔をしそうな女性ばかりです。センプロニア・メテッラやフルウィア・マンソは、深い考えのない保守性ゆえにそうしそうです。セルウィリアは自分がこの計画の主導者ではないとの怒りゆえに。クローディアは反抗の精神ゆえに。もしポンペイアが、やはり私たちの意図に反する考えの表明を試みたとしても、私が驚くことはないでしょう。

親愛なる叔母様、昨日私は非常な喜びにひたりました。ご存じのとおり、いま黒海沿岸で植民都市の建設を進めています。地図を見ていたところ地勢が実に素晴らしい地点があって、土地の適性を見るに、隣りあう町を二つ建設できると分かりました。その町に私は、叔母様の偉大な夫君と、叔母様ご自身にちなむ名前を付けようと考えています。おそらく「マリウス市」および「ユリマルキア市」と呼ばれることになりましょう。報告によるとその地は快適で、たいそう美しいとのことです。移住を希望した家族のうちから、最も高い評価の人々をそこに送り出すつもりです。

XLII―B　カエサルの書簡日誌より。カプリ島のルキウス・マミリウス・トゥリヌスへ。

［前四五年九月六日頃］

書簡973　［善き女神《ボナ・デア》の秘儀に導入される改革について。］最近届いた匿名の手紙が明かしてくれたとおり、独裁官とは、匿名の手紙を書きたいとの思いを強くかき立てる存在らしい。これほど多くが流通する時代を他に知らない。我が家の入り口に次から次と届くんだ。内容は感情的だし、匿名の無責任さが満喫されてもいるが、それでもそうした手紙には一つ、通常の手紙にはない大きな特長がある。その人の考えが最後の最後まであらわにされている。思いが空っぽになるまで吐き出されているんだ。

ちょうどいま、そんなスズメバチのような連中の巣を揺さぶったところだ。善き女神《ボナ・デア》の祭儀に——正確には分からないが——組み込まれていると思しき、原始的で粗野な箇所をいくつか削除しようとしているんだ。もちろん、僕がこの件で内密に連絡を取り合う相手は女性たちだ。だが彼女らは、この改革の真の主導者が僕だとは疑っていない。彼女らはただ、大神祇官や最終的な調停者としての僕に訴えかけているだけなんだ。

儀式のあの二十時間に起きていることは、信徒の女性たちに強い影響を与えているに違いない。秘儀の効果はとても強いから、エクスタシーの高みへとのぼりつめて神との対話を始める参加者たちの大半は、猥褻さをほとんど気にもとめない。だが実はその猥褻さこそが、真理や儀式の魔術的有効性を、女性たちのために強める働きをしているんだ。

僕の理解では、秘儀には不妊を防ぎ、健康でしっかりした子供を産ませる効果がある。女性の生のそうした側面については、熟達の医師たちもほとんど分からないと言っていた。その側面を調和させ、言うなれば聖別するのが秘儀だ。その一方でそれにとどまらないこともよく分かる。儀式により生そのものが、全人類が、さらには創造もが肯定されるんだ。だから儀式に参加した女性たちが別世界の生き物であるかのように会場から戻って来て、しばらくのあいだ僕らの周りを、光を放ちながら異邦人みたいにさまようのも不思議ではない。女性たちは、自分たちのおかげで星々は正しいコースを進むし、ローマの道路の敷石はその場に留まるんだと教えられてきた。いくらか時間がたって僕らに身をまかせる時、その心は軽蔑の入り交じった自尊心で満たされている。僕ら男のことを、自分に課された重大な任務にとっての、偶然そこにある道具か何かのように感じているんだ。

善き女神の秘儀から、その力や慰めの一片だって奪うつもりはない。僕が求めるのは効果を高めることだけだ。しかしずっと気になっていたことがある。ああした良い効果は数日以上続くことがないんだ。もっと長い期間あの崇高な状態を保てるなら、彼女たちが空の星々を支配し、ローマの舗道を支えていると喜んで認めもしよう。これまで会ったどの男にも増して、僕は女性的な特質を賛美する人間だ。これまで会ったどの男よりも女性の失敗をとがめ立てしないし、その気まぐれに腹を立てたりもしない。それにしても!――自分はどれほど恵まれていたことか!「偉大な女性の近くで生きる、という好機に恵まれなかった男は、女性について必ずどういった考えをいだくか?」ということを考えてみると、驚くばかりだよ。自分は男である、というただそれだけの事実から、そうした男がどれほどの傲慢さを身に着けるに違いないか!女性をひどく扱うことで、そうした男が仲間内でどれほど安易な尊敬を受けるに違いないか!僕の視線は日々、次から次と数多くの男たちに向けられる。いまのその人物があるのは、以前並はずれた女性の近くに生きたから、という男たちの名前ならたやすく挙げられる。かつてのどんな支配者よりも、僕は女性の地位や自立のために多くをなしてきた。この点に関してならペリクレス[79]は愚鈍だし、アレクサンドロス[105]は青二才だ。僕は女性への軽々しい行動を色々な場面で非難されてきた。それはナンセンスだよ。これまで逢瀬を重ねた女性のうちで、別れてから敵対したのはたった一人しかいないのだから。その女性にしたって、僕と出会う前にはもう、男全員の敵になろうと決心していただけだ。僕はもう少しで彼女をその自己嫌悪から連れ戻し、自分でかけた呪いから救えるところまでいった。しかしそれは神のみに可能な行為だったようだ。

祭儀の良い効果が長続きしない理由について、僕はためらいなく、過度の興奮のせいと考えている。参加者たちは興奮の高みへと引っ張り上げられ、忘我にまで至ってしまうんだ。そしてこうした過剰を、儀式にある猥褻な要素がもたらしている。儀式のこの側面が、真夜中に始まる締めくくりの儀式に特にはっきりあらわれると信じる根拠が僕にはある。その時間になると、ウェスタ巫女団や未婚女性、それに妊娠中の女性は帰途につく習わしとなっているんだ。だからいままでは、愛しいコルネリア[20]や母上が真夜中になると、自分の役割があっても病気を口実に自室へと引っ込み、儀式の残りをセルウィリアにまかせていた理由が分かる。そのあとはセルウィリアが、きっと狂乱の巫女のように立ち回っていたに違いない。

おそらく君はこう言うだろうな。この問題の良い側面と悪い側面のバランスを変えようとしている僕は、無知の暗闇であがいているだけだと。だがこれまでの僕に、暗闇であがく以外の何かをした時があっただろうか？　特にここ数ヶ月は、目隠しされた状態で一歩一歩進んでいたように思える。そんな人間は、進む先に断崖絶壁がないようにと望むんだ。遺言書を作成してオクタウィウスを自分の相続人に指名する――それは暗闇への一歩だろうか？　マルクス・ブルートゥスを首都の法務官(106)に任じて自分の近くに置く――それは確かな一歩だろうか？

――二日たって、書いた文章を読み返してみた。驚いたな。そこから最も重要な帰結を引き出していなかったとは。

善き女神《ボナ・デア》とは誰だろう？

その本当の名を聞いたことのある男性はいない。女性も口に出すのを禁じられている。おそらく女性ですら知らないのだろう。

女神はどこにいる？　ローマにか？　奥さんたちのお産の場にいる？　狼人間が産まれるのを防いでくれている？　医者が母の腹から引き剥がし、僕が誕生した場にもたぶんいたのだろう。

ああそうだ、実にはっきりしている。信徒の想像を除けば女神は存在しない。ただしそれも存在の一種だし、有益な存在であるのはこれまで見てきたとおりだ。

しかし人間の心がそうした神々を作り出せるなら、またそうして作られた神々から湧き出る力が、自分たちのうちにある力以上の大きさではないなら、僕らはどうしてその力をじかに行使できないのだろう？　女性たちがみずからの力のごく一部しか行使できないのは、その力が本当は自分のものと気づいていないからだ。自身を無力で、悪意ある力の犠牲者で、女神の恩恵に頼る存在と見なしている女性たちは、必ず女神に懇願して機嫌をとらねばならない。だからそれもそのはず、秘儀で高揚した精神状態はすぐに鎮まってしまう。そしてあの絶え間ない毎日の務めへとふたたび下降すると、日々の細々《こまごま》したことが彼女たちをとりこにしようと、あるいは苦しめようと強く迫ってくる。そうした絶え間のない活動は、絶望とよく似ている――ただしそれは、これが絶望なんだと自覚させるような絶望ではなく、日々の務めに一心不乱に没入するうちに、絶望が見えにくくなることもあり得る。

女性一人一人がそれぞれの心に、自分だけの女神を見出せるようになる――この儀式の意味はそうあるべきなんだ。

とにかく猥褻さの排除がこの目標に向かう第一歩となる。少なくとも宗教の意味についてこう言おう。精神は、身体《からだ》の隅々に染みわたっていると。決して身体にのみ込まれて溺れてなどいないのだと。神々が僕ら人間の内にいるにせよ外にいるにせよ、その主要な特質は精神なのだから。

XLIII　クレオパトラから、カエサルへ、エジプトにて。
[前四五年八月十七日]

クレオパトラ、不滅なるイシス女神、太陽の子、プタハ神に選ばれし者、エジプト、キュレナイカ、ならびにアラビアの女王、上下《かみしも》ナイルの統治者、エチオピアの女王、等々が、ローマ共和国の独裁官にして大神祇官たる、ユリウス・カエサル殿に。

エジプト女王は、ローマにて、善き女神を祝う祭儀への出席を許可されし一人に含められんことを申請すべく、ここに申し入れるものなり。

XLIII―A　カエサルの書簡日誌より。カプリ島のルキウス・マミリウス・トゥリヌスへ。

書簡975　このことを考えさせてくれたのは君だったよな。いまでは至極当たり前の思考になって、君がきっかけをくれたのをあやうく忘れるところだった。つまり、他国の神々をローマ人の神々と同一視するようながす施策の重要性のことだ。これが難しかった地域もあれば、驚くほど簡単な地域もあった。ガリア最北部のオークの木および嵐の神（その名を発音できたローマ人はまだいない――ホーダンとかクォータンとか言うんだ）は、ずっと以前からユピテル神と習合している。その神は日々、僕らローマ人の兵士や事務方と、あの地の森に住む金髪娘との結婚に微笑んでくれているよ。僕の家系の祖［ウェヌス女神[49]のこと。ユリウス氏族はその血統を、アフロディテ女神の息子であるアエネアスの息子、ユルスに由来するとしていた］の神殿は、東方ではアスタルテ女神やアシュトレト女神の神殿と合わさって一つになっている。僕が十分に長く生きるか、あるいは僕の後継者も宗教間の統一の重要性を理解してくれるなら、この世界の男も女も、全員が自分を兄弟や姉妹と、ユピテル神の子供たちと呼ぶようになるだろう。

世界規模のこの統合が、最近少しおかしな事態を招いた。その一端を分かってもらえそうな書類をこの手紙に添付してある。ピラミッド女王陛下、つまりエジプト女王が、ローマの善き女神《ボナ・デア》の秘儀に参加したいと申し入れてきたんだ。君には以前から家系学や神々の系譜学の趣味があったよな。しかしさすがの君でも、彼女が主張を補強しようと持ち出した、この膨大な書類を調査しようとは思わないだろう。クレオパトラは中途半端を許さない。そのせいで我が家の控えの間は大量の書類であふれかえっているんだ。

彼女の申請の根拠は、クェブ女神に連なる自分の血筋、およびキュベレ女神に連なる自分の血筋の二点だ。

少し見るだけでくらくらする。でも君のために、三百枚にわたる文書の内容を抜粋《ばっすい》してあげよう。僕の前に現物はないんだが、彼女自身が語っているかのようにね。

「ギリシアにおける神々の系譜学者たちは、二百年前、クェブ女神とキュベレ女神は同一の存在だと認めています（添付の二百枚目を見てくれ）。黒海沿岸のアルメニア女王ディコリスがローマを訪れた際〔前八九年のこと〕、「キュベレ女神と善き女神《ボナ・デア》という神的存在は、同じ根源から発している」との、秘儀の長による裁定がなされています（添付の十番と十一番の書類束を見てくれ）。

「大神祇官様は、以前エジプト女王が目の前に系図（まったくばかげた代物だった）を広げた時のことを思い出されるでしょう――ただし女王はその当時まだ、みずからがエジプト王家の血を引くことを公式に表明してはおりませんでしたが（本当に表明していなかったんだ）[87]。女王はその時、自分の曾祖父とユダヤの女王オホリバ[107]との婚姻を根拠に、シリアのテュロス市およびシドン市の領有権を宣言する用意をしておりました（彼女の曾祖父は、ベッドにいる時でも立っている時と同じくらい強かったんだ）。ゆえに私は、女王イゼベルならびにアタルヤを通じ、アシュトレト女神の末裔にして大祭司の地位の正統なる相続人なのです。また女王イゼベルは、カルタゴ女王ディドのいとこですから（この脅しが分かるだろう。僕の祖父が彼女の大叔母を不当に扱ったと言うんだ）、この関係を通じ私は云々、等々」。確かにすべて本当だろうよ。東方の君主たちは、互いに何度も婚姻関係を結んでいる親戚だ。彼女にはこう返信しておいた。適切な指導を受けさえすれば、秘儀の前半部分に参列することが許される。その許可を得るのに、善き女神《ボナ・デア》にせよ他の神にせよ、神の血を引くという主張が必ず必要なわけではない。女神はただ、自分の前で頭《こうべ》を垂れたいと望むあらゆる女性を――秘儀の晩の早い時間のうちなら――喜んで受け入れるのだと。

右に引いた無駄に長いだけの主張は、エジプト女王の印象を不当におとしめる結果につながることも付け加えたいと思っている。彼女の心で取り立てて分別があるのではない唯一の側面が、たまたまこの問題には反映されているようだ。

要請を補強する論拠として、あるきわめて興味深い事実を一点、女王が含め忘れていることを言い添えたいとも思っている。彼女はおそらくそれを知らないのだろう。善き女神《ボナ・デア》信徒の女性は秘儀のあいだ頭飾りをかぶるが、これが確かにギリシア風でもローマ風でもない。女性たちはそれを「エジプト風頭飾り」と認識している。どうしてそこにあるのか、まだ説明できた人はいない。しかし歓喜と恐怖が混ぜ合わさって生まれる、宗教という普遍的な事象のシンボルや影響、それにその表現を、誰が説明できるだろうか？

XLIV　カエサルの叔母ユリア・マルキアから、クローディアへ、ローマ市のカエサル邸より。

［前四五年九月三〇日］

このお手紙について、内密にお願いします。

私の最も親しかった方々の娘さんであり、お孫さんでもあるクローディアへ、ユリア・マルキアより、敬愛をこめて。

明晩、貴女の晩餐会にうかがいます。弟さんに初めてお目にかかり、マルクス・トゥッリウス・キケロとの旧交を温め、そして貴女にお会いするのをとても楽しみにしているわ。

ローマ市には三日前に戻って来ました。その歴史ゆえに尊敬を受け、信徒が感謝と畏れを感じながら催す、あの祭儀の実行委員会の集まりに顔を出すためでした。会合の席では私に、貴女を今年の祭儀から締め出すよう求める請願書、八通が差し出されました。請願書を読んだ私の心に広がったのは、残念な思いと、それにひどい悲しみでした。けれどそこに綴られていた非難は、求められた処分を正しいと思わせるほどには、由々しいとも明らかだとも感じられなかったの。それでも、現にこうして請願書があることは、祭儀への献身や調和に責任を持つ私にも、他の女性たちにも見過ごせないことなのよ。

そこで私が提案しようと思っているのが、一種の妥協案です。きっと受け入れてもらえると思うの。ただしこの先、貴女を祭儀から締め出すのが望ましいと思わせるような、疑いのない証拠を添えた請願書が出されなければの話よ。この妥協案を皆さんに問いはするけれど、だからといって私、嘘かまことか、貴女がしたとかいうことに多く寄せられている抗議を、軽々しく見ていると思われることは望みません。私がそうするのは、かつて貴女をたいそう愛していたあの方々が、かつてたいそう愛していたあの集いで、不埒《ふらち》な不祥事が起こるのを避けたいからなのよ。

次のことを貴女に伝えますが、ごく内密にお願いします。エジプト女王のクレオパトラがまもなくローマ市にやって来ます。そして彼女、いま話しているあの儀式に参列したいと申し入れてきたの。たいそうな議論や先例、それにかつての似た出来事などがたんと書かれた請願書が、実行委員会と大神祇官に差し出されました。おそらくこのように決まると思います。ウェスタ巫女団、未婚女性、妊娠中の女性、それに［続く箇所には、ローマ市民として選挙区《トリブス》に所属していない人々を意味する専門用語が続いている］が退席する習いとなっている真夜中までなら、女王は儀式に参列することが許される、と。そこで私、貴女をエジプト女王の教育係にしましょうと提案するつもりでいます。そうすれば貴女は、真夜中に女王を屋敷に送り届けないといけなくなるわ。そしてあのお客様と退席して、もう儀式に戻らないんだと分かれば、貴女を気に入らない人たちもきっと納得してくれると思うのよ。

ねえクローディア、私の提案をとくと考えておくれ。明晩、折を見て私に、了解してくれた旨を伝えておくれ。さもないと請願書に自分で立ち向かう羽目になるのですよ。実行委員の皆さんが居合わせる前で、貴女をとがめる人たちに面と向かう羽目になるのですよ。もし問題になっているのが世俗のことなら、きっと私はそうなさいと勧めます。でもいま何がとがめられ、何を守るのかと言えば、礼儀、尊厳、評判の問題なの。大っぴらに論じたりすれば、それらに傷がつくのをみすみす許すことになるのですよ。
大神祇官は、こうした話し合いについてご存じではありません。言わずもがなだけれど、貴女に決心してもらおうと提案したことがしまいにどうなるか決まるまで、なるたけ頑張ってあの人の耳に入らないようにするつもりです。

XLIV―A　**カエサルの書簡日誌より。カプリ島のルキウス・マミリウス・トゥリヌスへ。**

[前四五年十月八日頃]

書簡1002［クローディアについて、およびパクティヌス作の滑稽劇について。］大きなことより、むしろ僕は些細なことに当惑を感じることの方が多い。つい先日、成り行きで芝居の上演を禁止する羽目におちいってしまった。件《くだん》の作品の写しをこの手紙に同封してある。パクティヌスという作家の『美徳の報酬』という滑稽劇だ。伝え忘れていたけれど、おそらく君なら聞いているだろう。僕は以前、事務所を置いて、そこで賞金額の異なる二十段階の賞を与えることにした。対象となるのは品行方正で親孝行、また雇い主にもよく尽くすといった評判から、近所でとりわけ高く称賛されている労働者家庭の娘たちだ。何らか良い影響はあったように思う。だが僕の関わった行動のご多分に漏れず、ついでに大量の冷やかしと皮肉というわざわいに見舞われる結果となったんだ。おかげでローマはおおいに陽気な町となり、道路掃除作業員たちでさえ自分の機知に気づくことになったわけだが、君になら想像できるだろう、僕にはまるで容赦がなかったよ。

その成果の一つが、同封した道化芝居の圧倒的な成功だ。第四エピソードで扱われているのが、クローディアとその弟なのは君にも分かるだろう。そして観客たちもすぐに当てこすりに気づいたようだ。報告によると、公演のたび観客はその場面の終わりに立ち上がり、大喝采したり馬鹿にした声をあげたり、不作法に浮かれ騒いだりしていたそうだ。見知らぬ者同士が叫びながら抱き合うこともあったという。ジャンプを繰り返して、二度ばかり通路の手すりを壊したらしい。

僕が中止を命じたのは、八回目の公演後のことだ。実は二回目のあと、クローディウス・プルケルが抗議のために執務室に姿を見せた。その時は、アフリカに関する問題で忙しいから会えないと伝えさせた。自分のしでかしたことの結果を、あの悪名高い姉弟にしばしのあいだ、苦々しく味わってもらおうと思ったんだ。しばらくして彼はふたたびやって来た。かしこまって嘆願する彼の態度が満足すべきものに思えたから、要請に応じることにした。

しかし、公演を打ちきったことで悩ましい思いをかかえることになった。その作品に文学的な価値はない。だが僕は市民の表現の自由を抑圧したことはなかったし、どれほど目に余る意見だろうと罰したこともなかった。そのうえ、上演を禁止した理由については、多くが僕への皮肉の数々のせいと考えていることだろう。それを思うとげんなりするよ。

劇場に集う観客は、様々な人間集団のうちで最も道徳的な集団だ。ローマ人同士が肩を並べて座ることで、どうやら彼らの心に高尚な判断力が注入されるらしい。他で発揮されるところをついぞ見かけない判断力だ。劇中の人物の行動について、観客たちはためらうことなく善いだの悪いだのと判定する。そうして登場人物たちに、自分に求めるレベルからはかけ離れた道徳的基準を要求するんだ。観客席のパンダルスという名の男は、舞台にポン引き《パンダー》が上がると高潔な義憤に駆られて震えだす。隣り合って劇を見る十二人の売春婦は、一人のウェスタの巫女よりずっと貞淑だ。劇場の観客たちの倫理的、道徳的姿勢を、三十年は時代遅れと感じた経験が何度もある。集団でいると人は、子供の頃に親や保護者から受けた教えに思いを致すようだ。こうして心に鞭が入り、あの滑稽劇の観客たちは、僕らのあのクローディアを非難する快感に酔いしれる。観客席の男女はそれぞれ、自分を申し分のない高潔な人間であると感じているんだ。

　こうした高揚した気分は、続いてもせいぜい一時間程度だろう。ああ、僕らのもとにアリストファネス[44]のような作家がいたなら。彼なら、クローディアとカエサルをさらし者にしながら、同時に笑いの矛先を観客たち自身の笑いへも向けられるのに。ああ、アリストファネス！

XLIV―B　**パクティヌス作の滑稽劇『美徳の報酬』より。**

［カエサルをあてこするのが明らかな審査官が事務所の席に座り、賞をもらおうと名乗り

出た応募者を面接している。彼は陰険で好色な老人として描かれ、事務官一人が補佐している。台詞は韻文で書かれている。以下は第四エピソードだ。」

事務官：閣下、美しい少女が面会に参っております。［美しい――ラテン語ではプルケル。］
審査官：なんだと？　すると美しい少年は来ないということか？［カエサルの男色癖に触れた史料は豊富にあり、この台詞はそうした数限りない当てこすりの一例だ。(27)］
事務官：その少年の姉です、閣下。
審査官：まあ、それで我慢するか。儂《わし》は特に変わっとりゃせんからな。
事務官：彼女は泣いております、閣下。
審査官：当たり前だ。貞淑なら、その娘は泣いておる。この薄らトンカチめ。貞淑な女は人生の前半で泣き、貞淑でない女は後半で泣く。だからテヴェレ川の水は干上がらない。なかに通せ。
（少女が入ってくる。ぼろ布をまとっている。）
さ、可愛い子や、もっと近うへ。どうやら儂にはもう、色々なものがはっきりとは見えなんだ。見えるのは、ティヴォリにある別荘だけだな。［カエサルはその町で、ポンペイウスの党派に属していた二人の貴族から地所を接収していた。その二人は、ローマの民衆にとても人気が高かった。］するとお前さんは「美徳の報酬」が欲しいのだな。そうだろ、可愛い子ちゃんや？
少女：はい、旦那様。ローマ中を探したって、私より貞淑な子は見つかりっこありません。
審査官：（彼女を撫で回しながら）来ようとしていたのは、間違いなくこの事務所なんだな、小鳩ちゃんや？　おほん、どれどれ、なるほど。歳は、おほん、十代ではないな、そうだろう？

少女：ええ、違います、旦那様。十代だったのは、コルネリウスとムンミウスが執政官だった頃［つまり、紀元前一四六年］のことです。

審査官：そうだろうな、分かるぞ。では教えてくれんか、可愛いバラや、お父さんはご存命かな？

少女：（泣きながら）ああ、旦那様、なんでそんなこと、お聞きになるんですか。

審査官：それなら、たぶんこれなら教えてくれるだろう、ご亭主(108)はご存命かな？

少女：旦那様、私ここに、こんなに侮辱されながら、あれやこれやと責められるために来たんじゃありません。

審査官：分かった、分かった。ただお前さんの手に、雪が一片ばかり見えたような気がしただけだ。［殺人者は俗に、瘰癧《るいれき》で手の平の皮が剝がれる症状に苦しむと信じられていた。］教えてくれんか、愛しい子や、いつもお父さんやお母さんを、愛情こめていたわったかな？

少女：はい、しました、しました。最期に息を引き取るまで二人をお世話しました。

審査官：なんと親孝行な娘だろう。では、お前さんの美しい兄弟たちにも親切にしてやったかね？

少女：旦那様、兄弟にいやと言ったことはありません。

審査官：お前さんが、羞恥心《モデスティア》の境界を踏み越えてないといいんだが。［神殿のあるモデスティアという名の村が、ローマ市の北方十五キロほどにあった。］

少女：ああ、そんなことはありません、旦那様！　ローマ市の門の外には出てません。いつだって全部、家ですましていたんですから。

審査官：美徳の鑑《かがみ》だ！　美徳の鑑だ！　では教えてくれんか、愛しい娘《こ》や、どうしてそんなぼろを着とるんだね？

少女：親切な旦那様、そうお聞きになるのももっともです。ローマ市にお金が出回ってないせいなんです。たぶん、マムッラ[109]がぜんぶ掃いて集めて、ガリアに送っちゃったんだと思うんです。［この直前のエピソードでは、ガリア出身の賢い女であるかのように着飾ったマムッラが、「家をきれいさっぱり掃除する」ことで美徳の報酬を受け取っていた。］もちろん、上の弟は家にお金を入れてくれません。だってあの人、「鼻に青筋立てたお方」［カエサルのこと。慎ましやかな私生活から、カエサルにはずっとけちであるとの非難が付きまとっていた。］からの恩給で暮らしてるんですから。下の弟もお金を入れてくれません。あの人は自分の持ち物全部を、カブトムシの角で突っつくみたいにテヴェレ川に放り込んじゃったんです。［カエサルは最近、ローマ市を流れるテヴェレ川の流路を真っ直ぐにする工事をおこなっていた。そのために、ウァティカヌスの丘[110]およびヤニクルムの丘[84]の下にあった岸辺の一部を掘り崩した。ローマの民衆がとりわけ感銘を受けたのは、その工事のやり方だった。掘削のために新型の装置ないし機械が使われていたからだ。軍事作戦のさなかにカエサルが考案したその機械は、ただちに「カブトムシ」と呼ばれるようになった。川の流路とするため犠牲にされた地区には、かつてはローマ市で最も低俗な歓楽街が広がっていた。］

審査官：ではお前さんはどうなんだ、可愛らしい蝶々や？　お前さんが、はした金[26]をたんまり受け取っとると、儂は耳にしたような気もするがのう？

［さらに続く。］

XLV ポンペイアの侍女アブラから、コッスティウスの居酒屋の給仕長(クレオパトラの諜報員)へ。

［前四五年十月十七日］

質問には、まずは聞かれたとおり番号順に答えます。

1. 私はクローディア様のところで五年ほど働いてます。内戦のあいだ、私らはローマ市を離れ、バイアエにあるクローディア様のお屋敷に住んでました。あと二年で解放してもらえることになってます。ここで働き始めてから二年になります。歳は三十八です。子供はいません。

2. 今月はお屋敷を出るのを許されてません。使用人みんなです。誰かがものを盗んだのを見つけたからだと、お二人はおっしゃってます。でも私、そのとおりと思ってません。私らみんな、お二人は秘書の一人を見張ってるんだと思ってます。クレタ島出身の人です。

3. 夫は、五日ごとに私のところに来るのを許されてます。お屋敷を出る時に夫は持ち物を調べられます。行商人は入って来れません。あの人たちはお庭の門まで来るので、私らそこでものを買うんです。

4. ええ、ハギアという名の産婆さんが来るたび、クローディア様宛てのお手紙をお願いします。

［産婆は、カエサル邸の使用人を往診しているものと推測される。］産婆さんの持ち物は調べられないんです。クローディア様に書き送るのはこんなことです。奥方様を訪ねてみえたエジプト女王様はどんなご様子だったか。ご主人様が一晩中お留守だったのはいつか。時々はワイン係の頭《かしら》から聞いて、食卓でのお話の内容なんかも。それとご主人様がご病気で倒れられたのはいつか。クローディア様からお金は受け取ってません。その代わり、アッピア街道沿いの「呑兵衛の墓」近くに、夫のために居酒屋を作ってもらいました。この手紙に満足してくれたなら、夫と私に牛を一頭買ってくれませんか。

5．ええ、はっきりしたことが言えないのは確かです。でもご主人様には気に入られてないと思います。私のことで、お二人は六ヶ月前に大げんかしました。二日前にもいくらか激しいけんかがありました。でも奥方様が泣き叫んで、私をどっかにやったりさせませんと、ご主人様に言うんです。奥方様は、飽きることなく宝石のことや、洋服、髪型とかいったことについてお話しされます。私以外に話し相手がいないんです。そういうことなんです。

6．奥方様へのお手紙についてです。去年、ご主人様が配達係に、奥方様へのお手紙はぜんぶ、ご自身へのお手紙と一緒にするようお言い付けになりました。日中に届けられた手紙は、まずは配達係のお部屋に置いておかれて、そのあとご主人様の執務室に届けられることになりました。でも奥方様が、日に何度も配達係のところに行って、自分への手紙はないかとお聞きになったので、配達係は手紙を奥方様に渡してしまっていました。奥方様は大げんかして、泣き叫んで、そうしていまでは、お手紙はぜんぶ奥方様のもとに行くようになりました。ご主人様はただ一つ、匿名の手紙は読まないで捨てないといけないと言いました。ほとんどがそうです。たくさん来ます。面白いのもあります。そうじゃないのもあります。

ここから先は、私の手紙です。

ご主人様は、奥方様にとてもお優しいです。お仕事からお戻りになると、あの方はほとんどの時間を奥方様と過ごされます。お仕事がらみのお客様がいらした時には、控えの間で会ってお話しされますが、ドアを開けっ放しにして、訪問がなるべく短く済むようになさいます。奥方様が寝室に下がるとご友人方をお呼びになり、一時間か二時間ばかりお会いになります。あの方はたくさん眠るのがお好きじゃないんです。言いたいのは、あまり眠る必要がないってことです。ヒルティウス(54)様やマムッラ(109)様、オッピウス(52)様といったご友人方は、お酒をたくさん召し上がって大声で笑いながら、テヴェレ川の岸に面したご主人様の仕事部屋に向かわれます。奥方様は、お休みの準備に二時間はお使いになるので、あの方が寝室にお戻りの時、まだ起きてらっしゃることも多いです。奥方様のお休みの準備のあいだ、ご友人方と別れたあの方が、私たちのそばにお座りのこともしょっちゅうです。そして私が髪に櫛を通したりするあいだ、奥方様とお話しされます。それはそうと、言いたかったのはこのことです。奥方様はほとんどいつも、けんかの原因を何か見つけ出します。ほとんどいつも泣き叫びます。外すようにとあの方が私にお言いになり、そのあいだにお二人で何かお話しされたことも何度もあります。奥方様のけんかの理由は、ぜいたく禁止令について、エジプト女王様から贈られたヒョウの子供について、クローディア様がおうちに招かれないことについて、ネミ湖の別荘に何日間行くかについて、観劇に行くことについてです。

そう、二日前に大げんかがありました。私思うんですけど、きっと奥方様がほんのちょっとお部屋を空けたあいだに、ご主人様は化粧台の上の壺や瓶のあたりに急いで手を突っ込んだんです。そして何週間も前に奥方様に届いた、匿名の手紙を見つけられたんです。それを読んで、もとの場所に戻されたんだと思うんです。そして奥方様がお戻りの時、初めて見つけたような振りをされたんだと思うんです。それはクローディウス・プルケル様についての手紙でした。キケロ様のお屋敷に火をつけ、元老院の議員様方全員を殺すと脅していたその方は、奥方様を狂ったように愛していて、たぶんその愛情をコントロールできないから、彼に気をつけないといけないというんです。ご主人様はとても落ち着いておられました。でも私、分かります。そのお顔は、怒りでまっ白だったんです。そして、その手紙を書いたのがクローディウス・プルケル本人なのは明らかだとおっしゃいました。こんな手紙を書こうとするのは、女性を本当に軽蔑していて、笑い物にしようと考えている男だけだ、とも。奥方様は、自分はクローディウス・プルケルをひどく嫌っているけれど、その手紙を書いたのが彼でないのは明らかだ、とおっしゃいました。そして私は、その場を外すよう言われました。あとで戻って来た時、奥方様はお泣きになったご様子で、それからまた泣き叫び始めました。こんな人生は無理だ、とにかく我慢できない、と何度も繰り返しておられました。

ご主人様は私をお呼びになり、手紙を持ち込んだのはお前か、とおっしゃいました。あの方のおっしゃるままに恐ろしい誓いを繰り返して、手紙については何も知りません、と言いました。でもあの方はご承知だと思います。でも私を追い払ったりはしないと思います。

ご主人様が朝までおうちに戻らない夜がいつだったか、書くようお望みでしたっけ？

ご主人様がバルブス様とブルートゥス様――デキムス・ブルートゥス様[111]、つまりハンサムじゃないほうの方です――に、ローマ市をトロイに移動させることについてお話しされていたと、ワイン係の頭《かしら》は言ってます。トロイはエジプトにあるんだと思います。

シチリア島出身の秘書の人が言うには、あの方はお考えを改めて、パルティア[112]人とは戦争にならないんだそうです。クレタ島出身の秘書は、馬鹿かお前は、もちろん戦争になる、と言ってました。この件についてはこれしか知りません。

じきに布告が出ます。十時以降、荷車が市の中心に入るのが禁止されて、入っても一時間しかいられなくなります。

言うのを忘れてました。奥方様がお輿《こし》でネミ湖に向かう途中、馬に乗ったクローディウス・プルケル様が近づいて来て、奥方様と話し始めたんです。でもアッフィウスがやって来て、私らの一行とは誰も口をきかせるなと命令を受けている、と言いました。アッフィウスは農場の頭で、その旅の責任者でした。あの人は戦争でご主人様と一緒に戦って、腕が一本しかありません。

このへんで終わりにします。

言っておきたいんですが、私、ここでのことが好きじゃありません。居心地が悪いんです。クローディア様には呼び戻してくださいと言いました。でも、そのままいなさいと言われました。ここを離れる方法なら知ってます。もしこの手紙が望みどおりだったなら、まだしばらくここにいて、もう少し他のことも書きます。

牛は、できれば黄褐色の斑点のあるやつがいいです。

XLVI

カエサルの書簡日誌より。カプリ島のルキウス・マミリウス・トゥリヌスへ。

［前四五年十月十三日頃］

書簡1012　ここのところエジプト女王と口論を繰り返している。寝室でのよくあるけんかとは違う。ただしその終わり方は、多くの場合決して目新しいとは言えないんだが。

クレオパトラが僕を神だと明言するんだ。僕がいまだに、自分を神と認めていないことを知って、彼女はショックを受けている。クレオパトラは自分が女神だと固く信じている。その信念を彼女は、自国の民からの信仰によって日々強くしている。そして僕にはっきりこう言うんだ。彼女のうちに住む神性から与えられた、精神の並はずれた明晰《めいせき》さのおかげで神性を認識できる。その力により、僕もまた神であると断言できる、と。

こうしたことは全部、ただのお世辞の言い合いのような会話を進める役には立って、その合間におどけた遊びが差しはさまれる。僕が女神をつねると、女神はキャーと声をあげる。僕が手で女神の両目を隠せば、不死の神々にかけて、彼女は何も見えなくなる。なぜそんなことになるのか、どれほどの詭弁《きべん》だろうと彼女には答えが用意されている。しかしこの問題になると、偉大な女王は理性を用いようとしないし、また僕も二人の会話を真剣な方向に誘導しない方がいいと学んだ。唯一この問題に関しては、彼女はおそらく東洋的なんだ。

神の特質が自分にそなわると考えるのは、このうえなく危険に思える——僕ら支配者のみならず、僕らへと、様々な度合いの尊敬のまなざしを向ける人々にとっても同じだ。ときに尋常でない力が自分のうちにあふれたり、理屈抜きの正義感の波に飲まれたと感じたりする瞬間が、多くの人に訪れるのは容易に理解できる。僕も若かった時分、たびたびそうした気持ちを感じていた。だがいまはそんな感覚には身震いするし、恐ろしくもなる。以前嵐のなか、怖じ気づく船頭にこう言ったことがあるんだ。「恐れるな。お前が乗せているのはカエサルだ[113]」。いったい何度、たいていはおべっか使いの連中に、これと似たような言葉を自分に投げ返させたことだろう。なんというナンセンス！　ご多分に漏れず、僕も人生の不善からは逃れられなかったようだ。

だが問題はここからだ。様々な国の歴史書をひもとくと分かる。際立った才能を持つ人物に、あるいはたまたま目立つ地位に据えられただけの人物に、人間に許された以上の何かを見ようとする傾向が、僕らの心のどれほど深くに根ざしていることか。大昔の半神も、さらには神々ですら実は僕ら人間の祖先に過ぎず、そうした尊崇の念が彼らに対しずっといだかれてきたのだと、僕はほとんど疑っていないんだ。ただしそのすべてはこれまでのところ有益だった。成長途上の少年の想像力の幅を広げ、良い作法や社会制度を保証してくれている。だがもう卒業しなければ——卒業して捨て去らないと。かつて生きたあらゆる人はただの人間に過ぎない。するとその業績は、人間の状態への割込みではなく、人間の状態の拡張と見なされる必要がある。

君以外にこうしたことを話せる人はいない。年を追うごとに濃くなる、自分への神聖視の雰囲気には当惑を感じている。思い出すと恥ずかしくなるが、自分自身、行政的な理由からその気運をあおり立てた時期があった。このことは、僕が人間であり、しかもとりわけ過ちをおかしやすい人間であることの十分な証拠だ。ある人は神である、との考えを吹き込もうと努めることに並ぶ人間の弱さなどないのだから。ある晩こんな夢を見た。アレクサンドロスが陣幕の入り口に現れ、剣を振りかざして僕を殺そうとしていた。そこで僕は言った。「しかしあなたは神ではない」。するとその姿はかき消えていた。

親愛なるルキウスよ、歳を重ねるにつれ、僕は人間であることにますます大きな喜びを感じるようになっている——命に限りがあり、過ちをおかし、そして恥知らずな人間であることに。秘書官が今日、書類を何点かおずおずと差し出した。色々間違いがあったようだ（僕はひそかにそれをクレオパトラ・エラーと呼んでいる。彼女の魔法はそれほどに強くかかるからね）。僕は笑いながら次から次と直していった。秘書官たちは顔をしかめていた。カエサルが自分の誤りに嬉しそうにするなど、彼らには理解しがたかったんだ。秘書官たちと一緒にいても愉快ではないよな。

「神性」や「神」という語を人が使うようになって、いくらかの時間がたつ。その言葉は千もの違った意味を持つし、一人にとってさえ多くを意味している。

この前の晩、ネミ湖への旅が天気に恵まれるようにと、妻が強く気持ちをこめて神々に祈るのを見た。一方、農作業にたずさわるユリア叔母君は、自分の都合にあわせて神々が天候をいじるとは思っていない。それでも彼女は、神々はローマを見守っていて、僕をその統治者に据えたのだと固く信じている。またキケロが考えるのは、ローマを破滅させることにためらいを見せたりしない神々だ（キケロには、カティリーナ[8]の陰謀から国を救った栄誉を、神々と共有するつもりなどない）。けれども人間の心に正義の観念を植え付けたのは神々だと、彼は心から信じている。正義の観念については、カトゥッルスならおそらく、財産や土地の境界線をめぐる口論から発達したと考えるのだろう。一方で彼は、神性の唯一のあらわれは愛だと、また我々が自分の存在の本質を知ることができるのは、たとえ愚弄されても侮辱されても、それでもやはり愛からだと確信している。クレオパトラの考えでは、愛とは最も好ましい行為であり、子供たちへの愛情は、彼女の経験した最も強力な感情だ。だが彼女にとって、それが神に由来しないことは歴然としている——彼女の理解では、神性は人間の意思の力のうちに、人間の個性のエネルギーのうちに住まうのだから。神に関するこれらの意味付けをすべて、僕は人生の様々な時期に信じていた。しかしいまはどれも意味をなさない。意味が一つ失われるたびに、自分を満たす力は強さを増した。僕は感じているんだ。自分から間違った意味が取り除かれれば、正しい意味にいっそう近づけると。

だが僕は老いていく。時が迫る。

XLVI—A　歴史家コルネリウス・ネポスの備忘録より。

独裁官が布告を発表した。今後はどの都市も、町の名を彼にちなんで変更することを許されない。理由は、文字どおりの崇拝が、望む以上に自分に捧げられていることに彼が気づいたからだと思う。彼はすでに、小さな町や軍団連隊の司令部への贈り物をやめた。そうした贈り物はことごとく神殿に安置され、病の癒しや神への嘆願を望む巡礼の、主要な目的地となっている。

実際にこうしたことが起きているのは間違いない。しかも、ローマ共和国が未開の地に置いた前哨基地のみならず、ここローマの都でも起きているのだ。

噂では、彼の使用人たちには絶えず賄賂が渡っているという。彼の衣服、切った爪、剃った髭、さらには尿すらも盗み取らせようというのだ——これらすべてに魔術的な効能があると言われていて、保管して崇拝の対象とされるのである。

狂信的な連中がたまに屋敷内にまで侵入できることがあって、暗殺者と間違えられている。ある晩、カエサルの寝室の近くで、短剣を手にした不審者がとらえられた。その場での略式裁判ではカエサル自身が尋問をおこなった。その男の発言はほとんど支離滅裂で、まるで恐怖心は見られなかった。取り調べが進むうち床に横になったその男は、うっとり独裁官の顔を見つめながら、自分が欲しいのはただ「カエサルの血の一滴で、それがあれば自分を浄化することができる」とつぶやいたという。集まった護衛や使用人を驚かせたことに、カエサルは次々と問いを投げかけ、ついにはその男の生い立ちすべてを聞き出してしまった。こうした親密な関心を、かつての多数の執政官たちが示し得たことはなかった。カエサルにこうして関心を示されたせいで、哀れな男の尊敬の念は高まり、さらにずっと錯乱した状態となった。そして最後には、カエサルみずからの手で殺してくれるよう懇願するに至ったのだ。

居合わせた人々の方を向き、カエサルは微笑みながらこう語ったそうだ。「憎しみと愛を区別するのは難しいことが多い」


カエサルの侍医ソステネスが晩餐に来訪。

カエサルが他人におよぼす影響について語った。

「他の誰について、このような話が語られ、信じられているでしょうか？

「つい最近まで、夜ごとに大勢の病人が、あの方の屋敷を取り囲む壁にもたれて眠っていました。家族がそこに寝かせていくのです。しかし追い払われました。いまはあの方の彫像の下や周りに、病人たちがずらりと並んで横たわるのをご覧になれましょう。あの方が旅行にお出になると、農民たちが近づいて来て、収穫のかんばしくない土地に足を置くよう懇願するのです。

「他にも色々な話がありますよ！　兵士たちの歌でそれをお聞きになれます。詩のなかでも、公共スペースに書き付けられた絵でもご覧になれます。このように言われているのです。お母上は、あの方を稲妻とのあいだに身ごもったと。あるいは、お母上の口ないし耳から生まれてきたのだと。さらには、生殖器なしに生を受けたあの方がいまそれをお持ちなのは、ドドナ(114)にあるゼウス神域のオークの森で、見知らぬ神秘的な人をその目的のために殺害したからだともいいます。フェイディアス(115)作のゼウス神像から取ったとも言われています。こうした行為への非難が、あの方に向けられないことに不思議はありません。ユピテル神と同様の贔屓目《ひいきめ》が、この動物界においてはあの方にそなわっていると信じられているのです。それにこの国の文字どおりの父だと広く信じられています。スペインやブリタニア、ガリア、アフリカに、数百人の子供を残してきたというのです。

「とは言えしょせんは迷信や俗信ですので、矛盾などお構いなしです。だから一方ではこうも言われています。厳しく貞節を守っているあの方がそばを通ると、ふしだらな人は耐えがたい痛みを感じるのだと。

「これまでどんな人間が、どんな一介の人間が人の想像力に火をつけて、これほど豊かな伝説の創造へと向かわせたでしょうか？　そのうえ、クレオパトラがこの都にやって来たからには、耳にしない話などあるでしょうか？――クレオパトラ、ナイル川の豊穣な泥です。居酒屋にお立ち寄りください、兵舎に足をお運びください――ローマ人の想像力はいつでも、頭に浮かぶあの二人の抱擁の場面のなかを泳ぎ回っています。皆が不敗の太陽と豊穣な大地の結婚を祝っているのです。

「私《わたくし》はあの方の侍医です。発作を起こせば介抱し、お体の傷に包帯をします。ええ、死すべき人間のお体ですよ。しかし私ども医者には、患者の体の声が聞こえるようになります。演奏家が、手にした色々な竪琴の音《ね》に耳を澄ますのと同じです。あの方は髪が薄く、年齢を重ね、体中に数々の戦争での傷があります。それでも各部位には精神がみなぎっています。並はずれた自然治癒力をお持ちです。病は一般には気力の減退から生じます。ですがカエサル様が苦しまれる病は、気力が満ちあふれ過ぎていることのあらわれなのです。それはあの方の心のありようと関係しています。

「カエサル様の心。それはたいていの人間とは正反対です。あの方の心は、何かと関わり合うことに喜びを感じるのです。私たちは日々、多くの難題に直面します。様々な決断への賛否を表明するよう強いられ、そこから結果が連なって派生していきます。じっくり考える人もいます。決断を拒む人もいて、それはそれで決断の一種です。軽はずみに、ぐっとあごを引いて目をつぶりながら決断に飛び込む人もいます。それはある種、自暴自棄の決断です。ではカエサル様はというと決断を慈《いつく》しむのです。あの方はまるで、重大な結果と連動している時にのみ、自分の心は作動していると感じているかのようです。カエサル様は、責任のない状態を避けようとなさいます。次から次と自分に重荷を背負わせるのです。

「もしかすると、あの方には想像力の一部が欠けているのかもしれません。かなりの確信を持って言えますが、あの方は過去に思いを馳せることがほとんどなく、未来を明確に思い描こうともなさいません。くよくよ後悔することもなく、将来を夢想してうっとりすることもありません。

「時折、お体を検査して調べることをお許しくださいます。激しい運動のあと横になってお休みいただき、そのあいだに私が色々診断するといった具合です。そのために動かないようお願いしていたある日、こうお尋ねがありました。「暗殺をまぬがれることができて、老年にまで達したなら、どの器官の虚弱で私は死ぬだろうか？」。私《わたくし》は申し上げました。「閣下、卒中でお亡くなりになります」。この答えにはとても満足のご様子でした。お心のうちは分かりました。あの方は二つのことを恐れてらっしゃる。一つが肉体的な苦痛。これに関しては、あの方はひどく神経質です。そしてもう一つが見苦しさです。

「別の折にはこうお尋ねがありました。体を圧迫したり、なんらか働きかけたりして、すみやかに、しかも血を流すことなく命を終わらせるやり方はあるだろうか、と。そこで三つほど教えて差し上げたところ、間違いなくその日以降、あの方からの視線には、格段の好意や感謝が感じられるようになりました。

「一方で、あの方から学んだことがたくさんあります。以前の私《わたくし》は、食べること、眠ること、それに性的な欲望の充足は、習慣の形成により管理するのが最善と考えていました。しかしいまではあの方と同様、感じたそばから欲求にすぐ反応し、満たしてやるのが一番と信じるようになりました。おかげで私の一日は長くなり、気持ちも軽くなったのです。

「ああ、まったく並はずれたお方です。先ほどお話ししたような伝説には、まあそれなりに正しい根拠はあります。ですが一つ違っていることがあります。カエサル様は愛したりなさいません。愛を刺激することもないのです。あの方からは、整然とした好意の光が周囲へと均等に発せられます。熱を生じることもなくそこから作り出されるのは、冷めたエネルギーだけです。そしてそれは、意味を吟味されたり疑われたりすることなく、ただ浪費されて消え去ってしまうのです。

「この先は小さな声で言わせてください。私には、あの方を愛することができません。あの方の御前《ごぜん》をしりぞく時、私は必ずほっとするのです」

XLVI—B　カエサルの秘密公安部隊の報告書より。

調査対象第四九六号――アルテミシア・バッキナ、助産婦、治療師、占い師、郊外の山羊地区に居住。尋問の結果、調査対象第四九六号は、「没した太陽の兄弟団」の儀式に参加したことを自白。ローマ市には、十から十二の支部があると述べた。(調査対象第三七一号、および第三九一号を参照。)厳しい尋問の結果、最終的に、同兄弟団の代表はアマシウス・レンテル(調査対象第二九七号、八月十二日に処刑)であると述べた。儀式は、黒い豚、黒い雄鶏、等々にゆっくり苦痛を与えて死なせることから始まり、血の入った瓶を拝むことで締めくくられる。その血は、独裁官様の血であるとのこと。調査対象はシチリア島に移送され、当地の公安部隊の監視下に置かれる。

XLVI—C　小プリニウス(116)が残した覚え書きより。

[一世紀ほどのちに書かれた。]

興味深い。庭師からの報告によると、民衆のあいだで以下のことが広く信じられているという。歩きがてらブドウ農場の園丁や行商人その他に尋ねたところ、報告の正しさは確認された。信じられているところでは、ユリウス・カエサルの遺体は暗殺後に火葬されず(火葬されたことに疑いなどないが)、とある組織ないし秘儀宗教団体によって奪い去られ、ばらばらに切り分けられたのだという。そしてそれぞれが、ローマ市の各地区に埋められたそうだ。カエサルは古《いにしえ》の予言を知っていたと言われていて、ローマの存続と偉大さは、彼の殺害と遺体の寸断にかかっていると、その予言ははっきり告げていたのだという。

XLVII　エジプト女王による告知

〔前四五年十月二六日〕

クレオパトラ、エジプト女王〔等々、等々〕は、明晩の女王主催のレセプション・パーティーに、尊きウェスタ巫女団が出席できないことを残念に思う。

しかれども、当日三時に、尊き巫女団を迎える準備がすでに整えられている。

大神祇官、ならびに巫女団の尊き長との合意のもと、その時日に次の劇が上演される。

『ホルス神の偉大なる出現』

『美しきオシリス神』

『ネシュメト船への攻撃』

『アビュドスの支配者の宮殿入り』

式典のうち、宵に披露するには不向きな箇所に関しては、厳粛さをそのままに、神に身を捧げた客人を前に午後にとりおこなわれる。

エジプト女王は、当該の時日、尊き乙女たちを丁重に迎える。

XLVIII

カエサルから、クレオパトラへ。

〔前四五年十月二九日〕

ローマ中で、女王主催のレセプション・パーティーの素晴らしさが話題となっている。目の肥えた連中が何度もやって来て、女王然とした気高い振る舞いや、パーティー主催者としての力量、思慮深さ、それにその美しさが放つ魅力について語っていく。

僕に許されているのは、決して減じることのない愛と称賛の念について語ることだ。

この先、偉大な女王を、これまでのような頻度では訪問できなくなりそうだ。だが僕からの愛を、また女王の故国の繁栄に寄せる不断の関心を、お願いだから決して疑わないでほしい。

もっと頻繁に女王を我が家に迎えられたら、喜びもひとしおだろう。善き女神《ボナ・デア》の秘儀で妻に求められている、朗唱や身振りの指導をしてくれるよう、女優のキュテリスに頼むつもりでいる。君もあの集いに参列することになるから、キュテリスの指導をおおいに楽しめると思う――とは言え、話し方の美しさや身のこなしの優雅さについて、女王にはまだ何か学ぶべきことがあると言うつもりは毛頭ないが。

指導のあとで君が、ギリシアやローマの悲劇の一節の朗唱が聞きたいとか、どのような願いを口にしても、キュテリスはきっと拒まないものと思う——その特権を持つ僕らに、後世の人は嫉妬することだろう。

クローディアはローマ市を離れ、しばらく田舎の別荘で暮らすことになる。君にも知ってもらうのが適切と思うが、少し前に僕は、田舎への退去を彼女にうながしていたんだ。だが彼女は、君のレセプション・パーティー翌日まで都にいる許しが欲しいと言ってきた。ローマ市を離れる原因となった問題については、君が聞きたいならいつか説明しよう。

女王のローマ訪問がもたらした幸福感のせいで、ときとして僕の思考は仕事からそれてしまう。もっと若ければ、この幸福感は仕事と結び付いて一体となり、仕事遂行へのあらたな励みとなったことだろう。計画の達成のために、永遠とも思える時間がかつての僕にはあった。しかしここまで生き長らえたことで、どうやらもうそれほどの時間はないと思い知らされている。

［土曜日に］エジプト女王のもとを訪れ、仕事と幸福感をまとめて一つにさせてほしい。北アフリカへの植民都市計画案について話して聞かせたいんだ。それに天気が良ければ、船で女王をオスティア港[22]に案内できたら嬉しい。洪水を制御しようと、また水流を減速させようと、僕らローマ人がこらした工夫を見せてあげたい。きっとオスティア港では、港湾業務が改善された様子を目にできるはずだ。それについては女王が以前、僕に本当に貴重なアドバイスをくれたから。

もう一つ、偉大な女王に伝えたいことがある。当初の計画よりも長くイタリアに留まってくれないだろうか。ついては、決断の後押しのために提案させてほしい。アレクサンドリアに遣いをやって子供たちを呼び寄せてはどうだろう？　最速で洋上を航海すると証明されている、最近完成したばかりのガレー船団のうちから一隻を、女王が自由に使うために用立ててあげよう。子供たちがローマに着き、その喜びを女王と分かち合える日を心待ちにしている。

XLVIII―A　クレオパトラから、カエサルへ。

［帰還する使者の手で届けられた。］

偉大なカエサル、私たちのあいだに誤解が生じました。

どう抗議したところで、いまあなたを苦しめている、その考え違いを晴らすなどできないことは分かっています。苦しんでいる私が望めるのはただ、時がたって、色々な出来事のなかで、私が一心にあなたを愛していると分かってもらうことだけです。

でももう一度伝えないと。知らずに私がおちいった状況――その時の驚きは、あなたの感じた驚き以上でした――は、悪意ある人間たちによって仕組まれたものだったのです。

マルクス・アントニウスが私を、「これまでローマで披露されたうち最も素晴らしい大胆な芸当」などというものを見せるからと、庭園のあの場所に一緒に来るよう誘いました。彼ははっきり、その芸当はあの人が五、六人の仲間と協同でおこなうのだと言いました。庭をもう一度まわる頃合いになっていたので、私は申し出に応じました。カルミアンを連れて。あとはご存じのとおりです。

あの時のことに関与した人間が他にもいる証拠が手に入るまで、私の心は安らぎません。でも分かっています。そんな証拠がいくらあったところで、決して潔白を信じてはもらえない。必要なのはあなたやあなたの興味、それにあなたの幸せにまつわるすべてに、私がたゆまぬ関心をいだいている証拠なのです。ひとえにこの強い思いがあるからです、ローマ市での滞在を延ばすように、とのお誘いを受けようと思えるのは。またありがたく、あなたのお宅でのキュテリスによる指導に参加したらどうか、とのお誘いを受けたいと思います。

しかしいまは、愛する子供たちを呼び寄せたくはありません。その機会をもらったことについては感謝しています。

偉大なお友達、偉大なカエサル、私の愛する人。何より気にかかっているのは、あなたが不当に苦しめられたことです。運命が私を、単なる人間には決して折り合えないひどいやり方で、あなたを失望させるための道具に仕立て上げた。その運命の力に対して、私は苦悶しながら叫び声をあげています。ああ、そんなことを信じないで。自分をそんな見え透いた不運の犠牲者とすることに甘んじないで。私からの愛を思い出して。ねえ、私の目のなかの光を、あなたに身をまかせる私の感じる喜びを疑おうと思ったりしないで。私はまだ年若い女なのよ。もっと色々と経験した女性が、どのように身の潔白を主張するかは分かりません。あなたが信じてくれないと言って憤《いきどお》るべきなのですか？　自分に誇りを持って怒るべきなのですか？　私には分からない。できるのはただ、慎み深さを捨ててでも素直でいることだけです。あなたを愛したほどに、これまで誰かを愛したことはないし、これからも愛することはありません。私が知ったのと同じ思いを、いったい他の誰が経験できたでしょう——感謝の念と切り離すことのできない喜び、すべてが敬意でありながらも、それでも情熱的なこの気持ち。それが、私たちの年齢差にふさわしい愛でした。そこには他とは比較にならないほどの畏れが必要なのです。ああ、思い出して、思い出して！　信じて！　ねえ、カーテンを引くかのように、あなたのうちの神性から私を仕切ったりしないで。どんなものより黒い、私の不実を信じる気持ちからなるそのカーテンで。不実な私！　愛情のない私！
王家の人間らしからぬことを書きました。でも偽らざる気持ちです。こうして心をさらけ出すのはこれで最後にします。ふたたびそうするのを許してもらえるまでは。いまから私は、国家の賓客として振る舞うつもりです。あなたの望みに従うことが、私の愛の決まりなのですから。

XLIX

コルネリウス・ネポスの妻アリナから、彼女の妹で、ヴェローナに住むプブリウス・ケッキニウスの妻ポストゥミアへ。

［前四五年十月三〇日］

私たちはこの件についての手紙を、独裁官の使者に託して、お前やあの詩人のご家族宛てに何通か送りました。すべて読んでくれているわよね。だからこの手紙では、お前だけにいくつか細かい点を付け加えて伝えたいと思います。夫は息子を亡くしたかのように嘆いています（凶兆よ去れ！　うちの息子たちはとても元気です。神々に感謝を）。私もカトゥッルスが大好きでした。子供の頃、みんなで一緒に遊んだ時からずっと大好きでした。ですがそうした思いで私たちの目を曇らせて――お前になら率直に話せるわ――、哀れにも道を誤ったあの人生が教えてくれることから、目をそらすべきではありません。私はあの人の友人たちが好きではありませんでした。もちろん、あのよこしまな女も気に入りませんでした。この何年かにあの人が書いた詩も好きにはなれなかった。それに独裁官のことを、好きになったり讃えたりすることは決してないでしょう。あの方はここ数日、家族の古くからの友人のように我が家に出入りしていたのです。

カトゥッルスには、私たちのところで暮らせばと何度も言っていたのよ。でもお前も、無愛想で一人きりを好む彼の性格を知っているわよね。そんな彼がある朝、寝具をたずさえた老フスコと一緒に我が家にやって来ました。そしてうちの庭の小屋に住まわせてくれるようにと頼むから、体の具合が本当に悪いのだと分かりました。夫はただちに、彼が越してきたことを独裁官に報告しました。すると独裁官がすぐによこしたのが、自分の侍医であるソステネスという名のギリシア人です。これまで会ったうち最もうぬぼれた頭の固い若者。私は自分を素晴らしい医者だとためらいなく言えます。それは不死の神々が、あらゆる母親にさずけた才能だと思うの。でもあのソステネスは、太古から効能が証明されている治療法をすげなくはねつけ続けました。でもこの件は書くと長くなるから。

ねえ、ポストゥミア、あの女が彼を殺したことにみじんの疑いもありません。三年間、地獄のあらゆる横丁を連れ回したあげく、突然あの女はありったけの優しさを示し始めたの。そうすることで彼を殺したのです。一度として姿を見せなかったけれど、それでも彼女は毎日、手紙や食べ物の贈り物——ただし何という食べ物を！——、ギリシア語の写本、それに日に二度、ご機嫌伺いの伝言を送ってきました。カトゥッルスは全部にとても幸せそうだった。でも幸せには色々な種類があります。あれは中身のない戸惑うような幸せで、想像するに、いきなり妻が自分に優しくなった時、だまされた夫がいだくような感覚だったのよ。何日たっても、あの女は姿をあらわしませんでした。私たちの目にカトゥッルスは、快復の望みをすっかりあきらめて死へと向かうにまかせているように映りました。そして今月二七日の午後三時頃、従者のフスコ——お前もおぼえているでしょう、ガルダ湖(56)で舟の番をしていた彼のことを——が我が家に駆け込んで来たのです。フスコが言うには、自分の主人がひどく興奮しながら、エジプト女王のレセプション・パーティーに行こうと着替えているとのことでした。庭の小屋に急いだ私が見たのは、吐き出した胆汁の大きな水たまりのなかに、気を失って倒れているカトゥッルスの姿だったの。すぐにソステネスが夫に呼ばれてやって来て、夜明けの一時間前にカトゥッルスが亡くなるまで、ずっとかたわらに座っていました。私には病室への立ち入りが許されませんでした。そして夜十時頃に姿を見せたのが、誰あろう独裁官だったのです。綺麗に着飾っていたから、女王のレセプション・パーティーを抜けてきたに違いありません。でも会場からは、どうせ一マイルも離れていないのですけど。夜どおし音楽が聞こえていて、女王の焚いたかがり火で空が明るくなっていました。フスコが夫に語るのを聞いたところでは、最初に独裁官が部屋に入って来た時、上体を片ひじでささえたカトゥッルスは、出て行け、と激しく怒鳴ったそうよ。そして独裁官のことを「自由泥棒」「貪欲の怪物」「共和国の殺害者」とか、他にも色んな名前で呼んだというの。もちろんすべてまったくの真実です。そのあたりで私の夫が病室に入って行きました――我が家の古い香油焚きをずっと探し回っていたのよ。夫によると、独裁官はこれらを全部、黙って聞いていたそうです。でも顔からは、亡霊のように血の気が引いていたそうよ。部屋から出て行け、と強く言われてからたぶんしばらくした頃、カエサルは帰宅しました。

真夜中を二時間ほど回った頃、正装からは着替えてあの方が戻って来ました。カトゥッルスは眠っていました。目を覚ました時、どうやら彼はその客と和解することにしたようです。夫によると、カトゥッルスは笑顔すら見せながらこう言ったそうよ。「どうしたことだ、偉大なるカエサルよ、飾り気がまったくないとは」。ええ、お前も知ってのとおり、夫はあの方を崇拝しています（だから我が家ではたいてい、ただあの方について話題にしないことになっているの）。夫によれば、それ以降のあの方の態度は素晴らしかったそうです。黙っている時にも、質問に答える時にも素晴らしかったと。夫はこうも言っています。死の床に寄り添った回数なら、もちろんカエサルの右に出る者はいない、と。ガリアでの色々な話はお前も聞いているわよね。自分たちの将軍が夜の巡回に来るまで、傷を負った兵たちがどのように死ぬのを拒んでいたかの話とか。ええ、正直に言うわ、ポストゥミア、あの方は確かによこしまな指導者ですが、それでもどこかとても印象的なところがある。それでいて自分の存在を押しつけることがない。夫はソステネスと部屋の隅に控えていて、二人の会話はほとんど聞き取れなかったそうです。どうやらカトゥッルスはある瞬間、涙を流しながらベッドを飛び出さんばかりだったようなの。娼婦に好意を寄せたばかりに、自分の人生と詩を無駄にしたと叫びながら。そんなカトゥッルスに何て声をかけたらいいか、私なら分からなかったでしょうね。でも独裁官には分かっていたようです。夫によると、あの方はさらに声をひそめて話しかけていたそうよ。それでも夫は、カエサルが、クローディアを女神か何かのように称賛していると思っていたそうです。カトゥッルスはもう痛みに苦しんではいませんでしたが、どんどん衰弱していきました。視線を天井に向けて横になりながら、カエサルが語るのを聞いていた。カエサルが黙ってしまうことも時々あったようです。でもその沈黙があまりに長いと、カトゥッルスはあの方の手首に、まるで「続けて、続けて、続けて」と言っているかのように指で触れていたそうです。実はカエサルがしていたのは、ソフォクレス(78)について話すことだったの！『コロノスのオイディプス』(94)の合唱を聞きながら、カトゥッルスはこの世を去りました。カエサルは遺体のまぶたに硬貨を置き(117)、夫と、あの不愉快な医者とも抱擁を交わすと、曙光のなかを護衛なしに帰宅しました。

この話のうちの一部を、カトゥッルスのお母様やお父様にも話してあげたいと思うかもしれないわね。でも、お二人をさらに悲しませるだけのような気がします。うちの息子たちが、我が家で目撃されたあの心酔ぶりに屈することになってしまったら、きっと私は少なからぬ責任を感じることになります。でもこう言っていいと思うの。しっかりしつけれ(ママ)ば、あの子たちからはそうした気持ちはなくなることでしょう！

［以下の箇所では、不動産の売却についての議論が続く。］

XLIX—A カエサルの書簡日誌より。カプリ島のルキウス・マミリウス・トゥリヌスへ。

［前四五年十月二七—二八日にかけての夜］

書簡1013［カトゥッルスの死について］僕はいま、死にゆく友人、詩人のカトゥッルスを、そのベッドのかたわらで眺めている。彼は時折眠りに落ちる。すると僕はいつものようにペンを取る。おそらく考えに沈むのを避けたいのだろう。（しかしそろそろ学んでもいい頃だな。君に手紙を書くことで、一生を通じて避けてきた問題を、心の奥底から呼び出すことになるのだと。）

彼が目を開けた。アトラス神の七人の娘であるプレアデスたちのうち六人の名前を口にして、七人目は誰かと僕に尋ねた。

なあルキウス、君にはまだ若い頃から、「必然的な出来事」と「必然的な結果」を見る的確な目がそなわっていたよな。君はわざわざ時間を無駄にして、違う現実を夢見たりしなかった。人間の経験のうちには、どう望んでも変えることのできない、どう恐れても防ぐことのできない領域が大きく広がっていることを、ゆっくりとだが僕は君から学んだ。長年僕は、繰り返し自己暗示をかけて信じ込もうとしてきた。思いを激しく燃やし続けておけば、いつかは素っ気ない恋人からも便りが届くだろうと。ただ憤りをつちかっておくだけでも、敵の勝利を食い止められるだろうと。だが世界は力強く先へと進む。その進路を変えたくとも、僕らにはほとんど何もできない。おぼえているだろう。この言葉を君がああも易々《やすやす》と口にした時、僕がどれほどショックを受けていたか。「希望が翌日の天気を変えたことは一度もない」。お追従《ついしょう》の言葉は僕に、「不可能なことを成し遂げた」だの「自然の秩序をひっくり返した」だのと絶えず信じ込ませようとする。おもむろに首を傾けて賛辞を受けながらも、心のうちで僕は、一番の親友がそばにいてくれて、一緒にそうしたお世辞にふさわしい嘲笑を浴びせてくれたらと思っているんだ。

　僕は「必然」に従っているだけではない。「必然」に周りを固められてもいる。その人を苦しめた制約にも思いが馳せられる時、人間の事績はさらに驚くべきものとなる。

「必然」の典型が死だ。よくおぼえているよ。若い頃、僕は死の作用をまぬがれていると確信していた。しかし最初は娘が死んだ時、次は君が傷を負った時、自分は必ず死ぬと知った。死が確実なことに、いや、この瞬間に死ぬことすらあり得ることに気づいていなかったかつての日々が、いまでは無駄だったと、無益だったと思える。自分の死を予期したことのない人を、いまでは一目で見極められる。そういう人間を子供だと思っている。そうした人々は、死について考えるのを避ければ人生の味わいは増すと考えている。だが真実はその逆だ。自分が存在しない、という状態を実感したことのある人のみが、陽の光を讃えられるんだ。ストア哲学[72]を信奉する連中は、死を思うことで、人間の努力のむなしさや人生の楽しみの無常について教えられると説くけれど、僕がその教理に賛同することはないだろう。毎年僕は、よりいっそう強く気持ちをこめて春に別れを告げている。毎日僕は、テヴェレ川の流路の制御によりいっそうの熱意を傾けている。たとえ自分の後継者たちが、川が無意味に海に流れ消えるのを許すことになるのだとしても。

彼がふたたび目を開けた。僕らには、同じ悲しみの発作の経験がある。クローディアだ！　その事実に目を向けるたびに、彼女の荒廃した偉大さがますます明瞭に理解できる。

ああ、作用している法則は世界にいくつもあるが、僕らにはその趣旨をとうてい推測できない。いったい何度、崇高な偉大さから悪が次々と生まれ出たり、邪悪さから善が生み出されたりするのを目にしたことだろう。クローディアは尋常な女性ではない。そんな彼女がカトゥッルスと出会い、尋常ではない詩の数々が作り出された。物事に接近した地点から、僕らは善だの悪だのと言う。だが世界がどこから利益を得るかといえば、その行動の激しさからなんだ。そこにはある法則がひそんでいる。しかし僕らは十分に長くこの世にいられないから、その連鎖のつなぎ目の二つすら垣間見られない。それを思うと、人生の短さには落胆を感じる。

彼は眠っている。

少し時間がたった。僕らは言葉を交わした。死の床なら馴染みだ。痛みに苦しむ人には、その人自身について語りかけてやる。意識がはっきりしている人には、いま去ろうとしているこの世界を賛美してやる。見下げ果てた世界を去るというのでは有難みがない。死を間近にした人は恐れているることが多いんだ。人生は、自分が捧げた努力に値しなかったのではないかと。賛美の対象にならな事欠くことはない。

この一時間で、積年の借りをようやく返すことができた。戦場にいた十年、ある光景が僕の脳裏に何度も白昼夢のように浮かんでいた。そこでの僕は、夜に幕舎の前を行ったり来たりしながら演説の内容を考えている。頭に思い描かれるのは、選び抜かれた男女、とりわけ若者たちが、目の前に聴衆として集まっている情景。僕は彼らに向けて、自分が――少年や大人として、兵士や行政官として、人を愛する人間として、父として、息子として、そして苦しんだり喜んだりしながら――ソフォクレス(78)のおかげで手に入れたすべてを伝えたいと望んでいた。死ぬまでに一度、ソフォクレスへのこの感謝と称賛の気持ちを、心が空《から》になるまでさらけ出す――するとすぐふたたび満たされる――のを僕は望んでいたんだ。

　ああ、そうだ。ソフォクレスは人間だったし、あれは人間の業績だ。ようやく長年の問いに答えが出た。神々が彼を手助けしなかったのは確かだが、手を差し伸べるのを拒んでいたのではないんだ。それでは神々らしくない。神々が姿を隠していなければ、おそらく彼は、神々を見出そうとあれほど目を凝らしはしなかっただろう。前方のどこにふもとがあるのか見えないなか、僕もアルプス山脈の高みを歩いて旅したことがあるが、彼のように平静ではいられなかった。彼には、そこにアルプスの高みがあるかのように生きるので十分だったんだ。

　そしていま、カトゥッルスもまたこの世を去った。

L　カエサルから、女優のキュテリスへ。
[前四五年十一月一日]

優雅なるご婦人よ、そなたなら想像できようが、私のような地位にある人間は、深く尊敬する人への頼みごとを躊躇するものだ。その頼みごとが、意図に反し重圧となりはしないかと懸念するからだ。初めてそなたの知己となる喜びを知り、また時がたつにつれ増すばかりの感嘆の念を、初めてかき立てられたあの時から、私の状態にはなんら変化がないものと承知してほしい。

ここのところ我が妻は、十二月におこなわれる、ある儀式について彼女に割り当てられた唱和の文言を学んでいる。その指導は私にも許されてはいるが、儀式の秘密性から許される範囲に限定されている。そこで、そなたにお願いできればと思うのだ。数時間を割き、唱和の文言の発し方、ならびにその荘重さに見合った振る舞いを、妻に指導してはもらえないだろうか。

儀式の一部には、エジプト女王も参列することになっている。ついては、我が妻への指導に割り当てられるとそなたが考える時間を、女王にも共有させる許しをもらえるなら、私はきっと格別な喜びを感じることだろう。

数日前、偶然にも私は、そなたがルキウス・マミリウス・トゥリヌスの大切な友人であり、時折彼をカプリ島に訪ねていると知って非常に嬉しい思いをした。できる限り触れぬようにというのが彼の願いであるから、数行とはいえ彼について書くことで、この手紙は秘密性を帯びることになる。そなたが彼の、また彼がそなたの友情を享受することは、我が喜びとするところだ。のみならず、そなたを（それに、ご婦人よ、願わくは私をも）通じて、彼の才能が――こう表現することが許されるなら――世界に作用するかもしれないこともまた喜ばしい。たとえ彼自身の名を用いられないにしてもだ。もし誰か、彼がおちいったような絶望的な状況を経験し、その結果を耐え忍びつつもなお精神は揺るがぬままいたなら、それは十分驚くべきことであろう。だが事実こうしたことが、知恵においても、また美と呼ばれる精神の性質においても、すでにあらゆる人間を凌駕していた彼の身に降りかかったのだ。これは驚くべきことだが、私のなかでその驚きはまったく色あせていない。彼の暮らすカプリ島は、畏敬の念としか呼びようのない空気に包まれていると感じられる。あの才能の光を外界へと反射させる役割を果たすのが、なにも私一人ではないという事実は、私に幸福感ばかりか安心感をも与えてくれる。我が友と私のあいだでは、多くが暗黙のうちにある。そこには、私は彼から手紙を受け取らぬこと、および彼を訪ねるのは年に一度のみとの決まりも含まれている。ときにはこうした制限を寂しく感じることもある。しかし時がたつにつれ理解できるようになった。こうした決まりもまた、彼が惜しまず分け与える、ほとんどこの世のものとは思えないあの叡智が求めたのだと。

我々がいま語り合っているのは偉大な人間たちについてだ。そこで私はこの手紙に、五日前の夜に亡くなった、ガイウス・ワレリウス・カトゥッルスの最後の詩の写しを同封する。

LI　エジプト女王による、女王付き秘書官への指示書

［前四五年十一月六日］

エジプト女王は、そなたより提出の情報を受領し満足である。ことに十月二九日および十一月三日の報告、ならびに同報告に添付の文書類に関し、女王はそなたに称賛を贈る。

女王は、不平分子の中心に関するそなたの判断を確認した。

［続く箇所には、国家の転覆や独裁官の暗殺をたくらむと予想できる、十二の人物ないし集団についてのクレオパトラによるコメントが記されている。陰謀の可能性のある人物のうちには、カスカ兄弟、カッシウス、ブルートゥスは含まれていない。この箇所の内容は、本書の第四巻に反映されている。］

加えて、女王はそなたの注意が、以下の件にも向けられることを望んでいる。

1　情報源第十四号［アブラのこと］からの報告は無価値です。彼女の素朴さは演技に過ぎません。その女についての秘密を暴露すると脅すなり、他の圧力をかけるなりして証言の価値を増すことは、決して難しくないはずです。

2　二七日開催の、我がレセプション・パーティーより独裁官が姿を消した件に関し、そなたは本当に、その意味をすべて調査したと言えるのですか？　人への中傷ばかりのへぼ詩人の病床に付き添っていたなど、満足すべき説明とはとうてい思えません。

3　マルクス・アントニウスの邸内に協力者を確保すべく、あらゆる努力を傾注しなさい。独裁

官への彼の不服に関連し、そなたによって［前四六年に］すでに収集された証拠を、同封して返却します。それを、盗難や没収にそなえ厳重に管理されている書類の一点として保管しなさい。彼の邸内で発見された他の資料は、我がもとに保管してあります。

4　仕立屋のモプサについて。極力すみやかに、この女の生い立ち、家柄、交友関係、等々の完全な情報を報告しなさい。また当月の彼女の仕事予定も報告しなさい。彼女は、善き女神《ボナ・デア》の祭儀参列時の我が衣裳を仕立てに、十七日に我がもとを訪れます。

5　今週のそなたの任務は、クローディアとその弟の状況についての徹底的な調査です。彼女が田舎に退去したことに関し、そなたはどう解釈するか？　ローマ市への帰還はいつか？　ソシゲネス(88)［エジプト人天文学者］による報告は不十分です。何を観察すべきか、そなたから彼に指示するよう望みます。

クローディウス・プルケルが独裁官の妻の誘惑を試みている、との見解には同意します。この件について、最大限の注意を払い調査を続けるように。二人の通信を、情報源第十四号が取り持っていることにほぼ疑いの余地はありません。この状況を上手に活用する方策についての提案を報告しなさい。

この困難な任務において、そなたは精励や技術を示しました。セッセベンのオアシスを、その地の租税および関税収入とともに、未来永劫そなたとそなたの子孫にほうびとして託すことは、我が喜びとするところです。その権利は、我が治世に発せられた布告第四四号、および第四七号で定められた規定によってのみ制限されます。［前者は、地方の官吏や地主が農夫たちに課せる徴収額についての制限。

後者は、泉や水路でラクダに水を飲ませる際の料金についての制限である。]

LII　ポンペイアから、クローディアへ。

［前四五年十一月十二日］

最愛の子ネズミ様、あなた様がいなくていつも寂しく思っています。ローマ市でこれだけのことが起こっているいま、どうしてあなた様が田舎に引っ込まないといけないのか、分かる人が誰もいないのです。私、旦那様に聞いたんです。算数なんかに、あなた様がどんな興味をおぼえることがあり得るのですかと。そうしたらあの人、あなた様はその分野にとてもよく通じていて、星々やその働きについて、あらゆることを知っていると言うのです。

十回チャンスをあげますから、いつも私の屋敷に、少なくとも一日おきに誰が来ているのか当ててください。私たち、このうえなく変な日々を過ごしているんです。なんとクレオパトラなんですよ！　それに、クレオパトラだけじゃなくて、女優のキュテリスも来ているんです。さらにその全部を手配しているのが私の旦那様なんです。変だと思いませんか？

始めはキュテリスだけが来て、あなた様もご存じの例のことを教えてくれていました。そのうちクレオパトラも来るようになって、一緒にあれをいくらか学んでいるんです。レッスンが終わると、エジプト女王が、キュテリスに詩を朗唱してくれるよう頼みます。すると、ああ、なんということ、私の血は凍りついてしまうのです。カッサンドラ[118]の気はふれて、メディア[119]は自分の子供たちを殺そうとたくらみ、そしてみんな死んでいきます。そこに早くに帰って来た私の旦那様も加わって、ギリシア演劇についてペチャクチャ、ペチャクチャ、ペチャクチャとお喋りするのです。すると立ち上がったあの人はアガメムノン[120]王に、クリュタイムネストラ[121]にはキュテリスが、クレオパトラはカッサンドラに、そしてオクタウィウスと私は合唱隊にならないといけなくなります。それが終わるとみんなで夕食をとります。ああ、私の愛しいクラウディッラ様、あなた様はここにいるべきなのです。なぜって、私には笑い合える人が誰一人いないのですから。あの人たちみんな、大真面目にこうしたことをしているんです。私からすれば、とても、とってもおかしなことです。旦那様が急にわめき出したり、クレオパトラの気がふれたりするなんて。

　実を言うと、どちらかといえばエジプト女王が好きです。もちろん彼女はあなた様や私みたいではありません。前は彼女をとても醜いと思っていました。それでも時々、彼女はほとんど美人に見えます。けれども本当に私、ちょっとも妬みを感じないんです。彼女への旦那様の接し方は、ユリア叔母様への接し方とぜんぜん変わらないんですから。

　昨日、エジプト女王が旦那様に、あなた様はいつお帰りかと聞いていました。彼女、あなた様がすぐお戻りになるよう望んでいると言っていました。あなた様が、あの秘儀での彼女の指導係だからです。旦那様は、あなた様の計画は分からないが、十二月の初めまでには戻ってくるものと思っている、と言っていました。

最愛の人。あなた様のご兄弟にお目にかかりました。弟さんのことです。ネミ湖へと向かう道すがら、あの方が馬に乗って近づいて来たんです。とってもあなた様に似てらっしゃるから、私いつも驚いてしまいます。あの方のことをみんな、悪い人だと言っています。あなた様さえそう言います。でも私、そうじゃないと分かるんです。あの方に、そんな態度をとってはいけませんよ、親愛なるクラウディッラ様。悪い人だと言い続けたりしたら、誰でも本当に悪い人になってしまうんですから。

こんな手紙を読むと、きっとあなた様は、私のことをとても幸せとお思いになるでしょう。でも違います。家を出ることはめったにありません。会いたい人が家に来ることもありません。一度、エジプト女王のところに行きました。それに、お産の床にいる、ブルートゥスの奥さんのポルキアをお見舞いしました。時々、ぽつんと座りながら、死んだほうがましと思うことがあります。考えているのは、若い時に人生を生きられないなら、いつ生きたらいいのかということです。私は旦那様のことが大好きです。あの人も私を好いてくれています。でも私が好きなのは生きて、い、る人なのに、あの人はそうではないんです。

いま聞いたところでは、ポルキアへのお見舞いは無駄だったようです。知らせが届きました。流産したそうです。足を運んだ甲斐がまったくなかったですね。

LIII　女優のキュテリスから、カプリ島のルキウス・マミリウス・トゥリヌスへ。

［前四五年十一月二五日］

わたしの愛しいお友達。ローマ市の雰囲気は落ち着かず、いら立ちに満ちています。みんなとげとげしく皮肉っぽい口調で話すようになって、笑い声も聞こえない。毎日のように犯罪的な行動の噂を耳にするけれど、それらは強い思いに駆られてというより、気まぐれで筋の通らないものばかり。こんなもやもやした気分、わたしくらいだとしばらく思っていたの。でもいまはみんながそれを感じています。わたしたちのご主人様はいつにも増してお忙しそうです。布告が毎日のように出されては降ってきます。高利貸しが規制され、また誰でも必ず家の前の通りを掃除しないといけません。法廷前の舗道には大きな世界地図がはめ込まれていて、新しい町の場所には、目立つように金の鷲が置かれています。結婚したての青年たちがその前に立ってあごをさすりながら、新居を構えるのはみぞれの降る凍った土地にしようか、それとも灼熱の太陽の下にしようかと思案していますす。

あなたからのカプリ島へのお招きを受けようとしていたのよ。でもあのご主人様から依頼されてしまったの。あの方のお宅にうかがって、奥様と王家のお客様に、十二月の始めの儀式でお二人に求められる内容を指導するようにって。その講習会はこれまで八回ありました。各回の終わりにはよく、カエサル様も交えて全員が役を演じながら、悲劇作品の一節を朗唱するのよ。気づくとわたし、悲劇に暮らしながら、また別の悲劇にはまり込んでいるようね。

あの謎が分かりかけてきました。カエサル様の結婚のことです。あの結婚の理由を、若い女性への病的な愛みたいなものと言って皮肉る人が多いけれど、わたしは違うと思う。カエサル様は教師なのよ。それはあの方のうちなる熱狂のようなものなの。自分が指導できる時にだけ、あの方は相手を愛せる。そこからあの方が求める報酬は進歩と啓蒙。あの方はああした若い女性に、ピグマリオン[122]が大理石に求めたのと同じものを求めているだけなのよ。思い返すと、あの方が報われたことはこれまで三度ありました――先妻のコルネリア様とご息女、それにエジプト女王です。抵抗を受けたことも何度かあったでしょう。そしてあの方がいま直面している抵抗は、強力で痛烈なの。ポンペイア様は知性のない少女などではありません。けれども、あの方があまりにも知性のない接し方をするから、彼女にある知性をすべて、おびえさせ凍えさせてしまっている。教育としての愛が、この世でも有数の強さを持つ力なのは確かよ。でもそのバランスは微妙だから、思慮にもとづいた愛と同じく、調和が保たれるのはまれなことなの。その愛が行き詰まる時、はるかに大きな惨事がもたらされる。なぜって、あらゆる愛と同様、その愛もやはり狂気だから。片方であの方は、成長を続ける繊細な存在としての、また女としての彼女を愛している（ただしカエサル様が女性へと向ける視線は、他の男性のものとはまったく異なります）。もう片方であの方は、お母上のアウレリア様やユリア・マルキア様のようになれる可能性ゆえに彼女を愛している。あの方の心のなかではローマもやはり女なのよ。そしてあの方がポンペイア様と結婚されたのは、彼女をうまく造形して、ローマの偉大なご婦人方の生きた女性像をもう一体増やすためだったの。

クレオパトラさんもあの方を失望させました。彼女は当初、寵愛される生徒に求められる条件を満たしていたのに違いないわ。それがあの方をどれほど夢中にさせたのか、想像するより他にありません。彼女はいまでも寵愛を受ける生徒です。わたしもやはり、あの偉大な方を心から尊敬しています。でもわたしは歳を取りすぎました。もう教育可能ではないの。それでもわたしには、あの方の口を出る一語一語を聞くクレオパトラさんが感じている、情熱的な喜びを理解できる。だけど彼女には本質的なことを何一つ教えられない。あの方はそう感じ取ってしまったのよ。あの方のうちに、教えたいこととしてあるものの本質は倫理や責任だから。そしてクレオパトラさんには、何が正しく何が悪いかについての感覚がごくおぼろげにさえそなわっていない。カエサル様ご自身は、教育へのこうした情熱が自分にあることに無自覚です。そのすべては自明のこととして、あの方には見えなくなっているの。だからあの方はとても悪い教師です。あらゆる人間を、教師であり貪欲な学習者でもあると見なしている。誰もが倫理的な生を送りたくてうずうずしていると見なしている。男性より女性の方が、もう少し敏感な教師です。

結婚生活が成り立つことはあり得ない状況なのに、なんとかしようと苦闘する偉大な男性たちについて、わたしたち二人、何度か話題にしたことがあったわよね。もはや用をなさない優しさを、折り合いの悪い妻に注ぎ続ける男たちの姿に、わたしはこれからも感嘆をおぼえ続けるでしょう。

彼らが身につけた辛抱強さは、夫に対する妻の辛抱強さとはまるで違います。それは当たり前の自然なことになっていて、正直者が正直なのと同じように、もはや取り立てて称賛すべきことではないの。そのように蔑《ないがし》ろにされた夫が、ついには自分の殻にこもってしまうことがある。彼らは、その人の幸福な兄弟が決して知ることのない、男の基本的な孤独を学んだのです。

夫としてのカエサル様はそんなお方です。そしてローマは、あの方にとってのもう一人の花嫁。どちらの花嫁にとっても、あの方は悪い夫です。ただし理由は、夫としての愛が過剰だからなの。


もう少しだけ続けさせて。

あなたが数年前にふとつぶやいた言葉の意味が、最近ようやく分かるようになりました。「邪悪さとは、自由を探求する心のあらわれかもしれない」——正しく言えているかしら？ それからもう一つ、「限界を探求する精神にこそ、人は敬意を感じられるのかもしれない」。その意味を消化できずにいたなんて、愛しい王子様、わたしはなんて愚かだったのでしょう。メデイアを演じた時、それにクリュタイムネストラを演じた時、その意味を込めて演じられたらよかったのに。そうよ、その考え方に従えば、「邪悪」と呼ばれる行為の多くについては、自然本来の法そのものを自分なりに探求するという美徳の、まさに本質だと言えるのではないかしら？ それこそ、次の台詞を語るアンティゴネ[123]が、わたしのアンティゴネが、わたしたちのアンティゴネが言いたかったことではないかしら？ 「ソフォクレス作の悲劇『アンティゴネ』の一場面で、叔父のクレオンが、殺された「善良な」兄弟はもう一人の「邪悪な」兄弟のために立派な葬儀がおこなわれるのを望まないだろう、と語ったのに対し、アンティゴネはこう答えた」「彼の［邪悪な］行為があの世でも咎め立てされるのかどうか、誰が知るものか」。ええそうよ、ここには、クローディアの作り出す混乱の解釈の仕方が示されている。そしてカエサル様が目を光らせていなければ、ポンペイア様だって家を飛び出し、ご自身の好奇心の限界を探求なさるでしょう。自然がわたしたちに好奇心を与えているんですから。だからわたしたちは火で指先に熱い思いをしたり、心臓が苦しくなってようやく山腹を駆けあがるのをやめたりする。そんななかで神々だけが、これまでわたしたちの冒険心を制止してきた。すると、もし神々が介入をやめたなら、わたしたちには自分自身の法を一から作り上げるという罰か、あるいは恐ろしい自由のなかにあって、かんぬきのおろされた門や人を寄せ付けない壁でふたたび安心したいとすら望みながら、おびえつつ道なき荒野をさまようという罰が科されることになる。滑稽劇の作者たちが繰り返し劇中で使う冗談に、妻は夫になぐられるのを喜ぶ、というのがあるわよね。それでもそこには、「あなたを愛する人が、何が許されているかを教える、という責任を負ってくれるほどあなたを愛していると知ることからは、大きな安心感が得られる」という永遠の真理が反映されている。ただし夫ははっきりと判断を誤ります――二つの方向のどちらにおいても。カエサル様は暴君です――夫としても、国の指導者としても。自由を与え渋る、というのが他の人が暴君とされる理由だけど、あの方の場合は違う。ご自身は、自由な人間として高くそびえ立っていらっしゃる。でも他の人の心で自由がどう作用し、どう展開するかの感覚をすっかり失くしてしまわれた。いつでも誤りながら、あの方は少なく与え過ぎている、あるいは、多く与え過ぎているのよ。

LIV　クローディアから、弟のププリウス・クローディウス・プルケルへ。

［ネットゥーノから発送された。］

［十一月にほぼ毎日出された手紙からの抜粋。］

ここには来ないで、能なしさん。誰とも会いたくない。

そのままのわたしでいられるから完璧に幸せなの。キケロが隣の家にいるわ。彼が哲学と呼んでいる、あの痛々しい偽善についてブツブツ言ったり書いたりしている。何度か会って話をしました。でももう、果物とかお菓子とかを贈り合うだけで済ましてる。彼は哲学へのわたしの興味をかき立てられなかったし、わたしは彼の数学への興味をかき立てられなかった。確かにとても機知に富んだ人だわ。でもなぜか、その機知がわたしには発揮されない。わたしが彼を干上がらせてしまうの。一日何もしないから、一緒にいたってきっとつまらない。数について研究しているの。そうすれば、それまでの数日をきれいさっぱり忘れられる。無限について考えることには、誰も想像したことのない効用がたくさんあるの。それを聞くとソシゲネス(88)はおののくわ。危険だって言いながら。

あなたにはひどく怒っています。老いぼれの「ワシのくちばし」に、あの劇の中止を頼むだなんて。反応を示して初めて、ああしたことはわたしたちの屈辱となるのに。悪意ある人の喜びは、自分の言ったことでわたしたちが傷ついたと分かったとたん倍増する。いつになったら分かるの？

あなたの言うとおり、手を染めようともしていない千もの罪について、非難されるのはわずらわしいこと。確かにわたしは、愛する両親のもとをできる限り早くに離れた。でも二人を困らせようと手を上げたりは決してしなかった。可哀想な夫を殺したりもしなかった。それどころか、食べ過ぎで身を滅ぼしたりしないでと、膝をついてお願いしたほどよ。あなたに対してにせよドードー鳥に対してにせよ、心が揺れたりしたことも一度だってない。実際、あの飢えたドブネズミどもが、懸命にあなたを魅力的と思い込もうとしているのを見て、何度となく驚いて目を丸くしてきたのよ。

この最後の件［カトゥッルスの死？］については、二度と話題にしないで。全部とても込み入ったことなの。理解できる人はわたし以外にいない。口にされるのを聞くのもいや。

だけど罪の疑いをかけられて一番良くないのが、そう非難されて当然と思われるほど落ち着きをなくすことなの。でももちろん、もの凄い何かの場合は仕方ないわ。たとえば太陽を真っ暗にさせるとか。

もちろん怒っています。わたしが田舎に引っ込んだのはあの人が命じたからだと、きっと皆が噂していることに。そのこと自体まったくナンセンスだけど、あらゆる嘘のひとまとまりよりさらに腹立たしい。だからって反論のためだけにローマ市に戻るつもりはない。

［前四五年十一月二七日］

わたしのいるネットゥーノに来なさい、プブリウス。もう耐えられない。でも都に戻る準備はまだできていない。

お願いだから、来て。誰も連れずに。

何もしないことの一番悪いところは、時間の経過をつくづくと思い知らされること。だからわたしはいま、まるで老女にでもなったみたいに、過去を振り返るよう強いられている。昨夜は眠れなかった。床を出て、数学についてのメモをすべて火にくべたの。それからこの十年にもらった手紙も残らず投げ入れた。ソシゲネスはわたしを止めようと、年老いた蛾みたいに踊り回っていたわ。

この手紙を手に取ったらすぐに出発なさい。考えがあるのよ。マルクス・アントニウスは、「これまでローマ市で披露されたうち最も素晴らしい大胆な芸当」をしそこないました。であれば別の心当たりがあります。

仕立屋のモプサがここにいて、その歌い出しそうなくらい楽しみなゲームのために、衣裳と頭飾りを作ってくれているわ。

［前四五年十一月二八日］

この手紙があなたに届かなくて、あなたはもうここへの途上にあるといいけど。そうでないならただちに出発なさい。

さっき独裁官からの手紙を受け取りました。ローマ市に戻って、エジプト女王への教育を始めるようにと。二日に食事をとりに来るようにとも。

LV　**クレオパトラから、カエサルへ。**

［前四五年十二月五日］

偉大なカエサル、次の情報を伝えます。私の意図が誤解されかねないのはよく分かっています。一月半前であれば、あなたにただちに伝えられたのに。そのことを思いながら、いま伝えようと決心しました。

クローディアが、十二月十一日の晩の儀式のために、衣裳と頭飾りをそれぞれ二着ずつ作らせました。うち一着を彼女の弟に着せ、儀式の会場であるあなたのお宅へと導き入れるつもりです。あなたの奥さんはそのことに気づいています。私の手元にある、彼女の手紙がそれを示しています。

LV―A　**カエサルから、クレオパトラへ。**

［帰還する使者により届けられた。］

偉大な女王よ、君に感謝する。僕にとって多くが君のおかげだ。君に注意を喚起されたこの嘆かわしい出来事が、そうした数多くの一つとなったことを残念に思っている。

LVI　コルネリウス・ネポスの妻アリナから、彼女の妹で、ヴェローナに住むプブリウス・ケッキニウスの妻ポストゥミアへ。

［前四五年十二月十三日］

愛するポストゥミア、ほんの一言、大急ぎで伝えるわね。ローマはいま、上を下への大騒ぎです。こんなに騒然としているのを見たことがありません。官庁の門はずっと閉ざされたままで、店主の大半も店を開けようとすらしません。お前のところにも、もうきっと知らせが届いているわよね。クローディアが善き女神《ボナ・デア》の秘儀に、女性信徒をよそおわせた自分の弟を引き入れたのです。彼が見つかった時、私は数歩離れたところに立っていました。初めに気づいたのはユリア・マルキアだったそうよ。その時点まで一時間ほど、私たちの合唱が続いていました。続いて合唱への唱和。すると数名の女性が彼に飛びかかって、頭飾りと帯を引き裂いたの。あんな叫び声、お前も耳にしたことがないはずよ。女性たちはすぐに、四方八方から彼を目いっぱい叩きのめしていました。聖なる器具を隠そうと走り回る女性たちもいました。叫び声の届くところには、もちろん男性などいなかったわ。でもまもなく護衛兵が何人かやって来ると、血を流しながらうめく彼を立ち上がらせて連れ去ってしまいました。

もうお終いよ。本当にどう言えばいいか分からない。みんな言っています。もう終わりだと。こうすら口にしている人がいます。さあカエサルに、ローマをビュザンティウム(55)の地に移させよ、と。キケロが昨日、クローディウスとクローディアを弾劾する、恐ろしくも素晴らしい演説をしました。ありとあらゆる人が呼び出されて証言を求められています。色々な噂が飛び交っています。エジプト女王が一役買っていたと考える人もいるわ。クローディアが彼女の教育係を務めていたからです。でも女王はお加減が悪かったらしく、秘儀に参列さえしなかったのよ。

とりわけ奇妙なのがカエサルの振る舞いです。大神祇官として尋問を指揮すべきなのに。でも初めから一切の関わりを拒んだの。姉弟と同様の責任が、あの方の奥様にもあったからに違いありません。恐ろしいわよね、恐ろしいわよね、恐ろしいわよね？

ちょうど夫が部屋に入ってきました。夫によると、ポンペイアの親族――全部で二十人――がカエサルのもとを訪れて、彼女を弁護する演説をしてくれるよう迫ったそうです。あの方は一言も発することなく、一時間ばかり彼らの言い分に耳を傾けていたようです。すると、あの方は立ち上がってこう言った。裁判に出廷するつもりはない。ポンペイアがこの件に関与していない可能性はある。しかし、彼女のような地位にある女性であれば、嫌疑をかけられぬよう身を処すのは困難なことではない。自分への損害としては、嫌疑をかけられたという事実で十分である。だからさっそく明日――つまり今日のことよ――彼女を離縁する、と。
愛するポストゥミア、いま私は急いで法廷に向かっているところです。証言する必要があるかもしれない。この都の通りを大急ぎで進むのは変な感じよ！　まるで町そのものが面目を失って、みんなでここを離れないといけないみたいだわ。

第四巻　三月十五日　カエサルの最期

LVII

セルウィリアから、息子のマルクス・ユニウス・ブルートゥスへ、ローマ市にて。

［前四五年八月八日。この手紙は、マルセイユにいたブルートゥスに届けられた。彼は属州ガリア総督としての任期を終え、ローマ市への帰還を目前にしていた。］

マルクス、ローマ市へとお戻り。この町ではいま、皆の目がお前に向けられています。お前のうちには同じ名前のあの英雄が、血としてではないにせよ、魂として息づいています［タルキニウス王たちをローマから追い出したユニウス・ブルートゥスのこと(28)］。そして同じ務めがお前の双肩にあるのです。

ローマ市へとお戻りなさい。この町の健康は、すなわちお前の健康。この町の自由は、すなわちお前の自由。ローマ人はふたたびブルートゥスの名を呼び、皆の目がお前に向けられています。

ローマの激しい怒りが向かう先の男は、ただの卑小な人間ではありません。いまローマの首を絞めるその男は、あらゆることにおいて偉大で、なかでも誤りにおいて最も偉大です。殺害者となる人間は、殺害される人間と同等の人物である必要があります。さもないとローマは二度、奴隷とされることになるからです。その高みにあるローマ人は一人しかいません。そして皆の目がお前に向けられているのです。彼を打ち倒す手は、正義を遂行する手と同じほど冷静でなければなりません。暴君殺害の務めは聖なる務めです。これから生まれる世代が、感謝に満ちた涙とともに記憶します。この町に戻り、彼に目をおやり。彼にふさわしい栄誉をさずけておやり。偉大な息子が偉大な父親に向けるような視線を、彼に向けておやり。そして、一人の男のではなく、幾千万の人々の拳《こぶし》とともに——彼を殺しておやり。

まもなくお前に生まれる子供を思いながら、振り上げた手で一撃を加えておやり。

LⅧ—A　ブルートゥスから、セルウィリアへ。

［右の手紙への返信。］

その手紙は貴女のものです。読んだからといって私のものになるわけではない。

我が友人にして恩人でもある人物を殺すよう命じる貴女の言葉は、十分に明快です。我が血統に疑義をいだかせる貴女の言葉は、明快ではありません。

ご婦人よ、男たるもの二十歳までには、みずからを十全に自分自身の父とせねばなりません。それでも身体の面での父は、少し劣るものの大きな重要性を有しています。しかし血筋に疑義をいだかせたいのなら、必ず誓いを、それも最も厳粛な誓いをみじんの曇りなく立ててそうすべきなのです。

貴女はまだそうなさっていない。だから私は二つの面で、貴女に払うべき敬意をいくらか失することとなったのです。

LVII—B　歴史家コルネリウス・ネポスの備忘録。

［キケロが語ったことについて。］

私はその瞬間、ローマ人の誰しもが、この三十年彼に聞きたいと思ってきた質問の好機と考えた。「我が友よ、君の意見を聞かせてくれないか——マルクス・ユニウス・ブルートゥスは、ユリウス・カエサルの息子なのか？」

たちまちキケロの表情は真剣なものへと変わった。

彼は語った。「なあコルネリウス、「意見」という言葉の使い方には気をつけねばならん。証拠が多ければ俺だってあえて「私はそれを知っている」と言うだろう。証拠が限られている場合は思い切って「私はそれについてこんな意見を持っている」と言う。さらに証拠がとぼしい時はなんとか推測するんだ。だがこうした類《たぐ》いの問題については、俺には推測のための証拠すら十分にそろわない。しかしな、考えてもみろよ。たとえばなんらか推測できると思っていたとして、いったい俺はそれを君に伝えるか？　だって君は、間違いなくそれを本に書くだろう。本に書かれると、推測は事実よりずっと大きな存在となる道をたどるんだ。事実であれば否定もできる。注釈をつけて取り消すことだってできる。だが推測をしりぞけるのは容易じゃあない。俺たちが読む歴史は、事実の振りをした推測の連続とたいして変わりゃしない。

「マルクス・ユニウス・ブルートゥスがカエサルの息子か、だと？　ではこう問い直そう。ブルートゥスやカエサル、あるいはセルウィリアが、そうした関係の存在を信じているかについて、俺は何か知っているのか、ないし何か意見があるのか？

「ブルートゥスは、俺の最も親しい友人の一人だ。ではカエサルは……。カエサルはこの三十、四十年、俺が最も注意深く観察してきた人間だ。それにセルウィリア——そう、セルウィリアとは、結婚したらと提案されたことがあったなあ。さあ、問いを検討しようじゃないか。

「ブルートゥスとカエサルが一緒のところなら、何度も、何度も見たことがある。君にはこう断言できる。二人がそうした関係を認めていると解せる合図を交わすのを、俺はほんのかすかにすら目にしたことがない。カエサルは、ブルートゥスをとても尊重している。奴の彼への愛情は、年長者が顕著な才能を持つ若者にいだく無言の愛情だ。おそらく不承不承の愛情と言うべきか——つまり彼への恐れにも似た何かとでも言うか、あるいはとにかく……なあ、コルネリウス、続く世代にいつか素晴らしい歴史家や弁論家が現れることを、俺たち年寄りはいつでも嬉しく思っているんだろうか？　俺たちの後継者は自分より劣っているのが礼儀だと、感じたりしてはいないだろうか？　そのうえカエサルは、堕落せず孤高を保つ人間からは、いつだってことごとく距離をおいてきた

――それは全部で十二人、いや六人といったところか。何度言っても言い足りないが、カエサルは有能な人間ばかりの社会では不幸なんだ――あるいは、有能さと高潔を兼ねそなえた人間ばかりの社会では。ああ、そうだ、奴はそうだ。ああ、そうだ、奴はそうなんだよ。奴は良心を欠く人間の有能さを愛するし、実務的でない人間の高潔ぶりを愛するが、一人の人間に有能さと高潔の両方そろうのは我慢ならんのだ。だから自分の周りにごろつき連中を集める。ごろつき連中のお喋りが好きなんだ。連中の冗談が好きなんだよ――オッピウス、[52]マムッラ、[109]ミロ。全員がごろつきだ。だが仕事をする時には、アシニウス・ポッリオみたいな人間と仕事をする。正直で忠実だが、凡庸な人間と一緒にな。

「次にブルートゥスのカエサルへの態度だが、これは俺たち他の年長者に対するのとなんら変わらない。ブルートゥスが誰かに愛情を感じることはない。これまでもなかったし、これからもなかろう――もちろん奥さんは別だし、おそらく彼女のおかげで少々、義父のカトーにも愛情を感じているかもしらん。君も知っているだろう。あの端正で無表情な顔、慎重な話し方、それに厳格な礼儀正しさを。もし彼が、カエサルを自分の父だと、あるいは父の可能性があると考えているなら……いや、そんなこと信じられない！　受けた恩義について、彼がカエサルに礼を言うのを見たことがある。カエサルと言い争うのを見たこともある。そういえば、カエサルに自分の妻を紹介するのを見たこともあった。カエサルは根っからの役者だから、奴の心中なんてきっと俺たちには分からん。だがブルートゥスに役者的なところは一切ない。だから俺は、あの可能性を彼が絶対に考えたことすらないと、誓いを立てて言ってもいいくらいだ。

「残るは、セルウィリアが何を考えているかの推測だ。

「だがその前に一つ言っておかないと。三十年前、多くがその関係を、疑う余地のない事実だと固く信じていた。その時代こそが、カエサルが父親であることを裏付けていると言う人もいるだろうな。当時のカエサルは、計算高く二重の不倫関係を続けながら、政治的な出世の足場固めをしていた。その頃の女性たちは、ローマ共和国の社会生活の場で、いまよりずっと大きな役割を果たしていたんだ。なかでもセルウィリアは、男女を問わず、貴族全員のうちで最も才能ある政治的頭目の一人だった。愚かで意志薄弱な億万長者、二十人の政治行動を左右できたんだ。彼女がする必要があったのは、「次に警戒すべきことは何か?」を彼らに教えることだけだった。当時のセルウィリアをいまのセルウィリアから判断しちゃあならん。いまのあの女は、ただの狂信的で陰謀好きな女だ。馬鹿げた、相反する主義主張のはざまでもがきながら、匿名だが見え透いた手紙でローマ市をあふれ返らせている。ローマ政界の天候は女性にとって悪化したんだな。だから十年前のクローディアをいまのクローディアから判断しても駄目なんだ。二十年、三十年前のローマは、荒くれ女たちの闘争の場だった——思い浮かべてもみろよ、カエサルの母親やポンペイウスの母親、それにカエサルの叔母さんを。あの女たち、政治以外のことをほとんど考えたりしなかった。自分の夫や恋人、客や子供たちにも、他のことを考えるのを許したりもしなかった。自分たちの母親や祖母が、どうやら政治的な打算のためだけに結婚や離婚を繰り返していたことに、いまでは誰もが衝撃を受けた振りをする。あいつら忘れているんだ。そうした行動の理由が、花嫁の持参する財産やコネだけではないことを——花嫁はそのまま政治的将軍でもあると、かつては誰でも知っていたんだ。なあ、スッラ[9]とマリウス[3]との抗争が山場にさしかかった頃、何度も毒殺がおこなわれていただろう。だから皆、自分の姉妹の家で食事をとる前ですら、しっかり覚悟を決める必要があったんだ。

「君なら想像できるだろう。クリュタイムネストラ[121]みたいな、こんな戦闘的な女性たちのベッドを次から次と滑るように出入りするカエサルにどういった技術が必要とされていたか！　その物語はまだ書かれておらんな。この話の驚異的なところは、次々と奴の愛人になった女たちがいまでも奴に夢中という事実だよ。たまたま何人かのお年を召したご婦人方との会話になった時、いったい俺は何回、あの男を誉める方向に話を向けることになっただろう。しかし俺は結局のところ、かつての少女たちが、息もつかずなかば恍惚の表情を浮かべながら話すのをひたすら傾聴しているだけなんだ。ヒョウのように女をあさる奴のあの人生で、自分だけが霊感を与える存在だったと彼女ら信じ込んでいるんだよ」

ここでキケロは笑い転げ、ふたたび息を詰まらせたので、懸命に背中を叩く必要があった。

キケロは続けた。「なあ、気づいているだろう。結婚生活でカエサルが作れた子供は一人だけだが、結婚生活の外では、「この国の父」という呼び名を正当化するに足る行動をしている。奴があらゆる努力を傾けて、影響力のある愛人たちを、子供という絆で自分に結び付けようとしたことにほぼ間違いはないと思う。それに、何度も目にされた光景なんだが、奴の目にとまった女から妊娠を告げられた時……おい、聞いてるか？　……それから、本当に自分がその……そのおめでたの父親だと納得した時、奴は決まって堂々たる返礼をしたんだ。そのご婦人に贈り物を、しかも決してけちじゃあない贈り物を贈ったんだ。

「だがな、俺たちがいま話題にしている時代について、一つ忘れちゃならんことがある。人生のうちで一番きわどかった二十年間を、カエサルが文無しで過ごしたってことだ。収入がないのに浪費家で、他人の金を使って気前よく振る舞うなんて。

［すでに本書の文書XIIに示したとおり、続く箇所でキケロは、カエサルと金銭との関係という問題へと脱線している。］

「いずれにせよカエサルは、友人の持つ活躍できていない金から十分な額を救い出し、ウォルムニアにアペッレス[124]作の《アンドロマケ[125]》を贈った（不倫相手に贈るには適切な画題ではある）。世界で最も素晴らしい絵だが、色あせる前の自分を思い出させる品でもある。ウォルムニアの双子の娘がカエサルの娘じゃないなんて、君には思えるか？　あれはあの鼻だろう？——あの鼻が二つだぞ。そして奴はセルウィリアにピンク色の真珠[126]を贈った。あの女はそれを、ローマ市建設記念祭のたびに、実にうやうやしく身に着けていやがる。あんな真珠は世界で初めてだったから、当時はローマで一番の噂になっていたもんだ。なあ我が友よ、それがいままでは、あまりそそられない胸の上で安らいでいる（贅沢禁止令に違反している）。だが以前はあの胸も、真珠みたいに美しかったんだ。ではあの真珠は、マルクス・ユニウス・ブルートゥスを産んだことへの返礼だったのか？　俺たちには分からないんだろう。俺たちには分からないんだろうよ」

LVIII　カエサルから、マルセイユ滞在中のブルートゥスへ、ローマ市にて。

［前四五年八月十七日］

［私的な使者の手で届けられた。］

貴君が属州総督の務めを立派に果たしたとの報告を、私は数多くの方面から受けた。その報にどれほどの満足を感じているか、わざわざ言葉にする必要もなかろう。我が称賛が貴君にもやはり満足を感じさせていることを、私は二つの理由から確信している。小さな方の理由は、この称賛が、貴君のあらゆる行動に誇りと喜びを感じる、貴君の友人からのものであること。一方で大きな理由が、私も同様にローマ国家の僕《しもべ》であること。つまりローマが傷つけば私も苦しむが、ローマへの気高い奉仕がなされれば私もまた喜びを感じるからだ。これほどの正義。ローマに従う民へのこれほど不断の配慮。さらにはローマ法執行へのこれほどの熱意。こうした報告が、不死の神々にかけて、あらゆる属州からも届くよう私は望んでいる。未開の眠りから覚めた幾千もの人々が、貴君のおかげでローマを愛し敬うようになった。またローマを畏れるようにもなった。だがそれは単に、我々全員が公正さを畏れるべきなのと同じであるに過ぎない。

我が親愛なる若者よ、戻るがよい、さらなる大きな奉仕を貴君に求めている祖国へと。

この手紙を私は、ただ貴君のみに宛てて書いている。読了後に廃棄するよう命じる。望むだけ時間をかけ、返信をしたためるように。貴君の都合に合わせて使者を待機させておく。

私は、共和国の指導者の責務のうちに、後継者についての指示や指名が含まれるとは信じていない。同様に、共和国の首席にある者が、独裁的な権力を帯びるべきとも信じていない。それでも私は独裁官であり、余儀なく帯びてきたこの権力は、国家にとって必要不可欠だと確信している。それゆえ後継者の指名をもってようやく、長期の内乱により再度消耗することから国家が救われるとも確信している。これまで貴君とは、政府の本質について、また当世の同胞ローマ市民にどれほど自治をゆだねられるかについて、幾度となく長い対話を交わしてきた。自治の力が市民にどれほどあるかに関し、我々は必ずしもいつも同意できたわけではない。いま離任しようとしているその地位に貴君を任じたのには、実は理由があった。自分の上位に据えられた人間に、一般庶民がいかに大きく依存しているかを、毎日の行政の実践のなかで理解できるのではと考えたのだ。私はいま、首都で同様の地位についた貴君が、イタリアの同胞市民についても同様の事実を見つけ出してくれるよう望んでいる。

貴君には法務官(106)を務めてもらいたい。貴君の義兄〔カッシウスのこと〕を同僚に任命するつもりでいる。就任してほしいのは首都の法務官の方だ。この公職は、外国人担当の法務官と比べると困難さはより大きく、より人目にさらされ、そして私の身により近い。

上述のとおり、同胞市民たちの気質やイタリア半島の政治状況を考えると、私は後継者の指名が自分の責務だと信じている。実のところ、私のような地位にある人間にできるのは後継者の指名までであり、その人物を承認することはできないのだ。すると、あらゆる人がおしなべて気づいていないことが引き続き起こる。つまり後継者に指名された人物みずからが、自身を承認させねばならないのだ。だが私にはまだ、生者としても死者となっても、自分を継ぐ人物を手助けできる手段がいくつもある。その一つが、世界が運営される方法についてその人物を手ほどきすることであり、もう一つが、他では手に入らない情報と経験をその人物と分かち合うことだ。首都の法務官につけば、これらすべてが貴君の思うままとなる。

私は日々、自分の人生にはいつ何時にも終止符が打たれるかもしれないと思い知らされている。とは言え、敵に対抗すべくああした護衛をつけたりすれば、移動を制限されて心には緊張を強いられる。それと引き換えに身の安全をはかろうとは思わない。だから一日のうちには、暗殺者が私をたやすく亡き者にできそうな時間が多くある。こうした危険を思うと、やはり自分の後継者に思いを致さざるを得ない。死へと歩みを進める私は、息子をあとに残すことはないのだろう。だがたとえ息子があったにせよ、私は指導者の地位に関し、父から子に継承されるものとは信じていない。指導者としての地位は、公共善を愛し、その執行への資質や熟練をそなえた人物のものであるからだ。貴君はそうした愛をいだき、またそうした資質のそなわる人間だと確信している。熟練に関しては、それを的確に提供できる地位に私はいる。至高の指揮権を引き受けたいと望むかの決断はすべて貴君次第だ。

以上について、貴君の考えを書き送るよう要望する。

LⅧ―A　ブルートゥスから、カエサルへ。
［ただちに返信された。］

お誉めの言葉を感謝いたします。総督在任期間を通じての一貫したご支援にも、感謝しております。首都の法務官職については、お受けいたします。この公職を私にさずけるよう貴兄に判断させた、その良い評価をそのままに、職責をまっとうできるよう希望したいと思います。

貴兄のおっしゃるもう一方の公職については、考慮したいとの思いはありません。辞退の理由は貴兄ご自身が手紙に書いておいでです。お言葉をそのまま引くのをお許しください。「私は、共和国の指導者の責務のうちに、自分の後継者についての指示や指名が含まれるとは信じていない」。カエサルの地位につけるのはカエサルだけです。万一空席となれば、その地位ならびに権力の集中は、必然的に解消されざるを得ないのです。願わくは、不死の神々が貴兄を末永く見守り、貴兄のみになし得る方法で国家を導かせ給わんことを。また貴兄がその職務を辞する日が来るなら、神々が内乱から我々を守り給わんことを。

その公職を辞退する理由は他にもありますが、そちらは私個人の問題です。毎年毎年、歳を重ねるごとに私は、ますます哲学の研究に心惹かれるのを感じています。首都の法務官としてしばらく貴兄ならびに国家に仕え終えたら、一心不乱にそうした研究に専念するため、私に自由をくださるよう貴兄に願い出るつもりです。まずはその奉仕において、私たちのローマ的精神にも、また貴兄からの良い評価にも恥じぬ記念碑を残せるよう希望しております。

LIX カエサルから、ローマ市にいる、マルクス・ユニウス・ブルートゥスの妻ポルキアへ。
[前四五年八月十八日]

数日前に夫君をローマ市に呼び戻したと、こうしてそなたに伝えられることに喜びを禁じ得ない。ただし、ご夫人よ、彼を呼び戻したことに後悔もないわけではない。ガリアに永久にとどまり傑出した奉仕を続けてほしいと、ローマを愛する人々が望んだとしても無理はないからだ。彼宛てに最近したためた手紙の一節を、ここに繰り返すのを許してほしい。

「これほどの正義。ローマに従う民へのこれほど不断の配慮。さらにはローマ法執行へのこれほどの熱意。こうした報告が、不死の神々にかけ、あらゆる属州からも届くよう私は望んでいる」

そなたにこう伝えるのを許してくれるように。ここではそなたのお家について全く触れないが、それは、そなたのお家のことが私にはなんら影響を与えないからだ。そなたと最も緊密な絆でつながる、あの方々への深い敬意が、意見の相違によって揺らぐことはない。[ポルキアは、カエサルの政敵であったカトーの娘である。]聞けば、そなたは出産を控えているとのこと。ご夫人よ、いとも高貴な遺産たるその子供の誕生を、そなたのみならず全ローマが心待ちにしている。めでたい瞬間に、その子の父親がそばにいるであろうことを思うと、私は嬉しくてならない。

LIX—A　**ブルートゥスの妻ポルキアから、カエサルへ。**

[前四五年八月十九日]

マルクス・ユニウス・ブルートゥスの妻ポルキアが、独裁官ガイウス・ユリウス・カエサル様に。お優しくもお便りをくださったことに、厚く御礼申し上げます。お便りに記された、まことに喜ばしいお知らせのためにご尽力いただきましたことにも、厚く御礼申し上げます。

LIX—B　**カエサルの書簡日誌より。カプリ島のルキウス・マミリウス・トゥリヌスへ。**

[前四五年八月二一日頃]

書簡947　誰の心にも嫉妬心はある。僕の心にも三つ、嫉妬の衝動がひそんでいる。三つの主題にまつわる、感嘆しながらのその思考を嫉妬と呼べるかは分からないが。まずは君をその魂ゆえに嫉妬している。またカトゥッルスをその詩ゆえに。そしてブルートゥスのことを、その新妻ポルキアゆえに嫉妬している。前の二点は君にもさんざん話したが、いつかまた聞いてもらおう。

三点目を考え始めたのも最近のことではない。ポルキアには、うぬぼれ屋で役立たずの友人「マルクス・カルプルニウス・」ビブルス[127]の妻だった頃から注目していた。女性には静けさが異様なほどよく似合う。存在感の欠如や、その人のいるあたりが空白と感じられる静けさではなく――それはそれで十分異例だが――、周りの注意が自然と集まるような静けさだ。コルネリア[20]にはそうした雰囲気があって、僕は彼女を「我が雄弁な静寂」と呼んでいた。それに娘のユリアも始終静かで、僕の夢のなかですら静かだった。そしてカトーの娘ポルキアも同様だ。

それでも、彼女たちがいったんものを語る気になるや、その雄弁や機知に誰が太刀打ちできたろう？　家庭を差配する彼女たちは、実に細かいことまで語って伝えることができた。満場の元老院にいたキケロでもあれほど耳目を集めるなどできはしなかった。嫉妬しながら考えた結果、理由が分かったんだ。些細なことが、そこに重要性を与えようとする人の口から発せられる時、聞く人はただ辛抱ならないという思いだけを感じる。だが僕らの人生は些事にどっぷり浸かっている。すると大事なことは必ず、些事の無数の詳細に紛れて僕らに伝えられる。つまり些細なことは、存在し、それもあらゆるところに存在するという栄誉を与えられているんだ。生まれつき女性には、次から次と続く、こうした些事の膨大な連なりを管理しようとする性質がある。一方で男にとって子育ては、動物を育てるより労多く、ブヨだらけのエジプトの砂漠で野営するより腹立たしい苦役と感じられる。静かな女性とは、忘却へと放り出すべき詳細と、もう一度注意を向ける価値のある詳細とが心で区別されてある女性のことなんだ。

他人の妻への嫉妬にこんな穏やかな性質があるとは、普通は思われていない。だが僕の思いはずっとこうだった。ビブルスがまだ生きていた頃、僕はしばしば夜に家にいて、あの分別ある平静さのもとに戻る彼を見て嫉妬していた。ビブルスが亡くなった時にはじっくり考えた。だが行動に移すのはどうやら問題外だった。ブルートゥスもじっくり考えたに違いない。かなり長く結婚生活を続けてきたクラウディアを離縁したことで、結局あいつはひどく非難されたのだから［クラウディアはアッピウス・クラウディウスの娘で、クローディアの遠縁にあたる］。それでもあいつの行動は理解できたし、また二人はいま幸福だとローマ中が知っているから、最も厳格なストア主義者さえきっと嫉妬しているだろうし、用心深い独裁官すらもそれを許しているんだ［この結婚は、カエサルの唯一の対抗貴族党派を強化した。その党派には、民衆の世論からの幅広い支持があったと言える。ブルートゥスの母セルウィリアは、ポルキアの父であるカトーの義理の姉妹である。だからポルキアはブルートゥスの姪にあたっていた。カッシウスとレピドゥス[128]は、ブルートゥスの義姉たちと結婚している。これら二人の義姉は、セルウィリアと前夫、すなわちコンスル経験者のシレヌスとのあいだに生まれた娘たちだった。二人は大変に評判の悪い女性たちだった］。ではポルキアは、君の母上や僕の母上、それに叔母君と同等の女性なのだろうか？——僕には分からない。もしや彼女の美徳には融通のきかないところがあって、自分の夫や父という、喜びを知らない男たちの美徳を台無しにしているのかもしれない。その厳格な振る舞いが、最悪な環境への嫌悪感によって生み出されたものなら嘆くより他にない。じきに他人をやたらとあげつらったり、自己満足におちいったりするようになるだろうから。僕の若き友人ブルートゥスが、必ずしもいつも石頭の哲学者ではなかったことを思い出すと少し嬉しくもなる。あいつは以前、しばらくあの比類なき女性［女優キュテリスのこと」のそばで、恋い焦がれながら暮らしていたんだ。それにあいつの財産は、カッパドキア人やキュプロス人を絞り上げることで作られたものだ。あの年の執政官だった僕は、怒号の飛び交う不正利得を裁く法廷から辛うじてあいつを救い出したんだ。

そう、ああした道徳家たちは、嫌悪感、つまりはその頑《かたく》なさゆえに有徳なんだ。あの「雄弁な静寂」が、高貴にして美男のブルートゥスに有益な影響を与えんことを。［この箇所は言葉遊びである。ブルートゥスという語は、粗野および醜いという意味を持つ。］

LX　陰謀を呼びかける告知。

［この告知文ないしチェーンレターは、前四五年九月の前半、イタリア半島中の数千人の手を介して出回った。告知の第一弾である本文書がローマ市に現れたのは、九月一日のことだ。］

二十人委員会が、それぞれの先祖に恥じぬすべてのローマ人に告ぐ。我らの共和国を呻《うめ》き苦しませている専制支配から、脱するための準備をせよ。我らの父祖が、かつて死を賭《と》して手に入れた自由を、いま「一人の男」が強奪している。そこで二十人委員会が結成された。祭壇を前に誓いが立てられた。神々からは、方針は正当であり、成功するとの確約が得られた。本告知を手にした全ローマ人に、写しを五部作るよう命ずる。それらが極秘裏に、同じ意見を持つと思しき、あるいはそう説得されると思しき、五人のローマ人の手にわたるようにせよ。続いてその五人には、さらに写しを作るよう命ずる。

追ってさらなる告知が届こう。方策については、そこで徐々に明確となろう。

カエサルに死を。我らが祖国、ならびに我らが神々のために。沈黙と不屈の決意を。

二十人委員会

LX―A アシニウス・ポッリオから、カエサルへ。

［本文書は、本書の文書XIV、九月十八日にナポリからカエサルへと送られた報告書の締めくくり部分である。］

この六日のうちに私《わたくし》のもとに届いた告知文、十三通を、我が将軍閣下にお送りいたします――うち三通はポシリポにある我が住まいに、十通はここナポリに届いたものであります。我が将軍閣下にもご覧いただけますとおり、うち五通の筆跡はどうやら同一ですが、偽装が試みられております。他にも十六通がクイントゥス・コッタに、ルキウス・メラには十通が届いております。

当地ではすでに、対応する動きが一般民衆を対象に、すなわち読み書きできない人々を対象に始動しており、次のように書かれた小石や貝殻が出回っております――XX／C／M［死のために］[129]。

我が従卒が数多くを収集いたしました。その者が請け合うところによると、それを目にした者たちが感じるのは熱狂よりもむしろ憤りであり、その結果XX／Mとのみ記された石も出回っているとのことです。どちらの文字も、舗道や壁などに刻まれているのを見ることもできます。

こうした運動に、どういった方策を計画して対抗すべきか、我が将軍閣下に提案することはいたしません。代わりに、この問題に関する討論の結果をご報告いたします。我が執務所にて、コッタ、メラ、アンニウス・トゥルバティウス、ならびに私が集まり議論いたしました。

1　運動の開始地点はローマ市です。同運動が初めてこちらで見られたのは、その十五日後です。

2　この文書を届ける最中の奴隷、三名を捕縛して拷問にかけました。うち二名の証言によると、我々宛ての告知文を公共の場所で見つけ（うち一枚は、売り物のイチジクがのった盆の上にあるのを老女が発見したそうです）、ほうびを見込んで届けたとのことです。全体として告知文の流通には、伝言を届ける使者に駄賃を渡す慣習が活用されております。三人目の奴隷の証言では、顔を覆った女性に海岸近くで駄賃を手渡され、私に手紙を届けるよう言われたとのことです。

3　狡猾さや持続性を欠くことから、この運動の首謀者は、クローディウス・プルケルのグループの者ではないと思われます。また、カッシウスおよびカスカを中心とする不満分子でもないと思われます。彼らはいつでも、小グループの視点のみより思考するからであります。広く協賛者を募《つの》ろうとする点、暴力への扇動が比較的欠如した点、加えて宗教的な承認を主張する点から、学究的で、またおそらく年配のグループが示唆されます。キケロ、ないしカトーが、この種の手段に訴えた可能性を、我々は排除しておりません。

4　こうしたチェーンレター運動が、現在の消極的行動からどのように積極的行動へと変貌し得るのか、見通すのは困難であります。しかしながらこの運動が、良き政府に害をなす結果を招き得ることに関しては、我々の見解は一致しております。対抗すべく、なんらかの指示がいただけるのをお待ちいたします。

LX—B　第二の告知。

［この告知文は、第一弾よりさらに広くイタリア半島中に出回った。ローマ市に初めて写しが現れたのは、前四五年九月十七日のことである。］

二十人委員会が、それぞれの先祖に恥じぬすべてのローマ人に告ぐ。第二の告知。本告知を手にした全ローマ人に、写しを五部作るよう命ずる。それらが極秘裏に、同じ意見を持つと思しき、あるいはそう説得されると思しき、先にみずからが第一の告知を送ったのと同じ、五人のローマ人の手にわたるようにせよ。

我らよりの指示を伝える。

当月九月十六日を皮切りに、全ローマ人はできる限り、偶数の日のみに、自身およびその家人がローマ市内で買い物をし、法廷の前に姿を現し、あらゆる公的な活動に参加するよう心がけるように。

加うるに、ローマ市に居住する者は、姿を見せた独裁官を歓呼するにあたり、また公共の場に現れたあやつについて歩くにあたり、その熱心さが目立つよう行動するように。また会話においては、あやつのすべての計画、とりわけ東方への遷都、インド遠征、および王政の復活を、熱心に支持すると公言するように。

我らよりの次の告知には、さらに明確な方策が記されよう。

カエサルに死を。我らが祖国、ならびに我らが神々のために。沈黙と不屈の決意を。

二十人委員会

LX―C　歴史家コルネリウス・ネポスの備忘録。［カエサルの死後に書かれたもの。］

［前四五年の］秋のあいだ、話題の中心はいわゆる「チェーンレター」、およびクレオパトラの来訪だった。実際、多くがエジプト女王をチェーンレターの首謀者と考えていた。ローマ人には思い浮かびそうにない東方的な奸智の特徴が、そこには見られると考えられたからだ。月の偶数日にのみ公共活動をすべし、との指令は関心を集め、人々は息をひそめて見守っていた。当初、多くの行動は奇数日になされているように思われた。だが次第にゆるみ、正反対の傾向が明らかとなった。

LXI　カエサルの書簡日誌より。カプリ島のルキウス・マミリウス・トゥリヌスへ。

［陰謀を呼びかける最初の告知の写しが添付されていた。］

［前四五年九月八日―二〇日］

書簡979　国家の転覆や、暗殺による僕の殺害に向けて、人々を準備させるあらたな手法を誰かが考案したようだ。

そうした公共告知文の写しを同封した。数千人の手を介しイタリア中で回覧されている。

この一年、同様の陰謀の動きについての証拠を、あらたに詳しく報告されないまま過ごす日などほとんどなかった。僕のもとには会合参加者の名簿や、そこでの会話についての報告が上がってくる。手紙を傍受したりもする。ああしたグループの大半は、信じがたいほど間が抜けている。メンバーのうちたいてい一人は、金や恩顧と引き換えにすすんで情報を売ろうとするものなんだ。あらたに陰謀が報告されるたび、大きな好奇心が自分のうちに目を覚ます――それを「幸せな好奇心」と呼ぶつもりだったが、じきに落胆させられてしまった。

遅かれ早かれ、自分が暴君殺害者の手で命を落とすことを、そもそも僕はほとんど疑っていない。だからといって、武装した護衛を常に配置して人生を邪魔させたり、油断なく警戒して心に負担をかけたいとは思わなかった。自分に突き刺さるのは愛国者の剣であるようにと願いたいが、同じほどに僕は、気のふれた奴や、嫉妬深い連中の剣にもさらされている。だからさしあたり、投獄したり追放したり、警告したり摘発したりして、視界に入った陰謀を阻止してきたんだ。

繰り返すと、僕はずっと興味を感じながら陰謀計画を観察してきた。僕が間違っている問題について正しい意見を持つ人間を、暗殺を計画する連中のうちに見出すのはいつだって可能だ。僕より優れた人間すら世界には数多くいる。しかし、我らが国家にとってのより優れた指導者になれそうな人物には、ついぞ出会ったことがないんだ。もしどこかにいるなら、思うにその人物はいま、僕の死を計画していることだろう。僕が作り上げたローマ、作り上げねばならなかったローマは、頂点で支配する才のある人間には居心地の良い場所ではない。もしいま、自分がカエサルではないなら、僕はカエサルの暗殺者となるだろう。(こんな考え、この瞬間まで思いつきもしなかったが真実だと分かる。これもまた、君に手紙を書くという習慣から手に入れた、多数の発見の一つだ。)

だが自分の殺害者について何か知りたいと望むことには、さらにずっと深い理由があるんだ。もちろん知ったところで、確認できるのは人生最期の一瞬のみではある。それでもこの問題は、君も知ってのとおりの、日ごと強く自分をとらえるあの問いへと僕を連れ戻す。すなわち、世界の内部あるいは上部には「意思」のようなものがあって、僕らを見守っているのだろうか?

僕はよく「運命の寵児」と呼ばれる。もし神々がいるのなら、自分をいまの地位に据えたのは彼らだ。あらゆる人間をそれぞれの立場に置いたのもやはり神々。しかし現在の僕の地位を占めるような人間は、神々からの指名を受けたうちでも、ひときわ目立つ存在の一人だ——詩人のカトゥッルスも彼の世界では同じだし、君もそう、それにポンペイウスも同様だった。僕の暗殺者は神々の本性にもとづいて行動し、おそらく僕ら人類になんらか光をもたらすのだろう——つまり神々に選ばれた道具ということになる。だがこう書きながらも筆は指から滑り落ちる。僕は気のふれた人間の剣で命を落とすかもしれないからだ。道具として誰かを選ぶ時でさえ、神々は決して姿を現さない。僕らは誰しも、落ちてくる瓦のなすがままだ。レモネード売りの頭上か、カエサルの頭上か。位置をずれた瓦について、ユピテル神が思い浮かべた情景にゆだねられている。ソクラテスに死を宣告した陪審員たちは至高の道具などではなかった。アイスキュロス(43)を殺したワシや亀も同様だ。僕の最期の瞬間の意識は、これまで何度も確認してきたことを、おそらく最後にもう一度確認することで占められるのだろう。葉をのせて流れる小川と同じように、世界の事象は無感覚に進んでいく、と。

　あらたに発覚した陰謀のそれぞれを熱心に探究するのには、もう一つ別の要素が関わっているんだ。殺したいほどに僕を憎む人間がいるとして、その憎しみにまるで私心がないと分かったら素晴らしいとは思わないか？　もし私心のない愛が見つかれば、それは十分にまれなことだ。だがいまのところ僕を憎む連中の心のうちには、嫉妬や出世の野心、あるいは自身を慰めるための破壊衝動といった動機しか見出せない。それでも、ただローマのことのみを、そして僕がローマの敵であることのみを考えている男の顔をのぞき込むのを、僕は最期の瞬間に許されるのかもしれない

書簡980―982［すでに文書Ⅷに示した。］
書簡983［天候について。］
書簡984［文語ラテン語と口語ラテン語との差が徐々に開いていること、および俗語表現における格変化語尾および接続法の衰えについて。］
書簡985［再度、長子相続について、および財産相続について。］

書簡986［告知の第二弾が添付されていた。］
二十人委員会の第二の告知を同封した。一連の動きの首謀者はまだ分からない。あらたな種類の不満分子の匂いがする。
子供の頃から注意深く観察してきたことがある。自分の上位に置かれ、自分の行動を制限できる立場にある人間に対して、人はどのような態度で接するかについてだ。どれほどの敬意と忠誠心が、どれほどの軽蔑と憎悪を覆い隠していることか！　敬意と忠誠心を生み出すのは感謝だ。上位者のおかげで重大な決断をする責任や恐怖から解放されることに、人は感謝を感じる。一方で軽蔑と憎悪は怒りから生まれる。自分の自由を制限する人間に、人は怒りをおぼえるんだ。どれほど穏和な人にも、毎日毎夜の一部にはぼんやりとではあれ、自分の服従を好きに要求できる人間の殺害を思う時間がある。若い頃の僕も、寝てか覚めてか、父や教師、それに上司である総督たちの死を夢見ていた。だが僕はそれらの人に、常にではないにせよしばしば本当の愛情を感じていたから、そうした想像をしがちな自分に気づいて心は幾度も驚きで満たされたものだ。だから、たき火を囲む兵たちの歌を聞く時には、いつもある種の喜びを感じていたんだ。四曲目までは、一曲ごとに神々の高みへと引き上げられていた僕は、五曲目で大馬鹿へとおとしめられ、老人の欠点をかかえながら衰弱していく。この最後の曲を、兵たちは特に大声で歌って、僕が死ぬ箇所では森の木々すら歓喜して共鳴していた。マルクス・アントニウスやドラベッラまでもが、自分の殺害を計画するグループにしばらくの期間加わっていたと知った時でさえ、怒りの感情は湧いてこなかった。ほんの少し笑えてきて、老年へと急いで何歩か進んだと感じられただけだった。あの時、愛する主人であるはずの僕は、彼らがかつて憎んだ主人たち全員と一時的に同化していた。主人を決して嚙まないのは犬だけだ。

色々な衝動は、こうして様々に組み合わさって世界を動かす機構の一部をなしている。その組み合わせの承認も拒否も、僕らには許されていない。なぜなら、あらゆる基本的な衝動がそうであるように、そこからは良いものも悪いものも生み出されるからだ。そしてその事実からは、僕のこの信念への確証が引き出される。つまり、心を動かす機構の中心には限りない自由を望む思いがあるが、それには必ず、自由のもたらす結果への恐怖、という正反対の感情がともなわれる。

LXII　カエサルの秘密公安部隊が発見した、カトゥッルスによるメモ。

［独裁官に届けられたのは、前四五年九月二七日のことである。］

［この走り書きは、詩の断片が書かれた紙片の裏面、ないしは板に書かれてあった。そのどれにも、文字にはぞんざいに消した跡があった。］

……十人委員会が結成された。……

……二十人委員会は、神々の祭壇の前で誓いを立て……

……来月、九月十二日を皮切りに……

……月の奇数日には、あらゆる……を控え……

……独裁官が公共の場に現れた際には、熱心な様子でついて歩き……たいそうなお世辞をこめた歓呼を……

LXII—A　カエサルから、カトゥッルスへ。

［前四五年九月二七日］

先頃私は、貴君の友人たちが首謀者となり、共和国政府の転覆を狙う一連の文書が作成されたことを知った。

こうした手法は、犯罪的というより子供じみて間違っているように思う。その手法を無害な、それに滑稽なものとすべくすでに私がとった措置を、これから貴君の友人たちは目にすることとなろう。だが私にはいま、この犯罪をおかした者に目に見える罰をくだすよう圧力がかかってきている。公共の問題への実に不手際な横槍に、貴君がなんらか関与していたとはとうてい信じがたい。だが少なくとも、貴君が承知していたことを示す証拠がある。

貴君の父上との古くからの友情を思うと、道を誤ったこれらの若者を寛大に扱うことにやぶさかではない。その者たちの命運は貴君にゆだねる。もし貴君の口から、彼らは今後こうした手紙の流通に関わるのをやめると聞けたなら、この件はもう解決済みと見なすつもりだ。

彼らの行動を弁護する言葉を聞くつもりはない。了承の旨を表す言葉で十分だ。明後日、クローディウス・プルケルならびにクローディアが主催する晩餐会には、貴君も出席するものと聞いている。貴君と顔を合わせる場で、私にそう告げてくれればそれで良い。

LXII—B　カトゥッルスから、カエサルへ。

［前四五年九月二八日］

ご指摘の告知文は、ただ僕一人によって計画された。その発端となった文書を送り出したのも僕一人だ。二十人委員会は存在していない。

自由が日に日に狭まっていることを、ローマ人に思い出してもらおうと用いた手法が、独裁官たるお人には不手際と見えたとしても無理はない。その人の権力には際限がない。同様に、自分以外の人間にある自由への嫉妬心にも際限がない。その人の権力は、市民の個人的な書類をあさることにまで及んでいる。

ああした文書を作成するのを、僕はもうやめている。すでにその効力は失われているからだ。

LXII—C　陰謀を呼びかける第三の告知。ユリウス・カエサルにより作成された。

［カトゥッルスの言う「その効力は失われている」というのは、偽のチェーンレターが国内に氾濫したために、運動がすぐに混乱へとおちいり、市民たちの関心が下火になっていったことを意味している。第二の告知の数日後に世に出たこの第三の告知は、一連の告知文のうちで最も広範に出回った。］

二十人委員会が、それぞれの先祖に恥じぬすべてのローマ人に告ぐ。第三の告知。

二十人委員会は、いまや告知文書が存分に広く出回ったと感じている。数十万もの人々が、圧政者への愛国的な憎しみに目覚め、あやつの死を切に望むようになった。

さし当たり諸君らには、この幸福な出来事に向け人々を準備させるよう申し伝える。これより機を逸することなく、暴君の業績なるものを笑いものとせよ。

あやつの征服戦争を軽んじよ。あれらの土地はあくまで、あやつから価値を認めなられかった配下の将軍たちが征服したことを想起せよ。あやつは「無敵」と呼ばれている。しかしあやつは手ひどい敗北を何度も喫しながら、それをローマ人に隠したことはよく知られている。敵を前にして見せた、あやつの個人的な臆病ぶりについて多くの話を広めよ。

内戦を想起せよ。ポンペイウスを思い出せ。彼が催した見世物の素晴らしさを、人々に思い出させよ。

それに農地の分配。大土地所有者たちへの不当行為について、詳しく語るがいい。退役兵たちは、石ころだらけの土地や、沼地のような土地しか受け取れなかったと言いふらすがいい。

二十人委員会は、社会秩序ならびに財政を管理すべく、詳細な計画を立案した。これまでに独裁官が公布した、以下の耄碌《もうろく》した法令などすぐに無効となろう。贅沢禁止令、暦の改革、新貨幣、十人の担当長官による穀物分配制度、灌漑および用水路の管理への非常識な額の公金投入。まもなく繁栄と豊穣が君臨することであろう。

カエサルに死を。我らの祖国、ならびに我らの神々のために。沈黙と不屈の決意を。

LXIII

ガイウス・カッシウスから、ローマ市にいる義母のセルウィリアへ、プラエネステにて。

［前四五年十一月三日］

［行間を読むと、この手紙ではカエサル暗殺の機会、およびブルートゥスを陰謀に引き入れる方法について論じられている。］

我々のあの友人に栄誉をさずけるよう求める仲間は、日に日に数を増しております。名前の分からぬ人々も多くおります。先月の、あの崇拝者たち［不明の箇所。九月二七日にカエサルを襲撃した人々のことか?］について知ろうとする我々の努力は、徒労に終わりました。

この種の栄誉をさずけるにふさわしい機会を見つけるのは、容易ではありません。受け取る人には思いがけないものである必要がありますし、居合わせた人にはなるべく強烈で好ましい印象を与える必要もあります。エジプト女王のレセプション・パーティー閉会時にこれを実行する計画は、かなり進展しておりました。しかし我々の栄誉あるあの客人が、奇妙にも会場から姿を消したのです。贈られる予定だった熱烈な歓呼について、なんらか知らせを受け取っていたというのが我々の見解です。

私は徐々に、この喜ばしい行事を延期すべきとの考えに傾いております。少なくともあと一人、我々のあの友人の側近中の側近が、栄誉をさずける仲間に加わってくれる必要があります。この目標へのご尽力に、我々は深く感謝しております。私の念頭にある人物は、私と一緒にいるのを避けております。家に私を招くこともできないと、その理由を書き送ってきさえしました。

尊き奥方様、急ぐようにとのご意見の重みについて、我々はしかと理解しております。称賛に値するこの企画を、他の人々が我々に先んじて実行する可能性についても危惧を感じております。悲惨な結果は目に見えているからです。次にローマ市におもむいた折に、お宅をご訪問できればと思います。

独裁官に、長命と健康あれ。

LXIV　**マルクス・ユニウス・ブルートゥスの妻ポルキアから、叔母であり義母でもあるセルウィリアへ。**

［前四五年十一月二六日］

お義母様、尊敬の念とともに、けれどもきっぱりお願いしなければなりません。わが家へのご訪問をお控えください。お義母様をお迎えする時には気の進まない様子が、ご帰宅の際にはほっとした様子が、隠しきれず夫からついあらわになるのを、私《わたくし》は目にしております。あの人が、お義母様をお宅に訪ねようとしないことにはお気づきのことでしょう。ですからあの人が当家にお義母様をお迎えするのは、ひとえに息子としての務めゆえとお察しなのではと思います。お義母様がいらしたあとでの、落ち着きのない、よく眠れないでいるあの人の様子が、このような振る舞いを私にうながしました。でももっと早くにこうすればよかったのかもしれません。と申すのも、お二人がお話しになるたび、妻でありながら席を外すよう言われるのを、私はあるまじきことと感じているからです。

お見知り置きいただいてから、もうずいぶんになります。私が争いを好まず、またお義母様にはかねてより大きな感謝を感じてきたことを、ご存じいただいているものと思います。すでに私の姉妹たちも、仕方なく同じ行動をとりました。だからといって私の心は少しも軽くなってはおりません［言われているのはポルキアの二人の義理の姉妹のことで、それぞれカッシウスとレントゥルスに嫁いでいた。どうやら二人も、やはり自分の母親に対し扉を閉ざしていたようだ］。

私がこのお便りをしたためていることを、夫は存じておりません。もしそうお望みでしたら、お伝えくださって結構です。

いただいたお便りでの、私の大きな痛手［流産のこと］への温かいお言葉、ありがとうございます。夫を落ち着かなくさせるお話し合いに加えていただけるほどに、私がこのお家の立派な一員であると、もし別の折にお示しいただいていたなら。それならば私は、お義母様からの愛情や敬意のこもったお言葉を、もっとうまく感じ取ることができましたのに。

LXIV—A　銘文。

［以下は黄金の板に刻まれていた文章である。その板は、類似の記念銘板の一点として、ポルキウス・カトー家およびユニウス・ブルートゥス家が所有した祭壇の背後の壁にはめ込まれ、ローマの滅亡までそこに置かれていた。］

ウティカの英雄マルクス・ポルキウス・カトーの娘で、暴君殺害者マルクス・ユニウス・ブルートゥスに嫁いだポルキアは、夫が胸中、ローマ人を自由にするための策をめぐらし、それを自分に隠していることに気づいていた。ある夜、(130) 彼女は太ももに短剣を深々と突き刺す。ひどい痛みにさいなまれながら、彼女は何時間もうめき声一つあげず、痛む素振りすら見せなかった。朝になって彼女は、夫に傷口を見せるとこう言った。「こうしたことに、ずっと声をあげずにいられた私であれば、旦那様のお考えを胸に秘められる人間であるとご信頼いただけませんか?」。すると、涙を流しながら彼女を抱きしめた夫は、心に秘めた考えをすべて、彼女に語って聞かせたのだった。

LXV　カエサルの叔母ユリア・マルキアから、カプリ島のルキウス・マミリウス・トゥリヌスへ、独裁官の暮らすローマ市の公邸より。

［前四五年十二月二〇日］

私の愛しい子や、ここのところ苦しい日々です。詳しく立ち入って書かなくても許してくれるわよね。あの恐ろしい出来事［善き女神《ボナ・デア》の秘儀が冒瀆されたこと］が、私たちみんなを打ちのめしたの。誰もがなるたけ家から出ないようにしているわ。みんな幽霊みたいになって、顔を見合わせています。なんらかの罰を待っているの——いえ、言おうとしていたのはこう。なんらかの罰を望んでいるのです。でももちろん、罰はもうくだされました。お前なら思い浮かべられるでしょうけど、サトゥルナリア祭[102]［十二月十七日から始まる祭礼］の楽しみがローマからはそっくり消えたのよ。それに農場の管理人が書いてよこしたのですけど、丘の私たちの農村にさえすっかり影がさしているそうです。とりわけ可哀想なのが子供や奴隷たち。だってこの季節は、いつでも子供や奴隷にとって、一年で一番嬉しい時期なのですから。

あらたに届いた知らせには、あの破廉恥な出来事と同じほどに驚かされました。あのよこしまな姉弟が無罪放免されたというのよ。クローディウスが陪審員たちに、莫大な賄賂を贈ったのに違いありません。もう何も言うことはないわ。市民みんなの気持ちがお金で踏みにじられるこの町で、生きていくきり仕方ないいんですから。噂だと、陪審員たちの家の前には一日中人だかりができて、みんなが壁や門柱に唾を吐きかけているそうよ。今朝、キケロと少し言葉を交わしたの。絶望に打ちひしがれていました。裁判での演説は、これまでで一番素晴らしいものでした。だからあの人にそうお伝えしたのですけど、両手をひらひらさせるだけで、目からは涙がこぼれ落ちていました。甥がこの事件の審理を担当するのを拒んだことは理解できます。でもひどく残念に思うの。夫としてはやりづらかったのでしょうけど、大神祇官としての責務を免除されてはいないのに。細かいですけど一つ、この事件全体に関わることで、言っておかないとと思っていることがあるのよ。絶対に秘密にしてください。あの恐ろしい男が秘儀に来ることを、甥はあらかじめ知っていたの。入り口でとらえることもできたのよ。でもカエサルは、実際起こったあのとおりに、事件がさらされることを望んだのです。

　私の愛しいルキウスや、お前がここにいてくれたらって、どれほど思っていることか。いまのあの人は自分を見失っています。しばらく一緒にいてくれって頼まれたのよ。そこで私、お願いして、まだそのまま二人して公邸で暮らしているの。［大神祇官は通常、ローマ市の「聖道《ウィア・サクラ》」沿いにある、国家から提供された公邸で暮らしていた。妻がスキャンダルに関与したことを受け、カエサルはおそらく、パラティヌスの丘にある自邸[112]に居を移したいと望んだのだろう。］あの人は、これまで以上に深く仕事に没頭しています。パルティア人と戦争になるのは、どうやらもう確かのようよ。コリントス地峡[131]は、運河で切り分けられます。マルスの野[132]はウァティカヌスの丘[110]のふもとの地区に移されて、元の場所では住宅建設が大規模におこなわれます。市民のための図書館が開設されます。全部で六館、ローマ市の各所に置かれます。私たち、食卓でこうしたことを話しているの。でもこんなことは、あの人の心のなかの大切なテーマではないわ。ああ、ここにお友達が誰かいらして、あの人をくつろがせてくだされればいいのに。宴会好きなお仲間をお招きすることもないのよ。デキムス・ブルートゥス[111]と、それにもう一人のブルートゥスがいらして、一緒に食卓を囲むことも何度かはあります。でも楽しい席にはなりません。あの人は、先に自分に温かい友情を示してくれた人にだけ友情を示せるのね。私の旦那様が昔、よくこんなふうにおっしゃっていました。「愛において大胆な者は、友情においては内気だ」

　もう一つ、秘密を分かち合ってちょうだい。クローディウスの、あの厚かましく罰当たりな行動を前もって警告してくれたのは——誰あろう——エジプト女王だったのよ。ローマでは広く、あの人が彼女と結婚すると信じられています。その可能性を思えば、彼女があの恐ろしいたくらみを明かす理由は十分あるわね。けれども私、お前がはっきりそうお言いなものだから、結婚の噂は本当ではないと信じているの。すると二人に何かがあったんだわ。それが何なのかは知りません。でもそれは、あの人がいま気落ちしていることに大きく関わっていると思うの。それに、女王も苦しんでいるのが分かります。身近な人の心がどんな歴史をたどってきたか、私たち年寄り女ならたいそう器用に推しはかれると、普通は信じられているものよね。だけど私には無理。言えるのはただ、何か愚かしい邪魔が入って、二人のあのとっても幸せな語らいが絶たれたということだけ。見たところ、私の又甥「マルクス・アントニウス[97]のこと」がエジプト遠征を仕掛けたようね。

カエサルが、ここに独り身で暮らすなんて馬鹿げたことです。これについては何度も話し合ったのよ。若く可愛い女の子との季節はもうおしまい。するとあの良きカルプルニア以外に、あの人の妻にふさわしい女性がいるかしら？　彼女のことなら、私たちみんなずっと前から知っているわ。色々と難しい境遇にあっても、いつでも彼女、ああした静かで品のある態度をつらぬいてきました。じきにお前の耳にも、ごくごく控えめな婚儀のあと、彼女がこの家に移ったとの知らせが届くことと思います。

犬が鳴いているわ。あの人のご帰宅よ。家人たちに声をかけているのが聞こえます。でもあの人を深く愛する私だけには、あの快活な話しぶりは演技だと分かるの。私、自分でも驚いているのよ。こんなにも長く生きて、多くの人を愛し、多くの人を失いました。だけど苦しむ人を前に、ここまでのやるせなさを感じたのは初めてなの。その苦しみの原因すら分かりません——というより、思い当たるふしはたんとあるのですけど、どれが肝心なのか分からないのよ。

次の日になりました。

私の愛しいルキウスや、いま急いでこれを書いています。お前以外の誰に伝えられるというの？おかしなことがいくつも起こっています。あの人ですら心に秘めておけずに、軽い調子をよそおって聞かせてくれました。次々とたくさんの陰謀が明るみに出ていることや、国家の転覆とあの人の暗殺の計画について話してくれました。そして手にした書類を開いたり丸めたりしながら、あの人はこう言ったの。「去年はマルクス・アントニウスでした。今度はどうやら、ユニウス・ブルートゥスがそうしたことを考えているようです」。私、恐ろしくなって後ずさりしてしまったの。するとあの人、かがんで私に顔を近づけると、不思議な笑みを浮かべてこう言ったのよ。「この老いぼれが静かになるまで、彼は待っていられないのですよ」
ああ、お前が私たちと一緒にここにいてくれたなら。

LXVI

クレオパトラから、アルバの丘にある農園にいる、カエサルの叔母ユリア・マルキアへ。

［前四四年一月十三日］

お体の不調からすっかり回復したと、あなた様からはっきり聞くことができて大変嬉しく思います。私《わたくし》からお宅へと、日々送っていた使いの者が、あなた様を世話する方々の迷惑ではなかったと信じています。

お加減が良くなり次第、大至急の質問をさせてほしいと思っていました。敵が私をまるで壁のように取り囲んでいます。それでも私は幸運です。あなた様は、頼ることのできる唯一の方であると同時に、助言をもらうにも最適の方だからです。

慈《いつく》しみ深き奥様、自分の統《す》べる偉大な国の利益を増進させようと、私はローマにやって来ました。ですがこの地での私は、ローマの慣習にうとい異邦人です。多くの誤りをおかす危険にさらされていて、それがもとで自分の使命すべてをあやうくしかねません。そこで密偵の組織を作って自分を守ることにしました。この都で起こる多くのことについて、いつでも情報が入るようにと考えたのです。ただし私は一度として、手に入れた情報を使い、ローマ市民の利益をそこなおうとはしませんでした。数多くの場面で、公共の秩序の役に立つことができました。

こうした努力や幸運のおかげで、私は誰よりもつぶさに、国家の転覆や独裁官の暗殺をたくらむグループの計画を監視できる立場にあります。ここにお伝えするのは、私の目にとまった初めてのグループではありませんが、最も決意の固い人たちです。陰謀者の名前については、この手紙に書き込むのは適切ではありません。

いとも慈しみ深き奥様、今回、以下の情報を私からじかに独裁官にお伝えするのは難しいことのように思います。一つ目の理由は、ご自身に密に関わる情報が、女性であり外国人でもある人間から再度お耳に入るのを、あの方が不快に思ったとしても不思議はないからです。二つ目の理由は、悲しい不運により、私があの方の信頼や信用を失ってしまったことです。あの方の、ローマ共和国での地位に寄せる私の忠誠心は揺るがず、揺るがすこともできないと、あの方が知っていてくれることのみが私にとっての慰めです。

ここにお知らせする陰謀団は、一月六日の夜ふけ、参事会員選挙の監督からお戻りの独裁官を暗殺しようとたくらんでいました。テベタ女神の神殿近くにある、小川にかかった橋の近くや下で待ち伏せる計画でした。その時は私が、カエサルはあなた方の意図に気づいていると、メンバー四人に匿名の手紙で伝えました。彼らは、今度は一月二八日、あの方が競技の会場をお出になる際に襲撃しようとたくらんでいます。分かってもらえると思いますが、陰謀者宛てにふたたび手紙を書くのは得策ではありません。そうしたことはしないと、彼らの一員である情報提供者に約束してあるのです。

高貴な奥様、この件について大至急、あなた様からの助言が欲しいのです。この情報を独裁官の秘密公安部隊長に届けるのが、最も自然な対応であろうことは承知しています。しかしそれはできません。あの組織の無能さについては、知り過ぎるほどよく知っているからです。報告書が独裁官に上がりはしますが、怠慢は嘘の報告によって隠され、ただの思い込みは事実と断定され、大切な情報は保留され、些細なことは誇張されるのです。

お返事を、お待ちしています。

LXVI—A カエサルの叔母ユリア・マルキアから、クレオパトラへ。
[帰還する使者の手で届けられた。]

偉大な女王様、お便りをありがとうございます。私の加減が良くないあいだ、ご心配のお気持ちをたくさんくださったことにもお礼を言わせてください。

いただいたお手紙のことです。貴女のおっしゃる者たちについて、私の甥は大方を知っています。それが確かに同じ集団であることや、成員の名前も分かっていることは、あの人が、橋での待ち伏せを話題にしていたことからも確かです。でも、貴女の情報の方がより詳しくて、とりわけ大切な意味を持つのは間違いありません。偉大な女王様、私ずっと心配しているのよ。国の大事には注がれるあの精力や注意力を、あの人、こうした陰謀を防ぐためには注ごうとしないのですから。

あの人の命を狙い、今月の二八日に襲撃しようと立てられている計画については、あの人の耳に入るよう取りはからいます。そして頃合いを見て、この警告が貴女のおかげで手に入ったことを伝えましょう。

私たちが過ごすいまのこの時節は、苦しんだり混乱したりする理由に事欠きません。貴女と一緒に過ごしたあの幸せな時間は、もう何年も前のことみたいに思えるわ。不死の神々が早く、いくらかでもローマに平静を取り戻してくださいますように。その正当な怒りを、私たちからそらしてくださいますように。

LXVII　**カエサルの書簡日誌より。カプリ島のルキウス・マミリウス・トゥリヌスへ。**

［ここから先のカエサルの書簡が書かれたのは、どうやら前四四年一月から二月にかけてのようだ。］

書簡1017　［ギリシアのコリントス地峡での運河建設に関する、賛成の議論と反対の議論。］

書簡1018 ［ガリアの諸都市で、ローマ風の贅沢品への需要が増していることについて。］

書簡1019 ［新設される公共図書館の蔵書のための協力要請。］

書簡1020 いつだったか君は、笑いながら僕に、「無」の夢を見たことはあるかって聞いたよな。その時僕はあると答えた。それ以来、ずっとその夢を見ているんだ。

そうした夢が見られるのは、眠りながら体がたまたまある姿勢をとったからか、あるいは体のうちでなにか、消化不良や混乱などが起こったからかもしれない。とは言え、その時に心で感じるのは本物の恐怖に他ならない。以前はそれを、にやりと笑う頭蓋骨のような死の象徴だと考えていたが、そうではない。それはあらゆる物事の終わりを予感できる状態なんだ。ただしこの無の状態は、空白とか静けさとしてではなく、正体を明らかにした完全な悪として姿をあらわす。それは笑い声であり、同時に脅迫でもある。それを前にすれば、どんな喜びもどんな火傷も笑いぐさに変わり、あらゆる努力はひからびてしまう。例の病気の発作の時に見る、あの別の幻影と、この夢は対《つい》をなしている。その時に僕は、どうやら世界の適正な調和を取り戻したと分かる。言いようのない幸福感と自信に満たされる。あらゆる生者と死者に向けて、宇宙のどこにも無上の至福が及ばぬところなどない、と叫び声をあげたくなる。

［以下はギリシア語で書かれている。］

対をなすこれら二つの状態は、実際には体の中心にある熱気から生み出されていたに過ぎない。それでも両者について心はこう語る。「私はもうそれを知ってしまった」。ただの幻覚と片付けるわけにはいかない。それぞれの記憶は、燦然たる印象や哀しげな印象がたっぷり加わって強化される。片方を拒否すればもう片方をも拒否することになる。両者に公平に、少し縮小した権利を分け与えることはしない。意見の異なる二つの敵対党派を和解させる、村の仲裁者のようにはいかないんだ。

この数週間、夢ではなく目覚めた状態での僕は、むなしさをつくづくと感じ、あらゆる信念は崩れ去っていった。いや、もっとひどかったな。死者たちが死装束をまとい、あざ笑うように僕を手招きしている。まだ生まれていない将来の世代が大声で、死すべき人間の道化じみたパレードのような人生は勘弁してくれと願っている。だがこの前、あれほど苦々しい気分を味わったというのに、いまだに僕は無上の至福の記憶と袂《たもと》を分かてないでいるんだ。

人生、人生とは神秘的なものだから、それは善だとか悪だとか、意味などないとか、あるいは整然と秩序だっているとかと、あえて結論めいたことを言う勇気など僕らにはない。そしてこれらすべてが人生について語られてきたという事実は、これらすべてはただ僕ら次第であることの証拠でもあるんだ。僕らが毎日を過ごすこの「人生」には、色もなく徴《しるし》が示されることもない。かつて君が言ったとおりだよ。「宇宙は、僕らがここにいることなど知りはしない」

人生の本質について、なにか最終的な答えを見出すのが自分の責務だなどという、子供じみた考えはもう心から放り出そう。人生は残酷だとか親切だとか、色々な瞬間にそう言いたくさせる、自分のうちなる衝動をすべて疑おう。状況の悲惨さゆえに人生を邪悪と呼ぶことも、幸福な状況ゆえに人生を善と呼ぶことも、どちらも劣らず浅ましい行為なのだから。僕を安寧や満足のえじきにさせないでくれ。代わりに、人々の口から刻々と絞り出される、ののしりや喜びの無数の叫びに気づける経験を、喜んでさせてくれ。

誰がこうしたことを君以上によく悟らせてくれただろう？　いったい誰が、話すなかであれほど絶え間なく、是と非の範囲の極限を引き合いに出せただろう？――ソフォクレス[78]以外の誰が、九十年の生涯を通じてギリシア一幸せな人間として知られながら、隠された暗い秘密のない人生を送れただろう？

人生には、僕らが与えない限り意味などない。人生は人間を支えないし侮辱もしない。魂の苦しみにせよこのうえない喜びにせよ、逃れられないことに変わりはない。だがそうした状態も、僕らにおのずと何かを語りはしない。それが天国に感じられようが地獄であろうが、どれも僕らが意味を与えるのを待っている。ちょうどそれは、デウカリオン[133]とピュラが自分を指して名前を言うのを、粗野な者も恥ずべき者も、あらゆる生物が待ったのと同じことだ。このように考えた僕は結局、あえて過去の自分の影のようなお目出たい連中を、自分の周囲に集めることにしたんだ。これまで僕がずっと、人生の矛盾の犠牲者と見なしてきた連中だ。また僕はあえて、良きカルプルニアから子供が生まれ、こう言ってくれるよう願っているんだ。「自分は「無意味さ」に無理にでも意味を与えたいと思います。そして「不可知なもの」の残滓《ざんし》のなかで名をなしたいと思います」と。

僕はローマのうえで人生を組み上げてきた。だがローマそのものは存在せず、他より大きいとか小さいとかの建物の集まりや、他市の住民より勤勉とか怠惰とかの市民の群れが存在するに過ぎない。洪水か愚かしさか、あるいは火災か狂気かによっていつ滅んでもおかしくはない。遺産や教育によって、僕は自分がローマに結び付いているんだと考えてきた。だがそうした結び付きには、顔から剃り落とす髭以上の意味はない。ローマを防衛するよう元老院や執政官たちから要請されたが、それはウェルキンゲトリクス(134)がガリアを守ろうとしたのと違わない。いや、多くの先達と同様、そこに自分なりの意味を与えようと思った時に初めて、ようやく僕のローマが姿を現した。だから僕にとってローマが存在できるのは、自分の考えどおりにローマを形作った場合に限られるんだ。いまでは分かる。長年僕は、自分はローマ人だからローマを愛し、ローマを愛するのは自分の義務だと信じてきたが、それは子供じみた考えだった——石材や男女の群れを愛することが、まるで可能かのように、あるいは敬意を払う価値があるかのように思っていたのだから。意味で包み込んであげるまで、僕らはどんな対象とも関係を持つことはできない。そして犠牲を払いながら、苦心して対象物にその意味を刻印できるまで、自分がどんな意味を与えたのかも確実には分からないんだ。

書簡1021　［カルタゴ市の再建、およびチュニス湾に防波堤を建設することについて。］

書簡1022　今日、女性が一人会いに来ていると知らされた。執務室に通されたその女性は頭をすっかり覆っていて、秘書官たちに席を外させてようやくクローディアだと分かったんだ。

彼女がやって来たのは、僕の命を狙う陰謀が進行中だと警告し、自分や弟はまったく関わっていないと明言するためだった。そして首謀者たちの名前をあげ始め、計画実行の日とされたのがいつかも教えてくれた。

不死の神々にかけて言うが、陰謀者たちが考慮しそこねていることがある。僕が女性たちに愛されていることだ。こうした魅力的な情報提供者から、あらたに助けの手が差し伸べられない日など一日としてないんだよ。

その来客に、「全部知っている」とつい言いかけたが、なんとか黙っていることができた。いつか年老いて火のそばに腰かけた彼女が、自分は国家を救ったと、昔を振り返る姿が想像できたんだ。それでも彼女からの情報には一つ、初めて知る事実が含まれていた。陰謀者たちはマルクス・アントニウスの暗殺も計画しているというんだ。もし本当なら、彼らは思ったよりずっと間抜けだ。暴君殺害者たちを震えあがらせる策を講じるのを、僕は日々先延ばしにしている。というより、どう対処すべきか決めあぐねている。どんな厄介ごとでも、最終局面に達するよう励ますのが僕のこれまでの流儀だった。世間への良い教訓となるのは刑罰ではなく、行為そのものだからだ。どうすべきかまだ分からない。

僕に手をくだすのに、あの友人たちも分別のない時機を選んだものだ。ローマ市はすでに、僕の退役兵たちであふれ返っている［パルティアとの戦争にそなえて再招集されていた］。兵たちは僕の後ろにつき、大きな声をあげて通りを練り歩いている。口に添えた手を丸めながら、勝利をおさめた戦いの名前を楽しげに叫ぶ兵士たちの声を聞いていると、あれはまるで呑気な徒競走だったかのようだ。僕は彼らをあらゆる危地に投入したし、情け容赦なく戦闘に駆り立てもしたんだ。

僕は以前、あの陰謀者たちをただ親切心のみで圧倒したことがある。(5) 彼らの大半はすでに一度、僕から許されている。ポンペイウスの足もとから這い戻って来た彼らは、命を救われたことに感謝して僕の手に口づけしたんだ。だがそうした感謝も小者の腹で腐り、そろそろ吐き出す必要があるようだ。冥界の河にかけて言うが、彼らをどうすべきか分からない。まあどうでもいい。彼らの視線は、ハルモディオスとアリストゲイトン[135]の像へとうやうやしく向けられている［二人は、ギリシア史での有名な暴君殺害者である］――いずれにせよ君には時間の無駄だったな。

LXVIII

公共の場に書かれた銘文。[136]

［ローマから王を追放した伝説的なユニウス・ブルートゥスの像に、以下の文章の書かれた板が取り付けられて発見された。］

ああ　汝がいま　我らとともにいてくれたなら　ブルートゥスよ！

・・・・・・・・・・・・・

ああ　ブルートゥスが生きていれば！

［以下の文章の書かれた板は、ブルートゥスが法務官として腰かける椅子に立てかけられて発見された。］

ブルートゥスよ！　そなたは眠っているのか？

……………お前はブルートゥスではない！

LXVIII—A　**歴史家コルネリウス・ネポスの備忘録。**

［前四五年十二月以降、ネポスは備忘録に書き込む際、ローマ初期の歴史を扱う時でさえ、すべて暗号を用いていた。］

Fr氏。来訪して熱心に論じる。「長い脛《すね》」氏［トレボニウスか？(137)　デキムス・ブルートゥスか？(11)］から誘いを受けているとのこと。この計画の根本的な錯乱については論じられなかった。私は彼をしたたかにこきおろし、陰謀を笑いぐさとすることに終始した。彼への指摘は次のとおり。計画の首謀者の名前なら一人残らず、私の妻やその友人でさえ知っている。彼を仲間に誘おうとするような陰謀は、失敗するに決まっている。なぜなら彼は口の軽い人間として知られているからだ。この私を訪れたこと自体、なんらか役割を果たしたいと思うための十分な確信を、こうした反乱の狙いに関し彼がいだいていないと示す証拠である。彼は富でしか計画に貢献できず、そもそも富を必要とするような陰謀は始まる前から失敗している。と言うのも金銭では秘密性も、勇気も、また忠誠も買い取れないからだ。万一陰謀が成功したとしても、彼の富は五日で消え去るだろう。たいそう事細かな情報が、カエサルの手に握られているのは間違いない。過激な連中が家から引きずり出され、アウェンティヌスの丘の牢に拘禁されることになると、いまこの瞬間にも耳にするのを覚悟すべきだろう。彼らが片付けようとしているあの偉大な男は、おそらく陰謀者を処刑するほど慈悲深くはなく、黒海の沿岸へと追放するだろう。その地で陰謀者たちは眠れぬ夜を重ね、真昼のアッピア街道の喧噪や、カピトリヌスの丘の階段で売られている焼き栗の匂いを思い出すことだろう。そうだ、それに、自分たちなら取り替えられると信じたあの方が、演壇への階段をのぼり、ローマの守り手たちに語りかけようと振り向いた瞬間、その顔に浮かんでいた表情をも。

・・・・・・・・・・・・

ローマ市全体が息を殺していた。十七日［前四四年二月の］は何ごともなく過ぎ去った。

・・・・・・・・・・・・

あらゆる公的な出来事はいま、一つの観点から読み解かれている。日々示される前兆に、市民たちはふたたび細心の注意を払っている。キケロがローマ市に帰還。「長い脛」氏にはぞんざいに話しかけ、「鍛治屋」氏のそばを挨拶もせず通り過ぎたとのこと。

カエサルの再婚ののち、エジプト女王の人気が急激に高まった。彼女への賛歌が公共の様々な場所にかかげられている。帰国の予定がすでに発表されていたものの、市民の代表団が女王を訪れて滞在の延長を要請した。

・・・・・・・・・・・・

噂の潮がおさまった。新しい公職者の就任や、より厳しい規律のせいか？　退役兵がローマ市に流入したせいか？

LXIX　カエサルの書簡日誌より。カプリ島のルキウス・マミリウス・トゥリヌスへ。

書簡1023　不死の神々にかけて言うが、僕は腹を立てている。それでも自分が怒っていることを楽しもうと思う。

自由の敵という非難を、ローマ軍を指揮していた頃の僕はついぞ耳にしなかった。だが、ヘラクレスにかけて、僕が移動を制限していたから、兵たちは露営テントの周り一マイルしか出歩けなかった。朝に彼らは僕の命令で起き、僕の指示で横になって眠りについた。それなのに誰も文句を言わなかった。いま、あらゆる人が自由という言葉を口にする。しかしいま使われている意味でなら、かつて誰も自由だったことはないし、これからも自由であるなど決してない。

政敵たちの目に映る僕は、他人から奪った自由を身にまとって鎮座する人間だ。僕は暴君であり、東方の帝国の専制君主や太守になぞらえられる。決して、誰かから金を奪ったとか、土地や仕事を奪ったとは言われない。僕が奪ったのはあくまで自由だ。しかし人の発言権や意見を奪ったことなどない。東方的な専制君主でもないから、知るべきことを人に知らせないままにすることもないし、嘘をついたことだってない。国中にあふれさせている報知に皆が飽き飽きしているといって、ローマ市ではおおいに冷やかされているよ。僕を「学校教師」と呼ぶキケロでさえ、教えをねじ曲げたと非難することはない。人々は無知のままの奴隷状態にはないし、暴君にあざむかれてもいない。僕が奪ったのは、とにかく彼らの自由だというんだ。

しかし自由は責任のうちにしか存在しない。それに自由を奪うなど僕にはできない。なぜなら彼らは自由を持たないからだ。僕は絶えず、人々に自由を引き受ける機会を差し出してきた。だがすでに先達も経験したとおり、人々にはもう自由のつかみ所が分からない。一方でガリアの前哨基地は、僕の与えた厄介な自由の重荷を背負ってくれている。それがどれほどかを思うと嬉しくてたまらなくなる。堕落したのはローマなんだ。ローマ人は、積極的な関与を避けたり、政治的自由にともなう代償を逃れたりするための、巧妙な方便には長けた人々となった。つまりローマ人は、僕が喜んで行使している自由——すすんで決断してそれを持続させようとする——に寄生するようになったんだ。その重荷を引き受けてくれる人がいれば、誰とでもすすんで共有したいと思っている。ここしばらくは任命した法務官たちを観察している［カッシウスとブルートゥスのこと］。彼らは官僚のように勤勉に責務を果たす。二人は「自由、自由」とつぶやくが、視線を上にして、より大きなローマ世界に向けて声を発したことが一度としてない。代わりに、提案の書かれた紙を何束も持って来る。それは二人のちっぽけな威厳を高めはするが、ローマの偉大さをそこないもする提案だ。カッシウスが僕に望むのは、公共の場所で、僕や僕の発する法令に日々毒づく過激派を黙らせること。他方ブルートゥスは、市民権を手にできる権利を制限して、僕らローマ人の血の純粋性を守りたいと考えている。カストルとポルックスにかけて言うが、あいつのところのアフリカ人門番の方がずっと分別があるだろうよ。それは自由を拒否することだ。未知なるもののうちに飛び込んでいくことで、僕らは自分が自由だと知るのだから。自由を拒む人にそなわる、まぎれもない特徴が嫉妬心だ。その目の濁りのせいで彼らは、他から受け取るのではなく、自由をみずから作り出す人間の行動を、下劣な動機ゆえと説明できるまでは安心できないんだ。

それでも僕は自分に言い聞かせている。心は自由であり、自分の怒りはもう過去のものだと。心はたやすく疲弊するし、恐れおののきもする。だが心の描くイメージに限界はない。そしてつまずきながらも僕らは、そうしたイメージを目指して進んでいく。何度も気づかされたことがある。人はよく、そこより向こうに走ったり泳いだりできない限界があると、また塔や穴をそれ以上高くも深くもできない限界があると語る。しかし知恵に限界があるとは聞いたことがない。ホメロスより素晴らしい詩人になる道も、カエサルより素晴らしい支配者になる道も、どれも開かれているんだ。限界はまた、犯罪や愚かしさにも想定されていない。僕にはこれも嬉しく感じられて、そのことを神秘と呼んでいる。これもまた、人間の置かれた条件について、性急な結論を出そうとする僕を押しとどめてくれている。「不可知なるもののあるところ、約束あり」だ。

LXX　**カエサルから、ブルートゥスへ。メモ書き。**

［前四四年三月七日］

［秘書官の筆跡。］

以下の日程がようやく確定した。

私の出陣は十七日となる［パルティアとの戦争のため］。

二二日に、いったんローマに戻って三日間過ごし、その際に適切と判断されれば、元老院に選挙改革について諮問の予定。

兵舎の件。［軍団に加わった新兵や退役兵の］人数が想定を超過していた。八箇所の神殿[11]［兵舎に収容しきれない兵のため、宿舎代わりに割り当てられていた］ではおそらく不十分だ。明日、私は公邸からパラティヌスの丘[31]の自邸に移る。公邸には少なくとも二百人を収容できるものと思う。

［以下をカエサルは自筆で続けている。］

妻のカルプルニアと私は、貴君およびポルキアが、我々と食事をともにしてくれるよう希望している。三月十五日の午後、パラティヌスの丘の自邸で出発の挨拶をしたい。キケロ、二人のマルクス［アントニウスとレピドゥスのこと］[128]、カッシウス、デキムス・ブルートゥス、トレボニウス[137]、それに彼らの奥方にも声をかけている。食事後にはエジプト女王も加わる。貴君と、そのうえポルキアとも過ごせる喜びはたいそう大きいので、二人のみがその日の来客ならばと願いたいほどだ。だが他にも客はあるので、この機会を利用して貴君に指示を出そうと思う。貴君との長きにわたる友情、ならびに貴君からの幾度とない協力の申し出を思えば、こうした指示も許されよう。

我が愛する妻との別れはつらいものになりそうだ。しかしつらいのは彼女も同様だ。ダルマティア[138]で、ないしは——公表はせず——カプリ島で、来秋のほんのひとときを彼女と過ごすつもりでいる。ついてはそれまで、貴君とポルキアがその愛で彼女を守ってくれていると確信できるなら、私にはそれにまさる安心などあり得ない。我が妻とポルキアは、幼少よりの親しい友情で結ばれている。また貴君の人格、および私への忠誠にふさわしい尊敬を、彼女は貴君に対しいだいている。妻が足しげく訪れて第二の家とするなら、貴君のところ以上に利のある場所はない。また私にとっても、妻に向かうよりも前に自分の思いがしきりと向かう場所も、貴君のところをおいて他にはないのだから。

LXX—A　ブルートゥスから、カエサルへ。

［前四四年三月八日］

［以下は未完成の下書きで、実際には送られなかった。］

お伝えいただいた段取りを確認しました。

残念ですが、十五日の貴兄の宴席に連なることはできないとお伝えせねばなりません。一日の終わりに残るわずかな時間を勉学に捧げるのが、ますます私の習慣となっているのです。

貴兄ご不在のあいだ、可能な限りカルプルニアの役に立てるよう努めたいと思います。しかしながら、私より社交生活において活動的で、私より公務に拘束されていない方々の注意が、特に彼女に向くようになさるのが賢明と存じます。

偉大なるカエサルよ、貴兄は手紙のなか、私からの忠誠に言及くださいました。そうしていただいたことに喜びを感じています。と言うのも、明らかに私と同じ意味を、貴兄が忠誠という言葉に与えていたからです。かつて私は貴兄に対し武器をとり、そして恩赦いただきました。またその後も数多くの場面で、反対意見の表明をお許しいただきました。貴兄もお忘れとは思いません。そこから私はこう推測しているのです。貴兄は、何よりまずその人自身に忠実な者からの忠誠を受け入れるのだと。またそうした忠誠心は、しばしば矛盾をきたすことがあるとお分かりなのだと。

偉大なるカエサルよ、手紙のなかであなたは、私からの忠誠に言及してくれました。そうしてくれたことは……

残念ながらこうお答えせねばならないのですが、妻の具合が思わしくないため、私たち二人は……

……ご出立を前に、あなたへの感謝の念をいくらかでもお伝えすることは……あなたからは、お返しできないほどのご恩をいただきました。まだ小さい時分から、私が受け取ったのは……

お伝えいただいた段取りを確認しました。

忘恩、それはあらゆる考え方のうちで、最も卑劣であり、そしてまた……

［以下の文章は、古風なラテン語でつづられている。どうやら、法廷で使われた宣誓の文言であるらしい。］

「嗚呼《ああ》、ユピテル神よ、姿は見えず、すべてを見、人の心をお読みになるお方よ、我が言葉が真《まこと》なることをご照覧あれ。もし瑕疵《かし》あらば、願わくは……」

九フィートの羊毛、中程度の重さ、コリントス風の仕上げ。鉄筆が一本、とがった先端。幅広のランプの芯、三本。

我が妻と私は、本当に、喜んで、あのかくも偉大なオークの木へと向かいます。かの偉大な方々の最後の視線が注がれる彼を決して忘れず、突然に、そして決して忘れられることのなきように。

LXX—B　**ブルートゥスから、カエサルへ。**

［実際に送られた手紙。］

お伝えいただいた段取りを確認しました。

ポルキアと私は、十五日に喜んで貴兄のお宅にうかがいます。偉大なるカエサルよ、ご安心を。カルプルニアのことは、彼女のためにも貴兄のためにも、まるで私たち自身のことのように慈《いつく》しむつもりです。彼女が我が家を自分の家と思うようになるまで、私たちも満足いたしません。

LXXI

カエサルの書簡日誌より。カプリ島のルキウス・マミリウス・トゥリヌスへ。

書簡1023　手紙を書くのをつい怠《おこた》っていた。ここのところ出発の準備に忙殺されていたんだ。出陣の日が待ち遠しい。僕の不在は、ローマにとって素晴らしい贈り物となるだろう。鎮まらない謀反の噂で、僕自身と同じほどにローマも迷惑しているのだから。皮肉と言えるかは分からないが、僕が不在となれば、いくら政権を交代させたくともあの連中は無力だ。そして僕がカスピ海を渡り切った頃には、連中にできるのは自分の職務に戻ることのみとなる。

どうやら五十人ほどの元老院議員が含まれているようだ。多くはローマ市で最高の地位を占めている人物だ。その事実をどれほど重く考えるべきかよく分かっているが、僕は動じたりしない。

アテナイ人はペリクレス(79)への非難を決議した。アリスティデスとテミストクレス(139)も、アテナイ市民たちによって町から追放されたんだ。

さしあたり、僕は無理のない範囲で自衛している。そして粛々と自分の仕事を続けている。息子〔カエサルの大甥であるオクタウィウスのこと。九月に書かれた遺言書で正式に養子とされたが、まだ公表されていなかった〕が、僕の出発後まもなくローマ市に戻ってくる。彼は優秀な若者だ。特に嬉しかったのが、カルプルニアへの深い敬意を書き送ってくれたことだ。僕は彼女に、オクタウィウスと一緒だとまるで兄と、いや違うな、叔父と一緒にいるような気がするだろうと言ったんだ。ただの一年で青年期を駆け抜けたオクタウィウスは、もうすっかり中年期に足を踏み入れている。彼の書く手紙は、『テレマコスの往復書簡』〔模範的な書簡文例集で、学校で教科書として使われていた〕の手紙にも負けないほどもったいぶっているんだよ。

偉大なエジプト女王は帰国の予定だ。この町で一生を過ごした多くの人たちより、彼女は僕らローマ人についてすでにずっと多くを学んだ。彼女がこれからその知識をどう使うのか、また周囲を常に驚かす自分自身をどう使うのか、何とも言い難い。人類と動物のあいだには溝がある。いつも思うが、その幅は多くが考えるよりは狭いようだ。彼女には、動物としてごく稀少な資質がそなわっている。人間としてごく稀少な資質もそなわっている。しかしどういった特質が、僕ら人間を最も足の速い馬から、また最も誇り高いライオンから、それに最も抜け目ないヘビから隔てているかについて、彼女は何も知らない。彼女には、自分の手にあるもので何をすべきかが分からないんだ。虚飾によって喜ばされるには賢すぎる。統治することに満足するには強すぎる。妻になるには広大すぎる。ただし、ある一つの偉大さとなら彼女は完璧に調和している。その点で僕は、彼女をとても不当に扱ってしまった。ローマに子供たちを連れて来るのを許すべきだったんだ。彼女はまだそれをしっかり認識できていない。その一方で彼女は、あらゆる国々が最高の栄誉と畏怖の対象へと祭りあげる存在でもある。つまり彼女は、女神であるのと同じく母親でもある。だから彼女には、僕がなかなか説明できないでいたあの素晴らしい特徴——害意がまるでなく、美しい女性にあるのをうんざりするほど見る、あの気難しい不安定さもまるでない——がそなわっているんだ。
次の秋、僕の大切なカルプルニアを君のところに連れて行くよ。

LXXII

カエサルの妻カルプルニアから、姉妹のルキアへ。

［前四四年三月十五日］

出発までの一日一日が、ますます貴重なものになってきました。私、恥ずかしく思っています。兵士の妻にはどんな気丈さが必要か、以前はあまりはっきり分かっていなかったから。
昨日の午後は私たち、レピドゥス[128]とセクスティリアのところで食事をしたの。キケロもいらして、みんなでとても楽しい時間を過ごしました。あのあと夫は、キケロに対しても、あるいはキケロからも、あれほどの友情を感じたことはなかったと言っていました。でも実際の二人は互いに激しく批判し合って、レピドゥスなんてずっと視線をさまよわせていたのよ。カティリーナ[8]の陰謀について夫が、キケロと呼ばれる心配性のネコに対するネズミの反乱みたいなもの、なんて言うんだもの。

そしてあの人は席を立つと、次々とむやみに部屋の隅に向かって突進したの。セクスティリアは笑いすぎでお腹がけいれんしていたわ。毎日、新しい夫を発見しています。

私たち二人、暗くなる前に早めにお暇《いとま》しました。すると夫から、自分の愛する場所を案内させてもらってもいいかと聞かれたの。たぶん想像できると思うけれど、本当は私、通りから早く離れたくて仕方なかった。でも用心をうながさない方がいいとも分かっていたの。だって危ないのはあの人も十分意識していて、それを百も承知で、ああした危険をおかそうとしていると知っているから。あの人は私の輿《こし》の横を歩き、護衛兵が何人かついてきました。私あの人に、ものすごく体の大きなエチオピア人に注意するよう言ったの。つけられているように思えたのよ。すると、以前エジプト女王に、あの従者の存在には決して文句をつけないと約束したんだと説明されました。それ以来、謎のように現れたり姿を消したり、ときには私たちの家の前に一晩中立っていたり、またときには三日間ずっと、あの人の後ろをつけてみたり。本当に恐ろしいなりをしているのよ。でも夫はとても気に入っているみたいで、その男についてしきりと意見を言っていました。

強い風が立って、まもなく嵐に変わりました。丘をくだり中央広場《フォルム》に入ると、愛するルキア、私たちそこでしばらく休みました。するとあの人、そのあいだに、歴史や自分の人生のなかでの様々な瞬間について、思い出話を始めたのよ。あの人の手は愛する人のうえにどう置かれ、また、私の目をどう覗き込んで、私も記憶をともにしていると確信させてくれるかって言ったら！　それから私たち、暗くて細い路地へと出ました。するとあの人、片手を伸ばして家の壁を触ったの。それはあの人が若い頃、十年ばかり暮らした家だったのよ。私たちがいたのは、カピトリヌスの丘のふもとでした。嵐が襲ってきて、そばを通行人が葉っぱのように走り抜けていくようになっても、あの人は足を速める素振りを見せなかった。レア[17]の泉［多産を約束するとして名高かった］からすくって、私に水を飲ませてくれました。確かに私、この世で最も幸せな女になれた。なのにどうしてこうも悪い予感ばかりするのかしら？

私たちのこの小遠足は、まったく愚かな行動でした。二人ともこれ以上ないほど不安な夜を過ごしたの。私の見た夢では、家の屋根が嵐で吹き飛ばされ、舗道に叩きつけられて粉々になったの。目を覚ますと、隣であの人がうなされていました。目を覚ましたあの人は、腕を伸ばして私を抱き寄せた。すると激しい動悸が聞こえたのよ。

ああ、不死の神様、願わくは、私たちをお守りください。

今朝、あの人の具合は良くありませんでした。正装して、元老院に出向く用意が整った時になって気持ちが変わったようです。しばらく執務机に戻ると、そのまま居眠りを始めたの。秘書官に聞くと、そうしたこと、これまで一度としてなかったそうよ。

いまは目を覚まして、出かけて行きました。今晩いらっしゃるお客様のために急いで準備をしないと。この手紙、恥ずかしいわ。とても女々しいわよね。

スエトニウス『皇帝伝』第一巻

［書かれたのは、おそらく七十五年ほどのちのこと。］

カエサルが腰をおろすと、陰謀者たちがその周りを取り囲む。すると、先鋒役を引き受けていたトゥッリウス・キンベルが、何か頼みごとでもあるかのように彼に一歩近づいた。カエサルが身振りで、下がるように伝えようとすると、キンベルは彼の両肩に手を伸ばして市民服《トガ》をつかんだ。カエサルが「おい、これは暴力だぞ！」と叫ぶと、横に立っていたカスカ兄弟の一方が、喉の少し下に短剣を突き刺す。カエサルはカスカの腕をつかむと、そこに鉄筆を突き立てた。それから立ち上がろうと試みたものの、そこにもう一撃が加えられた。鞘から抜かれた短剣で、自分が四方八方取り囲まれていると悟ったカエサルは、頭を市民服で覆い、同時に左手を使って服の襞《ひだ》を足先まで延ばした。こうすることで、倒れた時にも下半身を隠して体面を保とうとしたのだ。

こうして、彼は二三回突き刺された。最初の一撃にうめいただけで、あとは一言も発しなかった。ただし何人かの著述家の伝えによれば、マルクス・ブルートゥスが襲いかかってきた時、カエサルはギリシア語で「お前もか、息子よ！」と言ったのだという。

陰謀者たちが全員逃げてしまったあとも、絶命したカエサルは、しばらく倒れたまま放って置かれていた。するとようやく公共奴隷が三人やって来て、遺体を輿にのせて家へと運んだ。道中、片方の腕はぶらりと垂れたままだった。

医者のアンティスティウスによれば、あれほど多くの傷のうち、胸への第二撃のみが致命傷だったと判明したという。

訳注

(1) **善《ボナ》き女神《デア》秘儀冒瀆《ぼうとく》事件**——「善き女神」はイタリアで古くから信仰されていた女神で、本当の名は知られていない(「善き女神」は名前ではなく称号である)。毎年の暮れ、主要な公職者の私邸に俗人女性たちが集い、ウェスタの巫女たちの協力のもと、ローマ人の安寧を願って男子禁制の秘密の儀式が行われていた。前六二年の秘儀はカエサル邸で行われたが、女装したクローディウスが侵入するという前代未聞の事件が起こる(プルタルコスの「カエサル伝」九章参照。本作では十七年後のこととされている)。クローディウスは莫大な賄賂で何とか無罪を勝ち取るも、激しい攻撃を加えたキケロを深く恨み、前五八年、平民に身分を変えて護民官となった時には、キケロをローマ市から退去させた。

(2) **カトー**——マルクス・ポルキウス・カトー・ウティケンシス(ウティカの英雄)。小カトーとも。その同名の曾祖父(大カトー)は、前二世紀前半のローマで巨大な影響力をふるった伝説的な政治家だった。曾祖父を範とし、厳格にストア派の信条を実践したカトーは、一貫してカエサルに頑強に抵抗した。史実では前四六年、現チュニジア北岸のウティカで、カエサルの軍勢に最後まで抵抗した末に自決した。その娘ポルキアはビブルスに嫁ぎ、前四八年のビブルスの死後にはブルートゥスと再婚している。

(3) **マリウス**——ローマの将軍。カエサルの叔母ユリアと前一一〇年に結婚。前一〇四—一〇〇年にかけての五年連続を含む計七回、共和政ローマの最高位である執政官につき、侵入してきたゲルマン系部族を打ち破るなどの戦功をあげた。その後台頭してきたスッラと争ってローマを追われたが、遠征でスッラ不在となったローマに乱入し、政敵を残虐に粛清した。前八六年に死去。

(4) **スエトニウス**——一—二世紀のローマの政治家、著述家。カエサルを含む、歴代のローマ皇帝にまつわる逸話やゴシップをふんだんにつづった『ローマ皇帝伝』が伝わっている。ワイルダーもその記述をおおいに参考にしている。

(5) **ポンペイウス**――前一世紀前半のローマをリードし、巨大な功績を挙げた将軍、政治家。政治的苦境におちいった前六〇年、カエサルおよびクラッススと私的な協力関係（第一回三頭政治）を結ぶことで状況打開をはかったが、逆にカエサルに利用され、前四八年、ファルサロスの戦いに敗れてエジプトで殺害される。カッシウスもブルートゥスもポンペイウスに従い戦ったが、ファルサロスの戦いののちにカエサルに許され、重要な公職に任命されていた。

(6) **カプリ島**――ナポリ湾沖に浮かぶ風光明媚な島。「青の洞窟」で有名。のちにローマ皇帝専用の保養地となった。

(7) **アッピア街道**――前三一二年、クローディアの先祖にあたるアッピウス・クラウディウス・カエクスにより敷設された、ローマ初の街道。ローマ市から南へと延び、最終的にはイタリア半島東南端のブルンディシウム（現ブリンディシ）まで延伸された。

(8) **カティリーナ**――前六三年、ローマ市とその周辺で不満分子を集め、暴力による政権奪取を狙う企みを率いた人物。同年の執政官であったキケロの積極的な対応により阻止され、殺害された。キケロはそれを終生の誇りとした。

(9) **スッラ**――ローマの将軍、政治家。マリウスの副官として頭角を現し、徐々に両者は激しく対立するようになる。前八八年にローマ市を軍事占領し、いったん戦争のために東方へと向かう。イタリアに帰還したスッラは前八二年に再びローマ市を占領し、独裁官に就任して政敵を粛清した。前七九年に死去。

第一巻

(10) **鳥占神官**《アウグル》――鳥の鳴き声やその飛翔の仕方、方向、また雷鳴その他の前兆などによって、政治・軍事などの活動に関する神の意思を占う神官職。貴族がその地位を独占し、カエサルの時代には十六人から構成されていた。凶の判断であらゆる公的活動を中断できたため、政争の道具として利用されることも多かった。

(11) **大神祇官**――ローマの国家宗教における最高職で、ローマの中央広場《フォルム》の、ウェスタ神殿に隣接した家が「公邸」として提供された。カエサルは前六三年末にこの職に選出されている。ラテン語では「ポンティフェクス・マクシムス pontifex maximus」だが、これは現在の「ローマ教皇（法王）」の称号である。

(12) **独裁官**――本来は国家の非常時、その収束のため六ヶ月を期限に任命された特別公職だった。しかし前八二年にローマを武力制圧したスッラが無期限の独裁官となると、単独支配者の称号へとその意味は大きく変質する（ただしスッラは一年ほどで自発的に辞任）。ローマを手にしたカエサルも独裁官となり、前四四年二月（暗殺の前月）には

「終身独裁官」となった。ラテン語では dictator だが、今では「独裁者」を意味する語となっている。

(13) **カピトリヌスの丘**——原初のローマ人が住み着いたとされる「七つの丘」の一つ。ローマの主神ユピテル（ジュピター）に捧げられた「カピトリウム神殿」が立つ、ローマの国家宗教の中心地であった。現カンピドリオの丘。

(14) **ウェスタの巫女**——ウェスタはローマのかまどの女神で、ギリシアのヘスティアと同一視された。ウェスタの聖なる火を絶やさないために任命され、純潔を義務づけられたのが「ウェスタの巫女」たちである。非常な尊敬を受けたが、禁を破った場合は生き埋めなどの重い罰が科された。

(15) **内臓占い**——神への生け贄とされた動物の内臓、特に肝臓の様子から神意を読み取る占い。歴史は古く、古代メソポタミアの遺跡からは、前一八〇〇年頃のバビロニア人の手になる肝臓占いのための図解模型が発見されている。

(16) **暦（ユリウス暦）**——古来よりローマの暦は、月の満ち欠けに従う太陰暦を閏月で補正する太陰太陽暦だった。閏月の挿入は大神祇官の役割だった。カエサルは前四六〜四五年にかけて、暦を三六五日の一年（および四年に一度の閏年）からなる太陽暦の「ユリウス暦」へと変更した。一五八二年にそこに微調整を加えたのが、現行の「グレゴリオ暦」である。

(17) **レア**——レア・シルウィア。伝説的なローマの建国者の母。アルバ・ロンガ市の王位を父ヌミトルから奪ったその弟アムリウスにより、純潔を義務づけられた「ウェスタの巫女」とされてしまう。しかし子を宿し、その父をマルス神であると明かす。生まれた双子がロムルスとレムスで、二人は誕生後すぐに遺棄されるが、牝狼に育てられる。長じた二人は祖父ヌミトルの仇を討つも、仲違いしてレムスは殺されてしまう。そしてロムルスが前七五三年四月二一日、アルバ・ロンガの近郊にローマ市を創建し、初代の王に就いたという。

(18) **ロムルス**——前項を参照。その最期については人々の前から忽然と姿を消したと伝えられており、遺言書が残されたという記録はない。

(19) **ルクレティウス**——ローマの詩人、哲学者。前五五年頃に死去。古代ギリシアの哲学者デモクリトス（前六世紀）の思想を受け継ぐエピクロス派の思想を韻文で説いた著作『物の本質について』が伝わる。その冒頭では、著作の目的についてこう語られている——「私は…万物を形成する原子を解きあかそうとしている…この原子でもって、自然は万物を作り、増加させ、生育させるのだということを、また死亡したものは、同じく自然が、これを再びこの原子に還元分解してしまうのだ、ということを解きあかそうとしている」（樋口勝彦訳）。前四—三世紀のギリシアの哲学者エピクロスを祖とするエピクロス派は、魂や感覚も含め、あらゆる事物、現象は「アトム（原子：分割できない物）」という極小物質の動きや作用によって説明可能と考え、超自然力（神など）による神秘的な作用を否定しようとしていた。

（20）**コルネリア**――マリウスの盟友であったキンナの娘で、前八四年にカエサルと結婚し、前六九年に死去した。二人の結婚生活は、庶民が多く暮らすスブラ地区という、ローマ市でも最も猥雑な地区で送られたと伝えられる。彼女とカエサルとの間に生まれ、ポンペイウスに嫁いだ娘ユリア（前五四年に死去）がカエサルの唯一の実子だった。

（21）**バイアエ**――南イタリアのナポリ湾岸にある、ローマの上層市民に絶大な人気のあった温泉保養地。

（22）**オスティア**――ローマ市の西三十kmほど、テヴェレ川の河口に位置した、ローマ市への玄関口の港町。テヴェレ川最下流の水深は浅く、ローマ市に大型船は直接接岸できなかったため、市を目指す人も物資もこの港でいったん船をおりた。だが川の運ぶ土砂がたまる欠点があり、ローマ指導層にとってその維持、管理は頭の痛い課題だった。

（23）**ヘロンダス**――ヘロダスとも。紀元前三世紀の古代ギリシアの詩人。売春宿の主人や奴隷といった下層の人々の日常生活を描き出す「擬曲」の作者。

（24）**サッフォー**――レスボス島生まれの、古代ギリシアの女流詩人（前六世紀）。カトゥッルスの詩の多くが捧げられた女性は「レスビア」と呼ばれているが（おそらくクローディア）、これはレスボス島出身のサッフォーを連想させる。また「レスビアン」という語は、サッフォーが女性を集めて親しく音楽や作法を教えていたことに由来する。

（25）**アッティクス**――ティトゥス・ポンポニウス・アッティクス（前一一〇年―前三二年）。キケロが数多くの書簡を宛てた親友。前八五年にローマを離れてアテナイに移住し、政治とは一切関わらず文芸活動にいそしんだ。

（26）**クローディアについての話題、噂、あだ名**――名門家系生まれの彼女に不朽の汚名を着せた、キケロの『カエリウス弁護』演説については「訳者あとがき」を参照のこと。彼女に付いたあだ名が「クアドランタリア（のクリュタイムネストラ）」で、これは当時の銭湯への入場料、ローマの最小貨幣単位「クアドランス（四分の一アス）」に由来する。意味については諸説あるが、一説によると、その程度のはした金で身をまかせる娼婦、との意味である。

（27）**アッ　ハッ　ハッ**――ガリアでのカエサルの戦勝を祝う凱旋式で、兵たちが次のように歌ったことをスエトニウスが伝えている（「カエサル伝」四九章）――「カエサルはガリアを、ニコメデスはカエサルを征服した。見よ、ガリアを征服したカエサルが凱旋式をするのに、カエサルを征服したニコメデスが凱旋式をしないなんて！」。兵たちはカエサルの男色の噂を茶化そうと、その相手とされたビテュニア王ニコメデスの名を挙げたようだ。ワイルダーの念頭にはこの歌もあったのかもしれない。

(28) **共和国／共和政**——共和政とは、伝説では前五〇九年、ルキウス・ユニウス・ブルートゥスという人物等が、タルキニウス・スペルブス王をローマ市から追放することで成立させた、王を上に戴かない政治体制。ローマ人はその政体をレス・プブリカ（Res Publica）と呼んだが、それが「共和国 republic」の語源である。前二世紀なかばの歴史家ポリュビオスは「共和政」を、「元老院」「公職者（執政官など）」「民会」の三機関がチェック＆バランスを働かせる「混合政体」として説明した（『歴史』第六巻）。ローマ人は王による統治をひどく嫌悪し、独裁官となったカエサルが王の地位を目指しているのではないかと疑っていた。

(29) **ベルガエ人**——カエサルの『ガリア戦記』に、現在のフランス北東部からベルギー付近にかけ居住していたと記されている部族。

(30) **平民の貴族**——クローディアとその弟クローディウス・プルケルは、名門貴族クラウディウス家の出身であった。クローディウスはみずからの政策実現のため、平民家系の成員のみに許された護民官への就任を望み、執政官在任中のカエサルの協力で平民家系に移籍。いわば「平民の貴族」となって前五八年の護民官職についた。そして穀物無料配給など、民衆の支持を集める様々な政策を実行し、前五〇年代ローマ政界の台風の目となっていった。

(31) **パラティヌスの丘**——原初のローマ人が住み着いた「七つの丘」の一つで、それらの中央に位置する丘。共和政時代には貴族など上層市民が斜面に邸宅を建てて住み、帝政時代に入ると皇帝が巨大な宮殿を構えたことから、「宮殿（palace）」の語源となった。

(32) **エピクロス**——注19を参照。

(33) **風刺詩**——いまに伝わるその詩で、カトゥッルスは何度となくカエサルをどぎつい言葉でののしっている。たとえば『歌集』第五七歌の大意はこうだ（含意を完全に日本語に訳すのは困難である）。「あの不品行な同性愛野郎ども、稚児のマムッラとカエサルはまったくお似合いだよ。驚くまでもない。二人とも同じに汚れてるんだから。一人のはローマ市の汚れ。もう一人のはフォルミアエ市の汚れ。もう洗ったって落ちやしない。二人とも病的で、双子みたいだ。ちっちゃなベッドで仲良くお勉強。どっちが貪欲な姦通者かなんて言えない。小娘たちのことも、協力して競って追い回す。あの不品行な同性愛野郎どもは、まったくお似合いだよ」。注109も参照のこと。

(34) **ねえ、くつろぎながら……**——ワイルダーが本作でこの「書簡体小説」の形式を選択したのは、小説内で物語を叙述する「全知の語り手」を排し、舞台上の俳優が観客に語りかけるかのように、登場人物の言葉を説明抜きにそのまま読者に伝えるためだった。だからそれぞれの文書は、一人称（「私は──」）の語り、お喋りとして提示されている。また、もっぱら奴隷の手を借りて口述筆記として綴られていたことからも、書簡は確かにお喋りである。

(35) **キュテリス**——実在の人物で、プルタルコス（プルターク）の**「アントニウス伝」（九章）にはこう伝えられている**——「（キュテリスは）寵愛された女で、アントニウスが町々を訪問するときには駕《かご》にのせてつれて行き、その駕にはアントニウスの母に負けないくらいの大勢の供がついて廻った」（秀村欣二訳）。ただしその人となりや言動については一切伝わっておらず、本作でのキュテリスの人物像は、あくまでワイルダーの創作である。

(36) **アブラ**——「ハブラ」という名で、プルタルコスの「カエサル伝」十章に、ポンペイアの侍女として名前のみ伝わる女性。その名前はギリシア語で「お気に入り奴隷」を意味する。

(37) **キュクロプス**——ギリシア神話。『オデュッセイア』に登場するキュクロプスは単眼の巨人。彼らの住む島に漂着し、自分の部下が次々と食われるのを見たオデュッセウスは、計略を用いて何とか島から逃れた。

(38) **だってあなたの計画は……**——後一世紀後半のローマの詩人マルティアリス（『エピグラム』第五巻五八）が**こんな詩をのこしている**——「「あすは生きるだろう」と君は言う。いつも「あすは」と君は言う。では教えてくれ、ポストゥムスよ、その「あす」とやら、いつになればやって来るんだ?」」。ワイルダーの念頭にもこの詩があっただろうか。

(39) **クラウディウスとクローディウス**——名門貴族クラウディウス（Claudius）氏族の出であるクローディウスは、前五八年、平民家系の成員だけが就ける護民官に就任した（注30を参照）。その頃に民衆が実際に発音していた音にあわせ、名前の綴りをクローディウス（Clodius）に変えている。（本文の記述は史実とは異なっている）文書Vで「まるで平民のように話すのがお洒落」と語られるのは、おそらくこのことと関連している。本作で用いられるクローディアの愛称「クラウディッラ」は、彼女の本来の名が「クラウディア」だったことに由来する（貴族女性の名は通常、両親の属する氏族名を、ただ女性形の語尾に変えただけのものだった。たとえばユリウス氏族の娘は「ユリア」など）。

(40) **ペネロペイア**——オデュッセウスの妻。十年におよぶトロイア戦争に参戦し、その後十年かけて帰国する夫を待つあいだ、多くの求婚者に迫られながら貞節を守っていた。求婚者たちは全員、帰国したオデュッセウスに次々と殺害される。注67も参照のこと。

(41) **イシスとオシリス**――オシリスはエジプト人の来世をつかさどる神で、イシスはその姉妹にして妻。二人の子で、太陽神ラーと同一視されたホルスとともに、この時代のエジプト宗教の中核をなし、特にイシス信仰はローマ帝国各地に広がった。

(42) **メナンドロス**――前四―三世紀の古代ギリシアの喜劇作家。「アッティカ新喜劇」の代表的な作者。

(43) **アイスキュロス**――古代アテナイの三大悲劇詩人の最初の人。九十篇以上の作品のうち、七篇のみが伝わっている。その死因に関し、亀を上空から落として割って食べる習性を持つワシが、アイスキュロスの頭を岩と間違えてその上に亀を落としたためという、真偽不明の逸話が伝わっている。前四五六年に死去。

(44) **アリストファネス**――十一作品の伝わる、前五―四世紀のアテナイで活躍した大喜劇詩人。常にあらゆるものを攻撃して笑いの対象としたその矛先は、一世代上の悲劇作家エウリピデスにも容赦はなかった。

(45) **ヴェローナ**――ヴェローナはイタリア北東部、ヴェネト県の西部に位置する町。カトゥッルスの父親とカエサルとの交流については注109を参照。

(46) **レスビア**――注65および注24を参照。

(47) **エトルリア**――ローマの興隆以前からイタリア半島で栄え、ローマ文化に巨大な影響を与えた先住民族。

(48) **トロイア戦争**――ギリシア連合軍が小アジア北西岸のトロイアの町を攻め、十年の攻囲ののち「トロイの木馬」の計略でようやく陥落させた伝説の戦い。地中海でギリシア文化と接した民族、町々や個人はみずからの出自を説明しようと、この伝説の登場人物から派生し、自身へと連なるあらたな伝説を次々と作り出して付け加えていった。

(49) **アフロディテ女神**――ギリシア神話での愛と豊穣の女神。ローマ神話ではウェヌスと呼ばれる。その息子がトロイア戦争の英雄アエネアス（ギリシア名：アイネイアス）で、彼の息子ユルス（同：アスカニオス）を、カエサルを含むユリウス氏族の人々は自らの氏族の祖と公言していた。

(50) **ヒュルカニア**――カスピ海付近を指す地名。獰猛な虎が多くいるとされ、その棲息地の代名詞ともなっていた。

(51) **セラピス神**――サラピスとも。プトレマイオス朝エジプトで、ギリシア人とエジプト人の信仰を融合させて作り出された神。エジプト人の来世をつかさどるオシリス神信仰がもととなっている。

(52) **オッピウス**——カエサルの腹心。キケロ『縁者・家族宛書簡』第六巻八番では、戦争でローマを不在としていたカエサルの代理人として、バルブスとともに名が挙がっている。

(53) **バルブス**——ルキウス・コルネリウス・バルブス。スペインのガデス(現カディス)出身。カエサルの信任を受け、その代理人として行動した。彼を弁護したキケロによる『バルブス弁護』演説が伝わっている。カエサル暗殺後はオクタウィウス(オクタウィアヌス)に取り入り、前四〇年、海外出身者として初めて執政官に就任した。

(54) **ヒルティウス**——カエサルのガリア遠征に従軍した人物で、『ガリア戦記』の第八巻を、カエサルの代わりに執筆して付加した。

(55) **ビュザンティウム**——ギリシア語名ビュザンティオン。現イスタンブール。黒海からマルマラ海への出口に位置する町。後三三〇年、ローマ皇帝コンスタンティヌスがこの町を自分の宮廷在所と定めてコンスタンティノポリスと命名し、一四五三年まで続く東ローマ(ビザンツ)帝国の都へと発展する。

(56) **ガルダ湖**——ヴェローナの西、三十㎞ほどにある湖。シルミオネはその南端の町。カトゥッルス自身が『歌集』第三一歌でシルミオネへの想いを歌っている。町にはローマ時代(前一世紀—後一世紀)の別荘の遺構があり、「カトゥッルスの遺跡 Grotte di Catullo」と呼ばれているが、カトゥッルスその人との関係はおそらくない。

(57) **アポロニア**——現アルバニアに、前六世紀に建設されたギリシア人都市。イタリア半島東南端からアドリア海を横切り、ギリシアに渡る時の重要な玄関口の一つ。

(58) **デュラキウム**——アドリア海西岸のギリシア人都市(現アルバニアのドゥラス)。イタリアからギリシアに渡る時の重要な玄関口の一つ。前四八年、ギリシアへ渡りポンペイウス率いる元老院勢力と対峙したカエサルは、この町での戦いでは苦杯をなめている。

(59) **ガリア戦記**——前五八年から五〇年までにわたる、カエサル率いるローマ軍によるガリア(現フランス近辺)征服の戦いについての、カエサルみずからによる記録(注54も参照)。キケロの弟もカエサルの副官として従軍していた。古代には単に『覚え書き』と呼ばれていたようだ。この書物について論評したアシニウス・ポッリオの言葉が伝わっている(スエトニウス「カエサル伝」五六章)——「『覚え書き』の記述は丹念でもないし、完璧に正確でもない…カエサルは大半を、とくに他人の成し遂げた業績は、吟味せず鵜呑みにしたし、おのれの業績も、故意か忘却のためか、事実を誤って発表している…カエサルは後日これを書き改め、訂正するつもりでいた」(国原吉之助訳)

（60）**公権剥奪公示《プロスクリプティオ》**――その身体や財産が、法の保護外にあると宣言されたローマ市民の名を公示すること。前一世紀のローマの内乱時に、政敵およびその支持者たちを粛清するために何度か行われた。カエサルはマリウスと縁続きだったことから、スッラにより公権剥奪公示の対象とされ、ローマ市を離れざるを得なくなったことがある。

（61）**ルクッルス**――スッラの副官として名を上げ、数々の戦功を立てたローマの将軍。前六六年までに小アジアで大きな戦果を挙げたが、指揮権をポンペイウスに奪われローマに帰還。蓄えた莫大な財産で安楽な余生を送り、贅沢な暮らしをする人の代名詞となった。現ローマ市の「ボルゲーゼ公園」は、ルクッルスの広大な庭園のなごりである。

（62）**クラッスス**――ローマの富豪で、カエサルおよびポンペイウスと「第一回三頭政治」を形成した。戦功を求めてパルティア征服戦争に向かうも、前五三年にカッラエ（現トルコ－シリア国境付近）で戦死。その敗残兵を帰還させたカッシウスは、のちにカエサル暗殺の首謀者となる。

（63）**憎みつつも……**――カトゥッルス『歌集』第八五歌。訳出には、中央大学文学部の加瀬谷りほさん、水沼美於さんに協力いただいた。

（64）**クローディアの夫君**――クローディアの夫、前六〇年の執政官クイントゥス・カエキリウス・メテッルス・ケレルは、前五九年に総督として「ガリア・トランスアルピナ属州（現プロヴァンス地方）」に向かう予定だったが、出発直前に急死する（ゆえに「八年間」というのは正確ではない）。どうやらクローディアによる毒殺が噂されたらしい。彼の死によりその任地を手にしたカエサルは、『ガリア戦記』の遠征に向かうチャンスを得る。

（65）**君にキスを……**――カトゥッルス『歌集』第五歌では、レスビアという女性（クローディアのことと考えられている）に次の詩が捧げられている。「生きよう、僕のレスビア、そして愛し合おう。頑固な年寄りの陰口など、一銭の価値もないさ！　太陽は沈んでもまた昇る。でも僕らは、短い光のひとたび沈むや、永遠の一夜を眠り続けねばならぬ。千のキスを、それから百、そしてまた千、そしてまた百、そうしたらまた千、そして百。こうして何千ものキスを交わしたら、全部ごちゃ混ぜにしよう。何回だったか分からなくなるように。またこんなにもキスを交わしたと知った悪い奴に、妬まれたりしないように」

（66）**ミューズ**――ギリシア語ではムーサイ。ギリシア神話の女神たちで、詩、のちには芸術や哲学、文学などの知的作業全般をつかさどるとされた。女神の恩恵にあずかった人間の残した事物が集められた場所が「ミュージアム」であり、女神からの霊感により奏でられるのが「ミュージック」である。

(67) **オデュッセウス**――伝説のトロイア戦争を戦った英雄。ローマ神話ではウリクセス(ユリシーズ)と呼ばれる。「トロイの木馬」の策略を考案してトロイアを陥落させたあと、十年間地中海を放浪してようやく故国に帰り着いた。その放浪を物語るのが、ホメロスの叙事詩『オデュッセイア』である。

(68) **セイレン**――『オデュッセイア』に登場する海の怪物。美しい歌声で航行中の人を惑わせて遭難させ、船員を食い殺す。「サイレン」の語源。

(69) **呼びかけ(キケロへの)**――カトゥッルス『歌集』第四九歌(大意)――「現在、過去、そして未来のローマ人のうち、最高に雄弁なマルクス・トゥッリウス・キケロよ、そなたに、最低最悪の詩人たるカトゥッルスが大いなる感謝を捧ぐ。そなたが最高最良の弁護人であるほどに、最低最悪の詩人たるカトゥッルスが」。確かに、称賛なのか嘲笑なのか知りがたい。

(70) **スズメ**――『歌集』第二歌はこう始まる――「スズメ、僕のあの娘のお気に入り。彼女はいつもスズメと遊び、膝のうえに乗せてやる。うるさくせがむスズメに指先を差し出しては、きつく噛ませてやっている」。次の第三歌でカトゥッルスはスズメの死を嘆き、さらに第五歌へと続く。注65を参照。

(71) **アナクレオン**――前六―五世紀前半を生きた、古代ギリシアの抒情詩人。酒と恋を歌った詩、五巻を残した(大部分は散逸)。

(72) **ストア哲学**――キプロス島出身の哲学者ゼノン(前三三五―二六三年)を祖とする哲学思想。理性を特に重んじ、眼前の事物にも人の死にも感情を掻き立てられることなく、心の調和を乱さず生きることなどが説かれた。

(73) **ウェルギリウスとホラティウス**――ウェルギリウス(前七〇―前一九年)もホラティウス(前六五―前八年)もともに、ローマで最も偉大とされた詩人。二人ともアシニウス・ポッリオの後援を受けていた。

(74) **エウリピデス**――アテナイ三大悲劇詩人の最後の人。十八篇ほどが伝わる。作品の特徴は、神話の人物を現実の人間のように写実的に描くことであった。前四〇八年にアテナイを去り、前四〇六年頃にマケドニアで客死。

(75) **太陽も、人の境遇も……**――ワイルダー(本書三九七頁を参照)が参考にしているのは、ラ・ロシュフーコー「箴言」二六――「太陽も死もじっと見詰めることは出来ない」(堀田善衛訳)。

(76) **黄金の時代**――古代の人々の歴史観には、人間が誕生した当初の理想的な「黄金の時代」、それが少し損なわれた「銀の時代」、荒々しさの支配する「銅の時代」、そしてあらゆる悪行のはびこる「鉄の時代」が環のようにめぐるとの見方があった（たとえば前四三年生まれのローマの詩人オウィディウスによる『変身物語』冒頭を参照）。

（77）**エンニウス**――前三世紀―前二世紀に生きた詩人。ギリシア詩にならってラテン語で初めて詩作をおこなったことから、「ローマ詩の父」と呼ばれる。

（78）**ソフォクレス**――古代アテナイの三大悲劇詩人の一人。前四〇六年に亡くなるまで、周囲と調和を保ち九十歳の長命を保った。様々な改革も導入し、その作品はギリシア悲劇の技巧的完成の頂点に立つと評される。その最後の作品、『コロノスのオイディプス』に高津春繁氏が付した解説を引用する（『ギリシア・ローマ劇集4』筑摩書房、一九七二年、一三一頁）――「（ソフォクレスは）神々の道が人間のいかなる考えをも超絶した、恐るべきものであることに深く思いを致した詩人である。神々は残忍であり、人間のいかなる努力も、それが正しいとか悪いとかということに関係なく、神々の道を変えるには何の役にも立たない。しかも、この最後の作において、詩人はオイディプスを神々と仲直りさせた。しかしここに注意すべきは、この和解は、神々の方から差し延べられたのであって、オイディプスは最後まで毅然として、自分の道を歩んでいる事実である…彼の描いたような暗い恐るべき、明日の日に何の安心も持てない人間のはかなさも、この人間性の強さによって、支えられている。人間は神々に屈服していないのである。（ソフォクレスは）力強い人であった」

（79）**ペリクレス**――前五世紀後半の、アテナイ黄金時代を率いた政治家。遊女のアスパシアを愛妾とし、息子を一人なしている。スパルタとの「ペロポネソス戦争」が開戦した直後の前四二九年、疫病で死去した。

（80）**デルフォイ**――古代ギリシアの聖地で、アポロン神信仰の中心として知られる。そこでの神託は特に名高かった。

（81）**イアソン**――ギリシア神話の英雄。様々な神話に登場する。なかでも、アルゴー船で黒海北岸のコルキスに黄金の羊毛を探しに行く道中を語った『アルゴナウタイ』の物語での活躍が有名。その冒険からの帰還後については注119を参照。

（82）**カトゥッルスによる物語**――こののち、アドメトス王が若くして死ぬ運命だと知ったアポロン神は、誰か身代わりを立てれば死を逃れられると伝える。するとアルケスティスが身代わりとなり命を捧げるが、冥界の女王ペルセフォネが、彼女の夫への愛に感じて再び上界へと送り返す。エウリピデスの悲劇『アルケスティス』では、ヘラクレスが彼女を地上に連れ帰ったとされている。日南田一男「『アルケスティス物語』考」『金沢大学教養部論集（人文科学篇）』四（一九六七）一一五―一五〇頁を参照。

第二巻

(83) **奥様……**――この文書の日付は八月十七日。つまり、第一巻での「クローディアの晩餐会」がまだ開かれていない時点に戻ったことになる。そしてこれから各巻ごとに、こうして時間が引き戻されることになる。ワイルダー自身(本書三九七―三九八頁を参照)はこの形式について「四方向から同じ彫像を眺めるようなもの」としたうえで、「人生において私たちは、本当は何が起きたのかずっとあとに知ることが多い」と述べている。

(84) **ヤニクルムの丘**――ローマの「七つの丘」からテヴェレ川を西(右岸)に渡って南側に位置する丘陵で、もとはローマの市域外だったものの、人口増にともないローマの市域に組み入れられる。

(85) **夫でもある弟**――古代エジプトの王朝には「兄弟姉妹婚」の慣習があり、前五一年、おそらくクレオパトラも弟であるプトレマイオス(十三世)と結婚して共同統治を開始したと考えられる。しかし姉弟の関係は悪化、クレオパトラはいったん王位を追われる。しかし前四八年、ポンペイウスを追ってエジプトに入ったカエサルと懇意となった彼女は、その援助を得て王位に返り咲く(二人の劇的な出会いは、プルタルコス「カエサル伝」四九章に伝えられている。この時期にできた息子がカエサリオン)。弟王はその後反抗を企てるも、カエサルに敗れて死亡する。死因はナイル川での溺死と伝えられており、一般にはクレオパトラによる毒殺とは考えられていない。

(86) **マケドニア**――クレオパトラの属する「プトレマイオス朝エジプト」は、支配層をマケドニア・ギリシア人が占める、エジプトにとっての外来王朝であった。注105を参照。王都はアレクサンドロス大王の創建になるアレクサンドリア。プトレマイオス朝は、早くも前二世紀の前半からローマに大きく左右されるようになり、この時代には半独立と言える状況にあった。そして前三〇年にクレオパトラが自殺すると完全に独立を失い、ローマの属州となる。

(87) **母方の祖母**――クレオパトラの出自は謎に包まれている。ゴールズワーシー(『アントニウスとクレオパトラ』(阪本浩訳、白水社、上巻八二頁)**はこう述べている**――「現存する史料にはいっさい言及がないため、母親が誰なのか分からない…父方の祖母も不明なので、彼女の家系は直近の二世代に空白がある」。神官一族出身のエジプト人女性が母だとの説もあるようだ。カエサルとのエジプト旅行については、スエトニウス「カエサル伝」五二章を参照。

(88) **ソシゲネス**――「ユリウス暦」導入にあたってカエサルに助言した人物として、「アレクサンドリアのソシゲネス」の名が伝わっている。注16を参照。ワイルダーが二人を同一人物として設定しているかは不明。

(89) **ペレウスとテティスの結婚**――カトゥッルスの詩で最長の四〇八行からなる『歌集』第六四歌。二人からは、トロイア戦争の英雄アキレウスが誕生する。

(90) **哀れカトゥッルス……**――カトゥッルス『歌集』第八歌。

(91) **プラトンの語ったこと**――愛の本質について論じる対話篇『饗宴』での記述が念頭にあると思われる。たとえば、ディオティマという女性の語ったことを引くソクラテスの口を借りて、プラトンはこう論じている（二五章）――「愛の目指すところが善きものの永久の所有であるとすれば、この考察から必然に出てくる結論は、愛の目的が不死ということにあるということであります」（久保勉訳）

(92) **ああ不死の神々よ……**――カトゥッルス『歌集』第七六歌。

(93) **シジフォスとタンタロス**――ギリシア神話。神々を怒らせた報いとして、前者は永久に坂の上に大きな石を押し上げ続けるとの罰を、後者はすぐ近くにある水や果物が手を伸ばすと遠ざかるとの罰を、それぞれ冥界で科された。

(94) **オイディプス**――ギリシア神話。運命のいたずらで父を殺し、気づかず母のイオカステを妻としてテーベ王となり、二人の息子と、アンティゴネを含む二人の娘をなした。のちに真実を知ったイオカステは自殺。オイディプスは目を突いて盲目となり、町から追放され、放浪の末コロノスの町に身を寄せその地でこの世を去る。特に彼とその子供たちを物語る、ソフォクレス作の悲劇『オイディプス』『アンティゴネ』『コロノスのオイディプス』が名高い。カエサルは若い頃『オイディプス』と題された悲劇を書いたが、アウグストゥス帝がそれを公開しないよう命じたという（スエトニウス「カエサル伝」五六章）。

(95) **アレクサンドリアの図書館**――アレクサンドリアには古代世界最大として名高い図書館があった。前四八年、エジプト入りしたカエサルは、同市でクレオパトラの弟との市街戦を展開する（注85を参照）。そのさなか、危地を脱するためにカエサルは船に火を放つ。すると市街地へと燃え広がり、図書館を焼失させたことを、プルタルコス（「カエサル伝」四九章）などが伝えている。ただし被害の程度については諸説あって、失われた書籍の数は不明である。ここでのキケロの問いかけは、カエサルによる図書館焼失に引っかけたジョークと解することもできよう。

(96) **あだた deedja《ディージャ》**――作中のクレオパトラが、ごく個人的にカエサルを呼ぶ時の愛称。カエサルがクレオパトラを呼ぶ時に使われることもある。

(97) **アントニウスとカエサルの関係**――マルクス・アントニウスの母はユリアといい、前六三年の執政官ルキウス・

ユリウス・カエサルの娘であった。この人物とカエサルは同氏族に属するが、かなりの遠縁だったらしく、それほど親しい関係にはなかったようだ。

(98) **カルミアン**――前三〇年七月に自殺するクレオパトラに最期まで付き添い、死をともにした侍女の一人の名がカルミオンであったと伝えられている。ここではその名前が意識されていると思われる。

(99) **あの人は……**――カトゥッルス『歌集』第五一歌。ただしサッフォーのギリシア詩（三一番）の改作である。

(100) **ファルサロスの戦い**――カエサルのルビコン渡河、そしてイタリア進軍後にポンペイウスに率いられてギリシアに逃れた元老院勢力と、追ってきたカエサル軍との一大決戦。前四八年のこの戦いに敗れたポンペイウスはエジプトに逃れるが、そこでプトレマイオス十三世（クレオパトラの弟）の命令により殺害される。

(101) **アリストブロス**――二世。ユダヤを統治したハスモン朝の王・大祭司（位：前六六―六三年）。ユダヤを占領したポンペイウスにより前六三年に捕らえられ、前五七年にローマに対する反乱を企てるも、ポンペイウスの部下ガビニウスと、その配下にあったアントニウスによる攻撃で失敗。前四九年に毒殺される。

(102) **サトゥルナリア祭**――古代イタリアの農耕神サトゥルヌスを祭る祝祭で、十二月中旬から下旬にかけ行われた。主人と奴隷が立場を入れ替えて振る舞うなど、ローマ人が一年で最も楽しみにした行事だった。のちのクリスマスとの関係が指摘されることも多い。

第三巻

(103) **ピンダロス**――前六―五世紀にかけ生きた、古代ギリシアの抒情詩人。四巻からなる『競技祝勝歌』が伝わる。

(104) **エレウシスの秘儀**――アテナイの西北二二㎞ほどに位置するエレウシスの町で行われていた、豊穣の地母神デメテルを祭る宗教祭儀。その具体的内容を漏らすことは死をもって禁じられていた。

(105) **アレクサンドロス**――大王。マケドニア王としてギリシア連合軍を率い、前三三〇年にアケメネス朝ペルシアを滅ぼして、エジプトも含む大帝国を築いた。前三二三年に急死。

(106) **法務官**――前四世紀以降の共和政ローマで、執政官に次ぐ権威を有した公職。ラテン語では「プラエトル prae-tor」で、法務官と訳されることが多いが、その権能は時代により異なっている。前二四四年に「外国人担当」法務官が増員されて二人体制となり、従来の法務官は「首都の（市民の）」法務官と呼ばれた。その後のローマの拡大にともない、海外の属州に総督として派遣すべく次々と増員され、カエサルの時代には十六人となっていた。

(107) **オホリバ、イゼベル、アタルヤ、ディド**――それぞれ旧約聖書の「エゼキエル書」二三、「列王記上」十六他、「列王記下」八他、ポンペイウス・トログス『地中海世界史』十八・四(フェニキア名エリッサ)およびウェルギリウス『アエネイス』で言及される女性だが、ここで展開されるクレオパトラとの荒唐無稽な血縁関係は、すべてワイルダーの創作である。

(108) **ご亭主**――注64を参照。

(109) **マムッラ**――カエサルの工兵隊長としてガリア遠征に従軍した人物。その遠征で大きな富を得、ローマで初めて家を大理石で覆ったとコルネリウス・ネポスが述べていたことを、大プリニウスが伝えている(『博物誌』三六巻四八)。カエサルの同性愛相手とも噂され、カトゥッルスはその詩のなか、何度となくその関係を口汚くののしっている。スエトニウスはまた、次のような逸話を伝えている(「カエサル伝」七三章)――「ウァレリウス・カトゥッルスから、マムラをうたった風刺詩で、カエサルは終生拭えぬ不名誉の烙印を押され……後日カトゥッルスが自分の非を詫びて許しを乞うと、その日のうちに晩餐会に招待した。そしてカトゥッルスの父親の家においても、カエサルは従来どおりずっと、賓客としての待遇を受け続けたのである」(国原吉之助訳)。注33も参照のこと。

(110) **ウァティカヌスの丘**――ローマの「七つの丘」からテヴェレ川を西(右岸)に渡って北側に位置する丘で、もとはローマの市域外だった。現在、同丘にはヴァチカン市国がある。

(111) **デキムス・ブルートゥス**――ガリア遠征に従軍して戦功を挙げ、その後の内戦でもカエサルに従って戦った。カエサルからの信頼は非常に厚かったものの、首謀者の一人として暗殺の陰謀に参加。暗殺後に開封されたカエサルの遺言書では、彼は第二位の相続人(第一位はオクタウィウス)として名が挙がっていた。

(112) **パルティア**――前二五〇年頃に誕生し、東はインダス川から、西はユーフラテス川までを支配したイラン系遊牧民の国家。ローマのライバルとして何度も戦いを交え、前五三年にはクラッスス率いるローマの侵攻軍をカッラエで壊滅させている。後二二六年、勃興したササン朝ペルシアにより滅亡。

(113) **恐れるな……**――プルタルコス「カエサル伝」三八章に伝えられている。

(114) **ドドナ**――ギリシア北西部の、ギリシア最古の神託所があった土地。最高神ゼウスからの神託が得られた。

(115) **フェイディアス**――前五世紀アテナイの、古代ギリシアを代表する建築家、彫刻家。有名なパルテノン神殿の建設を監督した。そこに納められたアテナ女神像や、古代の「世界七不思議」の一つに数えられるオリンピアのゼウス神像を作ったことでも名高い。

(116) **小プリニウス**——六一—一一二年。北イタリアのコムム（現コモ）出身の文人、政治家。その伯父・養父であるガイウス・プリニウス・セクンドゥス（大プリニウス。『博物誌』の著者）との区別のため、小プリニウスと称される。

(117) **遺体のまぶたに硬貨を置き**——古代には、無事冥界にたどり着けるようにと、アケロン川（「三途の川」に相当）の渡し守カロンに手渡す硬貨（ギリシアでは一オボロス。日本では六文銭）を、遺体に副葬する習慣があった。映画や、本作のこの場面のように、よくまぶたに置かれる場面が描かれるがこれは俗説だ。古代の史料は一致して、口に含ませていたと伝えている。

(118) **カッサンドラ**——トロイア王プリアモスとその妻ヘカベの娘（ギリシア神話）。予言の力を持つが、それを伝える際に恍惚状態となったため、周囲からは気がふれていると思われ信用されなかった。注120を参照。

(119) **メデイア**——ギリシア神話。イアソンと愛を交わし、帰国する彼についてギリシアのコリントス市へと渡ったコルキス（黒海北岸）の王女。その後イアソンが心変わりすると、彼との子供など、イアソンに関わる人間を次々と殺害して町をあとにする。注81を参照。

(120) **アガメムノン**——ギリシア神話。ミケーネの王で、トロイア戦争におけるギリシア連合軍の総大将。妻のクリュタイムネストラとその愛人は、トロイアを陥落させたのちに帰国した彼を、戦利品として連れ帰られたカッサンドラ共々殺害する。

(121) **クリュタイムネストラ**——アガメムノンの妻（ギリシア神話）。トロイア戦争への出陣の際、夫が順風を得るために最愛の娘イピゲネイアを人身御供としたことを恨み、帰国した夫を愛人アイギストスの協力で殺害する。

(122) **ピグマリオン**——ギリシア神話でのキプロス島の王。現実には出会えない理想的な女性の像を作り、それに恋をしてしまう。像はアフロディテ女神により命を与えられ、彼との間に娘をなした。

(123) **アンティゴネ**——注94を参照。彼女の兄弟エテオクレスが保持するテーバイ王位を奪うため、もう一人の兄弟ポリュネイケスが攻め込むが、結局二人は決闘してともにこの世を去る。町を攻めたポリュネイケスの埋葬を叔父のクレオンは禁じたものの、アンティゴネはその禁を破って彼を埋葬したため、牢に入れられ自殺する。本文での引用箇所は、ソフォクレス『アンティゴネ』五二一行。四五〇行以下でアンティゴネは、叔父による禁令についてこう語る——「このお触れを出したのはゼウス様ではないし、地下の神々とともにある正義の女神が、人間のためにこのような掟を定めたわけでもない。それに、あなたのお触れは死すべき人間の作ったもの、そんなものに、神々の定めた、文字には書かれぬ確固不動の法を凌ぐ力があるとは考えなかったからだ。この法は昨日今日のものではない、永遠に命を保つもの、いつから現れたか、誰も知りません」（中務哲郎訳）。

第四巻

(124) **アペッレス**——マケドニアの宮廷に仕え、生前のアレクサンドロス大王の肖像を描くことを許されたと伝えられるギリシア人画家。大プリニウス（『博物誌』三五巻七九節以下）は、アペッレスはあらゆる画家をしのいだと述べ、その作品の一点がカエサル邸に飾られていたことを伝えている。作品は現存しておらず、《アンドロマケ》と題された作品を残したかは分からない。

(125) **アンドロマケ**——ギリシア神話。トロイア方最強の戦士であったトロイア王子ヘクトルの妻。トロイア陥落後は、ギリシア方最強の戦士アキレウスの子、ネオプトレモスに捕らわれて三人の子をなした。

(126) **真珠**——スエトニウスは「カエサル伝」（五〇章）で、カエサルが前四八年、セルウィリアに六〇〇〇万セステルティウスの真珠を贈ったと伝えている。参考までに一セステルティウスを三〇〇円とすると十八億円となる。セルウィリアの息子マルクス・ブルートゥスは前八五年生まれで、その時のカエサルは十五歳。二人が父子である可能性は、残念ながらかなり低い。

(127) **ビブルス**——前六二年には法務官、前五九年には執政官に、いずれもカエサルの同僚として就任し、在任中の注目をすべてカエサルに奪われたと伝えられる。前四八年、カエサルに対抗する戦いのさなかに死去。

(128) **レピドゥス**——マルクス・アエミリウス・レピドゥス。独裁官だったカエサルの副官（騎兵長官）を務め、カエサル暗殺後は大神祇官の職を継ぎ、「第二回三頭政治」にその一角として参加。だがすぐに権力を奪われて閑居状態に追い込まれ、前一三（ないし一二）年に死去するまで不遇の生涯を過ごす。暗殺前日のカエサルと食事したことを、プルタルコス（「カエサル伝」六三章）が伝えている。

(129) **死のために**——「作者まえがき」で述べられているとおり、このチェーンレターの着想を作者に与えたのは、ムッソリーニ率いるファシスト党政権への反抗運動だ。XX／C／Mは、XXはローマ数字で二十、またそれぞれCはカエサル（Caesar）、Mは死（Mors）の頭文字と推測されるので、「二十人委員会。カエサルに死を」との意味と解されよう。続く箇所ではXX／Mと、Cが除かれている。おそらく「二十人委員会に死を」を意味するのだろう。

(130) **ある夜……**——以下のポルキアの行動は、プルタルコス「ブルートゥス伝」十三章に詳しく伝えられている。

(131) **コリントス地峡**——ギリシア本土とペロポネソス半島をつなぐ細長い陸地で、幅は六㎞ほど。イストモス地峡とも呼ばれる。一八九三年にコリントス運河が開削されている。カエサルがこの計画を持っていたことを、スエトニウス（「カエサル伝」四四章）が伝えている。本文以下にある図書館建設計画は、本作にも登場するアシニウス・ポッリオによってのちに実現される。

(132) **マルスの野**——テヴェレ川の湾曲部とローマ市域にはさまれた河川敷地帯で、古くは市域外だった。軍神マルスに捧げられた土地とされ、練兵場や民会（ケントゥリア民会）の会場として使われた。しかし市域の過密化が進むと、その空間に目を付けた有力者たちがこぞって巨大建築物を建てるようになり、帝政期には市域へと組み入れられた。

(133) **デウカリオン**——ギリシア神話。人間に怒りを覚えたゼウス神が大洪水を起こそうとしていると前もって知らされ、妻のピュラと方舟に乗って生き残る。その後二人が大地に投げた石から、再び人類が誕生したという。

(134) **ウェルキンゲトリクス**——ガリア人のアルウェルニ族出身の人物。前五二年、カエサル率いるローマ軍に対抗してガリア全体をまとめ上げ、最後の抵抗を試みた。敗れたのちローマに連行されて監禁、前四六年の凱旋式で市内を引き回された末に処刑された。

(135) **ハルモディオスとアリストゲイトン**——二人は前五一四年、当時アテナイで僭主の地位にあったヒッピアスの弟ヒッパルコスを暗殺するも、ハルモディオスはその場で殺された。暗殺の本当の理由は、ハルモディオスの愛情をめぐる争いだったが、アテナイ人はのちに二人を僭主殺しの英雄としてたたえた。

(136) **公共の場に……**——ここに引かれるのは、プルタルコス「ブルートゥス伝」九章に伝えられる銘文である。スエトニウス（「カエサル伝」八〇章）によると、さらにカエサルの像には、伝説的なルキウス・ユニウス・ブルートゥスが引き合いに出されながら次の詩が書きつけられていたという。「ブルートゥスは、王を追い出し、最初の執政官になった。この男は、執政官たちを追い出し、ついに王になった」

(137) **トレボニウス**——ガイウス・トレボニウス。前五五年の護民官で、それ以降はカエサルのもとで軍務について信頼を得、重要な役職をまかされた。しかしカエサル暗殺の陰謀に参加。当日は暗殺現場の外で、マルクス・アントニウスを引きとめる役を果たしたとされる。キケロとの親交も深く、その警句集を出版した。

(138) ダルマティア――アルバニアから旧ユーゴスラヴィア諸国にかけての地域。ダルメシアン犬の語源。

(139) アリステイデスとテミストクレス――両者とも「ペルシア戦争」という危機にあって、アテナイおよびギリシアを勝利へと導いた政治家、将軍。二人の方針はたびたび衝突し、それぞれ一度ずつ、アテナイ市民の投票により一定期間の国外追放(陶片追放)に処された。

本作成立のあらまし

『サン・ルイス・レイの橋』の印税を使って、一九三〇年にコネチカット州ニューヘイブンの郊外に建てた家族の家では、ソーントン・ワイルダーは一度も執筆できなかった。好んで口にしていたように、彼は「書くために逃走する」必要があったのだ。そしてしばしば、それがどれほど素晴らしい逃走だったことか。ワイルダーの執筆習慣を研究する人は、彼と何度も大西洋横断の旅を追体験できる（彼は「赤ん坊の実力が最も発揮されるのは船のうえ」との言葉が好きだった）。またヨーロッパやアメリカ、カナダのホテルや宿、あるいはニューハンプシャー州ピーターバラのマクドウェル・コロニーといった芸術家の「解放区」、さらにはニュー・メキシコ州タオスのメイベル・ダッジ・ルハン・ハウスでの滞在も、同様に楽しめる。しかし一九四五年九月二三日、ワイルダー中佐が三年あまりの軍務（うち二年を北アフリカとイタリアで過ごした）を解かれた時、彼にはもっと外国を旅行しようとの考えが一瞬好ましく思えたが、結局放棄してしまう。精神的および身体的な疲労からの苦しみが、情緒不安定や人の集まりから距離を置きたいとの思いとしてあらわれていた。そこで彼は、他の数百万ものアメリカ人同胞と同様、あらたなお気に入りとなった移動手段で故国ともう一度親しもうと決心した。つまり自動車の運転席という一人きりの空間である。

その年の十月、まず彼は医者や歯科医にかかり、市民としての新しい服を買い、マネジメント上の多くの細々としたこと、たとえば文学作品とか、なかでも『わが町』や『危機一髪（ミスター人類）』の国際的な公演などを精力的に片付ける。そしてタイヤが頼りない（戦時中のゴム配給制がまだ続いていた）一九三九年製クライスラー・コンバーチブルに飛ぶように乗り込むと、一路フロリダを目指した。開戦前から執筆を開始していた戯曲『アルケスティス物語』が、その時点での彼の第一の課題だった。その優先順位が変化したのは、旅の途中の十一月、おそらくサウスカロライナ州のマートル・ビーチでのことだった。彼は妹のイサベルにこう書き送っている——「カエサル—クローディア——カトゥッルス——キケロの書簡体小説を、面白半分に書き始めた。書き進めるのがこれまでで最もきつい」

「面白半分」はただちに真剣な作業へと転じた。一九四六年一月頃、妹のイサベルは家族宛てにこう書き送っている。ゲストを二六人招き、執筆途上のカエサルの草稿をソーントンが朗読するのを、皆で聞く会を計画している、と。そして五月、ロードアイランド州ニューポートやニュージャージー州アトランティック・シティといった、いくつかのお気に入りの執筆場所に短期間滞在したあとで、彼は完成した最初の二巻を友人たちの前で朗読した。

六月の末にワイルダーの母が亡くなると、執筆は中断される。家族の問題に注力する必要があったのだ。また三箇所の夏期公演での『わが町』の上演に、舞台監督役として出演したことでも、執筆スケジュールは寸断された。それからしばらくたった一九四七年一月、彼はふたたび自由を謳歌する。次いで今回は新しいタイヤで、ガルフ・コーストとニューオリンズを目指しクライスラーを走らせる。

でユカタン半島のメリダ（結局船で渡った！）に一月ほど滞在し、それからは気楽な自動車旅行で故郷へと向かった。小説はふたたび成長を開始していた。故郷への途中でワシントンDCに立ち寄った彼は、四月末から五月初頭にかけての二週間ほど、アメリカ議会図書館でカエサル暗殺の陰謀に関する文献を読んで過ごした。その理由について、俳優仲間のジョー・レイトン宛てにこう書いている。暗殺の箇所が「自分の頭から簡単には紡ぎ出せない」。またワシントンから顧問弁護士に出された手紙には、作品のタイトルを『三月十五日 *The Ides of March*』〔訳注――邦訳タイトルは『三月十五日 カエサルの最期』、以下『三月十五日』と表記〕に決めたと綴られ、さらにこう付け加えられている。「大きな騒動が巻き起こるのを期待しています。これは、他のどの作品ともまるで違っています」。脱稿は一九四七年の秋である。

一九四五年十一月――実はその頃、戯曲執筆の計画は頓挫していた――に「カエサル―クローディア――カトゥッルス――キケロの書簡体小説」が執筆されるまでには、長い歴史があった。彼が育ったのは次のような家庭だった。新聞編集者だった父は、古典ギリシア・ラテン語の有用性を情熱的に信じ、「ラテン語の死」と題した論説を書いた。そしてそれが、「古典語を（大学の必修課程から）排除しようとするイェール財団を押しとどめた」と言われている。またイタリア語を学んでカルドゥッチやダンテを翻訳した母からは、イタリア文学や文化への愛着を受け継いだ。これは、ラテン語やラテン文学を基礎とした学校教育への導入として有効だった。

ワイルダーが本作の主人公であるユリウス・カエサルと最初に出会ったのは、中国で暮らしていた一九一〇――一一年、十三歳の頃に在籍していた、煙台市の中国内陸伝道協会学校での授業だった（一九一一年冬学期の成績表によると、「カエサルの作品からの抜粋」の授業では、二三人からなるクラスの

第六位)。学部生時代の成績についてはいつも口が重かったものの(大学生の頃にはワイルダーは頻繁に戯曲を書き、それを朗読したり公演に参加したりしていたが、残念ながら作者名は表示されなかった)、ラテン語に関して実際には優秀な学生だった。文法の課程では、あるクラスで落第、もう一つではあやうく落第しそうだったが、それらを除くと、イェール大学での六つのラテン語クラスのうち、四つでB⁺以上の成績を収めている。

ラテン語についての(ほとんどの期間における)優秀な成績のおかげで、彼には留学への道が開かれた。こうして一九二〇―二一年、ローマのアメリカン・アカデミー古典学研究所(考古学部門)に、「客員研究生」として七ヶ月のあいだ籍を置く。実のところ、家族が彼をアカデミーに送り出した理由の一つは、高校でラテン語教師になるのに、この留学が有利に働けばいいとの思いだった。

一九二〇―二一年のローマ滞在に刺激されて生まれたのが、ワイルダーの処女小説『カバラ』だ。物語の舞台は二十世紀の町である。しかし一九五六年、オーストリアのジャーナリストとのインタビューで彼は、「(ここで同時に)ユリウス・カエサルについての、私なりの架空の自叙伝を書くというアイデアが得られた」と説明している。『サン・ルイス・レイの橋』(一九二七)や『アンドロスの女』(一九三〇)の執筆が優先されたため、このアイデアは保留となっていたものの、決して忘れられてはいなかった。たとえば一九三一年、古典学者にして翻訳者のエドワード・マーシュ卿との文通のなか、彼はこう綴っている。「いつか会話小説を書きたいと思っています。クローディウス、クローディア、カトゥッルス、カエサル、キケロが登場する、あの有名なボナ・デア秘儀冒瀆事件を主題とした作品です」。そして一九三五年の執筆計画リストに、この仮題が登場する――『世界の頂上 *The Top of the World* ―(カエサル、キケロ、カトゥッルス、クローディウス、クローディア)』。伝統的な叙述スタイルを使って書かれた、この執筆計画と関係する数節の文章が、ワイルダーの遺稿には見つかる。さらに一九三九年一月九日の日誌にはこんな記述がある。

私が『世界の頂上』を書き、こうした序文を添えることを想像してみよう――「様々な時代を生きた様々な著述家たちから集められた言葉を、私は本作でユリウス・カエサルに語らせた。自然についてカトゥッルスに語られる彼の議論は、ゲーテの一八〇六年の断片の言い換えである。キケロとの会話での魂の不死性についての議論は、ウォルター・サヴィジ・ランドーの言葉を借りているが、一方でランドーも、その議論の一部をプラトンやキケロに負っている」

一九三〇年代における本作の成立過程の歴史には、事実と推測の混じるあいまいな領域が残されている。事実のうちには、本作出版後のインタビューや書簡で語られた内容がある。本作の主題について、彼は常に、一九三〇年代末にガートルード・スタインと交わした、偉大さとリーダーシップの本質についての徹底的な討論の結果だと述べている。明らかにそれらの問題は、ハリウッドスターから政治指導者まで、様々な職業が引き合いに出されて論じられていた。この討論がおそらく、「世界の頂上」にあって、時代遅れの考え方や行政慣行と格闘する指導者（およびその周囲の人々）の振る舞いと、ワイルダーの関心とを結びつけたのだろう。一九三〇年代の歴史的文脈を考えれば、やはりこうした話題は時宜にかなっていると見なされ得たのである。

一方で推測の領域にあるのが、ワイルダーの信念の形成に、スタインとの対話が果たした正確な役割についてだ。ワイルダーは、物語形式による小説（全知の語り手によって物語られる）に関し、現代人の心に語りかける手段としての活力を失いつつあると信じていたのだ。そして未来は、あるいは少なくともその時点の彼が見ていた自分の将来は、「「コメントなしの純粋な行動」を重視し、物語の語り手をほぼ排除できる可能性を持つ芸術形式としての、演劇に費やされていく」。少なくともこれが、一九三五年十一月、ヨーロッパからの帰りにニューヨークの埠頭に降り立った彼が、『ニューヨーク・サン』のレポーターに語った考えだった。非常に実験的な戯曲『わが町』（一九三七）および『危機一髪』（一九四二）を執筆した時、彼はもちろんこの約束を果たした。だがこれは、『三月十五日』で果たされた約束でもあった。本作を構成する手紙やその他の文書は、それぞれが「コメントなしの純粋な行動」という定義に沿う。言葉は現在形で、舞台上の登場人物が語るかのように、親しく聴衆の一人一人に同時に届けられる。それにワイルダーは本作を小説とは呼ばず、「幻想曲《ファンタジア》」と呼んだのである。この語は『メリアム・ウェブスター辞典』では、「著者の想像力が自由にさまようような作品（詩ないし戯曲）」と説明されている。

第二次世界大戦でワイルダーは海外での軍務に就いた。陸軍航空隊情報部の戦略立案部門に参謀将校として配属され、当初はチュニジアに、のちには一年ほど南イタリアのカゼルタに駐留した。軍務には教えることも、講義も執筆も含まれてはいなかった。代わりに彼は、シチリア島への侵攻作戦を含む巨大な作戦に従事させられたが、そこでの一つ一つの行動の結果は直接的、即時的で、人生を変えてしまうものだった。

一九四四年、一週間ほどの休暇のあいだに、ワイルダーはふたたびカエサルの物語について深く考え始める。彼の思考が、別の時代の戦士に戻ったのも驚くにはあたらない。実は一九四一年、国務省が後援した南アメリカ四ヶ国への親善ツアーで、ワイルダーはある忘れ難い文学的な出会いを経験していた。それは革命の闘士シモン・ボリバル（一七八三—一八三〇）の手紙との出会いだった。一九四八年のインタビューでワイルダーは、「ボリバルの精神の働きはカエサルと似ている」としたうえで、「（ボリバルの感じた幻滅にもやはり）皮肉は含まれていなかった」と述べている。そして「行動の人の創造性と、思考の人の創造性との対比」に関してガートルード・スタインと交わした会話において、カエサルとボリバルとのこうした比較が「より具体的な形をとった」と述懐している。

ワイルダーは戦争について直接的に書くことを慎重に避けていた。それでも、この時期に書かれた私的な日誌にはこうある。「しかし、あの地での私の経験が、私の書いたものに何ら反映されないといったようなことは、神が認めていない」。死と破壊に直接関わるという初めての経験は、彼のあらゆる作品で提示されてきた馴染みの疑問に、さらにあらたな切迫性を付け加えた。すなわち「世界が自分たちに対してなし得る最悪のことを前に、我々は何を頼りに生きていかねばならないのか？」という疑問である。

戦争が終わると、ワイルダーは脇目も振らずにあらたな実存主義的思考に身を投じ、ヨーロッパで発表された雑誌、パンフレット、演劇、書籍へと飛びついた。書店やイェール大学図書館の定期刊行物室で、そうした材料を襲いかかるかのように探し求めた。戦後の時期、実存主義的表現の創始者や主唱者を熱狂的に迎えたのは、なにも彼ばかりではない。それでもワイルダーの経験した出会いは、その衝撃の深さの点で際立っている。一応の目安が、哲学的な論文に書き込まれた数多くの注釈、それにキルケゴール研究者のウォルター・ローリーや、ジャン＝ポール・サルトルとの個人的な交友である。サルトルの戯曲『墓場なき死者 *Morts sans sépulture*』を翻訳したワイルダーは、一九四八年にオフブロードウェイで『勝者』のタイトルでこれを上演している。

この時期の彼の手紙は興奮に満ちている。たとえば一九四六年、初のサルトルとの面会後、ワイルダーは兄のアモスにこう書き送っている。新約聖書の研究家、詩人、それに文芸評論家でもあったアモスもやはり、ヨーロッパに発した知的潮流の研究に深い関心を示していた。

ちくしょう――サルトルとのたった五時間の野外演習だった。きつかったが楽しかった。そうさ――二人はもう親しく呼び合う仲さ……ああそうだ――我々に課された制約と悲惨さのおかげでまさしく、自由は我々のものなんだ。我々は死に、必ず死ぬと知っているという事実が、超越性を与えてくれている。自由の拒絶は罪であり、世界に積極的に関わることで、また我々自身を責任で縛ることで、自由は手に入るんだ。

一月後、サルトルの実存主義的な思想について、友人のジョー・スティル博士への手紙にはこうある。

なあ君《ベイビー》、きっとのけぞるだろう。神はいない。宇宙では、人間理性の愚かさは容認されていて、それは理性では決して説明できない。それでも意志の自由は存在するし、その自由がいま初めて、宗教以外の論拠によって擁護されたんだ。間違いない。

キルケゴール、それにサルトルとの知的な出会いから、ワイルダーは本作の哲学的な枠組みを手に入れた。なかでもその道徳－倫理的な世界観ゆえに、キルケゴールに特に魅力を感じていた――それはすでに開戦前からのことだ。こうした立場がカエサルを描く方向性を決めたのである。一九四八年四月の『コスモポリタン』にワイルダーのインタビューが掲載されている。この時期の自身の知的遍歴について、一部を家族の問題として語る彼の言葉は示唆に富む。

［戦争から］帰還すると私は、すでに戦争の前からいくらか進めていたテーマに取りかかったんです。ほぼ一年をそれに費やしました。しかし結局分かったのは、人間の状況についての私の基本的な信念が、劇的に変わっていたことでした。変化を自分では説明できなかった時、神学者である兄が、私の注意をキルケゴールの著作に向けてくれたのです。これまでの私の人生の道筋は、熱中から熱中へ、感謝から感謝へとたどられてきました。『三月十五日』、つまり私の最新の小説は、キルケゴールの導きのもと書かれたと言っても過言ではありません。

では、ソーントン・ワイルダーが本作で目指していたのは、正確には何だったのだろう？　一九四八年三月の『ボストン・ヘラルド』で、本作の出版について語る彼の口からはこう説明されている。

現代人は、自分の心の探究について相当の誇りを持っていますが、そうした探究を律する原理が必ずあることを忘れているのです。宗教や倫理の名のもとにあるにせよ、単なる判断に過ぎないにせよ、そうした原理が見出され、尊重されねばならないのです。さもないと心は人を、真っ直ぐ自滅の道へと導きます。だから私は本作に、自分の持つ無制限の権力という大海で、みずからを導く第一の原理を求めるカエサルの手探りについて書きました。

一見キルケゴールの言葉のように思える本書の題辞（ないし、ワイルダーの呼び方では「モットー」）は、実際はゲーテの『ファウスト』の一節にワイルダーが付けた註解だ。その一文は、カエサルや彼を取り囲む人々を性格づける、さらに文学的な方法とも考えられよう。「恐怖や畏怖を感じながら「不可知なるもの」の存在を認識する時、人は自分の心を最もよく探究できる――ただし、その認識が誤った方向へと導かれ、迷信や隷従、盲信へと化すことは多い」。一九四八年六月の『バークシャー［マサチューセッツ州］・イーグル』紙（本書をベストセラーの一冊に挙げていた）とのインタビューでは、ワイルダーはもっと普通の言葉遣いで、カエサルのリーダーシップと関わるというこの「モットー」の意味を解説してくれている。

ユリウス・カエサルは、天才的な支配者の典型例です。彼が良い法律をたくさん作ったばかりに、ローマ人はうんざりしていました。世界は彼の手にありました。しかし彼自身があまりに自由であったために、他の人々に、自由の練習を許すことを忘れてしまいます。自由とは積み重なっていく規律なのです。だから人々には、選ぶことを練習させる必要があるのです。

本作が捧げられている二人は、ワイルダーにとって二つの異なるモデルを代表する人物だった。二人はどんな逆境にも勇敢に選択し、みずからの自由をあるがままに行使した。詩人のラウロ・デ・ボシス（一九〇一―三一）とワイルダーが初めて会ったのは、一九二〇年、ローマのアメリカン・アカデミーでのことだった。のちにデ・ボシスは『サン・ルイス・レイの橋』をイタリア語に翻訳している。ムッソリーニおよびファシズムに抗議すべく、デ・ボシスは飛行機の操縦を学んだ。そして飛行機を購入すると、一九三一年十月四日、ファシズム反対のビラ四十万枚を飛行機からローマにまき散らす——それから海の方に向かうと、永遠に消えてしまった（彼の飛行機について、ワイルダーはムッソリーニの飛行隊に追跡されたとしている。しかしこれは正確ではない——飛行機はただ行方不明になったのである）。本作はもう一人、エドワード・シェルドン（一八八六—一九四六）にも捧げられている。非常な成功を収めたこの劇作家は、二九歳の時、徐々に視力と声を失い始めた。現在だと強直性脊椎炎が疑われる病気で、彼の障碍はますますひどくなっていった。身体がこうした状況だったのに、死ぬまで彼は、ソーントン・ワイルダーを始めとする作家や俳優たちの刺激的で愛すべき友人であり、鋭い批評家であり、良き指導者でもあり続けた。二人への献辞は、本作の登場人物の特徴を明らかにしているように思える。デ・ボシスの人間像は、カトゥッルス（およびカエサルへの反抗を呼びかけるビラ）に託されている。そしてシェルドンは、カプリ島に暮らすルキウス・マミリウス・トゥリヌスという、身体にひどい損傷がある兵士に託されている。

一九四八年一月十六日、本作はハーパー&ブラザースから出版された。「ブック・オブ・ザ・マンス・クラブ」の選考に応募しようという出版社の申し出を、ワイルダーは最後になって承認する。彼を驚かせたことに、本作は一九四八年三月の選定図書となった（「ブック・オブ・ザ・マンス・クラブ」があらゆる著作に投げかける中流文化の影に、ニューヨークのインテリを念頭に置きながら、ワイルダーはいつも不安を感じていたのである）。

では、彼にとって五作目となるこの十四年ぶりの小説について、評者たちは何を語っただろう。本作での文書形式に関しては、繰り返し「巧みな力わざ」（常套句である）だの「本当に魔法のような」だのと称賛された。文書形式——それに、冒頭のまえがきで、本作の意図および年代配列を説明したワイルダーの言葉を繰り返すのに使われた多くの紙幅——以外についてはどうだろう。権力、腐敗、芸術や人生といった、時代を問わない、倫理的かつ深く哲学的な問題を探究しようと歴史的な舞台が利用されたことについて、好意的な評者たちは肯定的な点を数多く指摘していた。またその博識は明らかなのに、知識をひけらかすのをワイルダーがいかに避けたかについて、肯定的なコメントも多く寄せられた。『アトランティック・マンスリー』のエドワード・ウィークスは多くの読者に向け、本作について「この冬の読書のうちで、他と比較しようのないほどに豊かな体験」と語っている。ブック・オブ・ザ・マンス・クラブの『ニュース』では、クリフトン・ファディマンが本作を「洗練された」と評している。他にも、本作は「歴史的な小説をいかに書くべきかについての教訓」を与え、「過去を掘り起こす」のではなく「呼び起こしている」と指摘した評者がいる。

他方、否定的な論評（少数ではあるが）は、本作の技巧について定型的な表現で多くの指摘をしながらも、本作を「冷たい」「頭でっかち」「頭ごなし」「作為的な」としたのだった。『ニューヨーク・タイムズ』のデイリー・レビューで、オーヴィル・プレスコットはおおむね称賛しつつもこう結んでいる。「ローマの胸像のように冷たく精密、それに人工的で、主要な美術作品にはある神々しい炎の輝きをまるで欠いている」。重箱の隅をつつくような、学識者からの批判も避けられなかった。ローマ人の名前の不適切な取り扱い、およびゲーテの一節のかなり自由な翻訳、というのが二つの例だ。ワイルダーは著者まえがきで、「この作品のおもな狙いは歴史の再現ではありません」——著者による「広告には真実を」宣言の一種——とはっきり述べているにもかかわらず、歴史的な記録を使ってゲームをしている、との批判を寄せる評者も何人かいた。トロントの『サタデー・ナイト』の評者は、「なぜこれほど途方もなく、取り澄ましながら、特に目的もなく誤っているのか?」と書いている。ロンドンの『ワールド・レビュー』の評者フィリップ・トインビーは、次のように書いて「気のない褒め言葉大賞」を授与された。「面白く、好感を持てて、やや退屈な本。生真面目な作者が懸命にオールを漕ぐ、楽しい力わざ」

ワイルダー自身はこうした論評をどう感じていたのだろう? 出版から一ヶ月、親しい友人であったシブル・コルファクスに宛てた手紙のなか、彼は書評についてこう述べている。「ほとんど一様にひどい——気のないものからひどいものまで」。だが一月後、同じく彼女に宛てて、書評のいくつかについては「おおむね、駄々っ子なら欲しがるようなもの」と伝えている。ワイルダーは失敗を気に病んだり成功に鼻高々になる人ではなかった。しかし、珍しく彼は本作を誇りに感じており、一九四六年四月に「他のどの作品ともまるで違っています」と評しつつ、「大きな騒動」が巻き起こるだろうと顧問弁護士に綴っていたことを思えば、彼が注目の質に落胆していたのは明らかだ。するとワイルダーは心の奥底では、『三月十五日』が物語そのものとしても、またその形式についての研究の面でも、実験的な『わが町』や『危機一髪』と同じような騒ぎを巻き起こすと願っていたのだろうか? たとえば、小説(芸術)に歴史を利用することについての激しい論争に火を付けるとか? おそらくそうだろう。しかしそれは起こらなかった。一九四八年、代わりに騒ぎを巻き起こしたのが、ノーマン・メイラーの処女作『裸者と死者』である。だがメイラーの小説も読者たちがその年の第一位に選んだ作品を凌げなかった。特に誰かを驚かせたりしなかったその小説は、心地よい物語的な歴史小説、ロイド・C・ダグラスの『ビッグ・フィシャーマン』だった。

批評家たちがどう言おうと、『三月十五日』は一九四八年に幅広く読まれ、数週間にわたりベストセラー・ランキングに名を連ねていた。年末のベストテンには挙がらなかったものの、これはその前に出版された三作品も同様である。一九九〇年代に絶版となるまでに、ハードカバーと四種のペーパーバック版、あわせて四五万部以上が売れた。そのうちの最後が、一九八七年発行のハーパー&ロウ・ペレンニアル・ライブラリー版である。ワイルダーが常にとりわけ誇りを感じていたのが、本作がラテン語教師の人気を集めていることだった。

自分の小説が生で実演されることに、ワイルダーは断固として反対するのが常だった。しかし劇場の感性に深く根ざす本作については誓いを破り、一九六二年、俳優で劇作家のジェローム・キルティーに、舞台向けに翻案してくれるよう依頼する(ワイルダーはキルティーを学生として知っていて、彼が一九六〇年にブロードウェイでヒットさせた『ディア・ライアー』の成功を高く評価していた)。一九六二年のベルリンでの、素晴らしいドイツ人俳優による公演は多少の成功を収めたものの、翌一九六三年、カエサル役にジョン・ギールグッド、クローディア役にアイリーン・ワースでおこなわれたロンドン公演は失敗に終わった。

この半世紀における本作の歴史のなかで、最も重要な一幕となっているのが海外での成功だ。『三月十五日』は、これまで少なくとも二三ヶ国語に翻訳されている(これを上回る彼の作品は、三〇ヶ国語以上に翻訳されている『サン・ルイス・レイの橋』のみである)。そして長らく本作は、海外の批評家や研究者たちから、おそらくワイルダーの最も重要な小説であると見なされてきた。アメリカにも同様の見解を持つ人が数多くいる。

時は流れ、もちろん多くの外国語版は絶版となってしまった。だが興味深いことに、一九九〇年以降にギリシア、ブルガリア、イタリア、ハンガリー、それにスペインで新版が登場している。しかもドイツでは一九四八年以来絶版になったことがなく、一九五七年におこなわれた全編のラジオ朗読が再放送され、一九九八年にCDとして発売されている。権力と倫理の交叉する地点に、神秘的に時を超越して立つ人物に向けられたワイルダーの視線は、どうやら苦難の記憶から覚めやらぬ国々で特別な共感を呼び起こしたのかもしれない。

――タッパン・ワイルダー

チェヴィー・チェイス　メリーランド州

ローマから送られた手紙　一九二〇年

ソーントン・ワイルダーが最初にカエサルについての小説のアイデアをいだいたのは、一九二〇―二一年、ローマのアメリカン・アカデミー在籍中だった。これは一九二〇年十月二一日、家族宛ての手紙からの抜粋である。いつの日かカエサル最後の日々についての小説を書き、それを「幻想曲《ファンタジア》」と呼ぶことになる青年の想像力に、この手紙が投げかける光はとても貴重である。

ここにいられるなんて、なんて素晴らしいことでしょう！　パリ、ロンドンないしニューヨークに一年滞在するのと比べると、ここではどんなに幸福な機会が待つことでしょう！　ローマの古さや多様さ、それに重要性は、他の町々など飲み干してしまいます。僕はいま猛烈に、ローマについてこう言いたい気分に駆られています。ローマは本当に永遠の都である、と。先日、あらたに発見された一世紀頃の墓を調査する考古学チームに同行しました。現場は市中心部近くの通りの下でした。ロウソクの薄明かりを頼りに、僕らはアウレリウスという名の家族についての色褪せた絵を眺めました。羽のある精霊が優しく運ぶ、可愛い子供たちや両親を象徴的に表す図案が、ローマ風の服を身に着けて庭園でたわむれているのです。それを見る僕らの頭上を、現在の車が次々と走り抜けていきました。僕らは過去へと手を伸ばし、アウレリウス一家の愛情や敬虔さ、それに生活習慣を想像しようとしていました。一方、それらと同じ要素は僕らの時代まで、オーレリア家へと伝えられてきているのです。これからの二千年間を思い浮かべようとする作業は、同じように素晴らしく、楽しく、とても人間的なものとなることでしょう。

「これが私のベスト」一九五〇年

一〇五人の作家が、それぞれ自身の作品からの短い一節を寄せた『世界の傑作小説 *The World's Best*』（一九五〇）という選集がある。この一文は、同書に収められた『三月十五日』からの抜粋に添えられていたもので、これはその全文である。ここでワイルダーは自身の小説のスタイルについて論じ、そう書いた理由を語っている。サミュエル・リチャードソン（一六八九―一七六一）は『パメラ』（一七四〇―四一）の作者である。ロマンティックな物語であるその作品で、書簡体小説の形式が生み出された。

十九世紀、どうやら小説家たちはまだ、文学という芸術の根底にある作者の全知という主張には、まるで悩まされていなかったように思えます。この点への違和感の最初の兆候を示したのが、フローベールとツルゲーネフでした。その違和感はヘンリー・ジェイムズで強まり、いまではあらゆる物語作家の自信を、なんらかの形でむしばんでいます。読者は作家の書く物語が「真実」だと信じているでしょうか？　一方で私たち作家自身は、どのような意味でそれを信じているのでしょう？

これはあくまで小説についての危機です。劇作家はそれに直面していません。

作者の全知という想定は、実は戯曲の執筆時にもなされています。しかしひとたび舞台で演技が始まるや、私たちはそれを伝える語り手を意識しなくなります。小説とはおそらく、「行動、ないし一連の行動についての私たちの理解に関わるあらゆる事々」と説明できるでしょう。そして全知の知性が、これら関連する事々を自分に物語るのを、小説を読む私たちはずっと感じているのです。一方、舞台のうえは常に「いま」です。そこに編集者の声が介在することはありません。演劇に限って言えば、見ることは信じることなのです。

『三月十五日』で、私は虚構の語り手の排除をこころみました。カエサルやキケロ、カトゥッルスといった人物の思考を物語ろうとする時、作者の全知という主張は二重に不合理です。あらゆる芸術が何かの振りであるのは確かですが、歴史小説での振りをうのみにするのは特に難しいからです。そこで私は振りの仕方をまるで違うものにしました。つまり、そうした著名な人物たちの書いた手紙や文書を発見した振りをしたのです。私がこころみたのは、歴史学的研究や学問における手法の一種を示し、自分の信念を強く印象づけることでした。そうすればすべてが、「カエサルは、二人が最初に出会った時のことを思い出していた」とか、「クレオパトラは怒りの感情を押し隠した」といった文章が次から次と続く物語を書くよりも、はるかに信ずべきものに「見える」。しかし信憑性という観点からさらに重要なのが、本作が劇場での効果に近づいたという事実です。本作の手紙や文書は、それぞれ現在形で書かれています。すべての行動を、過去に起こったとして物語る語り手の声も聞こえません。舞台では、俳優の発言は自然な流れから発せられます――というのも、舞台上の「時間」は見ている私たちの「時間」となるからです。同様に、書簡体小説ではそれぞれの文書が、私たちが居合わせたところで会話や叫びが発せられたような印象を与える働きをするのです。

ただしこの手法が、小説の抱える問題への解決策だとの振りをするつもりは毛頭ありません。書簡体小説にはまた別の問題点があるのです。その問題はあまりに大きくて、この形式を使えるのはごくわずかなタイプの物語に限られてしまうのです。リチャードソンは時間という感覚のなかでこうした問題に対処しようとしましたが、私がそうしようと真剣に考えたことはありません。代わりに私は、作品を皮肉のベールにくるむことで問題を回避しました。本作を歴史研究のある種のパロディーとして提示したのです。こうして問題を回避しましたが、読者に求めているのは私を「信じて」くれることよりはむしろ、一緒に「このゲームを楽しんで」くれることなのです。

事実と想像

一九四八年二月二二日、『ニューヨーク・タイムズ』の日曜版の書評欄の冒頭に、同紙の演劇批評家ブルックス・アトキンソン（一八九四―一九八四）による『三月十五日』の書評が掲載された。その準備に彼は、本作で使われた資料や、特にどれが真正でどれが想像の産物かについて、あらかじめワイルダーに質問をしていた。一九四七年十二月二〇日、アトキンソンへの回答としてワイルダーが書いた手紙の抜粋をここに引用する。その内容は書評にはほとんど活用されなかったものの、ハーパーから一九五〇年に出たモダン・クラシック版の序文を書いた際、アトキンソンはそこに手紙の大方の部分を載せたのだった。

親愛なるアトキンソン様

真正な文書と想像の文書とを分けるのは難しい作業です。序文に私は、本作では一つ、歴史事実をかなり自由に取り扱った点があり、その結果いくつかの点がそれに準じたことを記しています。

私が資料とどう向き合ったか、貴殿にご理解いただく最良の方法は、主要な登場人物や事件のサンプルを選び、それに関する執筆の過程を説明することだと考えます。

カプリ島の傷病兵——完全な想像上の人物で、エドワード・シェルドンのイメージに肉付けされて作り上げられています。しかし『ガリア戦記』には、きわめて堅固な語り口調が一瞬ゆるみ、著者カエサルの友人にして古い盟友でもある人物が、敵の手にかかって殺される場面があります。

クレオパトラ——彼女について知られている事実は、ローマでの滞在場所、市民からの反感、それに自分の趣味に合う贈り物を受け取れなかったことへのキケロの不快感といった程度です。本作の時期に彼女はアントニウスと頻繁に会っていたに違いないと、歴史家たちは一致して認めています。と言うのもアントニウスは、カエサル暗殺の年の執政官だったからです。

キュテリス——人気のあった女優。彼女と晩餐の席で会ったことをキケロが書き残しています。軍事遠征にまで彼女を輿に乗せて連れて行ったとして、マルクス・アントニウスは厳しく批判されました。ただし彼女は単なる踊り子に過ぎません。彼女が「高品位な」悲劇女優であったことを示す証拠はありません。

カトゥッルス——カエサルが彼を晩餐に招待したと伝えていたのは、確かプルタルコスだったと思います（その前段では、カトゥッルスの手厳しい風刺詩について、それがカエサルにとり「終生拭えぬ不名誉の烙印」となったと述べられています）。また、二人は和解したとも述べられています。十九世紀末、あるドイツ人研究者が史料をそろえ、あの有名なクローディアはカトゥッルスの詩に登場するレスビアと同一人物だと論証しました。以降、その説をほとんどの研究者が受け入れています。

クローディウスとクローディア――二人については、私たちのもとに多くの情報があります。秘儀冒瀆スキャンダルに引き続いた訴訟での、キケロによる弾劾の一部すら残されています。市民たちは彼女を「端金《はした》で寝る女」と呼び、巷には殺人や近親相姦の噂が流れていました。カトゥッルスの初期の詩での彼女は「可愛い女の子 *puella*」であり、スズメの死に涙したり、自分の交わすキスを「老人」が覗いていないか恐れたりしています。他方、重要で冷酷な政治的勢力としてや、これ見よがしに淫乱さをひけらかす女性として明瞭に描く史料もあって、こうした二様のイメージを整合させるのは困難です。

叔母のユリア――すべて私の想像の産物。年代配列ははなはだ無視されています。カエサルはごく若い頃、彼女の葬儀での追悼演説で自分の政治的立場を確立しました。

暗殺の陰謀――研究者の大半が、秘密がよく守られていたことを長々と論じます。それにしても――七十人もの元老院議員とは！　ローマ人が救い難いほどお喋りだったことや、市民たちが当日の朝、ひどく神経質になっていたことも伝えられています。世間にも、犠牲となったカエサルにも、陰謀は部分的に知られていたと描き出したことは、私の誤りだったかもしれません。

ブルートゥスはカエサルの息子――私はこの問題をヘンドリクソン博士にぶつけました。イェール大学名誉教授で学生から大変人気のある博士は、ローマ共和政末期の専門家です。答えはこうでした。「そうさな、私たちには分からない。そうだったのかもしれない。あらゆる死人は毒殺されたと考えられたし、また全員が誰か別の人の息子、ないし娘だと考えられた。言えるのはただ、その可能性が初めて云々されたのは二世代もあとということだ」。それでも博士は、ブルートゥスの母とカエサルとのあいだにはちょうどその時期に、間違いなく情事があったことを認めていました。

カエサル――古代の伝記作家たちは、彼を崇拝しているか、あるいはひどく悪意を持っているかのいずれかです。しかしこれまで何度も指摘されてきたことですが、反ユリウス・カエサル的な政治冊子を書き上げようとしていたスエトニウスでさえ、カエサルを糾弾しようとして見つけられたのは、ほんのちっぽけな悪事に過ぎなかったのです。カエサルの示した寛容さについてはこれまでも深く検討されてきましたが、その異例さはまったく否定されていません。人々の心に悪意の渦巻く冷酷な政治の時代、彼の行動は、その寛容さの恩恵を受けた人々を戸惑わせるものだったのです。私のカエサル観はこの事実に大きく依存しています。兵士たちの彼への心酔ぶりについては多くの証言があります。若い頃、疑いなく貧しさのなかで暮らしながら、それでも巨額の金を動かしたり、また「幅広の紫縞」、すなわち高貴な貴族としての衣裳を粋に着こなしたりしていたことについても、何度となく証言されています。本作でのカエサルは私の個人的表現のうちで最大のものですが、かといって自分が「事実」に反しているとは思いません（もちろん、彼の妻についての年代配列は別です）。ここ数世紀のあいだに、同じ時代の歴史について実に様々な再構成が提案されてきたのですから。

当時の習慣や風習の全般的な背景については、――全体的な雰囲気を、キケロの書簡という大海を参考にしたと言えるよう希望しています。ただしその場合でも、人間の本性はまったく同じであり、それをなんらか拡張したものが当時の習慣や風習であると完全に理解可能だという事実に、私は一番の安心を感じています。セヴィニェ侯爵夫人やホレス・ウォルポールを取り囲んでいた世界も、さほど違いはなかったのです。ごくたまにですが、一九二〇—二一年に研究した資料に立ち戻ったこともありました。その期間に私は、ローマのアメリカン・アカデミーに研究員として滞在し、考古学研究に従事していたのです。もっとずっと刺激的だったのが、戦争中のイタリアで過ごした日々です（カプアからの午後の散歩といったら！）。カンパーニャ地方のあの太陽、空、それに雨の下で。

同時に私はこの「幻想曲《ファンタジア》」において、気前良く自分にいくつかの自由を許しました。また戯れにごく些細な事実を、数多く本作のうちに組み込みました。たとえば、カエサルと妻のカルプルニアが、暗殺の前日にレピドゥスと会食したこと（陰謀参加者たちはこれを、カエサルが陰謀に気づいていない証拠と考えました）。またキケロの妻が一時期、夫がクローディアの罠に落ちやしないかと嫉妬を感じていたこと。カトゥッルスが、ポー川以北出身の同郷人である歴史家コルネリウス・ネポスに何篇かの詩を献呈していたこと。そして、いまよりずっと流れが急だったテヴェレ川について、カエサルがヴァチカンの丘の一部を掘り崩してその流路を整えたことなどです（しかし『美徳の報酬』という安っぽい喜劇は私の創作です）。

ソーントン・ワイルダーによる解説

次に示すのは、資料、プロット、文体、およびテーマなどに関してワイルダーが欄外に付した数百もの注釈の一部である。彼はそれを『三月十五日』の英語版に書き込み、友人である外交官テレンス・キャサーマンに贈った。以下では、まず三箇所について、書き込まれた注釈の写真とその文字起こしを示す。それに引き続いていくつかの例を引用する〔以下、該当箇所は横組〕。

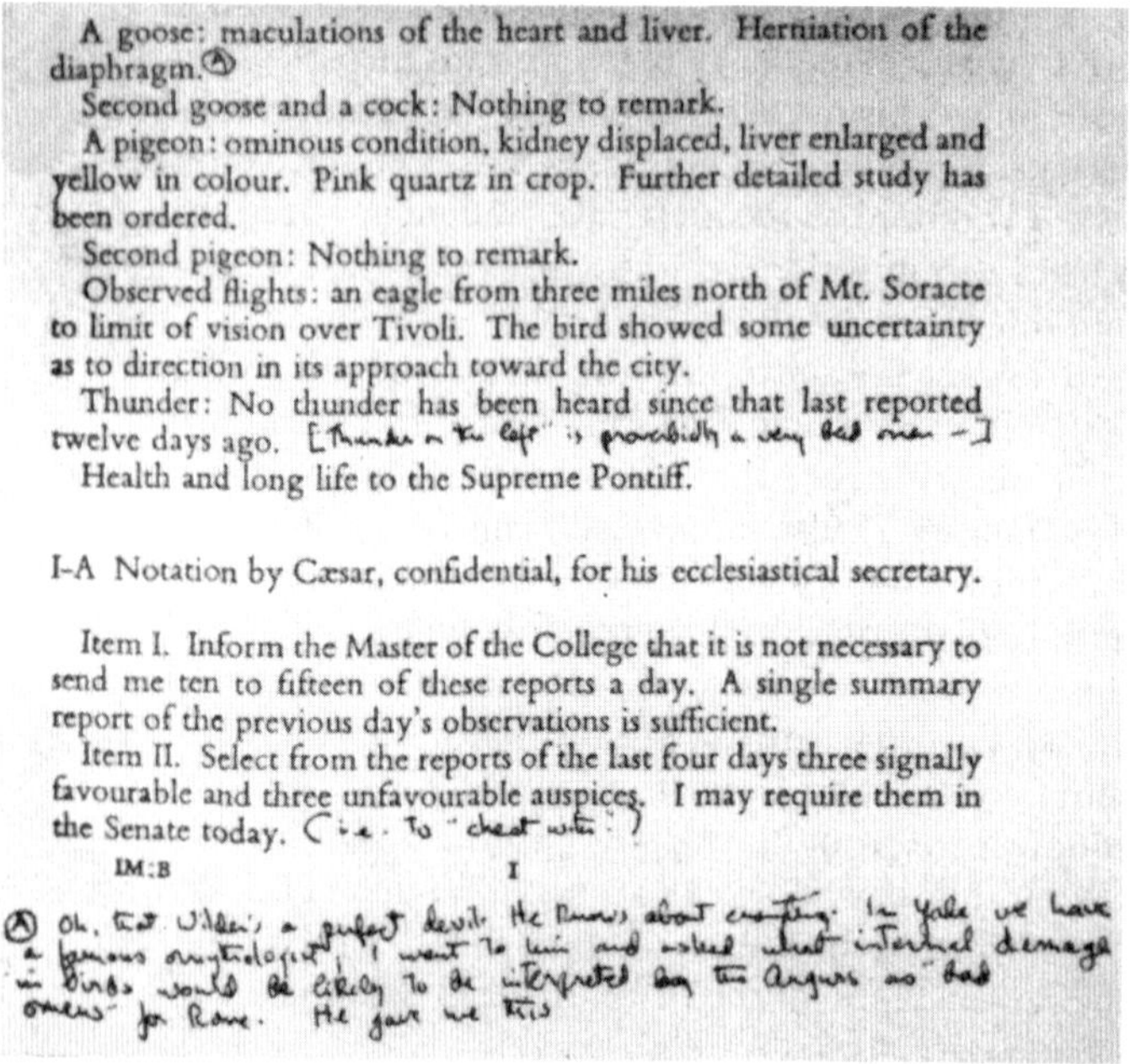

A goose: maculations of the heart and liver. Herniation of the diaphragm.Ⓐ

Second goose and a cock: Nothing to remark.

A pigeon: ominous condition, kidney displaced, liver enlarged and yellow in colour. Pink quartz in crop. Further detailed study has been ordered.

Second pigeon: Nothing to remark.

Observed flights: an eagle from three miles north of Mt. Soracte to limit of vision over Tivoli. The bird showed some uncertainty as to direction in its approach toward the city.

Thunder: No thunder has been heard since that last reported twelve days ago. ["Thunder on the left" is proverbially a very bad omen –]

Health and long life to the Supreme Pontiff.

I-A Notation by Cæsar, confidential, for his ecclesiastical secretary.

Item I. Inform the Master of the College that it is not necessary to send me ten to fifteen of these reports a day. A single summary report of the previous day's observations is sufficient.

Item II. Select from the reports of the last four days three signally favourable and three unfavourable auspices. I may require them in the Senate today. (i.e. to "cheat with")

IM:B I

Ⓐ Oh, that Wilder's a perfect devil. He knows about everything. In Yale we have a famous ornithologist. I went to him and asked what internal damage in birds would be likely to be interpreted by the Augurs as "bad omens" for Rome. He gave me this

この書き込みからは、本作最初のページでの鳥占神官《アウグル》が登場する場面について、ワイルダーが専門家のアドバイスを求めていたことがうかがわれる。相談相手はおそらく、1950年に退官したスタンレー・C・ベル教授であろう。

Ⓐ ああ、ワイルダーが完璧な悪魔だったら。あの人なら何でも知っている。イェール大学に高名な鳥類学者がいるんだ。彼のところに足を運んで尋ねた。鳥の内臓にどういった損傷があれば、鳥占神官がそれをローマにとっての「凶兆」と解釈するでしょうか、と。彼が教えてくれたのがこれだ。

「雷」に付された注釈にはこうある――［「左側で雷が鳴った」というのは、ひどい凶兆について言うことわざ的な表現だ］

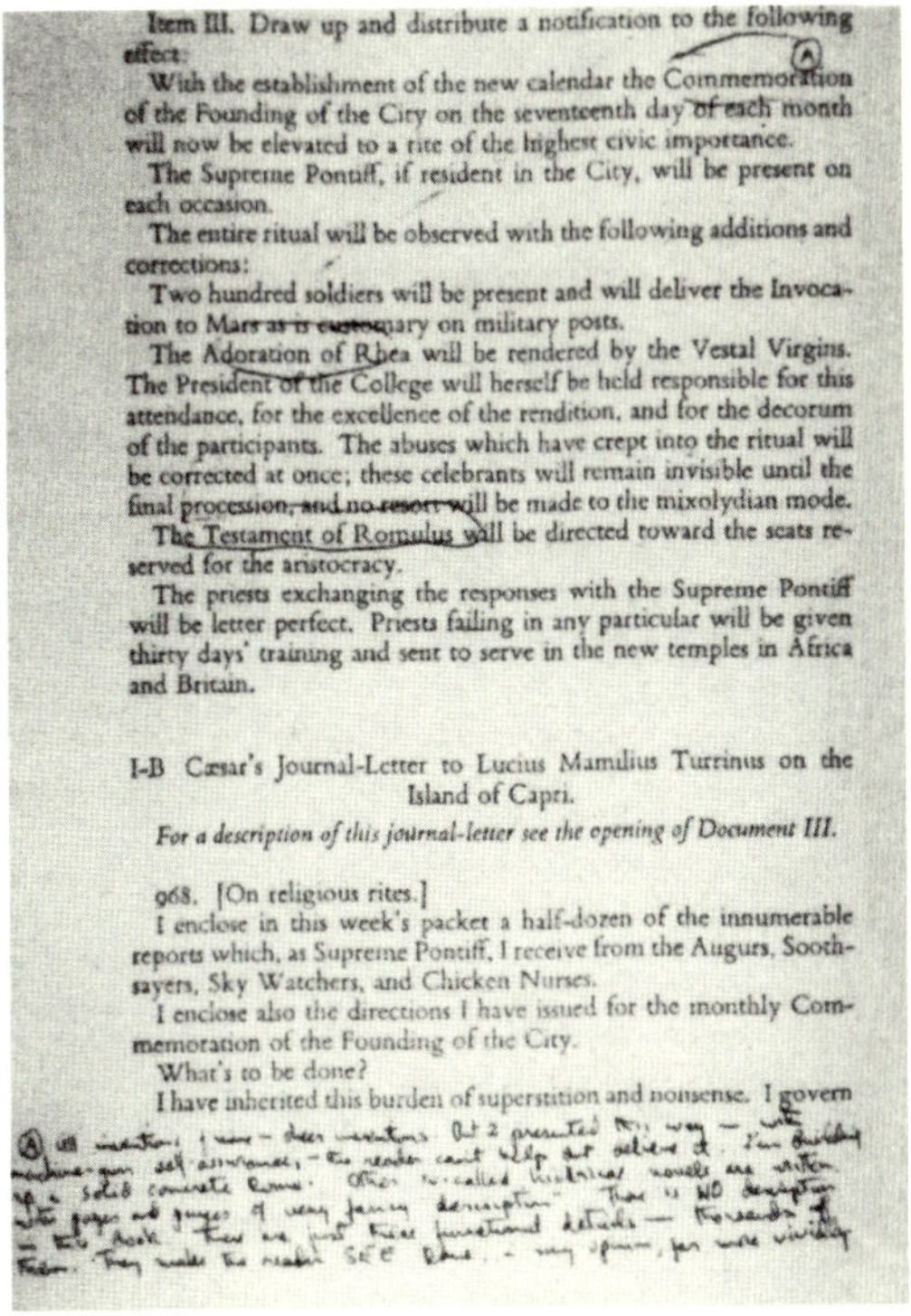
Item III. Draw up and distribute a notification to the following effect:

With the establishment of the new calendar the Commemoration of the Founding of the City on the seventeenth day of each month will now be elevated to a rite of the highest civic importance.

The Supreme Pontiff, if resident in the City, will be present on each occasion.

The entire ritual will be observed with the following additions and corrections:

Two hundred soldiers will be present and will deliver the Invocation to Mars as is customary on military posts.

The Adoration of Rhea will be rendered by the Vestal Virgins. The President of the College will herself be held responsible for this attendance, for the excellence of the rendition, and for the decorum of the participants. The abuses which have crept into the ritual will be corrected at once; these celebrants will remain invisible until the final procession, and no resort will be made to the mixolydian mode.

The Testament of Romulus will be directed toward the seats reserved for the aristocracy.

The priests exchanging the responses with the Supreme Pontiff will be letter perfect. Priests failing in any particular will be given thirty days' training and sent to serve in the new temples in Africa and Britain.

I-B Cæsar's Journal-Letter to Lucius Mamilius Turrinus on the Island of Capri.

For a description of this journal-letter see the opening of Document III.

968. [On religious rites.]

I enclose in this week's packet a half-dozen of the innumerable reports which, as Supreme Pontiff, I receive from the Augurs, Soothsayers, Sky Watchers, and Chicken Nurses.

I enclose also the directions I have issued for the monthly Commemoration of the Founding of the City.

What's to be done?

I have inherited this burden of superstition and nonsense. I govern

ワイルダーが創案した式典についてのこの注釈には、既存の歴史小説に対する非難も含まれている。

Ⓐ　すべて私の創案——まったくの創案だ。しかしこのように提示すれば——機関銃のように自信ありげに——読者はそれを信じざるを得なくなる。私が作り上げているのは、堅固で具体的なローマだ。他のいわゆる歴史小説は、たいそう空想的な「描写」の連続から構成されている。一方で本作には「まるで」描写がない。あるのはこうした機能的な詳細だけだ——それが何千もある。そうすれば、私の考えだと、読者の目にずっと生き生きとローマが「見える」ようになる。

Ⓐ II The Lady Clodia Pulcher, from her villa at Baiæ on the Bay of Naples, to the Steward of her Household in Rome.

Baiae = Newport, R.I.

September 3, 45 B.C.

My brother and I are giving a dinner on the last day of the month. If any mistakes occur this time I shall replace you and offer you for sale.

Invitations have been sent to the Dictator, and to his wife and aunt; to Cicero; to Asinius Pollio; and to Gaius Valerius Catullus. The entire dinner will be conducted in the old mode, that is to say, the women will be present only in the second part of the dinner and will not recline.

If the Dictator accepts this invitation, the strictest protocol will be observed. Start rehearsing the servants now: the reception before the door, the carrying of the chair, the tour of the house, and the leave-taking. Make arrangements to hire twelve trumpeters. Inform the priests of our temple that they are to perform the ceremony suitable for the reception of the Supreme Pontiff.

Not only you, but my brother also, will taste the Dictator's dishes in his presence, as was done in the old days. (i.e. against poisoners.)

The menu will depend upon the new amendments to the sumptuary laws.Ⓑ If they are passed by the day of the dinner only one entrée may be served to the entire company. It will be the Egyptian ragout of sea food which the Dictator once described to you. I don't know anything about it; go at once to his chef and find out how it is prepared. When you are sure of the recipe, make it at least three times to ensure that it will be perfect on the night of the dinner.

Ⓐ Now I get my plot (one of my plots) started. A great society-lady plans a GREAT dinner party. Notice how Wilder – damn him – is never vague. He pours in concrete specific details, – hence the reader is forced into believing, I.

Ⓑ Rome was passing through a financial depression. These are Caesar's laws against luxury: jewels; rich clothes; elaborate food, etc

このページでは、「バイアエ」が脳裏に浮かぶきっかけとなったのが、ナラガンセット湾岸にあるロードアイランド州の町、ニューポートだと明かされている。この町は、ワイルダーが執筆のために頻繁に訪れた場所の一つで、彼の最後の小説『セオフィラス・ノース *Theophilus North*』の舞台ともなった。ⒶおよびⒷの注釈にはこうある。

Ⓐ　さあ、私は本作のプロット（いくつかのプロットの一つ）を始動させた。社交界の重要なご婦人が「盛大な」晩餐会を計画している。ワイルダー——彼などクソ食らえ——が決してうすのろでないことをご覧

あれ。彼は具体的で明確な詳細をまくし立て続ける、——すると読者はそれを信じざるを得なくなる。

Ⓑ　下から六行目、「贅沢禁止令 sumptuary laws」について——「ローマは経済的な不況のさなかにあった。贅沢、宝石、贅沢な衣服、手の込んだ料理等々を禁止する法令をカエサルは制定した」。行間の注釈にはこうある——「古来よりの慣習にならい in the old days」のうしろに（すなわち、毒殺者への対策）

＊　＊　＊

XXV　ポンペイアから……クローディアへ――「舞台はふたたび八月に戻った――クローディアの晩餐会はまだおこなわれていない。読者のなかには、本作のこうした時間設定を嫌う人もいるだろう。だがこれが「私が人生を見る見方」なのだ」

III　自分は嘘をつかれてきたと感じるようになった彼女たちは、偽善からの解放を社会に印象づける行動にたちまち身を投じた……タルラー・バンクヘッド――アラバマ第一の名家――南部連合のあらゆる知事の子孫――知事や上院議員たちの娘、孫娘にして姪でもある――南部上流階級の偽りの神話のなかで育つ。あらゆる南部出身の女性は清純なモクレン。あらゆる男性は完璧な騎士――やがておぞましい「真実」を知る――そして叫び声をあげながら束縛を脱した。

III　選択こそ人生最上の喜び……「TNWが動き出している。本作で繰り返されるテーマ」

VI　ペネロペイアと……「本作のテーマの一つ。恋する人は、最終的には悲劇にしか終わらないほどにまで、最愛の人を理想化し得る」

VIII　我々の存在の背後には「意思」など存在せず、宇宙のどこにも神秘はない……「ここから始まるのが、本作の基礎的な部分だ。人生に意味はあるのか？　あるいは単なるやっつけ仕事に過ぎないのか？」

XXI　キケロがかつて語った「ごく近しい友となった者のみが、彼女を本当にひどく嫌う立場に立つことになる」という人間……「この一文をここに入れるべきではなかった。これはニコラス・ロングワース夫人〔セオドア・ルーズベルトの娘〕の言葉だ。トマス・デューイ〔一九四八年大統領選挙での共和党候補者〕に関する有名な警句」

XXI 太陽も、人の境遇も、どちらもじっと見詰めることはできません……「ラ・ロシュフーコーからこの一文を拝借した――「太陽も死もじっと見詰めることは出来ない」。ああ、私は忙しいこそ泥だ」

ワイルダーが書いたまえがきの末尾にはこうある。


するとこれはある種のクロスワードパズルだ。多くの出来事のうちを私たちは四度通り抜ける。それはまるで、四方向から同じ影像を眺めるようなものだ。

だから本作が語り出すのは、ようやく「二度読み返した時」なのである。

だがこうすることで、私は(いずれにせよ、私自身の興味のために)人生の濃度についての感覚を得る――その混ざり具合、その驚異――その神秘性。

発端から結末へと、物語を時間軸に沿って語るという手法には飽きた――見栄えが良すぎるように見える――豊かでも複雑でも、十分に真実でもない。

人生において私たちは、本当は何が起きたのかずっとあとに知ることが多い。

ワイルダーの手稿

ここに示したのは、ワイルダーの自筆による第二巻冒頭の草稿である。完成稿にかなり近いが(本書の一四〇頁を確認されたい)、この時点やその後に、いくらか編集の手が入っている(たとえば文書番号の振り直し)。この例から分かるとおり、文章をさらに簡潔なものにしようと手を入れながら、ワイルダーは不要と判断された語をいつもこうして削除していた〔以下、該当箇所は横組〕。

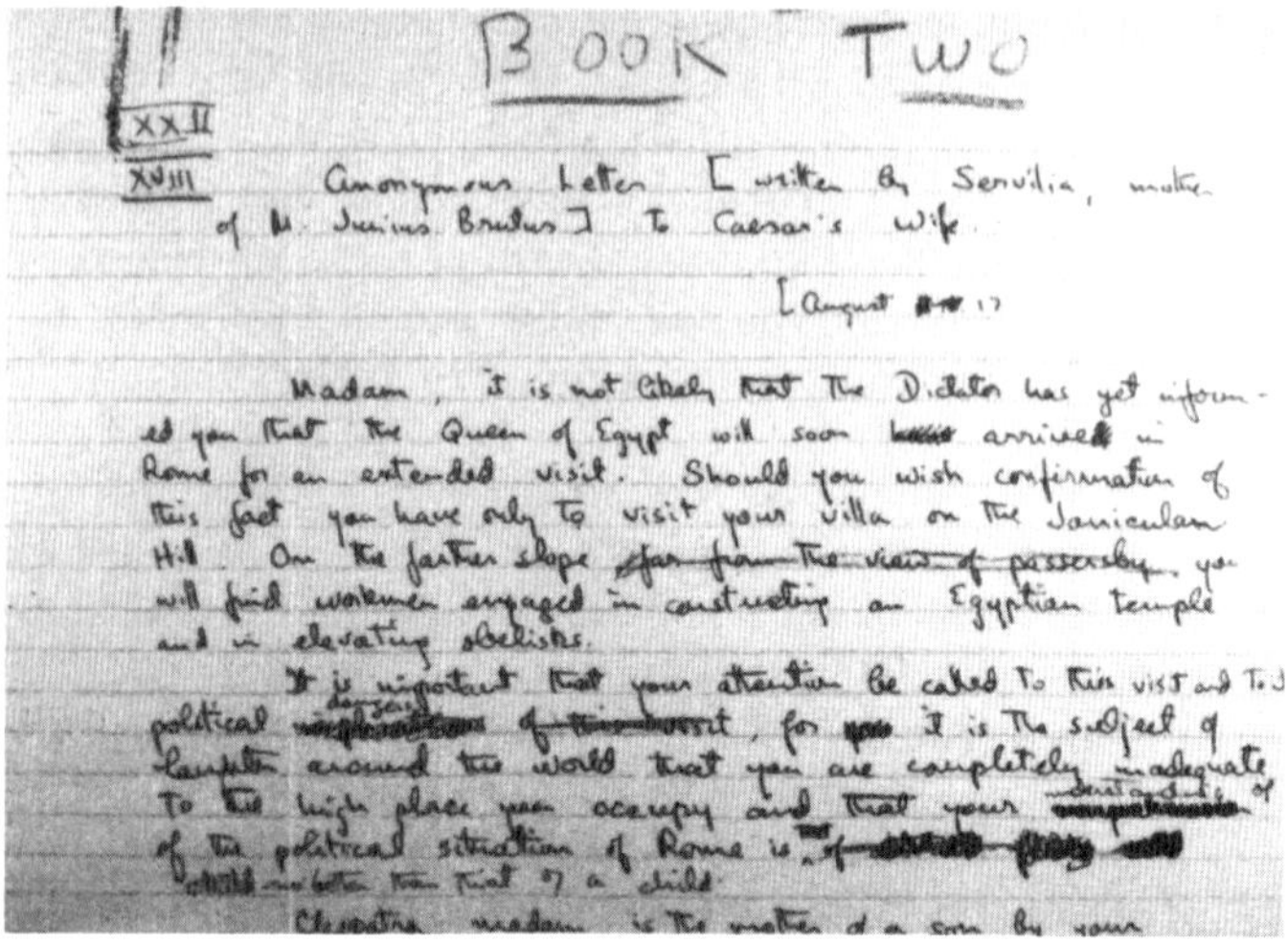

BOOK TWO

XXII
XVIII Anonymous Letter [written by Servilia, mother of M. Junius Brutus] to Caesar's Wife.

[August [redacted] 17

Madam, It is not likely that the Dictator has yet inform-ed you that the Queen of Egypt will soon [redacted] arrive[redacted] in Rome for an extended visit. Should you wish confirmation of this fact you have only to visit your villa on the Janiculan Hill. On the farther slope ~~far from the view of passersby~~, you will find workmen engaged in constructing an Egyptian temple and in elevating obelisks.

It is important that your attention be called to this visit and to the political ~~implications~~ dangers ~~of this visit~~, for ~~you~~ it is the subject of laughter around the world that you are completely inadequate to the high place you occupy and that your ~~comprehension~~ understanding of the political situation of Rome is no [redacted] better than that of a child.

Cleopatra, madam, is the mother of a son by your

第二巻

XXII
XVIII 匿名の手紙［筆者は、マルクス・ユニウス・ブルートゥスの母、セルウィリア］。カエサルの妻ポンペイアへ。

［八月十七日］

奥様、独裁官様はまだ貴女様にお伝えになっていないようですが、エジプト女王がまもなくローマ市に着いてしばらく滞在します。この事実の確証をお望みなら、とにかくヤニクルムの丘の貴女様の別邸へと足をお運びください。丘の向こう側の斜面で~~通行人の目からはずっと遠く離れたところで~~、作業員たちがエジプト式神殿を建設し、オベリスクを引き上げようとしているのをご覧になれましょう。

いま大事なのは、女王のローマ訪問およびその~~この訪問の~~政治的な~~含意~~危険性に、貴女様の注意が向けられることなのです。と申すのも~~貴女様が~~、いまお占めの高位に貴女様がまるでふさわしくないことや、~~子供のような理解力で~~ローマの政治的状況を子供同然に~~把握~~理解していないことが、世界中で物笑いの種となっているのですから。

クレオパトラは、奥様、貴女様の夫君とのあいだに息子をもうけています。少年の名はカエサリオンです。女王は廷臣たちの目からカエサリオンを隠し続けています。ですが一方で、その子は神なる知性を持つとても美しい少年だ、との噂をしきりと広めています。しかし確かな筋によれば、少年は実のところ暗愚で、すでに~~四回目五回目~~三回目の誕生日を迎えたにもかかわらず、口をきくのはおろか歩くのもままならないそうです。

女王のローマ来訪の目的はただ一つ、自分の息子を~~合法化~~認知させ、世界の支配者の後継者として確立~~しようとこころみる~~することです。これは途方もないたくらみですが、クレオパトラの野心には限りがありません。彼女の陰謀をたくらむ能力や残忍さは、叔父の、そして夫でもある弟の暗殺だけでは飽き足らなかったのです。それに貴女様の夫君の欲情におよぼす大きな力も持っていて、自分では世界を支配できないにせよ、彼女のこうした本性は世界を混乱させるのに十分なのです。

夫君による人目をはばからない不倫により、貴女様が公然とはずかしめられるのはこれが初めてではありません。すっかりのぼせ上がっている夫君~~の欲望~~には、~~公共の秩序に~~あの女が公共の秩序にとってどれほど危険なのか、きっと見えなくなっているのでしょう。そしてその状況は……

謝辞

本書に付録として付けられている内容は、ほとんどが未発表の原稿、ないしは公刊されていても入手が困難な媒体に掲載された、ソーントン・ワイルダーの言葉から構成されている。こうアプローチすることで、作品と人物が、しっかり個人と関連づけられながら視界に入ることをお分かりいただけるものと思う。ソーントン・ワイルダーについてのさらなる情報に興味をお持ちの方は、一般的な資料や、www.thorntonwildersociety.org の文献目録をご参照いただきたい。

ペネロピ・ナイヴン、バーバラ・ホワイトパイン、セレスト・フェローズ、リザ・ハートジェンズ、そしてイェール大学のバイネック・レア・ブックおよびマニュスクリプト・ライブラリーには、本書実現への助力を感謝したい。*The Poet and the Dictator: Lauro de Bosis Resists Fascism in Italy and America* (2002) の著者であるジーン・マクルアには、とても有益な情報を提供してくれたことに感謝の念を感じている。ロビン・ギブス・ワイルダー博士には、編集上の序言をいただいたことに特に感謝している。『三月十五日　カエサルの最期』への熱い思いを寄せていただいたカート・ヴォネガットには、特別なお礼を伝えたい。

資料と許諾

未公刊資料からの引用は、以下に記す三点の例外を除き、ソーントン・ワイルダーの書簡、手稿、ならびにバイネック・レア・ブックおよびマニュスクリプト・ライブラリーの「イェール大学アメリカ文学コレクション（YCAL）」に収められた、ソーントン・ワイルダー・コレクションにおける関連記録、あるいはワイルダー家によって保管、管理されている資料からのものである。スペルの誤りは特に断りのない限り黙って修正されている。ワイルダーからエドワード・ハワード・マーシュ卿に宛てられた手紙は、ニューヨーク公共図書館の米英文学コレクションのうちの、ヘンリー・W・アンド・アルバート・A・ベルク・コレクションに収められている。シブル・コルファクスへの手紙は、ニューヨーク大学のフェイルズ図書館にある、フェイルズ手稿コレクションのなかのソーントン・ワイルダー・コレクションに含まれている。そしてブルックス・アトキンソンへの手紙は、ニューヨーク公共図書館付属パフォーミング・アート研究図書館の、ビリー・ローズ劇場コレクションに収められている。これら研究機関からの助力には深く感謝している。

ニューヘイブンで撮影された著者の写真は、本作の初版で使われていた写真である。「これが私のベスト」とのワイルダーの言明は Whit Burnett ed., *The World's Best* (New York, Dial Press, 1950), pp. 104-195 にある。編者のホイットニー・バーネットの許可で本書に引用した。

訳者あとがき

本書はThornton Wilder, *The Ides of March*, 1948（Perennial edition published 2003）を底本とした翻訳である。著者のソーントン・ワイルダー（一八九七―一九七五）は、二十世紀アメリカを代表する劇作家、小説家の一人として知られる。「ピューリッツァー賞」を、小説では『サン・ルイス・レイの橋』（一九二八年）で一度、戯曲では『わが町』（一九三八年）、および『危機一髪』（一九四三年）の二度受賞している。小説と戯曲、両部門での受賞者はワイルダーただ一人だ。しかし彼自身は、一九四八年に発表された本作こそ「私のベスト」と評していたという。歴史や文学、演劇の専門家などには知られたこの幻の名作を、こうして日本語読者に届けられた。本作はこれまで、少なくとも二三カ国語に翻訳されてきたというから、おそらく二四番目にようやく日本語が連なった。いま私は嬉しさや充足感とともに、責任を果たせた安堵のような思いを感じている。

本作が物語るのは、ガイウス・ユリウス・カエサル暗殺の日、すなわち前四四年「三月十五日 The Ides of March」までの八ヶ月間だ。その期間に、カエサルや彼の周囲の人々が記した手紙などの手記が、次々と連ねられて物語は展開する。それぞれ本物と見紛うものの、数点（後述）を除きすべてワイルダーの想像の産物である。この「書簡体小説」形式の意図を含め、ワイルダーの思想、経歴や人となり、執筆の背景などについては、彼の甥で、遺著管理者でもあるタッパン・ワイルダーの「あとがき」を読むのが早い。カート・ヴォネガット（一九二二年―二〇〇七年。アメリカの小説家。村上春樹に影響を与えた一人としても知られる）の「序言」も参考になる。また『わが町』（鳴海四郎訳、新潮社、一九九五年）への、水谷八也による詳細な「訳注」も参照すれば、ワイルダーという作家をさらによく理解できよう。ここでは自分の専門に引き寄せ、本作の舞台の歴史的背景を確認しながら、翻訳を終えての私なりの理解を書き残そうと思う。

カエサルが生まれたのは前一〇〇年のことだ。当時のローマは、「内乱の一〇〇年」と呼ばれる、混乱のなか共和政から帝政へと変貌していく過渡期にあたっていた。その渦中の前五八年、ガリア征服戦争にカエサルは乗り出すと、前五〇年までに制圧をほぼ完了する。しかしローマの元老院は、征服戦争で手にされた巨大過ぎる力を脅威と感じ、軍を手放して無位無官でローマ市に帰還するようカエサルに命ずる。従わなければ国家の敵となる。従えば、なすすべなく政敵から非難の集中砲火を浴びることになる。すると前四九年一月、カエサルはルビコン川を渡ってイタリア半島に進軍。敵対する元老院議員たちは大挙して、ポンペイウスを指導者に一足先にギリシアへと逃亡していた。カエサルはそれを追い、翌四八年八月、ポンペイウス率いる軍勢との決戦に勝利する。そののち地中海全域で、反対勢力との激戦が引き続く。前四五年三月、カエサルはすべてに勝利すると、ついに「世界の頂上」に立つ絶対的な権力者となった。本作の物語はそこから半年ほどの時点に始動する。

二千年以上も前のローマが舞台ではあるが、本作は決して、歴史的出来事を再現しようとする歴史小説でも、ましてや歴史学の史料集でもない。ワイルダー自身は本作を「幻想曲（ファンタジア）」と呼んでいる。甥のタッパンはこれを、「著者の想像力が自由にさまようような作品」と解説している。なるほどワイルダーは想像力を自由にさまよわせて物語を展開させるから、私たち読者も、歴史の事実に縛られ過ぎずに物語を自由に楽しめばいい。

カエサルが生きたのは二千年以上も前の古代だが、本作に描かれる彼の思考は徹底して近代的、合理的である。神はいない。人智を超えた「意思」のようなものは存在しない。心で聞かれるのは自分自身の声のみ……。ローマの国家宗教の最高位、「大神祇官」でありながらも、ワイルダーのカエサルはこの信念を揺らぐことなく確信している。いや、確信していると思っていた。神や運命ではなく自己を信じ、ついに世界の頂上に立った彼の確信は、しかしなぜか揺らぎを見せていた。「**自分のなかに、確信しているという確信がなかったんだ**」

カエサルの心に迷いが生じていたのだ。

この迷いに端を発する、カエサルの心の探索を本作は物語る。何かの使命のため自分は選ばれた。そうした思いが、心にいつからか侵入していたことにカエサルは気づく。すると、選んだのは誰だろう？「**自分を超越するなんらかの力が、僕の人生、それに僕のローマへの奉仕の進路を定めたのだと、時々自分が意識しているらしいことを否定できないんだ**」。彼の信念を揺さぶっていたのは運命の意識だった。カエサルは自問する。「**我々の存在の背後には「意思」など存在せず、宇宙のどこにも神秘はないと、僕は本当に確信しているだろうか？**」。神を葬り去ってすべての神秘と訣別した近代人よろしく、カエサルは自己のみを心の主人とし、世界を合理的に理解してきた。そんな彼にとって、これは人生や業績の意味を変えかねない大きな問いだった。こうしてカエサルは、人間、運命、宗教、神、自由、善悪、愛、死など様々なテーマに思いをめぐらせ、その背後に「誰か」がいる可能性に目を凝らし始める。

彼の日々の思索は、ガリア戦役で身体をそこなわれ、カプリ島に隠棲する無二の親友、ルキウス・マミリウス・トゥリヌス（ワイルダーの創作した人物）への手紙として綴られる。手紙には番号が振られ、「書簡日誌」にまとめて綴じてあるのだという。トゥリヌスからの返信が届くことはなく、「日誌」から引用されるカエサルの思考は、いつも自問自答として進む。その前後には、周囲の人々の取り交わした書簡など、様々な文書が配置される。まるでカエサルの思索を助けるかのように、ときには彼をさとすかのように。

いまに伝わる弁論のままに能弁なキケロ。カエサルの愛人として、心のうちを余さず語るエジプト女王クレオパトラ。三月十五日を前に、秘めた思いを吐露するブルートゥス。それ以外にも、多彩な歴史的人物たちが次々と登場して、頁越しに親しげに語りかけてくる。なかでも印象深いのが、詩人のカトゥッルス、それにローマ史上「最も淫乱な悪女」として名高いクローディアだ。二人の愛憎の物語は、重要な縦糸として本作をつらぬく。ただし二人は、我が国ではあまり馴染みのない存在かもしれない。ここで簡単に触れておく必要があるように思う。

ガイウス・ワレリウス・カトゥッルス（前八四年頃―前五四年頃）は、北伊ヴェローナ生まれのラテン語詩人だ。その詩、一一四篇がいまに伝わる。本作の文書のうち、カトゥッルスの詩のみが、二千年以上前の本人の手になる真作である（最末尾の『皇帝伝』からの引用を除く）。心情を生き生きと表現する彼の詩に、ワイルダーのカエサルは強い衝撃を受ける。伝わる詩の多くで、カトゥッルスはレスビアと呼ばれる女性への熱い思いや、味わった失意を歌っている。現代の研究者たちが、このレスビアの正体と見なしてきたのがクローディアだ。

クローディアは前九五年頃、ローマの名門貴族クラウディウス家に生まれた。前五九年に夫を亡くした時には毒殺が噂されたようだ。どうやらその以前から、多くの男性との自由奔放な付き合いがあったらしい。「最も淫乱な悪女」のイメージを不朽としたのが、いまに伝わるキケロの弁論、『カエリウス弁護』である。前五六年、クローディアの愛人だったというカエリウスが訴えられた。二人の関係はすでに破綻していたようで、複数の容疑のうちには、カエリウスがクローディアの毒殺を企てたとの訴えが含まれていた。ここで被告の弁護を買って出たのが、クローディアの弟であるクローディウス・プルケルとは不倶戴天の敵、キケロだった。彼はこの時、姉弟を徹底的に笑いものにして、訴えの信憑性自体をそこなう作戦をとる。『カエリウス弁護』が半ばに差しかかった頃、キケロはおもむろにクローディアの名を挙げてこう論じ始める。

「陪審員諸君、本訴訟のあらゆる事件にはクローディアが関わっている。彼女は家柄は素晴らしいものの、実に悪名高い。……もしこの女の夫との、いや、弟だった。私はここでいつも言い間違えてしまうんだ。もしこの女の弟との反目が、私の障害とならなければ、もっと激しく彼女を攻撃しただろうに。だがここでは…控えめに論を進めるのが良いように思う。なぜなら、女性を敵に回すなど私には思いもよらぬからだ。とりわけ、誰かの敵というより、あらゆる人の恋人と常に思われてきた彼女を、敵にしたいとは思わない」(『カエリウス弁護』31–32節)。

クローディアの淫乱さ、それに弟との近親相姦の噂をキケロは巧みに匂わせる。続いて彼は、彼女の家系の偉大な先祖で、前四世紀末にアッピア街道を敷き、ローマ市に水道を引いたアッピウス・クラウディウス・カエクスの名を挙げる。彼ならクローディアをこう問い詰めるだろう。キケロはそう言うと、この偉大な先祖の口を借りて次のように語る。

「女よ、お前はカエリウスとどういった関係なのだ？　こんなごく若い赤の他人と？　なぜお前は、金を用立ててやるまでにこの男と親密なのだ？　なぜ毒殺を恐れるまでに敵対するようになったのだ？　お前の父も、叔父も、祖父も、曽祖父も、高祖父も、またその父も、執政官であったことを知らぬのか？　自分がクイントゥス・メテッルスの妻であったことも忘れたか？……なぜカエリウスはお前とそんなに親密になったのだ。親戚だからか？　姻族だからか？　夫の友人だったからか？　否、すべて違う。すると、軽はずみな情欲以外の何物でもないではないか…なぜお前は、我が時代から男女の別なく受け継がれた父祖の美徳にではなく、弟の悪徳に突き動かされるのだ？　私がピュロス王との和平を破棄させたのは、お前が日々、汚らわしい愛欲の契約を結ぶためだったのか？　私が水道を引いたのは、お前が近親相姦の汚れをすすぐためだったのか？　私が街道を敷いたのは、お前が妻ある男たちと頻繁に逢い引きするためだったのか？」（同、34章）

カエリウスとの愛人関係、弟との近親相姦、アッピア街道沿いでの愛欲の日々。それ以外にも繰り出される、クローディアへの散々な非難は真実なのだろうか。彼女からの反論は伝わっておらず、真相を明らかにできる見込みは薄い。いずれにせよ、クローディアの悪名は偉大なキケロのおかげで不朽となった。そして二千年前のカトゥッルスが熱い詩を捧げた相手は、奇しくもキケロがこうしてこきおろしたクローディアだったと考えられているのだ。

善悪の世間的判断をものともせず、自由の限界をみずから探るかのように振る舞うクローディア。それに自分の自由な感性のみに従い、孤独に言葉を選択しながら、二千年の時を超えて私たちをも驚かす詩をつむぎ出すカトゥッルス。周囲を戸惑わせ、驚かせもする二人の自由は、手にした絶対的な権力がカエサルに許す自由と対称をなしている。二人の愛憎の物語は、自分を女神と意識するエジプト女王クレオパトラの自由な言動と相俟って、虚実入り交じりながらカエサルの心の探索と密にからみあう。最終的にカエサルは、人々から自由を奪ったとして命を失うことになる。その意味で本作は、自由をめぐる物語であるとも言える。

本作のカエサルは自由の意味をこう語る。「**思うに、軍隊の指揮官や、国家の指導者の孤独より深い孤独は一種類しかない。それは詩人の孤独だ……責任とは自由、というのはこの意味だよ。一人で決断するよう強いられる機会が多ければ、そのぶん選択の自由を感じる機会も多くなる。責任の重圧下にある時以外は、僕らは自分の心を分かっていると言えないと思う**」。責任の重圧下で孤独な選択を重ねる時、人はようやく自分の心を知り、自由を行使できる。カエサルの自由は実に厳しく重い。独裁官としてひとりこの自由を謳歌する彼は、同じ自由を誰にでも許す。と言うより他人にも要求してしまう。「**自由は責任のうちにしか存在しない……その重荷を引き受けてくれる人がいれば、誰とでもすすんで共有したい**」。他からは抜きん出た存在である彼／彼女らのふるう自由は、周囲にどう作用し、どんな反応を引き出すのか。ワイルダーがそれぞれに与えた結末は、自由や意思、自由を制限する法、神、宗教の意味を考えるうえでの深い示唆に富んでいる。

繰り返すが、ワイルダーは本作を単なる歴史小説として書いてはいない。ワイルダーはいつでも、作品の舞台からは遠く引いた視点（彼自身の呼び方では「望遠鏡的視点」）にあって、登場人物の言動や心の動きのうちに普遍的な人間存在を見る。本作のカエサルは、時代に束縛されない自由な人間として、時代や地域を問わない普遍的なテーマについて縦横無尽に思考をめぐらせる。一方で、心のなかから神を追い出し、その空白に戸惑うカエサルの姿は、同様の道筋をたどった西欧近代の人々の姿とも重なる。本作が世に出てからずいぶんの時間がたつが、それでもなお邦訳が必要と強く信じられるのはこの理由である。様々な価値の交叉する地点に、時代を超越して立つカエサルの本作での深い思索は、指針を見失ってできた心の空白に惑う現代の私たちにも、きっと多くの示唆を与えてくれるはずだ。それに、たとえば星新一の作品のように、時代に媚びずに人間そのものを取り扱う作品は、古びることなく読み継がれていくとも私は信じている。

最後にクローディアの名前について注記しておきたい。原著でのクローディアは、生家の家名《コグノメン》である「プルケル」が付いて、「クローディア・プルケル」と表記されていることが多い。しかし「プルケル（美しい、の意）」はあくまで男性を修飾する形容詞だから、「プルクラ」と女性形にすべきだったと、発刊当初からワイルダーには非難が寄せられたようだ。だがその差異は、専門家以外にはあまり意味をなさないと思われるし、本作の主題にもまるで関わらない。いたずらな混乱を避けるため、すべて「クローディア」に統一した。

本書は多くの方々からの示唆と助力のたまものだ。柳沼重剛先生が『語学者の散歩道』（岩波書店、二〇〇八年）のなか、本書に触れつつ「邦訳はまだない」とお書きなのを目にした時、いまへのレールがうっすら姿を現した。残念ながら生前の先生と親しく接する機会には恵まれなかったが、こうして邦訳の責を果たせたことをここにご報告差し上げたい。武藤康史さんからは、劇作家ソーントン・ワイルダーについての教示を始め、様々な助言をいただいた。その誠実なお言葉はいつでも大きな励みだ。中央大学の教室で出会って以来の友人である村山淳君は、まだまるで理解の至らない段階の訳文を、原文と対照させて細かく目を通してくれた。もらった無数の気づきに心から感謝している。みすず書房編集部の小川純子さんと出会えなければ、本書は日の目を見なかったかもしれない。小川さんに感謝するとともに、縁を結んでくれた方々にも心からの謝意を表したい。本書に登場する老齢の女性の言葉を訳す時、いつも頭に響いていたのは亡き祖母の声や語り口調だった。その声をここに保存したことで、生前の祖母には何一つできなかった孝行が初めてできた気がする。日々支えてくれている家族、それにかけがえのない人たちへの感謝も脳裏を離れることはない。

二〇一七年八月末日

志内一興

著者略歴

(Thornton N. Wilder, 1897-1975)

新聞編集者の父とイタリア語翻訳家の母のもと，ウィスコンシン州マディソンに生まれる．イェール大学で学士号を取得(1920）の後，ローマのアメリカン・アカデミーでイタリア語と考古学を学ぶ（1920-21）．プリンストン大学ではフランス文学の修士号を取得（1926）．フランス語の教師を務めた後，本格的に劇作，小説，翻訳などを手がけるようになる．小説『サン・ルイス・レイの橋』(1928）戯曲『わが町』(1938)『危機一髪（ミスター人類)』(1943）で三度ピューリッツァー賞を受賞．その他，その業績に対してドイツ出版協会平和賞（1957），大統領自由勲章（1963）を，小説『八日目(*The Eighth Day*)』で米国芸術アカデミーのフィクション部門金賞（1968）を授かるなど，多数の賞を受賞している．

訳者略歴

志内一興〈しうち・かずおき〉1970年東京に生まれる．東京大学大学院人文社会系研究科博士課程満期退学（単位取得）．博士（文学）．専門は古代地中海世界史．中央大学兼任講師他．おもな著書に『ラテン語碑文で楽しむ古代ローマ』(共著，研究社)．訳書に，ゲイジャー『古代世界の呪詛板と呪縛呪文』(京都大学学術出版会)，ロム『セネカ哲学する政治家』(白水社)．

ソーントン・ワイルダー
三月十五日　カエサルの最期
志内一興訳

2018年 1 月 25 日　第 1 刷発行

発行所 株式会社 みすず書房
〒113-0033 東京都文京区本郷 2 丁目 20-7
電話 03-3814-0131(営業) 03-3815-9181(編集)
www.msz.co.jp

本文組版 キャップス
本文印刷所 精文堂印刷
扉・表紙・カバー印刷所 リヒトプランニング
製本所 松岳社

Printed in Japan
ISBN 978-4-622-08612-3
[さんがつじゅうごにちカエサルのさいご]